KB004746

유목민 호텔

Nooteboooms Hotel(Nomad's Hotel: Travels in Time and Space)
by Cees Nooteboom

유목민 호텔

시간과 공간에서의 여행

세스 노터봄 지음 | 금경숙 옮김

Nomad's Hotel

muﬀintree
뮤진트리

▪ 일러두기

1. 이 책은 세스 노터봄의 《Nootebooms Hotel(영어판 제목: Nomad's Hotel)》을 우
   리말로 옮긴 것이다. 번역은 네덜란드어판 《Nootebooms Hotel》(2002)을 사용
   했고, 편집은 영어판 《Nomad's Hotel》(2009)을 따랐다.
2. 책 제목은 《 》, 신문·잡지·영화 제목은 〈 〉로 표기했다.
3. 옮긴이 주는 본문 하단에 번호를 붙여 각주로 달았다.

차례

한 장소에서 돌아다니기: 세스 노터봄의 여행기

"그 움직임은 무엇을 의미하는가?"

– 슈베르트가 인용한 괴테를 세스 노터봄이 인용함.

세스 노터봄의 이 책《유목민 호텔》의 제목은 틀려먹었다. 세스 노터봄이 유목민이라는 암시를 조금이라도 담고 있다면 말이다. 유목민은 절대로 한곳에 있지 못하는 사람이다. 오히려 노터봄은 천 개의 장소에 한꺼번에 존재한다. 사실 노터봄의 가장 두드러진 특징은 그 편재성이다. 아무리 봐도 모르는 게 없는 듯한 전능함까지 합쳐서 노터봄이 모세의 신과 공유하는 자질이다. 그런 의미에서 노터봄은 여행작가라기보다는 여행 경험이 많은 작가에 가깝다.

로버트 루이 스티븐슨은 여행의 목적은 어디로 가는 게 아니라 그냥 가는 것이라고 말했다. "나는 여행 그 자체를 위해서 여행한다"고 그는 말했다. "대망의 용건은 움직임이다." 《유목민 호텔》을 읽지 않은 태가 역력하다. 이 근사한 '여행기' 선집(이 부정확한 꼬리표를 피할 길이 없다)을 읽다 보면, 움직임 그 자체가 작가에게 중요하지 않다는 게 확실해진다. 사실상, 《유목민 호텔》은 움직임의 불가능에 관한 제노의 역설이 참이라는 경험적 증명이다. 그리스 철학자가 한 유명한 말대로, A에서 Z까지 가려면 우리는 중간 지점인 L에 다다라야 하고, 그보다 먼저 중간지점 D에 다다라야 하고, 그렇게 계속 수렴된다. 노터봄의 주장은 제노보다 더 기운 빠진다. 노터봄의 지도법에 따르면 A에서 B로 가려면 먼저 접근불가의 장소처럼 보이는 Z를 발견해야 하고 기억 속에 희미하게 남아 있는 C 도시의 쾌락이나 우리가 언젠가 방문할 수도(방문하지 않을 수도) 있는 W 마을의 약속을 찾아야 하고, 아니면 아예 전부 놓치고 다른, 아예 다른 장소에 도착할 수도 있다. (실제로 노터봄은 후자의 상황을 겪었다. 스페인령 사하라에 가려다가 감비아 오지에 도착했던 것이다.) 노터봄의 지도에는 길이 없다. 지점들이 있을 뿐이다. 그의 확대경을 통해서 보면, 무수한 작은 건물, 아주 작은 거주자들, 눈부시게 정교하고 작은 현현顯現처럼 감춰진 것을 드러나게 해주는 특정 사건들이 나타난다. 노터봄은 모든 독자를 릴리풋의 걸리버 대리로 만든다.

노터봄은 위대한 선조 이븐 알 아라비Ibn al-Arabi의 인용구로 책을 시작한다. 12세기에 존재를 바로 움직임으로 규정했던 장본인이다. "존재에는 부동성immobility이 들어설 자리가 없다." 고귀한 여행가는 이렇게 썼다. "존재가 움직일 수 없다면 그 원천인 무無로 돌아갈 것이기 때문이다. 그렇기에 여정은 절대 멈추지 않는다, 이 세상에서도, 또 피안의 세계에서도." 환상적인 언어적 반전을 통해, 이븐 알 아라비는 시간을 통과하는 우리의 무한한 움직임과 공간을 통과하는 실용적 움직임을 혼동한다. 평생 한 방안에 유폐되어 있다 해도, 인간은 흘러가는 해시계에 쓰인 글귀대로 한 시간 한 시간 흘러갈 때마다 상처를 입으며 기나긴 세월을 통과해 최후의 시각이 우리 죽음을 선포할 때까지 여행하는 형벌을 받은 죄수다. 그러나 이 지상의 한 지점에서 다른 지점으로 움직이는 것은, 가만히 정지해 있는 순간들의 연속에 불과하다. 우리의 지리는 우리가 두 발로 밟고 서는 찰나에만 존재한다. 오, 이 버클리적인 공간의 관점을 노터봄의 글에 완고히 적용하라. 노터봄 자신이 첫 번째 글에 포함한 시의 말미에서 말하듯, "길은 멀리 있다A way is away." 유추하자면, 장

9

소는 멀리 있지 않고, 여기 있다는 말이다.

이런 장소의 꾸준함이 노터봄의 여행에 색조를 더한다. 예를 들어, 언제나 그곳에 있는 장소의 가장 웅장한 사례인 베니스는 처음 손을 뻗는 사람들에게는 이미 그곳을 알고 있다는 첫 인상을 주고, (노터봄의 말대로) 다시 찾는 사람들에게는 "다시 처음으로 베니스에 다가가고 싶다"는 날카로운 욕망을 일깨운다. 물론 이는 문학적 소망이다. 사랑하는 책의 펼친 적 없는 책장을 다시 한 번 처음으로 펼쳐 열고 싶다는 독자의 갈망이다. 실제로 노터봄은 더할 나위 없이 훌륭한 문학적 여행가다. 양말과 치약보다 단테와 베르길리우스가 그의 짐을 더 많이 차지한다. 노터봄 자신처럼 기억 속의 책들과 사랑하는 작가들을 한 꾸러미 짊어지고 길을 떠났던 작가들이다.

《유목민 호텔》은 중세 애호가들이 '현명한 책'이라고 부를 만한 책이다. 하지만 나는 노터봄의 글에 담긴 지혜가 노련한 여행보다는 문학적 경험에서 우러난 게 아닐까 하는 의심이 든다. 오직 베니스만을 묘사하기 위한 '최상급의 복수형'(폴 모랑의 '베니스들'로는 충분치 않다는 말)을 요구한다든가, "즉시 떠나거나 아니면 일 년 더 머물든가 둘 중 하나라야만

하는 장소들이 있다. 그 사이로 어중간하게 머물면 변변찮은 글만 나온다"는 걸 안다든가, 그간 묵은 호텔의 객실 번호를 모두 더한 숫자에 자신의 운명과 성격에 대한 "암호화된 메시지가 담겨"있는 게 아닐까 생각하는 것. 풀을 "바보스러운 초록"이라고 부르고, 언어를 말하지 못하면 "아주 어린 아이, 개, 아니면 외국인이 된다. 이 셋은 남이 하는 말을 알아듣지 못하니까"라는 걸 알고, 만토바를 떠났다가 발길을 돌려 순전히 더 잘 보기 위해 맨발로 다시 그 도시에 입성할 만큼 강한 미학적 확신을 지녔다는 것─이 모두는 문학이 세계를 비추는 참된 거울이라고 믿는 사람의 몸짓이다. 세계에서 도피하고 등 돌리기 위해서가 아니라, 메두사와 대적하는 페르세우스처럼 그 힘에 압도되어 돌로 변하지 않기 위해서. 참된 여행자라면 누구나 세계의 현실이 세계의 현실을 보지 못하도록 미혹한다는 걸 알기 때문이다.

최고의 여행서가 그렇듯이, 《유목민 호텔》을 다 읽고 나서 나는 노터봄이 다녀온 장소들이 내가 발견하고 싶지만 그러기엔 내가 너무 늙고 생물의 위로를 너무 좋아하기에 방문하기 어렵다고 느끼는 곳들이라 기뻤다. 감비아는 내가 가보지도 못할 장소 목록에 분명히 올라 있지만, 이제 노터봄 덕분에 갈 필요가 없어졌다. 감비아에서 노터봄 덕분에 나는 누

추한 호텔의 작은 침상에서 티불루스를 읽었고 히비스커스
와 프랑지판이 즐비한 "가마처럼 뜨거운 거리"를 즐겼으며
(나는 15도 이상으로 온도가 올라가면 질색하는 사람이다.) 적도의
바다에서 헤엄을 쳤고 (왜 노터봄은 낯설고 위험한 물고기를 겁내
지 않는가 자문하면서), "회색에 얼룩투성이인" 시트를 깔고 선
실에서 잠을 잤으며, "누가 길디긴 손톱을 씹어 뜯는" 것처
럼 아삭거리는 "어린아이 엄지손가락만한" 바퀴벌레 소리
에 잠을 깼고, 감비아에 있는 내 존재를 정당화하는 것 말고
는 아무런 합리적 이유도 없이 감비아 대통령을 인터뷰하러
가서 퀴퀴한 관료주의적 건물 복도에서 기다렸다. 무엇보다,
나는 (노터봄의 묘사대로) "아프리카식 핀터" 부조리극에 배우
로 고용되어 어떤 역할을 연기하는 악몽 같은 경험을 했다.

몇 년 전 노터봄이 아란 섬에 대해 쓴 글은 누군가 다른
사람이 한 말을 세심하게 옮겨 적은 몇 마디로 끝을 맺는다.
"우리 자신이야말로 하나밖에 없는 의미의 원천입니다. 적
어도 우주의 이 작은 해변에서는 그렇지요. 우리가 굳이 돌
멩이 하나하나에서, 모래알 하나하나에서 찾아내려 고집하
는 비문碑文들은 우리 손 안에 있습니다…. 우리는 너무나 광
대하고 너무 다성多聲적이고 현실과 공존하려는 기획으로
내쳐 달리다 뿔뿔이 흩어져버린 작품을 쓰고 있어서, 그 흩

12

어진 구절들과 마주치더라도 우리 것인지 알아보지 못합니다." 《유목민 호텔》의 독자에게는, 아득한 곳 수많은 모래알과 돌멩이들의 오른쪽 구석에 이제 낙관이 찍혀 있다. 세스 노터봄이라는 낙관이.

알베르토 망구엘

1. 폭풍의 눈 안에서

"존재의 근원은 움직임이다. 그래서 그 안에는 부동성이
들어설 자리가 없으니, 존재가 움직일 수 없다면 그 원천인
무無로 돌아갈 것이기 때문이다. 그렇기에 여정은 절대 멈
추지 않는다, 이 세상에서도, 또 피안의 세계에서도." 12세
기 아랍 철학자인 이븐 알 아라비가 한 이 말은 여행에 관한
그의 소책자《여행의 서》[1]에 실려 있다. 신비롭고 심오한 이
종교서는 모든 것―신·우주·영혼―을 움직임이라는 모습
을 통해 보고, 이 움직임을 책 전체에 걸쳐 시종일관 여행이

---

1) 원제는 'Kitâb al-Isfâr an natâ´ij al-Asfâr'로 '여행의 효과 계시록'의 뜻이며, 영어
   판 제목은 'The Secrets of Voyaging'이다.

라는 말로 표현한다. 나는 이슬람교 신자는 아니지만, 예전에 파리에서 이 책을 샀다. 그 책에 safar('여행'이라는 뜻, 복수형은 asfâr)라는 단어가 들어있고 이중 언어로 인쇄되어 있는데다 내가 평소에 아랍 글자의 아름다움을 좋아해서였다. 또한 파리의 그 서점에서 책을 훌훌 넘겨보는데, 서문에 적힌 두어 가지 사항이 눈에 띄었다. 진정한 여행자라면 12세기에 살거나 20세기에 살거나 간에 사로잡히고 말 표현이었다. 그 책의 번역가이자 서문을 쓴 데니 그릴Denis Gril은 'natâ'ij'라는 단어를 효과 대신 산물이라는 단어로 번역할 수도 있었다고 언급해 놓았다. 한편으로는 여행이 자아내는 긍정적인 결과를 강조하기 위해서이고, 다른 한편으로는 '열매'를 뜻하는 아랍어 'natâ'ij'가 그 어원으로 인해 '무엇을 낳다'는 의미를 연상시켜서 여행의 지적, 정신적 산물을 암시하기 때문이다. 그 책에 따르면, 여행을 그렇게 부르는 까닭은 여행은 사람의 성격을 드러내 주고, 혼자 여행하는 사람들 편에서 좀 더 단순하게 말한다면, 여행길에서 우리는 우리 자신을 알게 되기 때문이다.

그런데 그 서문에는 내 시선을 끄는 단어가 하나 더 있었다. 내가 '산티아고 데 콤포스텔라'에 푹 빠져있어서 그런지도 모르겠는데, 바로 순례를 뜻하는 siyâha라는 단어였다. 이 말은 이렇게 정의되어 있다. "세계를 두루 여행하고 명상하고 신에게 더 가까이 다가가는 것." 마지막 부분은 내게는 허세일 수 있지만, 신이라는 단어를 수수께끼라는 단어로 바꿔놓고 보면 수긍할 만도 하다. 이런 일들이 어떻게 일어나는지를 생각해본다면 말이다. 어느 멋진 날―이 말이 얼마나 낭만적이며 고리타분하게 들리는지 알지만, 내 경우에 딱 맞는 표현이다―나는 배낭을 꾸려서 어머니에게 작별을 고하고 브레다행 기차를 탔다. 한 시간 뒤에는 벨기에와의 국경 도로 갓길에서 엄지손가락을 세운 채 서 있었고, 그 뒤로는 사실 그와 같은 행동을 멈춰본 적이 없다. 그 시절에는 어떤 명상적 사유도 어떤 형이상학적 허세도 나와는 거리가 먼 것이었고, 그런 것들은 나중에야 찾아왔다. 티베트 사람들이 마니차를 돌릴 때와 같다. 생각하기보다 움직이기가 앞서는 것이다. 달리 말하면, 그 뒤로 나는 움직이기를 그만둔 적이 없으며, 움직이면서 서서히 생각하기를 시작했다. 굳이 표현하자면, 그것을 명상이라고 할 수도 있겠다.

여기서 두 가지가 중요하다: 쉼 없이 여행하는 사람은 언제나 다른 어딘가에 있다. 이 말은 당신 자신에게도 적용되므로 당신은 늘 부재중이며, 다른 사람들, 친구들에게도 그렇다. 왜냐하면 당신 자신으로 보면 당신은 '다른 어딘가'에 있기에 어딘가에는 '부재중'이지만, 또한 어딘가에는 늘 '있기' 때문인데, 요컨대 당신 자신에게 말이다. 쉬운 말처럼 들리지만, 이 점을 온전히 이해하기까지는 시간이 제법 걸린다. 상대해야 할 다른 사람들의 몰이해는 늘 있게 마련이다. "세상 불행의 근원은 인간이 방 한 칸에서 24시간 머무르지 못한다는 점에서 비롯된다"라는 파스칼의 경구를 나는 얼마나 자주 들어야 했는지 모른다. 정작 나야말로 집을 떠나지 않는 인간, 즉 자신에게 머물러 있는 인간이라는 사실을 서서히 명료하게 깨닫기까지는 말이다. 그러나 여행하는 나 자신은 집에 머무르는 틀박이들의 질문을 반복해서 맞닥뜨리게 되었고, 인터뷰 때마다 한 가지 질문이 강박적으로 되풀이되었으니, 워낙에 자주 받은 질문이라 얼마나 많이 거짓말로 대답을 했는지 모를 지경이다. "여행을 왜 하시나요? 여행을 왜 그렇게 많이 하시나요?" 그러고는 나무라듯 이어진다. "도피인가요?" 당신 자신으로부터의 도피냐는 의미였고 지금도 그럴 것이다. 자신으로부터의 도피라는 말은, 나를 끊임없이 사막이나 바다로 다시 내쫓는 악마적이고 애처로우며 고통 받는 나 자신의 모습을 떠올리게 한다. 진짜 대답은 배움과 명상, 호기심과 놀라움과 관련된 것으로, 그다지 극적이지는 않다. 1957년, 스물네 살이 되던 해에 나는 화물선 그란 리오 Gran Rio호의 수습 선원 신분으로 리스본, 트리니다드, 조지타운을 거쳐 수리남으로 떠났다. 이 첫 번째 장기 여행을 하고 쓴 글들은 1993년에 《수리남의 왕De Koning van Shriname》

이라는 제목을 단 얇은 책으로 묶여 나왔다. 얼추 마흔 해가 지나, 그 책을 위해 오래전의 이 열대 경험을 되짚어 쓴 서문은 이렇게 시작한다. "여행은 역시 무엇…".

여행은 역시 우리가 배워야 하는 무엇이다. 여행이란 혼자인 동안에도 끊임없이 타인과 접촉하는 일이기 때문이다. 거기에 역설이 있으니, 우리는 타인이 관할하는 세계를 홀로 여행하는 것이다. 우리가 방을 얻고자 하는 그 숙소의 주인, 일주일에 딱 한 번 운행하는 비행기의 좌석을 내어줄지 여부를 결정하는 사람, 우리보다 가난에 쪼들리고 우리에게서 이익을 취할 수 있는 사람, 도장 찍기나 서류 통과를 거부할 수 있기에 더 힘 있는 사람 들 말이다. 그들은 우리가 알아듣지 못하는 언어로 말하고, 여객선에서 우리 옆에 서 있거나 버스에서 우리 옆자리에 앉아 있으며, 시장에서 우리에게 음식을 팔고 맞을 수도 틀릴 수도 있는 방향으로 길을 알려주고, 때로는 위험하지만 대개는 그렇지 않은 사람들이다. 또한 우리는 우리가 해야 하는 행동, 하지 말아야 하는 행동, 그리고 절대로 하지 말아야 하는 행동도 배워야만 한다. 그리고 그들이 거나하게 술에 취했을 때 어떻게 다뤄야 할지도 배워야 하고, 그 몸짓과 눈초리를 알아보는 법도 익혀야 한다. 왜냐하면 아무리 혼자 여행한다 하더라도 낮이고 밤이고 타인에게, 그들의 눈빛에, 접근에, 멸시에, 기대에 둘러싸여 있기 때문이다. 가는 곳마다 다르고, 어딜 가더라도 제 나라에서처럼 익숙한 곳은 없다. 훗날 미얀마와 말리에서, 이란과 페루에서 필요해질 이런 것들을 천천히 배워가는 과정은 그렇게 시작되었는데, 그때는 그것을 알지 못했다. 밀려오는 새로움의 파도 속에서 버텨내기에도 너무 바빴다. 나 자신에 대해 생각할 시간이 없었고, 여행도 글쓰기도 해보지 못한 사람처럼 여행하고 글을 썼다. 내가 할 수 있는 일이라고는 관찰뿐이었고, 그래서 나는 내가 본 것의 언저리를 언어로 돌아보고자 했다. 나는 나에 대한 모든 혼란스러운 현실을 시험해볼 만큼 세상에 대한 이론을 갖추지 못했기에, 내가 미처 하지 못했던 모든 것이 이 여행기에 고스란히 드러나 있다.

어쩌면 진정한 여행자는 늘 폭풍의 눈 안에 자리하고 있는지도 모른다. 폭풍은 이 세상이고, 폭풍의 눈이야말로 그가 세상을 바라보는 수단이다. 우리는 기상학자들 덕분에 그 눈 안이 고요하다는 사실을 알고 있다. 수도승의 방만큼이나 고요할 것이다. 보는 방법을 그 눈으로 배우는 이라면 진짜와 진짜가 아닌 것을 구별하는 법도 배우리라. 사물과 사람이 어떻게 다른지, 그리고 어떻게 같은지를 관찰하기만 하면 말이다. 보들레르는 여행자는 떠나기 위해 떠난다고 썼다.[2] 또한 그는 그 길을 떠나며 여행자가 품는 허황된 생각과, 여행이 남기는 "쓸쓸한 깨우침"과, "어제도, 오늘도, 내일도, 우리 모습을 비춰주는 단조롭고 작은 이 세계: 권태의 사막에 있는 공포의 오아시스"에 관해 썼다. 그러한 관점에서 보자면, 친숙한 일상다반사 속에 집을 떠나지 않는 틀박이야말로, 그 쓸쓸한 깨우침을 감당할 수 없어 도피하는 자인지도 모른다. 내가 관심을 갖는 것은 여기서 어느 쪽이 영웅인가가 아니라, 어느 쪽이 어떤 대가를 치르더라도 영혼의 명령을 따르고 있는가에 대해서이다.

예전에, 내가 지금 아는 것을 전혀 알지 못했을 때 나는 움직임을 선택했고, 시간이 흘러 이해하는 것이 더 많아졌을 때 나는 깨달았다. 이 움직임 안에서도 글을 쓰는 데 필요한 고요를 찾을 수 있음을, 그리고 움직임과 고요는 상반되는 것들의 조합 안에서 균형을 이루고 있음을. 드라마와 미친 듯한 아름다움이 있는, 국가·인간·역사가 자아내는 혼돈의 소용돌이인 세계는 영원히 여행하는 우주 안의 여행자이고 새로운 여정을 향해 가고 있는 여행자이다. 이븐 알 아라비가 "당신은 어떤 집을 보자마자 이곳이야말로 내가 머물고 싶은 곳이라고 말하지만, 한 번 더 길 위에 있기 위해 다시 떠나기 전까지는 결코 그 집에 당도하지 못한다"라고 말

---

2) 보들레르의 시, 〈여행〉 참조.

한 것처럼 말이다. 나는 운명·숙명 또는 유혹으로서의 길을
다룬 시를 한 편 쓴 적 있는데, 이 영원하고 순환하는 움직임
을 표현하고자 하는 시다. 그래서 제목이 '길'이다.

〈길De Weg〉

나는 길이다

화살처럼 똑바로 서서
먼 곳을 겨누지만,
먼 곳에서
나는 멀리 있다.

나를 따라온다면,
여기 저기 어디에나
너는 다다르리라,
무슨 일이 있어도.

길은 멀리 있다.

1996년

2. 베니스의 한순간

팔루데 델 몬테Palude Del Monte, 바치노 디 키오자Bacino di Chioggia, 까날레 디 말라모코Canale di Malamocco, 발레 팔레자Valle Palezza. 다시 처음으로 베니스에 다가간다면 얼마나 근사할까. 그러나 이번에는 살금살금 늪의 다른 미로를 통해 미로를 향하여 수생 동물들 사이로 노를 젓는다. 오늘 같은 1월의 새벽 해미 속에서 들리는 것이라고는 새 소리와 노가 첨벙대는 소리뿐, 바닷물은 고요하고 반짝이며, 먼빛에는 아직 장막이 드리워져 있고, 도시는 저만의 비밀에 둘러싸여 있다. 팔루데 델라 로사Palude della Rosa, 코아 델라 라떼Coa della Latte, 까날레 카르보네라Canale Carbonera, 석호潟湖의 상세지도에서 수로들은 흐느적거리는 물풀처럼, 꾸불꾸불 움직이는 촉수 달린 식물처럼 그려져 있다. 하지만 그것들은 물속에 난 물길로, 물고기가 제 길을 알 듯 당신이 익혀야만 하는 길이다. 썰물에는 다시 뭍이 되는, 물속의 운하이고, 질척이는 진흙으로 된 축축한 땅이며, 물과 모래를 거처로 하여 벌레와 작은 조개를 끊임없이 찾아 나서는 학도요와 붉은발도요, 좀도요의 사냥터다. 그들이 최초의 거주자였으며, 가령 그 도시가 느리게 움직이는 타이타닉 호처럼 지금도 물에 둥둥 떠 있는 듯 보이는 무른 땅 속으로 언젠가 가라앉는다면, 그들은 아마도 최후의 거주자가 될 것이다. 마치 세계가 그 두 순간 사이에서 불가능한 어떤 꿈을 꾸기라도 한 듯. 궁전과 교회, 권력과 돈, 지배와 몰락의 꿈. 땅이 그런 위대한 경이를 감당하지 못하여 제 발로 내쫓은 아름다움의 낙원.

영원이란, 다들 아는 것처럼, 우리가 정말로 상상할 수 없는 어떤 것이다. 내 머리로는 그에 가장 가까운 것이 1000이라는 숫자쯤 되는데, 필시 0 세 개의 둥근 공백 때문일 테다. 천 년이 넘도록 존재한 도시는 손으로 만질 수 있는 형태의 영원이다. 이곳에서 대부분의 사람이 약간 쭈뼛거리며 돌아다니고 층층이 포개진 과거 속에서 길을 잃는 까닭이 그 때문이라고 나는 생각한다. 이 도시에서 모든 것은 동시에 현재에 속해있다. 베니스에서는 시대착오라는 것이 사물들 자체의 본질이어서, 13세기의 교회에서 15세기의 묘지와 18세기의 제단을 볼 수 있고, 현재 우리의 눈이 보는 것은 이제는 존재하지 않는 다른 수백만 명의 눈이 보았던 것이다. 그렇다고 해서 비극적이기만 한 일은 아니다. 왜냐하면 우리가 바라보는 동안에 그 사람들은 계속 말을 하고, 우리는 내내 산 자와 죽은 자와 함께 하며, 오래된 대화에 참여하게 되기 때문이다. 프루스트·러스킨·릴케·바이런·파운드·괴테·매카시·모랑·브로드스키·몽테뉴·카사노바·골도니·다 폰데·제임스·몬테일, 그들의 말은 운하의 물처럼 우리 주위를 흘러가고, 햇빛이 곤돌라 뒤의 물결을 무수한 광채로 산산이 잘게 부수듯이, 베니스라는 한 마디는 그 모든 대화·편지·스케치·시 속에서 그렇게 울려 퍼지고 반짝이는데, 언제나 똑같고, 언제나 다르다. 폴 모랑Paul Morand이 이 도시에 관한 책을 쓰면서 제목을 괜히 '베니스들Venises'이라고 붙인 것이 아니었으니, 사실 그것으로도 충분하지 않다. 오직 이 섬만을 위한 최상급의 복수형이 있어야 하리라.

어떤 수상 도시에서 또 다른 수상 도시로, 나는 물을 가로질러 오지 않고, 하늘로 왔다. 새처럼 구는 인간이라니, 잘될 리가 없지. 그런 다음 택시를 타고, 절대로 존재하지 말았어야 하는 다리를 건너는데, 택시 운전사는 사냥하듯이 몰아친다. 사냥개처럼 구는 인간, 나는 썩 마음에 들지 않는다.

여기선 아니지. 하지만 나는 맨몸이 아니라, 지나간 시간으로 철갑을 둘러 무장한 상태다. 내 짐가방에는 1906년판 베데커Baedeker와 1954년판 이탈리아 투어링 클럽 안내서가 들어있다. 기차역은 변함없이 그 자리에 그대로 있고, 1906년 이래 얼마나 많은 사람이 기차로 여기에 닿았을지 궁금해하지는 않으련다. "곤돌라 사공 한 명에 1~2fr, 야간 30c 추가, 사공 두 명은 두 배, 작은 짐 하나에 5c. 곤돌라 상시 충분히 대기, 또한 자정까지 시내증기선(짐가방과 자전거는 미허용, 손가방은 무료). 산마르코 기차역 25분, 승선료 10c. 민박, 리바 델리 스키아보니 4133, 독일어 가능, 방 21/2fr부터. 가구 완비된 방(단기도 가능), 슈뮈츠-몬티 부인, 소토포르티코 칼레 데이프레티 1263. 호텔: 로얄 다니엘리 호텔, 두칼레 궁전 근처, 엘리베이터, 220Z, 5fr부터, 중앙난방." 1954년에, 기차역Stazione Ferroviaria에서 곤돌라를 타고 중심가 호텔 Alberghi del centro까지 가면, 2인 기준, 짐가방 최대 4개까지, 1500리라나 들었고, 그 이후로는 우주여행의 천문학적 비용에 맞먹는 요금이 적용되었다. 20세기 초만 해도 루이 쿠페루스[3]는 짐가방 열 개를 들고 구름 같은 짐꾼 떼에 둘러싸여 베니스로 여행했건만, 진보는 우리를 우리 자신의 하인으로

---

3) Louis Couperus(1863~1923), 네덜란드 작가.

변모시켰다. 나는 군중의 다리 사이로 말 안 듣는 짐가방 두 개를 질질 끌며, 릴케와 토마스 만이 살던 시절에는 한 식구가 일주일을 살았을 비용의 수상버스vaporetto를 타러 간다. 반시간 뒤에 나는 대리석 섬돌 네 단을 올라 묵을 곳에 찾아드는데, 집은 팔꿈치를 몸에 딱 붙이고 지나가야 하는 고샅길에 있다. 여섯 개의 쪽창으로 운하―암스테르담 사람인 내가 '흐라흐턴[4]'이라고 부르는―두 개의 교차점이 내다보인다. 그 창문 하나를 여는 순간, 얼어붙은 일본 여성 여덟명을 태운 곤돌라 한 척이 지나가고 사공은 '오 솔레 미오'를 노래한다. 나는 베니스에 있다.

십오 분, 삼십 분, 정각, 다른 도시에서는 이제 들리지 않는, 시간의 청동 목소리가 여기서는 골목길에서, 다리 위에서 당신을 덮쳐온다. 시간 자체가 뒤쫓아와 지금 그의(네덜란드어에서 '시간'은 남성형 명사다. 어떻게 그럴 수가?) 어느 부분을 타종했는지 말해주려고 하는 듯하다. 당신은 미로 속에서 길을 잃고, 산타 마리아 데이 미라콜리Santa Maria dei Miracoli를 찾는다. 에즈라 파운드가 '보물 상자'라고 불렀던[5] 교회다.

---

4) grachten, 네덜란드어로 '운하'라는 뜻.
5) 에즈라 파운드의 장편시선집《칸토스Cantos》중 '칸토 76/480'에서.

가까이 온 것은 아는데, 지도가 아무리 상세해도 지금 당신이 있는 골목길 이름은 나와 있지 않고, 어디선가 종이 울리지만, 당신이 찾는 교회의 종소리가 맞는지 알 길이 없다. 그러자 다른 종소리가 한 번 울리고 또다시 종소리가 울리는데, 이제는 시간과 상관이 없는 소리다. 죽음과 관련된 무언가를 아우성치는 음울한 암흑의 종소리이거나, 결혼식, 아니면 대미사를 알리는 소리다. 그러더니 종들은 경주하듯 날뛰며 달린다. 정오에는 삼종기도를 알리는 타종이다. 나는 학창 시절에 배운 그 라틴어 문장을 아직 기억한다: '안젤루스 도미니 눈시아비트 마리아Angelus domini nunciavit Mariae(주님의 천사가 마리아께 아뢰니)'. 바로 그 순간 아카데미아 미술관에, 카도로Ca d'Oro에, 교회들에 있는 그 모든 수태고지가 눈앞에 펼쳐진다. 로렌초 베니스노Lorenzo Veneziano와 벨리니Bellini의 수태고지 그림, 하나는 비잔틴, 다른 하나는 고딕 양식으로,[6] 언제 보아도 변함없는 날개 달린 남자와 동정녀 마리아. 하도 자주 보아서 남자가 날개를 달고 있어도 이제 놀라지 않으니, 상상 속의 생명체에 더는 놀라지 않는 것과 매

---

6) 로렌초 베니스노(1356~1372)의 〈폴리티코 리온과 수태고지〉(c.1359)는 '리온 제단화 Lion Polyptych'라고도 불리며, 당시 베니스에서 유행하던 비잔틴 양식이다. 지오반니 벨리니(Giovanni Bellini, 1430~1516)의 〈수태고지〉(c.1500)는 고딕 양식의 그림. 두 그림 모두 베니스의 아카데미아 미술관에 있다.

한가지다. 왕관 쓴 사자, 일각수, 하늘을 나는 사람, 그리핀, 용, 그것들은 그저 여기에 있다. 당신은 꿈과 우화와 동화의 영토에서 길 잃은 자이며, 바보가 아니라면 자신이 헤매도록 내버려 둘 것이다. 당신은 무언가를, 그러니까 궁전을, 시인의 집을 찾고 있었으나 길을 잃고, 골목으로 접어들면 막다른 길이 다리도 없는 둑이나 벽에서 끝나는데, 불현듯, 그래 이런 것이지, 평소에는 절대 보이지 않는 것들이 이제야 보이는구나, 하고 깨닫는다. 가만히 서 있으면, 들리는 것이라고는 발소리뿐이다. 자동차가 없던 시대에 속하는 잊힌 소리, 수백 년의 그 시간 동안 방해받지 않고 이곳에서 울렸던 소리. 발을 질질 끌거나, 성마르거나, 다급하거나, 느릿느릿하거나, 어슬렁거리는 발걸음. 가죽, 고무, 나무, 샌들, 하이힐, 부츠, 운동화라는 악기로 구성된 오케스트라. 하지만 늘 일상적인 크기로, 날이 밝은 시간에는 점점 커지다가 날이 어두워지면 차츰 줄어들어 독주만이 들리고, 그예 당신 자신만의 발소리가 외로운 아리아가 되어 어둑한 고샅길에, 대리석 계단에 메아리친다. 그다음에는 오직 정적만이 흐르다가, 도시는 마지막으로 무언가를 말하려고 한다. 동화에서도 한밤중은 온다고.

　내 방의 높은 창으로, 모든 것을 삼켜버리는 정적 속에 캄파닐레Campanile의 큰 종, 마란고나Marangona[7]가 오늘 마지막으로 울리는 소리가 들려온다. 몽롱하고 둔중하고 호통 치는 소리다. 물 위의 도시는 막을 내리고 있다. 저 아래 잔 잔한 물은 이제 미동도 없고, 목소리도, 발소리도 없다. 도 제doge가 잠들고, 틴토레토Tintoretto가 잠들고, 몬테베르디 Monteverdi가 잠들고, 릴케가 잠들고, 괴테가 잠들고, 사자, 용, 바실리카, 성인과 영웅의 동상, 모두 잠든다. 생선과 신선 한 채소를 실은 첫 번째 배들이 입항하고 십만 개의 발들이 다시 교향곡을 연주할 때까지.

아연색의 빛, 화가는 오늘 같은 날에는 어찌할 바를 몰 라 궁싯거린다. 그냥 그대로 두거나, 구리를 좀 더 넣어 녹 색이 스며나게 하고 회색을 강조하거나, 그렇지 않으면 빛 이 온통 더 쏟아지게끔 한다. 박쥐들에게 어울리는 날씨다. 비가 오기 시작하면 하나같이 우산을 펴서 하나같이 박쥐 로 변신한다. 오 분 뒤에 다시 해가 나고, 리바 델리 스키아 보니Riva degli Schiavoni 산책로에는 바람이 불며, 바다는 안 절부절못하는 여배우처럼 일렁인다. 물 위로 살짝 튀어나 온 나무 계단에 가서 앉아있으니, 발치에서 바다 내음이 난

---

7) 마란고나 종은 산 마르코 광장의 캄파닐레(종탑)에 있으며, 정오와 자정에 울린다. 베니스에서 자정에 울리는 유일한 종이다.

다. 여기서 페트라르카Petrarca가 살았다고, 내 등 뒤의 벽에 적혀있다. I'illustre messer Francesco Petrarca essendogli compagno nell'incantavole soggiorno l'amico Giovanni Boccaccio(위대한 프란체스코 페트라르카와 조반니 보카치오는 이 매혹적인 공간에서 함께했다).[8] 그리고 이제 나는 이 두 거장 이 관조적인 시선으로 그집 앞에 서서 본 것들을 보려 한다. 도르소두로Dorsoduro 지구가 끝나는 뾰족한 지점에는 지금 은 도가나Dogana의 탑 위에서 두 명의 아틀라스 거인이 황 금 지구를 이고 있는데, 당시에는 아직 없던 것이다. 자떼레 Zattere 산책로에 소금 창고가 많았기 때문에 그때는 그 지점 을 푼타 델 살레Punta del Sale라고 불렀다. 그리고 바로 맞은 편, 지금은 산 조르지오 마조레San Giorgio Maggiore라는 가공 할 만한 신고전주의 양식의 성당이 서 있는 작은 섬에는 베 네딕회 수도원이 자리 잡고 있었는데, 만약 페트라르카와 보카치오가 지금 내 옆에 서 있다면, 수도원은 불가사의하게 도 눈앞에서 사라지고 말리라.[9] 팔라디오Palladio[10]여, 그들 에게 어떻게 설명하면 좋을까요?

기독교 이전 로마 시대의 순수한 선線을 그리워하는 향수

---

8) 시인 페트라르카는 리바 델리 스키아보니에 있는 팔라초 몰리나Palazzo Molina에서 5년 동안 살았으며, 오랫동안 친교를 나눠온 보카치오의 방문을 받았다.

는, 982년에 짐작건대 프레-로마네스크 양식에 벽돌로 지었을 소박한 수도원 위에, 위풍당당한 이 거대한 성당을 건설했다. 마찬가지로 바로 그 이교도적 향수가 또한 몇 백 미터 거리의 주데카Giudecca 섬에 그만큼 당당한 레덴토레 Redentore 교회를 건설했으며, 카날 그란데Canal Grande 근처의 도가나Dogana를 살짝 지난 곳에 살루테Salute 교회를 건설했다. 두 거장이 최소한 그 형태만이라도 알아볼 수 있는 것이라고는 산 마르코San Marco광장 밖에 없을 테다. 나머지는 환영이리니, 상상할 수 있는 과거와 상상할 수 없는 미래의 모습이 신비로운 방식으로 동시에 보이는 무엇이다. 그런데 다시 한 번 말하지만 이것들은 시대착오적인 꿈인데, 이번에는 금지된 꿈이다. 그도 그럴 것이 내가 거기에서 상념에 빠져 앉아있는 동안, 소형 경찰선 한 척이 내 주위를 맴돌더니 뱃머리를 돌려 되돌아와서, 물 위에서 태어난 베니스 사람만이 할 수 있는 방식으로 방향을 잡는 모습이 보인다. 경관이 고개를 밖으로 내밀어, 나에게 거기 앉아있으면 안 된다고 일러준다. 나는 해안선에서 4미터나 떨어진 곳에 코코야자

---

9) 산 조르지오 섬에는 790년경 처음으로 교회가 건설되었고, 982년 베네딕트회가 수도원을 건설했으나 1223년 지진으로 교회와 수도원이 파괴되었다. 1566년에 팔라디오가 현재의 건물을 새로 짓기 시작했다.

10) 안드레아 팔라디오(Andrea Palladio, 1508~1580), 베니스 공화국의 건축가.

매트를 깔고 앉아있는데, 여기는 군사구역이란다. 나는 고분고분 일어선다. 페트라르카, 보카치오와 대화중임을 설명하기란 쉬운 일이 아니다. 게다가 이 바닷가의 항구마다 한번 물어보시라! 세레니시마Serenissima[11]의 해군과 농담을 주고받는 사람은 없다.

어쩔 수 없는 노릇이다. 당신은 온종일 아카데미아 미술관을 배회하고, 30만 평은 되는 화폭을 보았다. 오늘은 나흘째, 엿새째, 아니 여드레째, 신, 왕, 예언자, 순교자, 수사, 수녀, 괴물들의 거센 물결을 거슬러 올라간 기분이다. 오비디우스, 헤시오도스, 구약·신약 성경이 그 길에 내내 동행했고, 성인의 생애, 기독교도와 이교도의 도상이 꽁무니를 쫓아오며, 카타리나 성인의 바퀴, 세바스티아누스 성인의 화살, 에르메스의 날개 달린 샌들, 마르스의 헬멧, 돌·금·반암斑巖·대리석·상아로 된 사자들이 온통 당신을 노린다. 프레스코, 태피스트리, 묘석, 그 모두에 의미가 담겨 실제 또는 허구의 사건을 가리키고, 바다 수호신의 군대, 푸토, 교황, 술탄, 콘도티에로, 장군들이 당신의 관심을 끌고 싶어 한다. 그들은

---

11) 베니스 공화국의 별칭. '가장 평온한'이라는 뜻의 이탈리아어 'Serenissimo'에서 왔다.

천장에서 획 소리를 내면서, 그려지고 직조되고 스케치 되고 조각된 눈으로 당신을 내려다본다. 때로는 똑같은 성인이 고딕 양식, 비잔틴 양식, 바로크 양식, 아니면 고전 양식으로 탈바꿈하여 하루에 여러 차례 맞닥뜨리기도 한다. 신화는 강력하고 영웅은 융통성이 있으므로 당신이 세월없이 바라보는 한, 그들의 본질이 훼손되지 않는 한, 르네상스이거나 로코코이거나 그들에게는 상관없는 일이기 때문이다. 예전에 그들은 제 주인의 힘을 표현하는 데 동원되기도 했는데, 그들이 무엇을 묘사하는지 누구나 알던 시절이었다. 미덕, 죽음, 또는 여명, 전쟁, 계시, 자유. 그들은 자신에게 주어진 알레고리에서 맡은 일을 했고, 간증자와 교부敎父, 장군과 은행가를 추모했다. 오늘날에는 다른 종류의 군대가 지나간다. 이제는 그들의 조형 언어를 이해하지 못하고, 무슨 의미인지 또는 의미였던지도 알지 못하는 관광객 군대다. 남은 것이라고는 그들의 아름다움, 그들을 만든 거장의 천재성뿐. 그렇게 거기에서, 일군의 석상 손님Stone Guest은 교회의 파사아드에서 손을 흔들고, 팔라초palazzo의 눈속임 그림에서 몸을 내밀며, 티에폴로Tiepolo[12)]와 푸미아니Fumiani[13)]의 어린아이들은 공중을 가로지르고, 다시 한 번 율리아누스 성인이 참수당하고, 다시 한 번 마돈나는 아기 예수를 품에 안아 어르고, 다시 한 번 페르세우스는 메두사와 싸우며 알렉산더 대

34

왕은 디오게네스와 대화한다. 여행자는 그 모든 야단법석에서 뒷걸음질 치며 물러나 잠시 쉬고 싶어 그저 둑 위의 돌의자에 앉고, 자신이 조각이나 그림 속에 있는 것은 아닌지 확인하려고 팔을 꼬집어가면서, 귀뿔논병아리 한 마리가 녹색이 감도는 짭짤한 물에서 먹이를 찾는 모습과 물 자체의 움직임을 구경한다. 베니스에는 살아 숨 쉬는 여성보다 마돈나가 더 많지 않을까, 하고 여행자는 생각한다. 그림으로 그리고, 조각으로 빚고, 상아로 깎고, 은으로 돋을새김한 베니스인이 실제로 몇 명이나 되는지 아는 사람이 있을까? 그런데 이런 상상을 해보자, 하며 그는 생각의 나래를 펴는데 그거야 너무 고단해서일 뿐. 가령 그들이 액자나, 벽감, 프레델라 predella,[14] 조각상 기단, 양탄자, 추녀에서 한 번만이라도 일시에 전원 봉기하여, 일본인·미국인·독일인들을 곤돌라에서 내쫓고 레스토랑을 점거한 다음, 그들의 검과 방패, 자줏빛 망토와 관冠, 삼지창, 날개를 내밀면서, 천 년 동안 성실히 복무한 대가로 드디어 품삯을 요구한다면?

---

12) 조반니 바티스타 티에폴로(Giovanni Battista Tiepolo, 1696년~1770년), 베니스 출신의 화가.

13) 조반니 안토니오 푸미아니(Giovanni Antonio Fumiani, 1645~1710), 베니스 출신의 화가.

14) 세 폭 제단화 아래에 가로로 길게 놓이는 그림.

소소한 일들로 보낸 어느 날. 추위와 바람에도 불구하고 수상버스의 위쪽 갑판에 앉아 채찍비를 두들겨 맞는다. 둑에서 갑판으로, 갑판에서 둑으로 폴짝 뛰며, 물이라는 그 움직이는 요소에 낮이고 밤이고 둘러싸여, 노상 이렇게 배나 타고 다녔으면 하는 바람, 여행이 건네는 약속이다. 1177년 어느 날, 막강한 베니스인들은 바르바로사[15]가 여기 산 마르코의 앞마당에서 교황 알렉산더 3세의 발에 억지로 입 맞추게 했고, 그런 다음 광장에서 성하陛下께서 교황의 당나귀에 오를 수 있도록 거들었다. 그에 대한 감사의 표시로 교황은 베니스의 도제에게 반지를 하사하여 도제는 해마다 주님 승천일이면 바다와 결혼할 수 있었다. '진실하고 영원한 주님의 증표로써, 우리는 그대 바다와 결혼합니다.' 바다는 그 후로 매번 새롭지만 한결같은 제 배우자를 여러 차례 기만했으나, 한 가지 측면에서는 신의를 저버리지 않았으니, 여전히 매일 아침,

---

15) 이탈리아어로 '붉은 수염'이라는 뜻으로, 신성로마제국 황제 프리드리히 1세 (1125~1190)를 가리킨다. 프리드리히 황제는 이탈리아 원정에서 대패한 뒤 교황 알렉산더 3세와 평화 조약을 맺는데, 이때 중재자가 베니스였다. 1177년 이 베니스 조약에서, 프리드리히 황제는 알렉산더 3세를 교황으로 인정했다. 교황권과 황제권이 분리된 역사적 사건으로, 교황청과 신성로마제국 사이의 오랜 갈등을 중재하는 역할을 함으로써 베니스는 이탈리아 열강 중 하나가 된다. 교황은 베니스의 도제를 치하하며 해양 통제권을 확인해주었고, 베니스인들은 매년 주님 승천 대축일에 반지를 앞바다에 던지는 '바다와의 결혼식'을 치르며 베니스와 바다는 떨어질 수 없는 관계임을 선언한다.

생선 시장의 돌판 위에는 감성돔과 농어, 전갱이와 서대기 같은 은빛 보물들이 놓인다. 온갖 색깔, 작가가 딱 맞는 단어를 찾지 못한 것처럼 먹물이 번진 세피아 색, 아직 살아서 꿈틀거리는 뱀장어, 식칼에 베인 상처에 난 피의 붉은 색, 다리 여덟 개로 아직도 살려고 바둥치는 게, 그리고 홍합·굴·흰모래조개 같은 살아있는 돌들. 중세시대 사람은 누구나 이곳 페스카리아(Pescheria, 어시장)를 알아보듯 그것들을 알아보리라. 페스카리아는 이 도시에서 천 년이 넘도록 카날 그란데의 리알토 다리에 있고, 그 옆에는 베니스에서 가장 오래된 교회, 산지아코메토San Giacometto가 있다. 바늘이 하나이고 로마 숫자 24개가 힘차게 적혀있으며 크기는 너무 큰 시계 아래로, 날씬한 기둥 다섯 개를 지나 나는 교회 안에 들어갔다. 코린트식 기둥머리는 900년대부터 생선과 채소를 내려다보고 있다.

내가 안내서를 제대로 이해했다면 교회 안은 온통 개조되고 변경되었는데, 지금은 예술사를 따질 때는 아니다. 녹색 제의 차림의 늙수그레한 사제가 교구민에게 강복을 내리며 막 뭔가 말 할 참이다. 사람들로 가득 찬 교회는 손님들이 외투를 벗지 않고 있는 응접실 같다. 그들은 함께 온 사이, 서로서로 아는 사이, 마치 이 자리에서 1500년 동안이나 기도를 드려왔다는 사실을 알고 있는 듯하고, 또한 밖에서 들려오는 종교개혁과 프랑스 혁명의 유별난 소란과 철의 장막이 덜컹거리는 소리와 스포르트팔라스트Sportpalast[16]의 고함 소리를 들었던 것처럼, 그들 자신이 로마 신들의 임종마저 지켰다는 듯한 인상을 풍긴다. 여기서는 그동안 아무것도 달라지지 않았다. 훗날 토리노에서 마차의 말을 끌어안았던 어떤 이가 신은 죽었다고 주장한 모양이지만, 그들은 늘 해오던 대로 여전히 똑같은 말로 신을 불렀고, 이제 노사제는 안토니우스 성인의 제단을 향해 발을 끌며 걸어가 성인의 성유물을 높이 들어 올렸다; 나는 유리 안에 든 것이 뼛조각 한 점인지 수도복 한 조각인지 제대로 보지 못했다. 사제는 위대한 이 사막의 성인에게 우리가 데보레짜debolezza에 처해있을 때 우리 옆에 있어 달라고 청한다. 확실히 해두려고 나중에 그 단어의 뜻을 찾아보니 미약함이라고 나와 있다. 나쁜 뜻풀이는 아니다. 미사가 끝난 후에 남자들은 붉은 색유리 안에서 기름불이 타오르는 여섯 개의 성체 등 아래에서 좀 더 머물며 이야기를 나눈다. 수단 위에 얇디얇은 비닐 외투만 걸친 사제가 남은 모두와 악수를 나누고 떠난다. 나는 고해소를 잠시 바라본다. 후줄근한 자주색 커튼이 짤막하게 걸려있다; 고백자는 제 몸을 감출 도리가 없다. 여기서 자신의 죄를 속삭이는 사람은 그것을 온 동네에 알리게 하는 것이나

---

16) 나치의 대중 집회가 열리던 베를린의 대형 집회장.

마찬가지다. 벽들은 올리브유를 정제하는 장인이나 체를 만드는 장인들, 짐꾼들, 그리고 수 세기 동안 부활절 전 성목요일마다 성인을 숭배하러 왔던 도제에 대한 오래된 이야기들을 속삭이지만, 나는 산 조르지오 델리 스키아보니 스쿠올라 Scuola di San Giorgio degli Schiavoni[17]에 있는 베니스의 가장 위대한 그 화가와 만나기로 되어 있다. 비토레 카르파초Vittore Carpaccio.[18]

아카데미아 미술관에는 그의 전시실이 따로 마련되어 있는데, 그가 사방 벽에다 누군가 책 한 권은 쓰고도 남을 연작화[19]로 우르술라 성인의 전설을 이야기한 것을 보면, 당신은 그의 우주에 꼼짝없이 갇혀버릴 것이다. 여기 스쿠올라Scuola 에서 그 장려함이 덜한 것은 아니지만, 오늘 나는 그림 한 점을 볼 요량으로 이 내밀한 작은 공간을 다시 찾았다. 작가 중에서 가장 위대한 성인이며 성인 중에서 가장 위대한 작가인 히포의 아우구스티누스의 환영.[20] 그 그림 속에는 내가 당장이라도 들어가 자리를 틀고 싶은 서재가 묘사된 까닭인지도 모르겠다. 좋다! 제단 위의 주교관, 주교 지팡이, 십자가 깃

---

17) 베니스에 있는 신자회 건물.

18) c.1460~1527, 이탈리아 베니스 파의 화가.

19) 대형 벽화 연작인 〈우르술라 성인 전설〉(1490~1498)을 말한다.

발을 든 그리스도상을 바랄 처지는 못되지만, 완벽한 빛, 펼쳐진 책들, 악보, 무늬개오지Cypraea Tigris인 듯한 조개, 왼쪽 벽에 기대어 세워놓은, 원고가 들어있을 근사한 장정의 서류철들, 회전 책장, 바닥 가운데쯤에 놓인 호기심을 자극하는 편지, 그리고 두 앞발을 앞으로 쭉 뻗은 채 코는 공중을 향하고 칠흑같이 맑은 두 눈을 가진 앙증맞은 털북숭이 강아지, 아무렴, 여기에서 글을 쓰지 못한다면 다른 어디에서 가능할까? 성인 자신은 가장 신비로운 순간, 그러니까 영감의 순간에 사로잡혀있다. 그는 공중에 펜을 들고 있고, 빛이 방안에 쏟아진다. 말이 절로 형태를 갖추어가는 소리가 들리고, 그 것들을 어떻게 써 내려갈 것인지를 그는 이미 얼추 알고 있다. 곧 카르파초가 가고 나면, 그는 세피아 잉크에 펜을 적시어 그의 책들 중 하나에 있는, 오늘날 세상 모든 도서관에 보존되어 있는 그 문장을 쓴다.

끝. 베니스와 베니스 사이에서 많은 것이 잊혀질 수 있기에, 또 다른 해에는 다시 첫날이 될 마지막 날. 나는 죽은 자들을

---

20) 카르파초의 그림 〈성 아우구스티누스의 환영Vision of St. Augustine〉(1502)을 말한다. 서재에 있는 아우구스티누스 성인에게 히에로니무스 성인이 나타나 그의 죽음이 임박했음을 알리는 장면을 그린 작품이다. 성 아우렐리우스 아우구스티누스 히포넨시스(354~430)는 '히포의 아우구스티누스'라고도 불리는 알제리 출생의 교부로,《고백록》,《신국론》,《삼위일체론》 등을 썼다.

만나러 간다. 폰다멘타 누오베Fondamenta Nuove 선착장에서 수상버스를 타고 죽음의 섬 산 미쉘San Michele을 들러서 무라노 섬까지 간다. 알레호 카르펜티에르Alejo Carpentier가 쓴 멋진 소설 《바로크 협주곡Concierto Barocco》에는 헨델과 붉은 머리의 베니스 사제 비발디가 음악과 포도주로 가득한 광란의 밤을 보낸 다음 날, 몇몇 사람과 함께 죽음의 섬에 가서 아침 식사를 하는 장면이 나온다. 다들 식사에 여념이 없는 와중에, 비발디는 식초·마조람·파프리카로 양념한 돼지고기 한 점을 우적우적 씹으면서, 별안간 몇 발짝 뒷걸음질 치다가 근처의 무덤 앞에서 멈추더니 무덤을 한참 동안 바라보고 있다. 이 고장에서 들어보지 못한, 어감이 좋은 이름 하나가 묘비에서 눈에 띄었기 때문이었다. '이고르 스트라빈스키IGOR STRAVINSKY', 하고 그는 한 자 한 자 또박또박 읽었다.

"아, 맞군요" 하며 이번에는 헨델이 한 자 한 자 읽으며 말했다. "그는 이 묘지에 묻히고 싶어 했지요."

"공로가 큰 음악가입니다. 그런데 가끔은 생각이 꽤 고리타분할 때도 있었어요. 전통적인 주제에서 영감을 받았으니까요. 아폴로, 오르페우스, 페르세포네… 끝이 없지요" 하고 안토니오가 말했다.

"그가 만든 오페라 〈오이디푸스 왕〉을 압니다. 1악장의 끝부분('Gloria, Gloria, Gloria Oedipus uxor!')이 내 음악을 연상시킨다고 보는 사람들도 있습니다" 하고 헨델이 말했다.

"그런데 무슨 생각으로 그는 세속 칸타타의 가사를 라틴어로 썼을까요?" 하고 안토니오가 물었다.

"그가 만든 〈칸티쿰 사크룸Canticum Sacrum〉도 산 마르코에서 연주됐는데, 그 작품에는 우리는 진즉에 넘어선, 중세시대 양식의 멜리스마melisma가 들리더군요" 하고 게오르크 프리드리히가 말했다.

"그래요. 이른바 그 전위적 거장들이라는 사람들은 과거의 작곡가들이 어떤 식으로 했는지 샅샅이 찾아내는 데 무진장 최선을 다하지요. 때로는 자기 스타일을 새로 바꾸려고 애쓰기도 하고. 그런 측면에서 보면 우리가 더 현대적입니다. 나는 백 년 전의 오페라나 협주곡이 어땠는지는 신경도 안 써요. 나는 내 갈 길을 갈 뿐, 최대한 내 능력과 통찰력으로, 그러면 되는 거죠."

"나도 방금 그렇게 생각했어요, 당신은 물론 이 점을 간과하면 안 되겠지만요" 하고 헨델이 말했다.

"그 헛소리 당장 그만두시오" 하고 필로메노가 말하며 방금 딴 포도주병을 들고 단숨에 들이켰다. 그리고 그들 중 네 사람은 오스페달레 델라 피에타Ospedale della Pietà[21])에서 가져온 바구니에 다시 손을 집어넣었는데, 바구니는 신화 속 풍요의 뿔[22)]처럼 절대 마르지 않을 성싶었다. 그런데 그들이 모과 마멀레이드와 파이를 집어 들었을 즈음, 아침나절의 마지막 구름이 갈라지고 태양이 묘석 위를 곧장 비추어, 묘석들은 사이프러스 나무들의 짙은 녹색 아래에 눈부신 흰 무늬로 누웠다. 햇빛이 가득하여, 바로 옆에 있던 그 러시아인의 이름은 다시 한 번 그들의 눈을 사로잡았다.

묘지에 닿았을 때는 거의 문을 닫을 시각이었다. 나는 문지기 앞을 지나며, 스트라빈스키, 디아길레프Diaghilev, 에즈라 파운드Ezra Pound, 아직 잉크도 마르지 않은 조지프 브로드스키Joseph Brodsky의 거처가 표시된 죽은 자들의 지도를 얻는다. 모두가 잠들어 있는데 나는 사실상 서두르고 있으니 어색하기만 하다. 겨우 며칠 살았던 영혼들을 위한 대리석 구조물, 안 보이는 축구공이 그 눈에서 여전히 보이는 소년들의 초상, 아이들의 무덤을 지나고, 해군militari del Mare과 육군de la Terra 사이에, 그들이 지금 가 있는 곳에서도 이런 구분이 중요하다는 듯 그어놓은 구획선을 넘어, 개신교도 구역에 이른다. 끝이 뭉텅한 기둥과 이끼 낀 피라미드 같은, 죽

21) '성모병원'이라는 뜻. 14세기에 수녀들이 세운 고아원으로 시작하여 음악학교로 발전했다. 사제이기도 했던 비발디는 그곳에 1703~1715년과 1723~1740년 동안 바이올린 교사로 있었다.

22) 뿔은 고대 그리스 신화에서 풍요의 상징으로, 안으로 손을 넣으면 음식과 재물을 무한정 꺼낼 수 있는 화수분이다.

음의 19세기 문법,[23] 그리고 야자수, 사이프러스 나무.[24] 무덤 대부분은 그 자체로 이미 죽은 상태이고 비문碑文은 알아볼 수 없는데, 덴마크인, 독일인, 영사, 귀족, 그리고 그 모든 이들 사이에 올가 럿지Olga Rudge[25]와 에즈라 파운드의 묘비 두 개가 하트 모양의 나즈막한 나무 울타리 안에 가로로 누워있다. 그리 멀지 않은 곳, 거의 모래색 흙으로 된 나지막한 언덕에는 시들어 사그라든 꽃다발 몇 개, 양팔에 잔돌을 얹은 소박한 흰색 나무 십자가[26)가 있다. 조지프 브로드스키다. 그리스 정교회 구역의 담장 밑에는 러시아 왕족들과 그리스 시인들 사이에 이고르Igor와 베라 스트라빈스키Vera Stravinsky 부부가 잠들어있다. 헨델과 비발디는 방금 떠났으나 꽃을 놓아두고 갔으니, 양 무덤에는 분홍색 장미와 파란색 아이리스가 한 송이씩 열십자로 놓여있다. 얼마나 오래전 일인지 생각해본다. 내가 뉴욕에서 베라 스트라빈스키에게,

---

23) 나폴레옹의 이집트 원정을 계기로 19세기 서구에서는 이집트 풍을 흉내 낸 건축이 유행하여, 묘지에도 호루스의 눈, 오벨리스크, 끝이 깨진 원뿔형 기둥 등의 장식 요소가 사용되었다.

24) 저승세계의 신인 플루토의 상징으로, 죽음과 추모를 가리킨다. 야자수는 기독교에서 죽음을 이기는 순교를 상징하며, 사이프러스와 함께 성모 마리아를 가리키기도 한다.

25) 1895~1996, 미국의 바이올리니스트. 에즈라 파운드의 오랜 연인이었다.

26) 묘지에 돌을 올려놓으며 추모하는 유대인의 풍습이다.

이고르 스트라빈스키가 생애 막바지에 이미 여든이 넘은 나이로 베니스를 오가는 일을 고단해하지 않았는지 물었을 때, 그녀가 활달한 그 러시아 억양으로 "아유, 당신은 모르는군요! 스트라빈스키, 그 사람은 비행기 타기를 좋아했답니다!" 하고 소리치던 때가.

피안에서 들려오는 기계음의 목소리가 섬에 울려 퍼진다. 교황처럼 여러 나라 말에 능한 전령이다. 독일어·영어·러시아어·일본어로, 우리는 죽은 자들은 쉬게 놔두고 떠나 주기를 요구받는다. 문이 곧 닫힌다. "서둘러요, 라가지(ragazzi, 소년들), 서두르라고" 하며 묘지기들이 외치고, 그들의 숙련된 귀는 수상버스가 도착하는 소리를 들었으니, 우리는 누가 낫을 들고 쫓아오는 것처럼 다들 걸음아 날 살려라 하고 선착장으로 간다. 부두에 다다르자 한쪽에는 무라노섬이, 다른 쪽에는 베니스가 보인다. 뱃길을 가리키는 오렌지 불빛이 켜지고, 하나는 크고 하나는 작은, 섬 두 개가 어두운 바다에 허깨비처럼 떠 있다. 그때 갑자기 먹구름 한 점 뒤에서 구릿빛 석양 한 줄기가 빗발치더니 내 앞에 있는 도시를 몇 초 동안 묵시록적인 불빛으로 뒤덮는다. 마치 저 아래 그 꿈은 이만하면 충분히 오래 지속하였다는 듯이.

1998년

3. 라이트 부인과 자바라 경:
   감비아강 보트 여행

혼돈을 피하고자 일러두자면, 감비아Gambia는 감비아강에서 그 이름을 가져온 나라다. 이 나라는 아프리카에 있는데, 아프리카에는 아무도 들어본 적 없거나 들어보았다 해도 어디에 있는지 모르는 나라가 수두룩하다. 아무도 들어본 적 없는 이 나라는 불어를 사용하는 세네갈의 남쪽에 위치하며 영어를 공용어로 하는 소수 민족 국가로, 폭이 무척 넓은 강과, 그 강의 양 유역으로 이루어졌다. 그 강변에, 그리고 때로는 강 위에도, 감비아 인구 40만 명[27]이 거주하는데, 그 숫자는 수리남[28]의 인구에 맞먹는다. 기후는 무덥고, 사람들은 땅

---

27) 1975년 기준.

콩을 재배하여 먹고 산다. 그 밖의 사항으로는, 독립국이고 (이 세상에서 그것이 가능하다면), 군대가 없으며, 흔치 않은 일이지만, 텔레비전도 없다. 얼마나 평온할까. 신문은 오직 한 가지로 주 3회 발간되며, 의회는 두 달에 한 번 소집되는 것으로 보아 민주주의 국가다. 외국 간행물은 숫제 누렇게 바랜 뒤에야 받아볼 수 있고, 라디오는 월로프어Wolof, 만딩고어Mandingue, 풀라어Fulah로 방송하며 사람들 말로는 영어 방송도 있다고 하니, 잠시 동안 세상과 담쌓고 싶은 사람은 어디로 가면 좋을지 알 것이다. 도로는 200킬로미터가 아스팔트로 포장되었고, 신문 가판대는 없으며, 수도는 외곽 해안가에 위치하고, 호텔은 없다. 감비아 돈 4파운드가 영국 돈 1파운드에 맞먹는데, 감비아 파운드는 달라시Dalasi로도 불리며 1달라시는 100부툿butut에 해당한다. 나는 이제 그곳에서 돌아와, 얼마간의 향수에 젖어있다. 친구들은 내가 어디에 다녀왔는지 일단 알고 나면, 하필 왜 거기로 갔느냐고 묻는데, 바로 그 지점이다. 나는 전혀 거기로 가지 않았고, 어쩌다 거기에 이르렀을 따름이었다. 나는 스페인령 사하라에 가려고 했었다. 여기서 "가려고 했었다"라는 말은 네이

---

28) 네덜란드는 17세기에 서인도회사를 통해 서아프리카에서 노예를 수입하여 카리브해 연안의 네덜란드 식민지인 수리남의 농장에서 일하게 했다. 수리남은 1975년에 네덜란드로부터 독립했다.

47

호프Nijhoff의 유명한 시구 "나는 하루 낚시를 가려고 했었다"[29] 에서와 같은 맥락으로 썼다. 그러니까 나는 사하라에 가려고 했었다. 그리고 군부가 현지에서 요구하는 안전통행증salvoconducto을 마드리드에 있는 해당 부처에 신청했으나, 통행증은 발급되지 않았고 앞으로 당분간은 그럴 성싶지도 않았다. 마드리드의 3월은 춥고 사나운 날씨다. 이제 어쩌나?

첫 번째 목적지였던 스페인령 사하라 여행 계획은 무산되었다. 나는 모리타니Mauritanie가 그 지역의 영유권을 주장하고 있는 점과 관련해서 그쪽으로 가보고 싶었다.[30] 나는 브뤼셀에 있는 모리타니 대사관에서, 비자를 받아보려고 렘브란트의 빛에 관한 몇 시간짜리 강의를 들어야 했는데, 최신 유행의 옷차림 탓에 완전히 인조인간 같아 보이는 모리타니인 직원의 일장 연설이었다. 듣다 보니 대단한 녀석은 아니었다. 그 남자는 나에게 '아프리카'의 위대한 왕 투탕카멘을 잠시 떠올려보라고 했다.

---

29) 네덜란드 시인 마르티누스 네이호프(Martinus Nijhoff, 1894~1953)가 쓴 시 〈아이와 나Het Kind en ik〉(1934)의 첫 구절.

30) 노터봄이 이 글을 쓴 1975년은, 스페인이 국제사회의 압력과 모로코의 영유권 주장으로 스페인령 사하라에 대한 식민 지배를 포기하게 되는 즈음이다. 모리타니 또한 역사적 연고권을 근거로 스페인령 사하라에 대한 영유권을 주장하였다.

글쎄, 그게 내 눈앞에 보였던가?

"그 귀족적인 용모? 진정한 왕족의 표정? 맞습니다! 당신들의 위대한 왕과 한번 비교해보시오. 자기 입으로도 태양왕이라고 칭하던 그 왕 말입니다. 그렇죠, 루이 14세! 그런데 그, 노터봄 씨, 그자는 베르사유 궁전에서 의자 뒤에다 방뇨하고는 했는데… 지금도 트리아농 궁에서는 악취가 납니다!"

어쨌든 나는 '렘브란트의 빛'에도 불구하고 비자를 받지 못했는데, 그 남자에 따르면 내 여권이 여백이 없이 '꽉 차' 있기 때문이었다.

나는 터무니없는 관료주의라고 따져보았지만, 그 남자는 우리한테 배운 것이라고 응수했다. 그래서 다음날 오전, 네덜란드 대사관에서 첫째 아기가 태어나기를 기다리며 마련한 요람처럼 텅 빈 새 여권을 발급받아 다시 그 이슬람 공화국의 대사관에 갔지만, 그래도 비자는 받지 못했다. 나는 진이 빠질 대로 빠지고 나서야 빈손으로 자리를 떴다.

마드리드에 비가 내리기 시작한다. 사하라는 나를 원하지 않고, 모리타니도 나를 원하지 않으며, 날은 춥다. 내 비행기 표는 라스팔마스Las Palmas를 경유하는 것이다. 나는 영국해외항공사BOAC의 쇼윈도에 편의상 걸려있는 세계지도를 슬쩍 본다. 내 옆에서 복권 판매상이 이번이 나한테 마지막 기회라고 외친다. 내 심정도 딱 그렇다. 최선의 결정은 네덜란드에서는 5시 55분에, 스페인에서는 7시 55분에 내려지고는 한다(상점이 문 닫기 직전). 아프리카로 가고 싶은 굴뚝같은 마음이 내 안에서 부글부글 끓어오른다. 내일 라스팔마스에서 다카르로 가는 비행기가 있습니까? (그런 후 거기서 두고 봐야지. 그리고 다카르는 내가 아프리카를 처음 접한 곳이다. 향수!) 예, 있습니다. 다카르행 비행편이 두 개가 있긴 한데 다 만석이군요.

앞을 가리는 눈물 사이로, 그 대형 지도에서 다카르 바로 밑에 있는 다른 도시 이름이 보인다. 배서스트Bathurst![31] 배서스트? 아가씨, 배서스트로 가는 비행기도 있습니까? 손님, 거긴 요즘은 반줄Banjul이라고 부른답니다. 아, 반줄에도 비행기가 갑니까? 예, 손님. 주 1회 브리티시컬럼비아 항공사로 라스팔마스에서 출발하는 건데, 그게 내일이네요. 피할 수 없는 운명에 다시 한 번 부딪힌다. 현재 시각 7시 59분, 그녀는 내 인생의 새로운 에피소드를 전화로 처리해준다. 그녀가 없었다면 나는 〈감비아 뉴스 속보Gambia News Bulletin〉

---

31) 감비아의 수도 반줄의 옛 이름. 영국이 그곳을 노예무역 거점으로 삼으면서, 당시 영국의 식민정책을 맡은 배서스트 백작 3세의 이름을 붙였다. 1973년에 반줄로 바뀌었다.

신문을 절대로 읽을 수 없었을 것이고, 후추 친 굴 요리를 절대로 먹지 못했을 것이며, 뎀보 씨를 절대로 만나지 못했을 것이다. 그리고 다와다 자와라Dawda Jawara 경이 지나갈 때 자전거에서 잽싸게 내리지 않았다는 이유로 40도의 무더위에 체포되는 일도 절대 없었을 것이다. 라이트 부인호號 이야기는 꺼내지도 않았다.

하지만 날은 춥고 어둡고 여전히 유럽이다. 그래도 24시간이 지나지 않아 비행기는 금단의 불타는 사하라 사막 위에 떠 있고, 그 안에 내가 타고 있다. 비행기는 아프리카의 해안선을 따라 하강하여, 넓은 강들이 저지대 사이를 면면히 흘러 모여드는 지점에 이르고, 바로 그곳에 우리는 모든 것을 집어삼키는 캄캄한 밤과 함께 착륙한다. 비행장의 불빛이 이상하게 일렁이는 듯 보이는데, 착륙하고 보니 왜 그런지 알겠다. 기름 램프가 푸르스름하게 타오르며 내는 불빛이다. 환영합니다.

나무들, 바오밥 나무의 숙연한 그늘, 울타리에 모여 있는 흑인 몇 사람, 소방차가 우리와 함께 내달리고, 벗겨낸 듯 허연 스코틀랜드 여승무원들은 벌써 이곳과 겉돌며, 비행기 안의 '제조된' 공기는 이제 곧 열대야의 후덥지근한 공기로 바뀔 것이다. 나는 감비아를 잘 모른다. 아는 것이라고는 여기에 한 번도 와본 적 없는 빅토리아 여왕이 "참으로 사랑스러운 작은 곳"으로 여겼다는 사실과, 여기에 한 발도 디뎌본 적 없는 이웃집 남자가 반줄에서 "갈만한" 호텔은 한 군데뿐이라고 해준 말이 전부다. 그래서 나는 그곳으로 가려고 한다. 여권과 짐가방으로 실랑이를 하고 나서, 하늘색 르노 4를 타고 반줄로 향한다. 뜨거운 공기와 찬 공기가 번갈아 차 안으로 훅 불어닥친다. 나중에 알게 되었지만 바닷가의 저녁은 꽤 차가워지기도 한다. 날은 이미 어두워져, 모닥불과 그 주위의 사람들, 그리고 검은 밤에서 잘라낸 검은 나무 무더기가 보이는데, 그게 다다. 오늘 아침 여섯 시에 나는 여전히 마드리드에 있었는데, 친구나 가족 누구도 내가 이런 색다른 장소에 있다는 사실을 모른다는 생각에 미치자, 다소 우쭐한 기분이 든다. 얼마간 '존재하지 않기'로 있다는 건 사뭇 매력적인 일이다. 나에 대해 아는 사람이 아무도 없는 낯선 나라에서, 피곤에 지친 신사인 양 택시에 앉아있는 일은 마치 역할극을 하는 것 같다. 당신은 마지막 순간에 누군가의 빈자리를 메꾸려고 연극에 끼어들었지만, 아직 대사를 알지 못한다. 택시 운전사는 대번에 대본 수정을 시도한다. 그는 내가 추천받은 아틀랜틱 호텔이 아니라, 아폴로 호텔에 가야 한다고 생각한다. 거기가 훨씬 싸다는 것이다. 나는 눈앞에 바퀴벌레와 모기와 불면의 밤이 어른거려, 아틀랜틱으로 가겠다고 말한다. "아폴로가 싸고, 백인이 많지" 하고 운전사가 말

52

한다. 이 남자는 모르는 게 없다. 하지만 나는 그가 아폴로와 모종의 거래가 있다는 확신이 들어 버틴다. 물론 다음 날 나는 결국 아폴로 호텔로 방을 옮기고, 반줄에서는 노상 똑같은 택시 운전사를 만나게 되다 보니, 그 일로 그는 번번이 나를 놀려대며 웃었다.

호텔 접수대의 새까만 흑인 남자에게서 찬바람이 쌩쌩 분다. 예, 아직 객실이 있죠. 좀 비싼 듯하다고 내가 말하자(조금 더 싼 객실은 없을까요?), 그는 아폴로 호텔에 가면 있다고 대답한다. 하지만 지금 나는 여기에서 자기로 했다. 그가 느릿느릿 내 여권을 옮겨 적는 동안, 조그만 나무 궤짝에 들어 있는 등사한 종이 한 장이 보인다: 〈진보 신문The Progressive Newspaper〉, 제 664호("우리는 진실을 추구한다", 주 2회 발행, 가격 13부툿). 나는 감비아에서의 첫 쇼핑을 하고, 잠시 후 내 돌방에서 휑한 돌벽에 둘러싸여 앉아 에어컨에서 나는 단조로운 발라드를 들으며 신문을 읽는다. 신문에는 '우리의 한국 친구들'을 독립기념일 행진의 외빈으로 초대하지 않은 데 대한 격렬한 항의가 실려 있는데, 그것은 "그러한 역사적 행사의 관례에 전면 위배되는" 것이라고 적혀있다. 기사는 '베르붐 사트 사피엔티(Verbum sat sapienti, 척하면 척이다)'라는 의미심장한 말로 끝을 맺는다. 많은 독자가 그 말을 이해하는지 어떤지는 잘 모르겠지만, 한 가지는 분명하다: 나는 여전히 인간이라는 종 사이에 있다. 어디를 가나 끊임없이 서로 흠을 잡아낸다.

세 군데 나라에서 묻은 먼지를 씻어내고 밖으로 나간다. 무언가가 바스락거리고 물기에 젖은 듯 눅눅한 냄새가 난다. 내 왼쪽으로 강이 있는데 이 지점에서는 폭이 수 마일이나 된다. 불빛 한 점 보이지 않는다. 걷고 또 걷는다. 마리나 퍼레이드Marina Parade.[32] 식민지의 흰색 유령 같은 총독 관저Government House.[33] 흑인 경비원 두 명이 나에게 그 앞으로 바로 지나갈 수 없으니 강 쪽으로 난 푸석푸석한 모랫길로 가야한다고 일러준다. 테니스 클럽, 알버트 마켓, 나이지리아 항공사, 매호니 극장에서는 존 웨인이 나오는 영화 상영 중. 안 될 것도 없지. 버클스트리트, 오렌지스트리트, 레몬스트리트.

슬리퍼를 질질 끄는 소리, 샌들이 직직거리는 소리, 맨발이 타박거리는 소리 사이로 아스팔트 위의 내 신발 소리가 들린다. 길가 모랫바닥 여기저기에 남자 여럿이 앉아 백개 먼과 주사위 놀이를 대판 벌이고 있다. 사람들은 희미한 불빛 아래에서 앉거나 비스듬히 누워있고, 그들의 입은 알아들

---

32) 감비아의 수도 반줄에 있는 도로명.
33) 식민지 시절 총독의 관저였으나, 현재는 감비아 대통령의 관저이다.

을 수 없는 말을 중얼중얼하는데, 그것이 내게 소외감을 느끼게 하고 나를 한층 더 이방인으로 만든다. 한 소년이 '아저씨, 안녕' 하고 부르기에 내가 손을 흔들자 그 아이도 따라 흔든다. 사방이 무척이나 조용하고 평온하다. 가끔은 네온 불빛의 물웅덩이가 시야를 좀 더 확보해준다. H. R. 캐롤 사 H.R.Carrol & Co., 샤이벤 A. 매디 앤 선스Shyben A. Madi & Sons, 옷감과 짐가방이 빼곡한 모호한 상점, 하지만 대부분 장소에는 노르스름한 불빛이 몽롱하고 어슴푸레하여, 내 기분에 딱 들어맞는다. 내일이면 모든 것이 표정을 띠게 될 것이다. 갈수록 거리가 어두워지는 터라, 어렵사리 길을 찾아 호텔로 돌아온다. 욕실에서, 41년 된 내 몸뚱이가 미끌미끌한 뭔가를 밟고 뒤로 공중제비를 돌아서 돌로 된 욕조 가장자리에 떨어진다. 출혈은 없고, 부러진 데도 없다. 그러므로 우연히 일어난 일이 아니며, 내게는 가히 여기에 온 목적이 있는 것이다. 티불루스Tibullus의 시('여신들이여 나를 해치지 마소서, 나는 벌 받을 일을 하지 않았나이다')를 읽고 잠자리에 든다. 바깥에서 평소에 들어보지 못한 외침 소리가 들리고, 그 소리에 이끌려 나는 꿈의 항해를 떠난다.

커피, 설탕 부스러기, 빵 조각, 그리고 부겐빌레아, 프랑지판, 히비스커스, 테라스 위에서 간드러진 아카시아, 강의 푸르른 광채, 그렇게 하루가 시작된다. 내가 대체 무슨 일을 저

질렀나? 나는 아무런 임무 없이 이곳에 왔다. 어딘가에 있으라는 지시를 다름 아닌 나로부터 받았을 따름이다. 그런데 '어딘가에 있다'라는 말은 무슨 의미인가? 평소와 다름없이, 다만 다른 어딘가에서, 카메라와 녹음기를 다 열어서 켜놓고 빈 저장소에 연결한 다음, 이미지와 소리를 기억으로 변환하여 저장하는 것이다.

그런데 이런 호사를 누리려면 반드시 어떤 방법이 동원되어야 한다. 물론 몇 개 되지 않는 수도의 뜨거운 거리를 누비고 다니며 감각적인 경험을 쌓는 일은 근사하다. 하지만 그래봤자 결국에는 주관적 감정의 잔재와 그에 따른 억측 이상은 남지 않게 된다. 그보다는, 방법이 필요하다. 이를테면 이런 것. '해외 통신원이 대통령과 인터뷰하기를 희망한다.' 그런다고 어떤 직접적인 실익을 얻는가 하는 문제에는 의문의 여지가 있을 수 있다. 네덜란드에서, 미지의 나라의 미지의 대통령 인터뷰에 밤잠을 설치는 사람은 없을 것이다.

그럼에도, 관료제의 부실한 계단을 통과하는 기나긴 행보는, 계단의 꼭대기에서 시작하는 경우가 아니라면, 예기치 못한 시사점을 제공할 수도 있다. 그리하여 나는 그 금요일 오전, 끝내 만나지 못하게 될 대통령을 향하여 첫 발걸음을 내딛지만, 그것이 중요한 건 아니다. 그 과정에서 펼쳐지는 볼거리가 은밀한 목적이다. 하지만 이 방법이 성공하려면 조건이 한 가지 있기는 하다. 당신은 대통령을 열렬하게 만나고 싶어 해야 한다. 아니라면 그 도중에 만나는 고난은 그에 합당한 보상을 해주지 않는다.

감비아에 오는 외국인 관광객이라고는 오직 스웨덴인뿐이다. 진취적인 어떤 스웨덴인이 수도에서 20킬로미터 거리에 있는 자연 그대로의 해안에 3층짜리 호텔을 지었고, 매주 비행기 한 대가 스웨덴인을 가득 싣고 와서 그 호텔에 쏟아놓는다. 그 사람들은 1000길더에도 한참 못 미치는 경비로 여덟 시간 동안 비행기를 타고 와서 2주 동안 지내는데, 그로 인해 감비아가 받는 영향은 만만치 않다. 대개 사반세기 동안 또는 그 이상을 아프리카에서 살고 있는 잔류 영국인에 대한 악감정으로, 감비아인들은 허여멀건한 얼굴만 보면 꼬박꼬박 스웨덴어로 말을 건넨다. "헤이, 두 스벤스카(안녕, 스웨덴 사람)!". 게다가 가뜩이나 다수를 차지하는 스웨덴 여인들은 호텔 안과 주변을 서성거리는 한참 젊은 감비아 사내들과 다소 깊은 관계를 맺으려는 경향이 두드러진다. 이는 감비아 사내들 간에 형제애를 북돋우지만, 현지의 도덕 수호자들은 그것을 도덕적 타락으로 간주한다. 문제의 젊은 감비아 사내들에게 이런 관계는 부수입을 올려주는 일이자 호텔 부속 나이트클럽에 손쉽게 들어가는 입장권이다. 그리하여 감비아에는 대단한 세상이 펼쳐졌고, 이런 현상을 못마땅해 하는 사람이 없지는 않다. 택시 운전사도 한 마디 거든다. "그 애들에게도 좋지 않아요. 감비아 아가씨들이 그런 애들과는 사귀려 하지 않거든요. 아가씨들은 그런 애들의 집안을 잘 아니까. 좋지 않지요. 스웨덴 여자들은 모르잖아요. 그냥 왔다가 재미만 보고 가버리는 것이니."

스웨덴 사람들을 위해 따로 관광객용 시장도 자그맣게 하나 지어졌고, 오색찬란하게 염색한 옷감, 티셔츠, 모자가 매대에 펼쳐져있다. 신나게 펄럭이는 그 물건들 틈에 있는 키오스크에서 나른한 미인이 '안내'를 맡고 있다. 나는 시내 지도와 전국 지도, 그리고 독립 10년뿐만 아니라 국가國歌('우리의 조국 감비아를 위하여/싸우고 일하며 기도하자/모두 하나 되리/날마다 자유와 평화')에 관한 내용도 담고 있는 소책자와 조류 관련서를 산다. 하지만 그 여자는 대통령을 만나는 일에는 도움을 주지 못했고, 나는 매카시 광장에 있는 정부 청사로 가야 한다.

먼 거리는 아니지만, 시간이 지날수록 열기가 더해지는 듯하다. 그늘이라고 해보았자 얼굴에 태양이 이글거리지 않는다는 의미일 뿐, 어깨에 두른 수건이 점점 뜨거워져 갈수록 성가시기만 하다. 정부 청사의 계단에는 인파가 모여 앉아있다. 하나같이 "헤이, 두 스벤스카"를 소리치면서 플라스틱으로 만든 작은 새, 담배, 콜라 열매, 땅콩, 자그마하고 맛이 신 오렌지를 판다. 훈훈한 분위기다. 광장은 영국 잔디가 깔린 녹색 바다이자 한량없는 크리켓 경기장으로, 식민지풍의 목조 건물에 둘러싸여 있다. 여행자여, 눈을 반쯤 감아보라. 그러면 옛 시절로 되돌아간다. 크리켓 경기장에 선수들이 쫙 퍼져 있고, 때는 1920년, 1910년, 1890년으로 거슬러 올라가며, 유니폼이 두어 번 바뀌고, 백인의 얼굴이 얼마간 더해지지만 그것 말고 달라진 점은 없다. 월로프족, 만딩고족, 풀라족, 소닌케족은 여전히 지금 모습과 닮았다. 시대가 달라졌을 수도 있고 총독의 모자 깃털 장식은 사라지고 없지만, 무더위 그리고 강, 부족, 가난은 여전히 그대로다. 독립적인 무더위, 독립적인 강, 독립적인 가난.

나는 깃발이 꽂힌 검은 메르세데스 승용차 두 대와 진청색 모직 반양말 위로 검은 무릎을 드러낸 경관을 지나 안내창구에 닿는다. 네덜란드에서 여왕에게 면담을 신청하려면 어느 창구로 가야 할까? 햇빛 속에서 하릴없이 그 생각에 잠겨 있는데, 누가 나에게 안으로 들어오라며 눈짓을 한다. 사무실은 한눈에 보아도 난장판이다. 내 작업실과 꼴이 비슷해서 천상 바로 알아볼 수밖에 없다. 어느 것 하나 제대로 정돈된 것이 없다. 신문이란 신문은 중구난방으로 쌓여있고, 알

맞은 캐비닛이 없는 데다, 아무것도 찾을 수 없을 것같이 죄다 뒤죽박죽으로, 편지나 서류가 의자 위, 탁자 위, 바닥에 나뒹군다. 내가 늘 입버릇처럼 말하곤 했듯이, 그곳에도 세 사람이 일하는 중이었다. 그들 중 한 명은 오래된 편지 더미를 쓸데없이 만지고, 눈을 사로잡을 만큼 예쁜 아가씨 한 명은 전화기에 대고 고음으로 노래하듯 이야기하는데, 남모르는 애인과의 통화임이 틀림없다. 잠시 아무 일도 더는 일어나지 않는다. 나는 신문 몇 장을 옆으로 밀어놓고("중국 정부가 감비아에 2천8백 만 달라시의 차관을 제공하다") 사건을 기다린다. 천장에 달린 선풍기 팬이 돌자 엉성하게 놓여있던 편지가 사방으로 흩날리고, 사람들이 안에 들어오고, 나를 살까 말까 심사숙고하기라도 하는 듯 훑어보다가 그냥 가버린다. 서서히 내 안에서는 항상 느껴오던, 모든 것이 실제 일어난 일이 아니라는 감정이 스멀스멀 올라온다. 나는 당최 거기 앉아 있는 것이 아니다. 이것은 아프리카식 핀터[34] 부조리극이며, 나는 거금을 받고 배역을 맡고 있다. 곧 막간 휴식 시간이 되면, 우리는 모두 일어나서 박수 소리를 가늠해보고 매점에 가서 맥주를 마신다.

아니, 그 어느 것도 아니다. 가장 안쪽에 있는 책상에서 누

---

34) 부조리 연극의 대표적 작가인 해럴드 핀터(Harold Pinter, 1930~2008)를 가리킨다.

군가 깊은 몽상에서 깨어나, 자기 앞에 놓인 상대성 이론으로 냅다 전환하더니, 나를 향해 우아하게 걸어온다.

내가 원하는 것이 정확히 뭐냐고?

"대통령을 인터뷰하는 것입니다."

베토벤 교향곡 9번의 악보를 보러 왔다고 대답하는 편이 나았을지도 모른다.

"아, 그러세요. 그러면 엔지 씨에게 말씀하셔야 겠군요."

하지만 엔지 씨는 주변에 없다. 엔지 씨와 나는 하나의 연통관인 셈이다: 내가 사무실에 부어지자마자, 그는 부글부글거리며 나간다. 그러자 그런 식으로 면담, 약속, 복도 대기, 그다음 또 다른 복도로 이어지는 기이한 익살극이 시작된다. 또다시 다른 나리들, 개중에는 동명이인인 엔지 씨도 있다. 그동안 나는 등사판 신문을 수집하면서 나의 숙제를 해나간다. 거기에 조금이라도 비극적인 면이 있었더라면, 나는 카프카를 들먹일 수 있었을 것이다. "사무실의 미로 속에 길을 잃은 신사". 하지만 비극적인 요소는 없다. 플롯 없는 영화에서 길게 늘어진 도입부일 따름이다. 나는 이 사무실에서 저 사무실로 떠돌면서, 여기저기에 약소하게 지폐 몇 장을 내려놓고, 거창한 꿈 이야기를 들어주고, 누가 어느 부족 출신이며 그들 자신도 그냥 봐서는 어느 부족인지 몰라보기 일쑤라는 사실을 알게 되고, '각하'에게 질문할 내용을 영어로 작성하여 제출하며, 감비아의 뱀주사위 놀이판에서 앞으로 뒤로, 오르락내리락, 고군분투한다. 배울만하다. 바깥세상은 서서히 잊히고, 먼지 날리는 뜨거운 도로, 아폴로 호텔의 식당, 자그마한 내 돌방, 그리고 그 방에서 내다보이는 강에 삼각돛을 단 땅콩 보트가 머나먼 내륙에서 흘러와 지나가는 모습만 남아있을 따름이다. 하루 중 어떤 시간에는 하수구에서 악취가 살짝 풍기기도 하고, 매일 아침 누군가 제일 먼저 내 방 창문 아래에 있는 우물에 물을 길으러 오면, 나는 무척 이른 시간에 잠에서 깨고 만다.

영국 영사관에 있는 신문은 한 달 넘게 묵은 것이고, 영양실조 상태인 서점에서 찾아낸 감비아 관련서는 1906년에 나온《감비아 식민지 및 보호국[35] 공식 지침서Official Handbook of the Gambia Colony and Protectorate》가 유일하다. 이 책에는 없는 내용이 하나도 없다. 이름, 금액, 절차, 봉급, 전부 다. 제목이 '우체통'인 장章에는, '식민지 및 보호국'에는 우체통이 없다고 적혀있다. 믿기 어려운 내용이다. 그러니까 이런 식으로 세계 제국이 운영된다는 것이다. 뜻밖의 경우는 없다. 언젠가 누가 다 계산해 놓았다. 배서스트에서 세인트헬레나 섬까지 전보를 치는 데는 3실링이 든다. 제레미아 콜링

---

35) 1821년~1965년 동안 대영제국의 식민지였던 감비아의 공식 명칭.

우드 경사는 알프레드 말로니 경, 제임스 쇼 헤이 경, 길버트 카터 경과 함께 내륙지역에서 몇 가지 임무를 수행하였고, 나이는 27세, 식민지 체류 기간은 5개월, 연봉 100파운드다. 1903년에 정부 선박은 366파운드 1실링의 수입을 올렸고 이는 예정금액 보다 6펜스 적고, 웨이하이웨이·케이맨 제도·피지로 편지를 부치는 데는 1달러가 들며, 태형에 관한 보고서는 최종적으로 해군본부에 2부를 제출해야 한다. 364쪽에 달하는 과거는 빠짐없이 사실이었다. 이런 책을 읽다 보면 유쾌하다가 우울해지고 우울하다가 또 유쾌해지지만, 거대한 강의 굽돌이에 자리 잡은 초라한 도시에서 밖을 내다보고, 하나뿐인 아스팔트 도로와 거의 모든 것이 부족한 사정을 떠올려보면, 영국인들은 그 긴 시간 동안 여기서 뭘 했는지 자문하게 된다. 그리고 이렇게 대답할 수도 있을 것이다: 별로 없다; 땅콩 말고는.

시에라리온의 외무 장관이 도착했고, 중앙은행장은 라고스에서 열리는 아프리카 중앙은행연합의 서아프리카 부속-지역위원회 회의에 참석 중이다. 수토코바 출신의 포데이 카바 자타가 울리wuli 군장 자리에서 해고되었고, 록시 극장에서는 버지니아 메이요가 나오는 영화 〈자랑스러운 사나이〉를 상영하며, 해는 어제나 내일이나 그러하듯이 오늘도 19시 17분에 진다. 나는 다시 13번 테이블에 앉아 밥을 먹고, 자전거를 빌려 타고 좁은 길을 따라 맹그로브 숲을 지나 해변으로 달려가서 바다에서 수영을 했으며, 나무 세 그루의 이름(님·카수아리나·케셍-케셍)을 적었고, 까마귀 떼가 매일 잠을 자는 앙상한 나무에 내려앉는 모습을 보려고 시간에 늦지 않게 부두로 돌아왔다. 부두에는 몇 명의 사람들이 낡아빠진 기이한 하얀 배를 구경하고 있다. 이름은 라이트 부인Lady Wright 호號, 우스꽝스레 약간 뒤로 기우뚱하고 페인트칠은 벗겨져 너덜거리며 험프리 보가트의 영화에 나오는 배 '아프리카의 여왕'과 비슷한 모습이다. 은색 머리칼이 반짝이 줄처럼 드리워진 기품 있는 흑인 노인이 난간에서 내게 소리친다.

"배 타겠소?"

"어디로 갑니까?"

"강 상류! 바세Bass까지!"

나는 호텔로 돌아와 지도를 살펴본다. 강은 아프리카 내륙 지역으로 깊숙이 굽이치며 흐른다. 바세는 감비아의 뒷문에 있으며, 반줄에서 대략 400킬로미터 거리다.

내가 새로운 희망 사항을 엔지 씨에게 설명하자, 그는 "너무너무 더운데" 하며 딱하다는 듯 말한다. 그래도 이번 일은 대통령 건보다는 한결 쉽다. 돈을 내고 살 수 있기 때문이다. 다음날 오후, 우리는 함께 항만청에 간다. 이번 엔지 씨는 꽤 키가 크고 날렵하며 귀족적인 용모다. 그는 막 다카르로 출장을 다녀온 길이다. 소란스럽고 세련된 지중해풍의 도시로, 물가가 미친 듯이 비싸고 외국인 관광객으로 붐비는 다카르에 비교하면, 반줄은 시골이다. 하지만 엔지 씨는 그런 현상이 마뜩잖다. "그 사람들은 아프리카의 색깔을 잃어버렸어요. 프랑스의 복사판 같지요." 영어를 사용하는 감비아인들의 커다란 두려움은 불어를 사용하는 세네갈인들에게 잡아먹힐 거라는 데 있다. 엔지 씨가 월로프족이기에, 나는 그에게 세네갈의 관청에서 월로프족 사람을 만나면 월로프어로 대화하는지 물어본다. "그렇긴 하지요. 세네갈 사람들은 어찌나 도도한지 영어를 쓰지 않거든요. 유럽이 확실하게 각인시켜준 겁니다."

배는 하루 뒤에 출발할 예정이다. 엔진이 견디어준다면, 사나흘이 걸리는 여정이다. 돌아오는 교통편은 운송 노조 의장인 대디 소울 씨가 주선해주기로 했다. 내가 돌아올 즈음이면 대통령 면담 건이 기필코 성사되어 있을 것이다. 대디 소울 씨는 선급을 달라고 하는데 푼돈이 아니다. 그래도 그 비용으로 나를 푸조 승용차에 태워 바세에서 반줄로 실어다 줄 것이며, 나는 내리고 싶은 곳이 있으면 어디에서나 차를 세워도 된다. 이 중대 합의 대화에 한 시간이 걸리기는 해도, 결국 나는 노동조합 전체의 지지도 받는 셈이 된다.

"모기 대비 용품을 사야 할 거요" 하고 일러주면서 대디 소울은 한참을 악수한다. "약품도 가져가야 하는데. 아, 그리고 무지무지하게 더울 거요." 나는 서서히 그 말을 믿기 시작하고 있다.

다음 날, 가장 큰 골칫거리는 배를 타는 일이다. 사람 몸뚱이와 그 사이에 끼워 넣은 짐이 피라미드가 되어 있고 배는 아예 그 밑으로 파묻혀서 보이지 않는다. 뱃전에 오르는 발판 따위는 없지만, 조타실 옆에 며칠 전 아주 친절하게 나를 불러 세웠던 은발의 흑인이 항로 표지처럼 서 있다. 그는 나에게 폴짝 뛰어 배에 올라타는 법을 가르쳐준다. 아우성치고 땀을 뻘뻘 흘리는 사람들의 인파와 씨름하면서, 나는 염장 생선 바구니와 매트리스, 소금 궤짝, 옹기그릇 더미, 아이들, 선원들, 땅콩 장수들, 자루, 목제품, 자전거, 고양이 한 마리를 지나, 좁디좁은 계단을 통해 간신히 일등석 갑판으로 올라간다. 거기서 뎀보 씨가 나를 기다리고 있고, 태양이 반짝이 은사銀絲 같은 그의 머리칼에서 빛난다. 선실 집사장인 그가 내 선실을 보여주는데 겨우 몸뚱어리 하나 들어갈 만한 방이다. 침대 시트는 회색에 얼룩투성이다. "시트는 깨끗합니다" 하고 뎀보 씨가 흡족하게 말하는데, 어느 안전眼前이라고 내가 반박하겠는가? 나무 잔교 위로 구슬픈 뱃고동 소리가 메아리치고, 마치 다들 한꺼번에 배에 타거나 내리는 듯이 배가 휘청하는 요동이 느껴진다. 밖으로 나가보니 아니나 다를까 그런 상황이다. 다들 한꺼번에 타고 내리려고 한다. 우리는 한쪽으로 기울어진다. 아무렇게나 쌓아놓은 궤짝과 바구니, 포대 자루의 일부가 미끄러지기 시작한다. 혼비백산. 어떤 사람의 머리 위로 혼수인 듯한 침구 일습이 쏟아진다. 갑판 위에서는 백인 몇 명이 모여 서서 이 모든 광경을 멍하니 보고 있다. 점점 더 많은 사람이 사방에서 허둥지둥 돌진해온다. 제일 화려한 외출복으로 빼입고 아이들을 주렁주렁 둘러 맨 아낙들, 한 치도 더 얹을 수 없이 잔뜩 짐을 진 짐꾼들, 하지만 웬걸, 짐은 더 얹어지고, 또 더 얹어진다.

지하세계에서 온 비밀 전령 한 사람이 조각 같은 발에 먼지 날개를 달고 다가온다. 그 남자는 한 손 가득 분홍색 종이 다발을 쥐고 부채질을 한다. 사람들은 비켜서 길을 내어주고, 남자는 배 위를 한 바퀴 빙 돈다. 선장은 종이 다발을 살펴본 뒤 신호를 준다. 경적 세 번. 배의 깊숙한 곳에서 엔진이 깊은 한숨을 내뱉는다. 우리는 흔들리기 시작한다. 함께 떠나지 않을 사람들은 서둘러 배에서 내린다.

선수를 천천히 키 오른편으로! 반속력 전진!

천천히, 지금 그대로 계속, 현침로 잡아. 전속력 전진!

종이 네 번 울린다. 우리는 느릿느릿 부둣가에서 물러나면서, 흐느끼고 웃음 짓고 소리치는 사람들을 뒤로한다. 인파는 금세 쪼그라들어 보이더니, 멀리 강둑에서 마치 한 다발의 인간 갈대처럼 희미하게 사라진다. 배의 밧줄을 마지막으로 풀어 던지자 세상 또한 내던져졌다. 무릇 배는 저만의 고유한 법칙과 시간이 있는 제한된 우주이고, 이 원리가 이제 작동되기 시작한다. 내 옆에는, 내가 앉은 의자만큼이나 망가진 정원용 의자에 내륙 지역에서 온 높으신 나리가 앉아 있는데, 앞으로 며칠 동안 온갖 종류의 난해한 모자를 갖춰 쓰고 나를 내내 놀라게 할 사람이다. 오늘은 초록색 사냥 모자에 노란색 슬리퍼 차림이다. 그는 널찍한 두상에 몽골족의 얼굴인데, 콧수염을 피타고라스식으로 가꾸어 뾰족한 윗모서리가 코를 가리키는 검은 색의 삼각형 모양새다. 캐러멜 같은 미소가 한 순간도 가시는 법이 없다. 트랜지스터 라디오를 마치 자그만 네모 모양의 아기인 양 보듬고 있다. 스카우트 복장 차림의 경관 한 명은 침입자를 막겠다고 우리 갑판을 지키고 있는데, 천만다행으로 별 쓸모가 없다. 갈매기가 울어대고 양쪽 강기슭이 장막 뒤로 숨고 실안개가 희미하며 북쪽의 강둑 아래에 돛단배가 어슴푸레 보인다. 꼭 터너의 그림 같다. 평온함이 우리 위로 묵직하게 내려앉는다. 툭툭툭, 묵묵하고 나즈막한 소리, 뎀보 씨가 끓여주는 흑단차 한 잔, 다가오는 어둠. 내 영혼은 제 광주리 안으로 기어들어 똬리를 틀고, 더 바랄 것이 없다.

저녁식사 시간을 알리는 종이 울리고서야 동행객들이 이 바보들의 배[36]에 모두 모인 모습을 본다. 꽤나 대중없는 구성이다. 도발적인 미모의 붉은 머리 덴마크인 피부미용사. 그녀의 남자친구인 은행원, 그리고 그린란드에서 애처로운 삶을 살아나가는 다른 덴마크인 두 명. 그중 한 명은 지금 그린란드에 있지 않다는 사실이 너무나 행복한 나머지, 한순간도 웃음을 그치지 않는다. 다른 한 명도 어쩌면 그러고 싶으련만, 그의 얼굴은 햇볕에 너무 혹사당하여 소시지처럼 보일 지경이다. 알코올이 앞으로의 여정에서 우리를 하나로 만들어줄 것이다. 그리고, '덴마크 어머니'가 있다. 세 사람 몸집에 맞먹는 체격의 여자인데, 그녀의 기골장대한 걸때는 작지 않은 체격의 선장에게마저 크나큰 경외심을 불러일으킨다. 덴마크 어머니는 촬영할 수 있는 것이라면 모조리 촬영하고, 캄캄해진 시간에는 테이프 레코더를 가지고 논다. 행복한 영혼이다. 세 명의 스웨덴인이 스칸디나비아 대륙을 채워준다. 한 명은 뭘 하든지 즐거운 남자인데 영어를 한 마디도 하지 못하면서 열네 살도 안 되어 보이는 어린 아프리카인 애엄마와 깊은 관계를 맺고 있다. 종잡을 수 없는 여자 한 명, 그녀

---

36) 중세 말기에 독일과 네덜란드 지역의 문학·미술에 나타난 풍자 알레고리로, 히에로니무스 보스의 그림 〈바보들의 배〉가 유명하다.

는 북극 지방 출신으로 안 가본 데가 없고 어디서나 마법과 신비를 많이도 만났는데, 영화 〈오리엔트 특급 살인〉에 나오는 잉그리드 버그먼 같은 말투로 그 사연을 설교한다. 그리고 몹시 뚱뚱한 노르웨이 노인 한 명, 그는 여행 내내 아무 말 없이 탐정소설을 읽는다.

내가 앉아 있는 식탁에는 평화봉사단 소속의 미국인 아가씨 한 명이 더 있는데, 그녀는 오지 강변 마을에 실험실을 세우는 일에 앞으로 2년이라는 세월을 보낼 예정이다. 그녀는 자신에게 만딩고어를 가르쳐 줄 감비아인과 동행이다. 그녀는 감동적이리만치 진지하여 한눈도 팔지 않고 줄곧 공부하는 중이다. 나중에 우리가 모두 되돌아온 후에도, 그녀는 그 마을의 뜨거운 찜통 속에 앉아있을 것이고 그때는 반줄조차도 멀고 가닿을 수 없는 매혹적인 도시로 여겨질 것이다. 봉사단 규정에 따라 월 160달라시라는 최소한의 경비로 생활을 꾸려나가야 한다. 그녀는 불행한 결말이 예정된 소설의 시작처럼 보인다. 중간까지 배를 함께 타고 가는 아프리카인 학생 두 명은 그와는 사뭇 정반대인 소망을 갖고 있다. 이곳을 떠나서, 스웨덴으로 가기, 되도록 빨리. 그런데 배에는 더 많은 소설이 타고 있다. 우리가 전부 자리에 앉자, 손바닥만 한 탁자와 의자 두 개가 빈 채로 남는다. 의자는 비스듬히 탁자에 기대어 세워져 있고, 그리고 그 의자에 가서 앉으려는 사람 둘이 나타났을 때, 어린아이라면 왜 그런지 이해하리라. 왜냐하면, 이것은 지나간 세계이기 때문이다. 물론 영국인이다. 키가 크고 허옇고 허둥대며, 인생을 열대 나라에서 보낸 아우라를 풍긴다. 남자는 심금을 울리는 무릎까지 오는 그런 긴 반바지를 입었다. 구멍 기운 무릎 양말은 1938년에 본드 가에서 산 투박한 단화 안에 들어가 있고, 왼쪽 새끼손가락에 낀 인장 반지는 기워 입은 셔츠 깃과 완벽한 조화를 이룬다. 여자는 우락부락하고 꽃무늬 원피스를 입었는데, 산도 들어 옮길 만한 얼굴이다. 영국의 품종 개량가들이 그런 얼굴의 견종을 마련하려고 숱하게 시도했지만, 그래도 인간의 얼굴인 편이 더 잘 어울린다.

우리 앞에는 이제 어떤 문제도 없다. 악어는 옆으로 비켜날 것이고, 배는 가라앉지 않을 것이며, 홍차는 날마다 뜨거울 것이다. 뎀보 씨는 순간순간 상황의 변화를 헤쳐가며 "예, 알겠습니다요! 아주 좋습니다요!" 하고 외쳐대는데, 제멋대로인 덴마크 술고래 패와 트랜지스터라디오를 끼고 있는 사람들 말고도 다른 백인들이 더 있다고 우리에게 알려주려는 모양이다.

식사는 공짜나 진배없는데 별반 주는 것도 없으니 외려 다행이기도 하다. 우리 몫의 절반은 필시 주방에서 진작 되팔아먹었을 테지만, '세계의 절반이 살아가는 모습'을 배우는 좋은 기회다. 코딱지만한 고기 세 점, 네 명 당 파인애플 링 한 개, 생선 찌꺼기 중의 찌꺼기, 그리고 덴마크인들이 더 달라고 요구하면 쌀밥 한 숟가락을 더 준다.

나는 네스카페 한 잔을 손에 들고, 다시 갑판으로 더듬으며 나간다. 더듬어서, 왜냐하면 불이 다 꺼졌기 때문이다. 배는 완연한 어둠 속에서 앞으로 나아간다. 전조등도 탐조등도 없고, 아무것도 없다. 조금 지나자 기름같이 번득이는 강물의 표면을 식별하게 되고, 다시 조금 뒤에는 심지어 거기에 별이 비치는 것도 보인다. 누가 식당실의 문을 열어 빛 한 줄기가 밖으로 삐져나오면, 위의 조타실에서 새된 고함 소리가 난다. 강물이 내륙 깊숙한 곳까지 조수로 남아있을 뿐만 아니라, 눈에 보이지 않는 수로와 제방을 식별하려면 날카로운 매의 눈이 절대적으로 필요하다. 역시 불빛 없이 운항하는 땅콩 보트와 돛단배들은 쥐죽은 듯 고요한 밤에 우리 배가 내는 둑둑둑 소리를 멀찌감치에서부터 듣고, 알아서 피해가야 한다. 갑판 위는 서늘해지고 있다. 먼발치 어딘가가 강기슭일 텐데, 아무 것도 보이지 않는다. 앞갑판, 뒷갑판, 통로할 것 없이 사방에 사람들이 누워 자고 있다. 엄마와 아이, 상인, 짐꾼, 선원, 모두 곯아떨어졌다. 고물에만 쪼그만 카바이드 램프가 있어 불을 밝힌다. 잠든 사람들의 무리 사이에 수염이 덥수룩한 흰 얼굴 하나가 누워, 무성한 머리카락을 단아하게 매듭으로 묶은 채 《20세기의 거장들》이라는 책을 읽고 있다. 그는 고개를 돌려 쳐다보지 않고, 나는 잠자는 사람들 때문에 그에게 다가가지 못한다. 덴마크인들은 새로 사귄 아프리카 친구들과 함께 마리화나를 커다랗게 말아 피우고 있는데, 그 매캐한 냄새가 내 방까지 뒤쫓아온다. 사람들이 문 앞에서 누워 자는 통에, 나는 방의 문 쪽으로 다가가지 못한다.

　잠에서 깼는데 시간이 얼마나 흘렀는지 모르겠다. 엔진이 내는 둑둑 소리가 나지막이 들려온다. 하지만 나를 깨운 것은 그 소리가 아니다. 누가 길디긴 손톱을 씹어 뜯는 것처럼 아삭거리는 소리 탓이다. 나는 머리맡에서 램프를 찾으며 땀에 젖은 이불을 걷어찬다. 꾀죄죄한 세면대 가장자리에 어린아이 엄지손가락만한 갈색 바퀴벌레가 몽롱한 눈으로 나를 빤히 쳐다본다. '원수는 외나무다리에서 만나는 군' 하고 생각하면서, 그놈을 으깨어 죽이면 어떤 소리가 날지 골똘히 생각에 잠긴다. 결국 나는 관두고 만다.
　현창舷窓의 가리개를 통해 달빛과 갑판 위에 스러진 몸들이 어렴풋이 보이고, 나는 당신과 마찬가지로 만물의 척도라는 이유만으로 아프리카 지도를 동시에 보게 되는데, 지도는 1:1 크기로 끝 간 데 없이 확대되어, 그 위에서 그 강은 실제

강처럼 흐르고, 그 강 위에는 고요한 하얀 배가 보이지 않는 강물 위를 꾸르륵거리며 살금살금 흘러가고, 그리고 또 그 배 위에는 그레이프프루트 과육의 수천 개 알갱이 중 하나처럼 나 자신이, 그리고 그 바퀴벌레가 타고 있다. 나는 그들에게 밤인사를 하고 다시 불을 끈다.

다시 잠에서 깼을 때는 새벽 여섯 시, 아직도 어두컴컴하다. 내 친구 놈은 가버렸고, 배는 가만히 서 있다. 그러니 짧게 두 번 들리던 그 고함소리는 꿈이 아니었다. 갑판 위를 맨발로 걷는 소리가 들리기에 옷을 주워 입고 밖으로 나가 본다. 쌀쌀하다고 할 만한 기온이다. 금방이라도 무너질 듯한 부두에 사람 두어 명이 어둠 속에 서 있는데, 그 비둘기색 형체들은 담요를 두르고 있다. 남자 몇 명이 배에서 내려 모닥불이 타고 있는, 속이 홀러덩 빈 큰 나뭇등걸 안으로 발을 들인다. 어떤 노인은 커다란 광주리에 말린 생선을 놓고 판다. 남자아이 하나가 배에서 내려 두 마리를 산다. 그러니까 반 줄에서보다 생선이 싼 것이다. 마을은 코빼기도 보이지 않는다. 밤은 완강하여 남자들 뒤로 장막처럼 드리워져 있고, 그 장막을 걷어 올리지 않고서는 떠나지 못할 것이다. 아프리카인의 높은 목소리가 명령을 내리고, 마대를 두른 꼬마 소년이 배의 밧줄을 풀어 내던진다.

우리가 있던 곳은 어디였을까? 알브레다Albreda, 케레완 Kerewan, 케모토Kemoto, 텐다바Tendaba, 발리그호Balligho, 옐 리텐다Yellitenda, 산쿠야Sankuya, 바이Bai? 아침 식사는 과거 감비아에 있던 영국인들이 먹던 것의 현지 버전이다. 베이 컨 한 조각, 뿌연 기름이 뚝뚝 떨어지는 빵, 벽돌공의 작품 같은 오트밀 죽. 덴마크인들은 여기에 코냑과 맥주를 한 잔 씩 곁들인다. 낮 동안 바깥은 풍경으로 장식되어, 라위스달 Ruysdael[37]의 그림 같은 파노라마가 맹그로브 나무들을 스쳐 가고, 그 나무들이 포템킨의 벽[38]이 되어 숲속을 항해하고 있다는 착각에서 깨어나게 한다. 황량한 사바나 초원에는 거 대한 바오밥 나무들이 서 있는데, 이 계절에는 잎이 없으니 동시에 겨울이자 여름인 셈이다.

높은 양반이 진홍색 실내용 가운을 걸치고 머리에는 방울 이 두 개 달린 흰색 털모자를 쓴 채 갑판에 나타났다. 그는 색색의 비단 양탄자를 펼쳐 깔고는 아침 기도를 시작한다. 그 덕에 나는 어느 쪽이 동쪽인지 바로 알아차린다.

---

37) 판 라위스달(Salomon Jacobsz. van Ruysdael, c.1600~1670), 강 풍경화에 선구자적인 네덜란드 화가.

38) 초라한 상태를 감추기 위해 꾸며낸 벽을 말한다. 러시아의 에카테리나 여제가 포 템킨이 통치하던 지역을 강에서 배를 타고 순방할 때, 포템킨은 발전된 마을의 모 습을 그린 벽을 세워 마을의 낙후상태를 은폐했다.

그날은 날씨가 몹시 뜨거워진다. 하마 한 마리와 펠리컨 한 마리, 원숭이들이 보인다. 우리가 멈춰 서는 곳마다 온 마을이 모습을 드러낸다. 휑뎅그렁한 풍경에서 사람들이 긴 행렬을 이루고, 인사와 잡담이 오가고 코코넛과 카사바가 팔리며 우편물이 전달된다. 이것이 자체 직원과 자체 직인이 있는, 세계 최후의 떠다니는 우체국이기 때문이다: 바로 감비아강이다. 몬트리올에서 왔다는 레친스키라는 히피는 뒷갑판에 있다가, 기온이 40도라며 그늘막 밑으로 기어든다. 히피는 '미스 평화봉사단'에게, 그녀가 하려는 일이 얼마나 잘못되었는지, 그리고 아프리카에는 왜 아프리카만의 해결책이 필요한지 설명한다. 하지만 그는 차라리 플로렌스 나이팅게일에게 병사들의 상처에 절대로 붕대를 감아주면 안된다고 설명하는 편이 나을 것이다. 그의 말에 그녀는 낯빛을 더 빛내기만 할 따름이고, 아프리카를 앞으로 더 일깨우는 일에 헌신하기로 결심을 굳혔다. 나는 아프리카는 결코 저절로 일어난 것이 아니라, 우리가 괴롭혀서 깨운 것이라고 말한다. 아프리카가 그 전으로 되돌아가 다시 한 번 그 긴 단잠에 들고 싶어 할지는 하늘만이 안다.

해안에 만들어진 볼품없는 모방의 세계, 현대화라는 그 얇은 층위에서 멀리 떠나온 이곳에서야, 비로소 아프리카 대륙 전체의 힘과 광활함을 제대로 느끼게 된다. 우리는 쪼그만 파리 한 마리처럼 그 위를 기어간다. 우리가 주파한 거리는 지도에서 고작 1밀리미터에 지나지 않지만, 도시, 정부, 거리, 그리고 식민주의의 유물에 대한 기억은 이미 회복할 수 없을 만치 사라졌다. 깊은 숨을 한 번 들이마시면 끝 간 데 없는 그 대지는 우리를 삼켜버린다. 더러는 초가 움막이나 아연 지붕 집의 정착지가 나타난다. 사내들이 이엉지붕 아래 모여 앉아있고, 나는 그들이 무슨 이야기를 주고받는지 알고 싶어진다. 커피를 마시고 나면 점심 식사 시간이 되고, 점심 뒤에는 홍차 시간이 된다. 나는 영국인 커플의 망원경으로 아른거리는 오후 나절의 창공에 날아다니는 물수리와 왜가리들을 구경한다. 선실 내부가 햇볕 속보다 더 무덥다. 그래도 갑판마다 사람들이 대자로 누워서 그 어떤 죽음보다 더 멀리 삶에서 떨어져 나온 듯이 잠에 빠져있다. 그렇게 날들은 흘러 우리는 바세에 다다른다. 밤 늦은 시각에 도착했으나, 우리는 배에서 내리지 않는다.

한밤중에 나는 뭔가가 내 다리 위에서 까끌까끌한 트위드 천 같은 작은 발로 기어가는 기분이 든다. 엔진이 꺼져있으니 불이 켜지지 않을 것이다. 성냥불을 켜보니, 엄청나게 큰 거미 한 마리가 이불에 붙어 있다. 나는 이제 모든 것이 끝났다는 슬픔에 가득 차서 갑판으로 나간다. 강은 파토토Fatoto로, 세네갈로, 다른 나라들로 하염없이 흘러가는데, 우리는 해안으로 되돌아간다. 우리는 순수한 애수 비슷한 감상에 젖어 마지막으로 다 함께 모여 앉는다. 레친스키는 아프리카가 주는 '영원함' 같은 감정은 이곳에 계절이 없다는 점 때문이라고 주장한다. 새벽에 그는 바람에 긴 머리카락을 휘날리며 배에서 내린다. 그는 작은 가방을 손에 든 채 어디로 가야 할지 아직 알지 못한다. 그 다음으로 미스 평화봉사단이 떠난다. 그녀는 우리 마음을 약간 아프게 하는데, 그녀가 2년 동안 지낼 곳을 우리도 이제 볼 수 있기 때문이다: 움막 몇 채, 건물 몇 채, 금방 끝나는 아스팔트 길 한 토막, 먼지 날리는 땅콩 더미를 둘러싼 울타리, 모래투성이인 강변의 횅한 곳. 덴마크인들과 스웨덴인들은 마중 나온 누군가를 따라가고, 영국인 커플은 배에 남아 있으며, 오직 나만 아무 데도 갈 곳이 없다. 눈을 씻고 보아도 푸조는 보이지 않는다. 나는 마을로 들어가 본다. 이곳은 반줄에서보다 훨씬 더 일찍 더워진다. 시장, 성 요셉 학교, 경찰서, 운송노조 지부 사무실. 책임자는 키가 장대 같은 흑인이다. "아이고! 당신이 미스타 부 Boe이구면요! 대디 소울, 그 사람이 오늘 아침 전화했지. 당신을 데리러 자동차가 와야 하는데 고장 나서, 나한테 픽업트럭이 있소."

픽업트럭이란 게 덮개 없는 소형 화물차라, 이런 도로에서

타면 지옥이지만 없는 것보다는 낫다. 나는 내가 원하면 차를 세워주기로 했다는 조건을 내세우며, 그 때문에 추가 비용을 치렀다고 설명한다. 한 시간도 되기 전에 나는 탈수 상태가 되고 벌건 흙먼지 범벅이 된다. 보조 운전사는 나와 함께 트럭 뒤쪽의 적재함에 앉는다. 그는 양손의 손가락이 여섯 개씩이고 세상에 대한 마음이 다정한 사람이다. 우리는 함께 뜨끈한 진저에일과 쇳기가 나는 뜨끈한 소다수를 마신다. 보통 이런 차에는 사람을 한꺼번에 되도록 많이 욱여넣기 마련인지라, 지금 이 상황은 그에게 소풍이나 진배없다. 내가 차를 세우고 싶은 마을에 닿자 그는 길라잡이인 양 앞장서 나간다. 일이 돌아가는 그 속도란! 눈 깜짝할 사이에 촌장이 내 앞에 달려와, 아랍어로 된 책 한 권을 펼쳐 가슴팍에 부여잡고 있다. 촌장이 내가 봐야 할 곳을 손짓하기에 나는 그 부분을 들여다본다. 그러고 나서 우리는 마을을 쭉 돌아보는데, 온 마을 사람들이 우리 꽁무니를 따라온다. 그들에겐 그저 재미있는 상황일 따름이다. 말이야 바른말이니, 도대체 나는 여기서 뭘 하고 있담?

소녀들이 우물 저 깊은 곳에서 물을 긷고, 나무 한 그루에 독수리들이, 또 다른 나무에는 황새들이 앉아있으며, 지평선의 나지막한 덤불숲에서 불이 일어나 시커먼 연기가 우리 쪽으로 둥둥 떠온다. 움막은 서늘하고 깨끗하다. 길라잡이는 내 팔을 슬며시 밀면서 나를 데리고 움막 안을 들락거린다. 내 생각에 이런 마을에서의 삶이란 천년만년 동안 이러했을 것이다. 부자들은 가축을 갖고 있고, 우리 눈에는 보이지 않지만, 가인·전사·대장장이로 된 카스트 계급이 있으며, 나무 그늘에서 기나긴 마을 회의를 열고, 들일과 사냥을 하고, 모여 앉아 이야기를 나눈다. 영국이나 프랑스 정권은 그 모습을 눈곱만큼도 바꾸지 못했고, 나는 내가 발견한 그대로 남겨두고 간다. 아무 일 없이 평온하고 제 모습인 그대로.

무슨 일이 일어난 사람은 오직 나밖에 없다; 그들을 관찰하는 것만으로 거리는 좁혀지지 않았고 오히려 더 멀어졌다. 나는 그들의 집을 볼 수 있어도 그들은 내 집을 보지 못한다. 길로 되돌아 나오면서 육손이 내 친구는 풀과 어린 나뭇가지를 꺾어주며 냄새를 맡아보라고 하더니, 그것들의 이름을 댄다. 그리고 나는 아직 거기 서 있는 이들을, 나를 나 자신의 운명으로 쫓아내는 이들을 줄곧 돌아본다: 아프리카인은 절대 되지 못할 사람, 저녁이면 나무 아래 앉아 느릿느릿 흘러가는 이야기를 두런두런 주고받는 일이 어떤 것인지 절대 알지 못할 사람, 모든 것과 모두가 사그라들 때까지 가족의 테두리 안에서 살아갈 일은 절대 없는 사람이라는 내 운명으로.

그러면 내가 진짜 원하는 것은 무엇일까? 늘 그렇듯이 너무 많고, 그것이 언제나 문제다. 그러니, 단지 한 번밖에 살지 못하는 삶이란 잔인한 감옥이다. 연극 무대에서나 인간은 이런 유폐 신세에서 벗어날 모양이다.

마지막으로 들른 곳은 만사 콘코Mansa Konko이다. 이 마을에 나병 환자를 돌보는 네덜란드인 의사가 산다기에, 간신히 그를 찾았다. 횡한 정원에 나지막한 건물 몇 채. 머리는 금발이고 얼굴은 놀랍도록 희디흰 의사 두 명과 네덜란드 아이 한 명. 집에서 가장 서늘한 방의 온도가 38도다. 우리는 네덜란드식 치즈 샌드위치를 먹는다. 힘들지만 할 만합니다, 하고 그들은 말한다. 나는 좀 더 머물며 이야기를 나누고 싶은 마음이 굴뚝같다. 우연한 방문객의 피상적인 눈으로 여기서 수년간 지냈고 그 누구보다 '사정'을 잘 아는 사람들의 강인함을 가늠해보면서. 하지만 픽업트럭 운전사는 우리에게 오붓한 시간을 허락하지 않고 자동차 경적을 울려대기 시작한다.

***

감비아에서의 체류 마지막 날 나는 부통령과 인터뷰를 하게 되었다. 남은 시간 동안은 옛날 표지들을 찾아다니며 보낸다. 그중 하나가 성공회 교회 벽에 붙어있다. "1863년 11월 24일, 47세의 나이로 이 삶을 떠난(마치 삶이 하나의 물체인 양. 아니면, 그런 것인가?) 프로비던스 도예리Providence Doyery

를 기억하며 바친다. 그는 아프리카 서부 해안에 있는 기니의 '에보족EBOE'[39] 원주민으로 태어나, 노예로 팔렸고 탈출하다가 붙잡혔고, 1829년에 감비아로 끌려와 (그러한 순서대로) 살다가 죽은 사람으로, 그를 아는 모든 이들에게 사랑받았다."

울지 말아라! 내가 가는 나라는
아름답고 환하니
슬픔의 눈물 따위는 흐르지 않고
밤도 없으리.
기뻐하라! 그래도 우리는 다시 만날지니
'안녕'을 말하는 이 없는 곳에서
죽음 없는 사랑의 고향에서
함께 우리는 살지니.

그날은 비운과 죽음의 날이다. 빛바랜 서늘한 교회를 나와 햇볕이 쨍쨍 내리쬐는 거리 속을 걷다가 대디 소울을 만났는데, 그는 은장이인 삼촌의 장례식에 가는 길이다. 각양각색의 사람들이 뒤섞여 우르르 해변의 장지로 가는데, 나

---

39) 이그보(Igbo, 또는 이보Ibo)족의 옛 이름.

는 다른 고인故人들을 찾아 간다: 횅한 작은 정원에 있는 시멘트 무덤 두어 기基다. 정원에서는 나를 '주인님'이라고 부를 성싶은 꽤 늙은 노인이 꼼꼼하게 갈퀴질을 하고있다. 아카시아는 잔잎들을 흩날리고, 노인은 그 잎들을 긁어낸다. H. 베스트와 조지 피레즈가 탄 비행기가 1944년 이 자리에 추락했을 때, 다른 정원사가 그들을 긁어냈을 때처럼. 그들의 묘비에는 "이후에는 알리라(Thou shalt know hereafter)"[40] 라고 을러대듯 적혀있고, 아카시아 잎새는 로열 빅토리아 메달(RVM) 수훈자 개리 중령, 공군수훈 십자 훈장(DFC) 수훈자 그레이엄 중령 위에 하염없이 흩날리고, '리처드 파인 님의 사랑하는 아내이자, 현지 여왕 고문 변호사로, 1842년의 마지막 날 27세의 나이로 생을 마감한 마거릿'의 위에는 이미 수북이 떨어져 있다. 거미집, 얼기설기 늘어진 잔 거미줄, 제국의 통치자들이 짐가방을 싸면서 남기고 간 숱한 먼지와 부스러기들! 사람들이 든 돌곽, 그 위에 새겨 넣은 경구들, 흩뿌려진 루셀리아 꽃의 붉은 산호, 포인세티아의 뾰족한 붉은 잎이 만들어 놓은 그늘, 모든 꿈의 끝에서 검불을 긁어내는 정원사.

---

40) 요한복음 13장 7절, '예수께서 대답하여 이르시되 내가 하는 것을 네가 지금은 알지 못하나 이후에는 알리라' 중.

그러는 동안 내게도 떠날 시간이 다가온다. 나는 두 가지의 선택지를 남겨놓고, 충만함과 아쉬움이 뒤섞인 묘한 감정이 들기에 이르렀다: 곧바로 떠날 것인가, 아니면 일 년 더 머물 것인가. 그 사이로 어중간하게 머물면 변변찮은 글만 나올 뿐이다. 강에서 돌아온 뒤 나는 며칠 동안 강 생각에 매달려있을 테고, 매달린 채 내려다보아도 강은 강력하고 드넓다. 한 시간쯤 후면 나는 다카르에서 신발 신은 사람들 사이에 앉아 페르노주酒를 마시고 있을 텐데, 뜨겁고 느릿느릿하고 나른하며 결코 잊을 수 없는 것에 대한 향수는 벌써 시작된다.

부통령이자 지방정부·토지·광산부 장관인 하산 무사 카마라Hassan Musa Camara는 내가 대통령을 만나려고 떨었던 그간의 소동을 듣고 미친 듯이 웃더니, 내 앞에서 대통령에게 전화를 건다. 그는 대통령을 '에이치이'라는 애칭으로 부르는데, 나는 나중에야 그 말이 'His Excellency(각하)'의 머리글자에 해당하는 영어 발음임을 깨닫는다. 에이치이 또한 전화기 너머에서 미친 듯이 웃어젖히지만, 그는 다음 날 모스크바에 가야 하고 나는 그날 오후에 다카르행 비행기를 타야 하기에 만남은 무산된다. 문득 반줄 거리의 수런대는 활기와, 그에 동반되는 열기가 아스라하게 느껴진다. 우리는 권력이 마련해준 시원한 호수 안에 앉아있고 에어컨은 윙윙거리며 돌아가는데, 부통령은 보아하니 정력적인 행정가로, 이 커다란 세계에서 소국小國이 굴러가는 방식을 드러내어 보여준다. 그는 "우리는 경제적인 면에서 독립국으로 생존할 어떤 기회도 없었던 나라입니다"라고 말하지만, 그래도 최초로 달성한 국제수지 흑자에 몹시 흡족하다. 비록 불안정한 단일 작물에 의존하고 있다는 점을 알고 있지만 말이다. 그 작물은 바로 땅콩이다. 위험천만한 일이다. 행여 땅콩의 국제 가격이 하락하면, 감비아는 덩달아 수렁에 빠지기 때문이다. 실책도 꽤 있었다. 황금 침대, 으리으리한 궁전, 경기장, 과도한 외교 행보 같은 분야가 아니다. 그와는 정반대다. 감비아는 노련하고 분별력이 있는 나라여서 국외에는 외교관 두어 명이 있을 따름이고, 국내는 차분하게 꾸려나간다. 실책이라면, 이제와 보니, 도시와 그 배후지에 지나치게 열중했고 농촌에는 지나칠 만큼 관심을 기울이지 않았기에, 따라서 국내 식량 생산에 관한 관심도 부족했다는 점이다. 요즈음 처음으로 세운 가장 원대한 구상은 감비아인에게 강과 바다 모두에서 고기 잡는 법을 가르치는 일이다. (지금은 일본인들이 남김없이 다 잡아가고 있다.) 하지만 감비아인은 이상하리만치 어부가 될 생각이 없고 자신의 가축과 좀처럼 떨어지려고 하지 않는다. 그들에게 가축이란 부와 신분을 결정하는 것이므로 도축의 대상이 아니다. 역사적으로 결정된 이런 태도는 일차적인 생필품인 생선, 육류, 농산물의 수입 비중이 너무 높아지는 결과를 낳는다. 사실상 갓 시작된, 스웨덴인들의 호텔 산업이 벌어들이는 돈은 스칸디나비아 여행 업체가 독점적 위치를 점한 탓에 상당 부분이 추운 북쪽으로 되흘러가므로, 일종의 단일 재배나 마찬가지다. 게다가, 자유분방하고 호색적이며 돈푼깨나 있는 그 신사 숙녀들이 감비아 젊은이들의 '아프리카적' 특성을 부패시킨다는 두려움이 있다. 카마라 부통령은 야당 세력이 쪼그라들 대로 쪼그라든 상황이 유감이라고 한다. 기회주의가 이와 관련 있다: 가령 유능한 사람은 처음 몇 해 동안 전망이 보이지 않는다고 판단하면, 종교뿐만 아니라 이름까지 바꾸는 이들이 수두룩한 것처럼(대통령도 포함된다), 정당을 갈아탄다. 기독교인들은 가만히 지내며, 물론 그들은 관료직도 차지하지만, 정치인에게는 이슬람교도가 되고 아프리카식 이름을 갖는 편이 낫다.

나는 부통령에게 미국 작가 버클리 라이스Berkeley Rice가 쓴《감비아 입문: 있을 것 같지 않은 국가의 탄생Enter Gambia: The Birth of an Improbable Nation》에 관해서도 물어본다. 숱한 저명인사를 어지간히 불손하게 다루고 특히 농촌 지역 선거와 의회 토론을 어지간히 웃음거리로 만드는 바람에 감비아에서 금지된 책이다. 그는 어깨를 으쓱 치켜 올리기만 했는데, 나는 나중에 네덜란드에 돌아온 후 암스테르담에 있는 열대 박물관의 도서관에서 그 책을 빌려 보고 나서야 그 이유를 이해했다. 당연히 온통 우스꽝스럽게 만들어놓았다. 원시적이니 어쩌니. 그런데 그것들을 그런 시각으로 보기를 바라는 것은 오만하고 다소 악의적이며, 부잣집에서 버릇없이 자란 아이의 태도다.

그에게 어느 국제 원조기구가 감비아에서 활동하고 있느냐고 묻자, 답은 길디긴 목록이다. 유엔 개발계획 기금(그 간부가 영국 고등 판무관 공관 근처에 있는 호사스러운 바닷가 정원이라는 단절된 식민지나 마찬가지인 곳에서 눈부신 삶을 살아가는)에서 시작하여 AID 차관에까지 이른다. "다들 도움이 좀 되기는 합니다" 하고 그가 말한다. 나중에 유엔 개발 계획UNDP의 자료를 좀 살펴보니, 호텔 직원 교육, 노동력 통계, 인력 양성 계획, 기초 환경 연구, 하수처리, 그리고 매장된 고령토 개발에 관한 내용이다. 전문가들이 들어오고 장학금이 지급되며, 그런 식으로 남녀노소 할 것 없이 씩씩하게 열심히 일해 나간다. 이 큰 세상의 변두리, 군대가 없고, 독재자가 없고, 격렬하게 분노하지 않아도 되는 이곳에서. 마지막 날 오후 내 앞에는 처리해야 할 일들이 놓여있다. 여기서 보낸 시간 중 한동안 나를 여기저기로 실어다 주었던 대여 자전거를 반납해야 해서, 나는 해변을 따라 난 큰길에서 먼지 날리는 땅콩 창고 근처를 지나는데, 저 앞에 무슨 소란이 났있다. 한 경관이 양팔을 흔드는데, 나는 도로에 깊이 파인 구덩이 몇 개를 피하려고 천천히 도로 밖으로 나간다. 아뿔싸! 너무 천천히! 에이치이 말고는 다른 사람이 탔을 리가 없는 검은색 대형 메르세데스가 땅콩 먼지 속을 총알 같이 지나가고, 1분 후 나는 체포된다. 반바지 차림의 경관은 몹시 화가 났다. 나는 '이 나라의 대통령'이 지나갈 때 자전거에서 내리기는 했으나, **더 빨리 내렸어야 했다**. 40도의 날씨다. 나는 자전거를 손으로 잡고 푸석푸석한 모래 속에서 질질 끌며 경관 뒤를 따라간다. 네덜란드식의 감동적인 말다툼 장면이 벌어지고, 모여든 구경꾼 몇 사람에게 크나큰 즐거움을 선사한다. 고래고래 아우성 속에 장시간 대기하고 살인범들의 현상수배 사진 속 얼굴과 불쾌한 대면을 하고 나서야 나는 진술서를 쓰고 심각한 주의를 받은 뒤 훈방된다. 만사에 균형이 바로잡히는 성싶다. 나만 그들을 놓고 글을 쓰는 것이 아니라, 이번에는 그들도 나를 놓고 글을 썼기 때문이다. 이틀 뒤 나는 다카르의 찌는 듯 무더운 공항에서 전혀 딴판인 모습의 경관들을 본다. 훈장을 주렁주렁 달고 있는 뚱보 러시아 조종사들이다. 이번에는 내가 아니라 에이치이를 데리러 왔고, 그는 브레즈네프가 보낸 모스크바행 터보프롭 소형항공기 안으로 사라질 것이다. 그런데 아무리 샅샅이 찾아보아도, 에

이치이의 모스크바 방문 소식은 외신에 실리지 않았다. 감비아가 어디에 있는 나라인지 설명하기가 너무나도 난감하기 때문일 뿐, 그 이상도 그 이하도 아닐 것이다. 아니면 네덜란드 헤이그의 외무부에서 누가 이렇게 말하듯이 말이다. 감비아? 감비아요? 잠비아 말씀하시는 거겠지요.

1975년 9월

4. 뮌헨에서의 사색

어떤 도시들은 제 의무에 충실하다. 그 도시들은 여행자가
품고 있는 그 도시의 이미지를 차려놓고 그에게 대접한다.
설령 그것이 가짜라 하더라도. 평화의 천사Friedensengel 동상
을 뒤로 하고(잘 가라며 흔드는 황금 손이 아직도 등에 느껴진다) 영
국 정원의 매혹적인 녹음을 지나 프린츠레겐텐스트라세를
향해 어슬렁어슬렁 걷고 있는 이 여행자는 지금 머무는 도
시의 군사적 요소에 민감하다. 펠트헤른할레Feldherrenhalle,[41]
개선문Siegestor, 명예의 전당Ruhmeshalle,[42] 그리고 조각가가

---

41) 루트비히 1세가 바이에른의 군인과 전쟁 영웅들을 위해 지은 건물.
42) 루트비히 1세가 건설한 건물로, 바바리아의 주요인물 흉상이 전시된 현충원 같은 곳.

'카스트룸 돌로리스castrum doloris', 다시 말해 '슬픔의 요새'
라고 이름 붙인 바이에른 왕 루트비히 황제의 검은 대리석
영묘.[43] 이와 같은 군사적인 요소는 뮌헨에서 아주 사라진
적이 없다. 행인의 옷차림에도 스멀스멀 베어난다. 예사롭지
않은 모자, 포획한 새의 깃털, 녹색 로덴 코트[44]. 그 착용자들
은 모르긴 몰라도 소수 집단인 까닭에 저마다 임무를 지니
고 전략적 목표 하에 시내를 오가는 듯 보인다. 그런 차림새
는 제복이 아니라 전통 의상이라고 독일인 친구가 여행자에
게 설명해주었지만, 그래도 그렇게 차려입은 사람들은 어쩐
지 갑옷으로 무장한 듯한 인상을 준다. 그 로덴 코트가 괜히
그렇게 불리는 것이 아니다. 로덴 코트를 입은 철의 인간들.

그 사람들에게는 그런 분위기가 감돈다. 할라리Halali,[45]
칠흑 같은 숲에서 나는 둔탁한 총소리, 한밤의 캠프파이어,
뜻 모를 노래. 여행자는 하이데거가 전통 의상을 입고 찍은
사진을 본 적이 있다. 그걸로 여행자가 패션 품평을 하려는
것은 아니고, 어차피 그 자신도 네덜란드 볼렌담의 전통 의

---

43) 신성로마제국의 황제였던 루트비히 4세(Ludwig IV, 1282~1347)의 묘. 뮌헨의 프라
    우엔 교회에 있다.
44) 두껍고 촘촘한 모직 원단으로 만든 외투. '로덴loden'은 네덜란드어로 '납으로 된'
    이라는 뜻이다.
45) 독일에서 사냥꾼이 사냥감을 잡았을 때 내는 신호.

상을 입고 포즈를 취한 적이 있었는데, 그때 그는 우스꽝스러워 보이는 쪽이었다. 그러나 하이데거는 그렇지 않았다. 자신의 생각에 맞추기 위해 제복 류의 옷을, 그 옷은 분명 그런 것이었기에, 걸쳤던 건가? 그리고 이 사람이 과연 권태·불안·시간에 관한 글을 썼으며 무無를 놓고 대담하게 일련의 말들로 휘감았던 이와 동일한 인물이었던가?

너는 보고 싶은 것을 보는 거야, 라고 그의 친구가 말했는데, 딱 그랬다. 자신을 소거하기란 어려웠고, 뭔가를 보고 싶어 하기 전에 이미 그 자리에는 예전에 보았던 것에 대한 기억이 있었다. 이렇듯 똑같고 아직도 눈에 선한 장면 속의 다른 제복, 행군과 행렬. 그래도 그는 왕궁 정원Hofgarten 쪽에서 행진곡 자락이 희미하게 들려오자 발걸음을 서둘렀다. 여행자는 그런 자신의 모습에 적잖이 쑥스러웠지만, 군악은 언제 들어도 그를 흥분시키곤 했다. 그는 임시 육교를 통해 간선도로를 건너 어느 유적지에 이르렀다. 음악은 멎었고, 일단의 젊은 군인들이 최대한으로 숨을 죽이고 서 있었다. 말들이 나부끼며 그에게로 불어왔다. 죽음과 추모의 말들. 전쟁과 관련된 말들이었는데, 그 전쟁은 죽어 없어지기를 거부하며, 입에서 아직 그 맛을 느끼는 맨 마지막 사람까지 죽어야 비로소 사라질 터였다. 오직 그때라야만 가능하다. 아래쪽에 노인들이 보였다. 과연 한 번이라도 젊

은 시절이 있었을까 싶은 사람들인데, 〈전시 특별 안내방송
Sondermeldungen〉과 〈전쟁 일보Kriegsjournale〉에 나오는 사람
들이 아니었고, 그가 어렸을 때 거리에서, 똑같지만 다른 깃
발을, 똑같지만 다른 군기軍旗를 따라가면서 보았던 군인들
이 아니었다. 이 군기의 독수리는 은색이었지만, 비밀스러운
상징은 그 발톱에서 떨어져 나갔다. 그 상징은 이제 존재하
지 않는다.[46] 그는 자신의 나이가 저 아래에 방진方陣 비슷한
모양으로 서 있는 노인들의 나이에 섞여 들어간다고 느꼈다.
젊은 군인들보다 그들에게 더 공감하다니, 물론 이상한 노릇
이었다. 그는 그 말들을 알아듣지 못했으나, 굳이 그럴 필요
도 없었다. 그러잖아도 익히 아는 말들이었다. 명예, 충성, 애
도, 희생, 한때, 그때. 그 사람들은 과거를 소중히 함으로써
현재를 가질 수 있었고, 그 과거는 화환과 깃발과 파란색·하
얀색 리본의 모습을 하고 있었다. 그 모든 것이 담장 안, 발
굴지 옆, 유적 앞에서 벌어지고 있었다. 시간을 붙잡아 끌어
당기고 있는 사람들이 더듬거리는 몸짓이었다. 여행자는 느
릿느릿 계단을 내려와 왕궁 정원을 향해 걷는다.

　그가 왕궁 정원에 발을 들여놓자, 때마침 젊은 군인들이 모

---

46) 독수리는 로마 제국의 군기에 사용된 이래 신성로마제국, 제 2제국, 바이마르 공
　화국에 이어 나치 독일에서도 국장으로 사용되었다. 나치 독일 문장의 독수리
　Reichsadler는 은색 독수리가 갈고리 십자가를 발톱으로 붙잡고 있는 모양이었다.

퉁이를 돌고 있는데, 군인만이 할 수 있는 동작을 한다. 보통 사람이라면 곡선으로 돌아갈 모퉁이에서 그들은 90도 각도로 꺾는 것이다. 그런데, 제복이 똑같지 않고, 은색 독수리가 햇빛에 반짝이는 깃발을 든 남자는 큰 키에 금발이고, 명령이란 게 외치는 것이 아니라 말하는 것이나 진배없으며, 음악은 군악이 아니라 은밀하고 멍멍하고 웅얼거리는 소리이며, 발을 쿵쿵 구르지 않는다. 음악이 멎자, 큼직한 군홧발이 박자에 맞게 그러면서도 거의 조심스러울 정도로 보도의 자갈을 밟는 모습이 보이고, 바스락바스락 소리가 리듬감 있게 들린다. 그는 지금으로부터 얼추 50년 전, 자신의 과거를 회상한다. 개선 행진, 더 많은 군인, 더 짙고 더 기본적인 회색의 제복. 그때 그들이 썼던 전투모는 눈을 다 가리다시피 했고, 그래서 얼굴에서 표정이 사라지고 그들은 개성을 잃어버렸으며, 그것은 참을 수 없는 유사함으로 대체되어 한 사람 한 사람이 다른 사람이 되어버렸다.

그리고, 여행자는 사색에 잠겨, 어떻게 시간이 그 한순간에 자신의 머리카락을 회색으로 물들이고 자신을 짓누르고 뼈를 노화시키며 눈을 뿌옇게 만들었는지, 그래서 분명 제 발로 떠나온 저 먼 땅을 향해 지평선을 더듬어 찾는 그런 사람이 되었는지 깨닫는다. 옛날에는 그 군기를 더 높이 들었고, 금관악기가 있었으며, 그 입들에서는 그가 결코 잊지 못할 곡조가 흘러나왔다. 지금 이들은 전투모를 쓰지 않았고, 코밑수염도 나지 않은 소년이나 다름없어 보였다. 그들은 간신히 보조를 맞추었고, 제복은 잊혀져버린 어떤 작은 공국의 것으로 너무 연한 회색이었는데, 마치 합창단이 노래를 부르기라도 해야 했던 느낌이었으나 노래하는 이는 없고 자박자박 발소리와 지나가는 수줍은 얼굴들만 있을 따름이었다. 그리고 그의 앞에 있는 노인은 모자를 벗어 깃발에 절을 했고, 노인이 허리를 다시 바로 펴자 여행자는 더이상 그런 동작이 안 되는 자신의 허리에 통증이 느껴질 정도였다. 그리고 모두 끝났다.

여행자는 잘 손질된 쥐똥나무들과, 국가 상징색을 나타낼 요량으로 심어져있던 화초들 속으로 뒷걸음질 치며, 정처 없고 형용할 수 없는 상념에 흠씬 젖은 노인들에게 길을 비켜주고 돌아섰다. 삼종기도를 알리는 종소리가 울리기 시작했고, 그는 라틴어 문장 하나가 퍼뜩 떠올랐다. 그의 생애에서 다시 만날 수 없는 순간처럼 느껴졌다.

여행자는 사람들이 곧 닥쳐올 알프스의 겨울을 위해 비축해두겠다는 듯 가을볕을 쬐며 앉아있는 공원 벤치를 지나갔다. 그들은 눈을 감고 몽상 또는 명상에 잠겨 평온해 보였다. 조금 있으면 그들은 다시 익명의 행인으로 돌아갈 테지만, 지금은 무장해제 되어 얼굴을 햇볕에 내맡기고 있는, 취약한 자신 그 자체이자, 자연을 철두철미하게 본뜬 공원에 있는 대도시 거주민이었다. 여행자가 회랑 기둥 벽에 적힌 시를 보러 가려고 돌아서서 발걸음을 옮기려는 찰나에, 어떤 남자가 나타나 막 시작된 그 오후에 색다른 기운을 불어넣었다. 그는 다시금 과거를 상기시켰는데, 그 남자의 외연은 척 보기만 해도 과거를 가리키고 있었다. 하지만 그 남자 또한 다른 시대에서 온 사람이었다. 남자는 흰색 밀짚모자를 쓰고 밝은색 옷을 입었으며, 몸 대부분이 털로 덮인 개를 데리고 있었다. 그들은 서로 아는 사이처럼 인사를 나누었고, 설령 아는 사이가 아니라 해도 어쨌거나 서로 이해하는 데는 문제가 없었다. "정말 터무니없는 짓이야" 하고 그 노인이 말하자, 여행자는 그가 그 군대 의식을 들먹이고 있음을 바로 알아차렸다.

어디에서 봤더라? 여행자는 궁금해하는 동시에, 그 노인을 개인적으로 아는 것이 아니라, 어떤 개념 또는 부류—아니면 뭐라고 부르든 간에—로 아는 사람임을 깨달았다. 부류가 아니라, 소멸한 부류. 배우 같은. 풍속 희곡, 오페레타, 아니면—혹시 모르지—슈니츨러[47]라거나. 그 모두를 살아낸 누군가. 그는 옛날에 전쟁 중에 본 것이 틀림없는 사진들

---

47) Arthur Schnitzler(1862~1931), 오스트리아 소설가, 극작가이자 의사.

을 떠올렸다. 사진에는 색상이 들어가 있었는데, 흰색의 팜 비치 정장의 옷깃에 꽂힌 장미꽃은 빨간색으로 칠해져 있었을 것이다. 이름들도 머릿속으로 들어왔다. 한스 모저,[48] 하인츠 뤼만,[49] 모저의 비음, 이상한 빈wien 억양. 그는 그 노인에게 대꾸하지 않았고 그럴 필요도 없었다. 기억들. 장 아누이[50]의 연극에 나오는 폴 스테인베르헌,[51] 네덜란드 연극의 전성기, 요즘엔 애송이들의 손에 떨어진 듯 보이는 세계. 노인은 여행자가 무슨 생각을 하고 있는지 안다는 듯 씨익 웃었다. 고상하고 명랑하며 모순적인 데가 있는 얼굴이었다. 그들은 누군가 그들을 위해 썼던 문장 몇 줄을 읊었는데, 이런 식으로 대화를 계속할 수 있다는 것에 감사했다는 뜻 이상은 없었다. 그러자 노인이 밀짚모자를 벗어, 파란 하늘에서 살짝 흔들며, '무척 존경합니다' 그 비슷한 말을 내뱉고는 넓은 보도의 정중앙에서 휙 돌아섰는데, 마치 영화 감독의 지시라도 받은 듯했다. 이제 길에는 아무도 없다. 개가 노인을 뒤따라가고, 여행자는 그들이 나무 그늘과 그 사이에 난 밝은 부분들 위로, 보도의 양옆 잔디밭 경계선의 한가운데를

---

48) Hans Moser(1880~1964), 오스트리아 영화 배우.

49) Heinz Rühmann(1902~1994), 독일 영화 배우.

50) Jean Anouilh(1910~1987), 프랑스 극작가.

51) Paul Steenbergen(1907~1989), 네덜란드 연극 배우, 연출가.

유지하면서 직선으로 걸어가는 모습을 유심히 쳐다보았다. 이 남자는 누가 자신의 뒷모습을 유심히 쳐다볼 때 어떻게 보여야할지 알고 있었다. 그는 자신의 '위치'를 잡을 줄 알았던 것이다. 노인은 또한 뒤돌아보거나 보도의 한쪽으로 치우쳐 걸으면 그렇게 돌아서 가는 방식의 효과가 사라지고 만다는 것도 알았다.

　여행자를 그토록 감동시킨 것은 무엇이었을까? 사라진 세계의 유령? 그는 자신이 아는 다른 노인들을 떠올렸고, 그중에는 얼마 전 숨을 거둔 사람이 있었다. 친구의 아버지인 그분은 유대인이자 세계시민이고 한 세기를 살았으며, 바로 이 나라 출신에, 어쩌면 바로 이 도시 출신인데, 1930년대에, 그들에 대한 기억이 아직 이곳에 유령처럼 떠돌아다니는 그 다른 사람들에게 추방당했다. 어쩌면 그는 순전히 기억의 방대함에 감동했는지도 몰랐다. 이름·공원·동상·개선문에 남아있고, 그 자신의 과거와도 엮여있는 그 모든 인식들. 그래서 당신은 이 대륙, 그가 사는 이 세상 한모퉁이에서 어딘가에 한 발짝 내딛을 때마다, 애도나 추모의 암시, 남아있는 파편, 시사하는 말에 마주치게 되는 성싶었다. 소명으로서의 과거, 그것은 질병에 다름 아니다. 보통 사람들은 미래에 대해 또는 그들이 삶이라고 부른 부빙浮氷에 대해 고민했다. 어디에도 속하지 않으며 늘 도정에 있는, 그 움직이는 정거장

같은 삶 말이다. 그 부빙 위에서 그는 뒤돌아보는 사람이었다. 유럽에서는 오래되지 않은 것이 없지만, 여기, 그 땅덩어리 한가운데에서 나이란 다른 종류의 무게를 지닌 듯했다. 그는 사라진 왕국[52]을 걸어가고 있었으나, 그 자체가 특별한 감정을 불러일으키지는 않았다. 아니, 일단 그가 동쪽에 도달하면, 그때가 본격적으로 시작될 때였다. 무질[53]의, 이중 제국k·u·k.[54]의 산산이 부서진 세계, 그 모든 부스러기, 남아 있는 파편, 무능한 권력, 이 대륙에서 홱 뜯겨 나온 듯한 폴란드와 체코슬로바키아의 닫힌 세계, 그리고 또 세르비아·크로아티아·슬로베니아 그리고 트리에스테, 20세기에 그 일대에서 벌어졌고 지금도 벌어지고 있는 일의 흡인력, 아이작 바셰비스 싱어와 블라디미르 나보코프가, 카프카와 릴케가, 로트와 카네티가 이중으로 잃어버린 세계. 이곳은 그에게 저 멀리 시간을 되돌아보며 그 머나먼 지역들이 한때는 얼마나 많이 서로 속해 있었고 얼마나 깊이 상처를 입었는지 내다볼 수 있는 망루인 성싶었다. 그것을 다시 붙잡으려면 갱도

---

52) 뮌헨은 1918년까지 존재했던 바이에른 왕국의 수도였다.

53) Robert Musil(1880~1942), 오스트리아 작가. 대표작《특성 없는 남자》에서 제1차 세계 대전 직전의 빈을 배경으로, 오스트리아-헝가리 제국의 도덕적·지적 쇠퇴를 다루었다.

54) 독일어 kaiserlich und königlich의 약자. '제국이자 왕국'이라는 뜻으로, 1867~1918년까지의 오스트리아-헝가리 이중제국을 말한다.

깊숙이 내려가야 한다. 그는 그런 감정을 프랑스나 이탈리아에서, 또는 제 나라에서는 느낀 적이 없었다. 그런 곳에도 과거는 너끈히 존재했으나, 이런저런 유기적 과정을 거쳐 어쨌거나 현재로 변환되었다. 이곳에서는 변환이 완성되지 않았다. 과거는 고착되고 모래에 파묻히고 웅어리지고 뜯겨 나갔다. 하지만 과거는 거기에 그대로 있었고, 어쩌면 그저 기다리고 있었는지도 모른다. 그의 얼굴에 와닿는 바람은 그쪽에서 불어왔으며, 바람도 무슨 말을 하고 싶은 것처럼 뜨겁고 타는 듯했다. 노인은 가버린 지 오래였다. "터무니없는 짓"이라고 노인은 말했고, 무심함을 가장하며 사라졌어도 그 말들은 남아서 공기 중에 감도는데, 그 말을 했을 때보다는 훨씬 덜 순수하게 느껴졌다. 여기 이 도시에서 벌어졌던 일, 60년도 전에 시작된 것, 그것을 결코 '터무니없다'라는 말로 표현할 수는 없으리라. 그 단어를 문자 그대로 받아들여, '터무니없다'로, 광기와는 아무 상관없이 '터무니'의 부정으로 받아들이지 않는다면 말이다. 그 말이 내포한 '책임능력 없음'을 빌미로 하여 사람들이 그 시기를 분류하는 말로 즐겨 썼다 할지라도. 터무니의 부재, 그때, 한때. 그것은 끝이었고, 여전히 계속되었고, 그의 친구들을 믿는다면, 곧 뒤집힐 것 같은 끝이었다. 하지만 과거를 섬기는 시종은 순조롭게 미래로 여행하지 못한다고 여행자는 생각하면서, 테아티너 교회

Teatinerkirche의 종탑으로 발걸음을 돌렸다. 종탑의 색깔은 오래전 기숙학교에서 먹었던 푸딩을 연상시켰는데, 학생들은 그것을 1월 1일에 한꺼번에 일 년치 분을 만들어놓은 푸딩이라고 말하곤 했었다.

기숙학교, 아우구스티누스 수도회, 푸딩, 음식. 노이하우저스트라세에 있는 레스토랑 아우구스티너의 유리로 된 돔 천장 아래는 손님들로 붐빈다. 여종업원들은 가슴팍이 깊이 팬 흰색 퍼프 블라우스로 된 전통 의상을 입고 있다. 그네들은 계산서를 젖가슴 사이, 코르셋 조끼 안에 쑤셔 넣는다. 오페라《집시 공주Czárdásfürstin》합창단의 복장 같은 자수 놓은 앞치마, 빨간 스카프, 불룩한 소매. 보아하니 여자 전통 의상은 그의 심기를 건드리지 않는 모양이다.

흑맥주 반죽 튀김옷을 입힌 잉어와, 허브와 버터로 구운 감자, 깍뚝썬 감자가 들어간 라푼젤 샐러드, 프랑켄식 선지와 간 소시지, 표고버섯과 마조람이 들어간 프랑켄식 감자 수프, 프랑켄식 오리 구이와 수제 감자 경단, 적양배추 절임 또는 셀러리 샐러드, 감자 팬케이크 세 조각과 사과 무스, 속을 채워 찐 사과.

대도시 한복판에서 시골 밥상이라니, 그의 나라에서는 요즘 찾아볼 수도 없을 뿐만 아니라, 그의 나라에는 시골다운 시골도 거의 남아있지 않다. 차림표의 음식 목록은 그들만의 전형적인 민족 고유의 주문처럼 들렸는데, 왜 거기에 그다지도 반감이 들고, 그러면서도 호감이 느껴졌을까? '민족고유의volkseigen'라는 단어는 혐오와 결부된 말이었고, 한편으로는 보존이라는 맥락에서 전통이나 유지와도 관련된 말이었다. 내버리지 않는 것, 시간 안에 한동안 존재하게 두는 것, 익숙한 세계의 사망을 유예하는 것. 그런데 어째서 어떤 형태의 보존은 받아들여졌고(스페인의 갈색 곰, 네덜란드의 참매, 오소리), 어떤 것들(전통 의상, 언어, 춤, 음식)은 의심의 눈초리를 받게 되었을까? 그 보존 형태 둘 다는 끈덕지게도 시대를 거스르는 일, 무기력한 절체절명의 시도라는 점과 관련 있었다. 의심스러운 요소란 십중팔구는 인간사와 관련하여, 또는, '피Blut'라는 단어가 그와 쌍둥이 형제 단어인 '대지Boden'와 결합하여 발생하는 골칫거리일 것이다.[55] 이런 사안을 깊이 생각해보려면, 그의 말마따나 '레퍼토리'를 일단 다 끝내지 않고는 불가능한 모양이었다. 사유하고 감각하는 기관인 '정신'은 레퍼토리가 들어있는, 얼마간은 자동적인 상위 계층이 먼저 가동되어야 그 작동을 시작한다. 레퍼토리에는 '통상 관념idées reçues'이 포함되어 있고, 이는 누구나 무엇에 대해서 말하게 되는 것이자, 진정한 사유가 시작되기

---

55) '피와 대지Blut und Boden'는 나치 독일의 국가사회주의 슬로건이다.

전에 거쳐야 하는 일련의 진부한 말들이었다.

그는 그날 오후에 그 단계까지는 가지 않을 것을 알고 있었다. 거기에는 볼거리가 너무 많았고, 본다는 것은 어설프게 범주화하는 과정이 수반되기에 '레퍼토리'의 영역에 속했다.

레스토랑에는 펑크족 한 명이 앉아있었는데, 앳된 얼굴 위에 검은 맨드라미 머리를 높이 세우고 검투사처럼 분장한 뚱뚱한 소녀였다. 소녀가 아이들이 먹는 사과 무스를 계속 새로 달라고 하는 모습이 그의 눈에 들어왔다. 여종업원은 그녀에게 엄마처럼 다정했다. 범주, 그가 사유라고 부르는 것으로 가는 중간쯤 되는 지점. 본다는 것, 그것이 그가 여기에 있는 이유였다. 전통 의상을 입은 한 노인, 두툼한 책 한 권과 맥주로 꽉 찬 성수통. 그가 아주 오래도록 바라보았다면 다 볼 수 있었을 터였다. 희곡에서 '인물'이 죽 나열되듯이. '병사 몇 명, 신부, 숙녀, 상류층 가족.' 그는 책에 푹 빠져있는 그 노인을 바라보았고 자연스레 다시 하이데거가 떠올랐다. 어쩌면 전통 의상이란 시대착오가 순화된 형태에 불과한지도 몰랐다. 어떤 사람들은, 예전에는 누구나 입었다 할지라도 이제는 입지 않는 것들을 입었다. 하이데거는 시간을 '지금' 이 순간의 연속으로 받아들이기를 거부했으며, 한때/이전에/그때 일어났던 일과, 곧/앞으로/언젠가 일어날 일 사이의 결합으로 보았다. 여행자, 그는 자신의 천성 탓에 현재를 항상 과거로 색칠하고 규정하여 보고는 했기 때문에 현재를 딱히 편안하게 느껴본 적이 없었고, 그래서 그런 사유 방식은 와 닿는 면이 많았다. 자기 삶에 속하지 않은 과거조차 그 삶에 요구하는 바가 많았는데, 그럴 수밖에 없었다. 비록 대부분의 사람은 과거를 생각하지 않고도 꽤 잘 살아갈 수 있는 모양이고, 보아하니 모든 나라가 상황에 따라 자신들의 과거를 부담 없이 잊어버릴 수 있는 듯했지만 말이다. 미래에 관해서라면 그는 도무지 할 말이 많지 않았지만, 과거가 어둡게 보일 때가 아무리 많았을지언정 비관주의자가 되기는 불가능하다는 점만은 예외였다. 그가 생각하는 인류란, 존재하지 않을 수도 있는 비가시적 목표를 향해 가는 돌연변이들의 집합이었다. 문제는 그들이 동시에 그리로 향해 가지 않는다는 점이었다. 어떤 이는 엉뚱하게도 아직 봉건주의의 중세시대에 살고 있고, 반면에 다른 이는 컴퓨터 앞에 앉아있거나 화성을 향해 가는 중이었다. 그 정도는 괜찮다. 그런데 그 두 경우가 뒤섞인 매우 폭발적인 혼종이 골치였다. 남의 손아귀에 있는 자가 쓰는 도구들, 천국에 들어갈 수 있다는 생각으로 적을 끌어들여 함께 자살하는 테러리스트들.

그런데 그가 '현재'를 한 번도 편안하게 느껴본 적이 없다는 말은 진실이었을까? 그렇다면 낭만적이긴 해도 조금은 유치한 생각일 터였다. 오로지 '현재'에만 편안해하면서 거기에 모든 기대를 거는 사람들 사이에서 그가 편안함을 느끼지 못한다는 사실은 더 그랬다. 동시에, 당신이 현재에서 벗어나지 못했다면—그러면 역설적이겠지만—그 맛을 경험하지는 못했을 것이다. 과거는 바싹 탈수되었고 불필요한 부분은 제거되었다. 현재에 대해서는 이런 말이 적용되지 않았다. 마지막으로(그리고 그의 맞은편에 전통 의상을 입고 책을 읽는 그 남자가 앉아있었다는 이유만으로) 그는 하이데거가 그 별난 옷차림으로 찍은 사진을 떠올렸다. 니체는 철학에는 신체적 요인들이 있기 십상이라고 말했는데, 여행자는 그 철학자가 과거에 대해 그렇게 강하게 주장했던 그 이론처럼, 그 전통 의상 속에서 그의 몸이 편안했었을까 궁금했다. 너무 많이 나간 이야기일지도 몰랐다. 하지만 지금 여행자는 오베르베르크의 불칸펠젠Oberberger Vulkanfelsen[56]이라는 포도주를 주문하면서 '피와 대지'로 되돌아왔는데, 왜냐하면 포도주는 피처럼 붉은데다가 그 이름에서 바위를 마셔버린다는 느낌이 들었기 때문이었다.

포도주를 피로 보는 것, 그것은 그의 가톨릭적 성장배경에

---

56) felsen은 독일어로 '바위'라는 뜻이며, Vulkanfelsen은 포도 재배지의 토양이 화산토임을 알려주는 말이다.

서 비롯되었을 것이다. 그런데 그는 하필이면 왜 '그' 포도주를 골랐을까? 언어는 정신을 반영한다. 그는 어쨌거나 86년산 랜더사커러Randersackerer의 에비히레벤Ewigleben('영원한 삶'이란 뜻)이나 르들시어Rdelseer의 슈반라이테Schwanleite('백조언덕'이란 뜻)[57]를 고를 수도 있었다. 포도주명의 해체, 연구 대상이 아닐 수 없다. 그는 양치식물, 청동 흉상, 천장에 매달린 바구니에 담긴 말린 알프스 꽃을 바라보았다. 사슴뿔, 라임 나무 화분, 조개껍데기 장식. 그는 다른 어딘가에 있었다. 그의 주위로 독일어의 바이에른 방언이 들려왔고, 그는 자신이 처음으로 들었던 외국어가 단연 독일어였음을 난생 처음 깨달았다.

16년 전 미국 메인Maine주의 흰색 목조 전원주택에서 한 노인이 그에게 릴케를 낭독해달라고 부탁했다. 역시 흰색 머리칼에, 친구의 돌아가신 아버지를 닮았으며, 따라서 방금 공원에서 인사를 나눈 노인을 닮은 분이었다. 그 어르신의 영어 억양은 친구 아버지의 네덜란드어 억양과 똑같았다. 독일어 억양, 그런데 독일어에 머무르지 않고, 중앙 유럽의 온 과거가 그 안에 담겨있었다. 뿌리 뽑히지 않고 강하며 매력

---

57) 각각 바이에른 프랑켄 지방의 포도주명이다.

적인 억양. 심지어는 그의 친구조차 네덜란드에 그리 오래 살았으면서도 그 흔적을 지니고 있었다. 그때 메인주에서의 그 부탁은 그를 깜짝 놀라게 했는데, 생화학 분야의 발견으로 노벨상을 받았던 그집 주인장을 그가 굉장히 존경했던 까닭도 적잖이 있었다. 주인장은 여행자가 네덜란드 사람이라는 말을 듣자마자, 나머지 일행이었던 미국인들을 소외시키면서 물타튤리[58] 이야기를 하기 시작했다. 여행자는 물타튤리나 쿠페루스[59]에 관해 이야기하기 시작하는 여든 살이 넘은 사람들을 종종 만나곤 했다. 과거에 네덜란드는 정말 존재했던 것이다. 그런데 주인장은 릴케에 관해서는 가차 없었다. 여행자는 자신의 독일어가 짧다고 버티어 보았지만, 노인은 그 말을 들어줄 생각이 없었다. 추수감사절, 11월, 인디언 썸머, 페노브스코트 만Penobscot Bay까지 이어지는 정원, 불타는 단풍. 여행자는 누렇게 바래고, 책장은 떨어져 나가고, 페이지마다 향수의 표시가 남아있는 책에서 그가 읽을 부분을 펼쳐 읽었다. 미국인들은 무척 조용했고, 벽난로에서 불꽃이 탁탁 내는 소리가 들렸지만, 그는 딴 사람들을 위해서가 아니라, 오로지, 고개를 숙이고 뭔지 몰라도 무언가를,

58) Multatuli(1820~1887), 네덜란드 소설가.
59) Louis Couperus(1863~1923), 네덜란드 소설가.

50년쯤 전의 무언가를, 그가 아직 추방되거나 도주하지 않았던 시절, 오래된 무언가를 생각하고 있는 그 흰 머리 어르신을 위해서 읽었다. 그가 시를 낭독하자, 물리쉬[60]의 소설에서처럼 마치 오래 묵은 공기 방울이 터지는 듯했으며, 그 자신의 목소리는 처음으로 터져 나온 그 희박하고 조심스럽게 보존되어 온 옛날 공기와 섞여들었다:

주여, 때가 왔습니다. 여름은 참으로 길었습니다.
당신의 그림자를 해시계 위에 놓으시고
들녘에는 바람이 일게 하여 주십시오.

마지막 열매들을 익게 하시고,
그들에게 여름날을 이틀만 더 내리시어
무르익게 하시고, 진한 포도주에
마지막 단맛을 불어넣어 주십시오.

지금 집 없는 자는 더이상 집을 짓지 않습니다.
지금 혼자인 사람은 그렇게 오래 홀로 남아
깨어서, 책을 읽고, 긴 편지를 쓸 것입니다.

---

60) Hang Mulisch(1927~2010), 네덜란드 작가.

그리고 나뭇잎이 흩날릴 때면 가로수 길을
이리저리 헤맬 것입니다.[61]

그는 그날 늦은 오후에 좀 더 읽었지만, 그 시의 마지막 행
을 읽을 때 주인장의 입술이 그의 것에 맞추어 움직이는
모습을 보고, 그때와 이 현재 사이에는 간극이란 존재할
수 없다는 듯, 지금 그에게 다시 밀려오는 감동을 받았다.
노인은 죽었다. 친구의 아버지가 죽은 것과 마찬가지로,
그리고 어떤 별난 종류의 숙명이 관련된 것처럼 인생이 끊
임없이 그의 길 위에 데려다주는 듯한 그런 남자들이 죽은
것과 마찬가지로. 그들은 모두 여든을 넘겼다. 첼로연주자,
그림 복원가, 은행가. 살아남는 일은 제2의 영혼처럼 그들
자신을 감싸고 있었다. 그것은 생존 자체가 아니라—그들
중 다섯 사람이 이제 죽고 없기에—그들이 살아냈던 것이
고 그들 중 누구도 그에게 말해준 적 없었던 무언가였다.

  이런 것도 뮌헨이 아니었을까? 그는 회상하기 위해서가
아니라 보기 위해서 여기에 왔다. 하지만 볼케이노Volcano 포
도주 한잔을 앞에 놓고 가만히 앉아 있는 동안 기억이라는

---

61) 릴케의 시 〈가을날〉.

폭풍의 눈 안에 사로잡힌 듯 보였다. 얼마나 이상한 일인가. 무게도 없는, 시간이라는 그 자체는 오직 하나의 방향으로만 움직일 수 있었다. 당신이 그것을 어떻게 정의했건 간에, 또는 그 꼬리를 밟으려고 어떻게 애썼든 간에―적어도 그 정도는 확실해 보였다. 시간이 무엇인지 아는 사람은 없었으나, 세상의 모든 시계는 원의 형태로 만들어졌고, 시간은 내내 일직선으로 흘러갔으며, 설령 시간의 끝이 한정되어 있다면 치명적인 현기증을 일으키지 않고 인간이 상상할 수 있는 것이 아니었다. 그러면 대체 기억은 무엇이었나? 뒤에 남아서 당신을 따라잡는 시간이거나, 또는 당신 자신이 그 흐름을 거슬러 올라가서―사실은 불가능한 일이지만―되가져올 수 있는 시간인 것인가. 당신의 기억뿐만 아니라, 다른 사람의 것까지? 한 예로, 그의 친구 아버지는 톨러[62]의 친구였는데, 톨러가 뮌헨에서 이끌었던 실패한 혁명 동안 아버지가 경험한 바를 언젠가 그에게 말해준 적이 있다. 그것은 여행자가 지금 있는 이곳에서 폭력, 비명, 그에 수반되는 죽음과 함께 벌어진 일이었다. 그러고 나서 톨러는 망명길에

---

62) Ernst Toller(1893~1939), 독일의 극작가. 1919년 4월 6일부터 뮌헨을 수도로 1개월가량 짧게 존속한 혁명 정부 '바이에른 평의회 공화국'의 첫 수반이었다. 1919년 5월 바이마르 공화국 군대의 진압으로 혁명정부는 해체되었고, 톨러는 5년간 복역했다. 1933년 나치 독일을 피해 망명했으며, 1939년 자살했다.

올라, 처음에는 런던으로, 그리고 다시 뉴욕으로 갔다. 언젠가 그의 친구가 뉴욕에서 메이플라워 호텔을 그에게 가리키며 알려주었다. "저기가 톨러가 자살한 곳이야." 하지만 가장 아이러니한 것은, 친구 아버지가 톨러가 숨을 거둔 지 한참 뒤에, 암스테르담에서 톨러를 다룬 연극을 보러 간 일이었다. 살아남은 자가 자신의 죽은 친구를 연기하는 배우를 보러 간 것인데, 그날 저녁 암스테르담 극장은 '토마토 행동 Aktie Tomaat'[63]이라는 저항 운동에 가담한 학생들의 표적이 되었다. 외침, 최루가스, 공연 취소, 그리고 눈에 눈물을 머금고 노인은 극장을 떠났다. 진짜 혁명이 사이비에 의해 쫓겨났다. 그는 지금도 친구의 아버지가 눈에 선하다. 여든이 훌쩍 넘은 나이에도 노인은 여전히 미남이었다. 존재감 있고, 살짝 꾸부정하며, 짙은 눈동자, 늙은 인디언의 얼굴, 사자 갈기 같은 흰 머리의 남자. 그는 토마스 만의 일기에 툭하면 등

---

63) 1960년대 말 네덜란드에서 관객들이 배우를 향해 토마토를 던지는 시위에서 촉발되어 확산된 사회운동. 정부 지원금을 바탕으로 유지되던 전후 네덜란드 연극계의 전통적이고 엘리트주의적인 방식을 비판하던 연극계 학생들이 1969년 10월 암스테르담 극단 '네덜란드 희극'의 셰익스피어 공연에 토마토를 던짐으로써 발발되었다. 이 사건은 '토마토 행동'이라는 이름하에 저항적 문화운동으로 확산되었는데, 그 전환점이 〈톨러〉 초연이었다. 소련식 공산주의 운동가들의 깃발·팜플렛·최루탄이 등장하여 공연은 이내 막을 내렸으나, 극단 '네덜란드 희극'이 와해되는 등 사회적으로 큰 변화를 가져왔다. 《톨러》(1968)는 독일 극작가 도르스트 Tankred Dorst의 희곡으로, 에른스트 톨러와 당시 뮌헨의 실패한 혁명을 다룬 작품이다.

장했다. "L 박사가 방문했다. 우리는 시금치를 맛있게 먹었다." 그의 아들은 이렇게 물었다. "예, 그런데 무슨 말씀들 나누셨어요? 그 내용은 적혀있지 않네요." 기억이 제대로 나지 않을 때 그 잃어버린 기억이 생성된 그 시간은 존재하지 않는 듯 보이는데, 사실 그럴지도 모른다. 시간 자체는 아무것도 아니다. 그 체험이 중요하다. 그것이 사라질 때는 부정의 형태를 취한다. 소멸의 상징이자, 당신이 전부 잃어버리기 전에 이미 잃어버린 것. 그의 친구가 아버지에게 그런 질문을 던졌을 때, 아버지는 이렇게 답했다. "빠짐없이 다 간직하면 너는 터져버릴 걸. 그냥 그럴 공간이 없는 거야. 망각이 약이지. 제때 그 약을 먹어야 해."

제때. 여행자는 자리에서 일어나 레스토랑의 널찍한 홀을 지나 밖으로 나가면서, 혼자 싱긋 웃었다. 도대체 어떻게 당신은, 수천 가지 다른 말로 몸부림치며 표현되어 떠오르는 모든 이미지를 흐릿하게 하는 어떤 개념을 사유할 수 있었던가? 시간이란 언제나 시간을 측정하는 수단과 혼동되기 마련이다. 언제나. 스칸디나비아의 어느 나라 말에서 '언제나'는, 아직 완성되지 않은 어떤 것에 대해 그렇게 말할 수 있다는 듯이, '처음부터 끝까지'라고 풀이된다. 인간의 시간, 과학적 시간, 어떤 외적 물체와도 관계없이 등속으로 나아갔던 뉴턴의 시간, 우주가 마법을 걸어도 좋다고 허용했던 아인슈타인의 시간. 그리고 또 가루로 분쇄되고 측정이 불가능하게 축소된, 끝없이 미세한 입자의 시간. 여행자는 노이하우저스트라세에서 아주 견고하게 움직이는 주위 사람들을 바라보았다. 그 안쓰러운 질서를 부여하려고 부질없이 시계를 손목에 차고도, 다들 자신만의 내적 시계를 지닌 사람들이었다. 손목시계는 허풍선이였다; 그들은 권위를 갈음하여 말한다고 주장했으나, 그 권위를 본 이는 (아직) 아무도 없었다. 그래도 그들은 몇 시에 교회 문이 열리는지는 알고 있었고, 몇 초가 흐른 뒤에(뒤에—이 폭군을 피하기는 불가능했다) 여행자는 성 미카엘 교회 안 서늘한 공간에 서 있었다. 그가 맨처음 읽은 단어는 물론 'Uhr(시時)'였다: "1944년 11월 22일, 오후 1시 조금 지나서, 성 미카엘 교회는 미국 공군의 폭탄을 여러 개 맞았다." 그리고 여기서도 기억은 물밀 듯이 밀려왔다. 전시에 네덜란드 상공을 날아가는 폭격기의 둔중한 소리와 어른들의 간절한 흥분: "저기 미국인들이 간다, 독일놈들을 폭격할 거야." 그 소리는 죽음과 복수와 관련이 있기 때문에 영원히 마음에 새겨지는 그런 것들이었다. 파괴에 홀린 음악가가 연주하는, 온 하늘에 하염없이 울리는 저음. 하지만 그는 지금은 그 생각을 떠올리고 싶지 않았다. 죽은 사람은 죽은 사람이었고, 교회는 재건되었으며, 빛이 새어 들어오는 연회색 공간에서 어떤 여인이 목표물을 향해 곧장 걸어가고 있었다. 그녀의 옷차림새는 흠잡을 데 없었다. 온통 검은색에, 밝은 금발 머리는 검은 우단 리본으로 묶어 틀어 올려 쪽을 졌다. 여인은 무릎을 꿇고 얼굴을 두 손에 푹 파묻었다. 여인의 에나멜 가죽구두는 바닥에 닿지 않고 살짝 떠 있었다. 마침 그 순간 해가 들어가고 회칠한 둥근 천장이 흐릿해졌고, 일본인 세 명이 그 여인을 뚫어져라 바라보는 모습이 보였다. 교회 뒤쪽에는 청동 천사가 있는데, 피아노 옆을 지나가다가 잠깐 멈춰 서서 건반 몇 개를 눌러보려고 할 때처럼, 커다란 성수반에 태연히 기대어 서 있다. 그는 사방에서 기도하는 사람들의 모습을 볼 수 있다; 그들 때문에 건축물의 장엄함이 부각된다. 붉은색과 녹색 옷을 입고 애원하고 있는 난쟁이들. 전통 복장 차림의 농부가 가슴에 손을 얹은 채 어떤 동상에 대고 뭐라고 말을 했다. 여행자는 천사에게로 발걸음을 돌려 그 옆에 가서 섰다. 어쩌다가 교회에 오게 된 한 남자와 한 천사, 하나는 날개가 있고 하나는 없다. 천사가 더 크고 그 청동은 빛났으나, 중요한 건 그게 아니다. 그는 천사의 펼친 손가락들을 살펴보고, 그다음에 날개를 살펴봤다. 이 천사는 오늘 그에게 두 번째 천사였는데, 이번에는 여성이 아니었다. 천사를 사전에서 찾아보면 남성이고, 이름도 루시퍼·가브리엘·미카엘처럼 남자 이름인데도 그들은 남성이 아니었다. 천사는 무수히 많다고 배웠는데, 종류도 여러 가지였다. 어둠의 천사, 죽음의 천사, 빛의 천사. 수호자, 전령. 천사에게는 서열이 있었다. 지품 천사, 치품 천사, 권품 천사, 좌품 천사. 천국의 군대. 그가 그런 내용을 진짜로 믿었었는지 기억나지 않았는데, 믿지 않았던 것도 같다. 그래도 그 개념은 매력적이었다. 굳이 인간일 필요는 없으면서도 인간을 닮았고, 늙지 않아도 되며, 게다가 날기까지 할 수 있는 누군가라니. 물론 천사들에게 허용되지 않은 온갖 일들이 있었고, 그들이 신에게 얼마나 근접해있는지를 따져보면 그럴 만했다. 그가 마음에 들었던 점은 천사들이 여전히 존재한다는 사실이었고, 게다가 교회에만 있는 것도 아니었다. 나무로, 돌로, 청동으로 된 천사, 죽은 자나 평화를 위한 기념물 위에, 속세의 건물에서, 그들은 어디에서나 자기 자리를 지키고 있었다. 아랍인에게도 천사는 있었다. 사람들은 요즘도 천사를 보았던가? 아니면 그들은 인간보다 크고 가시적임에도 불구하고 비가시적이 되어버렸던가? 그는 그리 생각하지 않았으나, 딴 사람들은 그처럼, 천사를 의식적으로 찾아서 보지는 않는다고 짐작했다. 대신에 꿈에 나오는 어떤 것처럼 받아들였고, 그래서 날개 달린 천사들은 그 꿈을 꾸는 사람이 실제 눈치 채는 일 없이 우리의 이름 모를 조상들이 거처하는 은밀한 공간으로 제 갈 길을 찾아갈 수 있었다. 그렇게 그는 다시금 시간과 관련된 개념으로 돌아왔지만, 그 주제는 이제 그만 생각하고 싶었다. 그는 그날 교회 한 군데를 더 가보자고 자신에게 약속했었는데, 가짜 향수로 다시 세운 상처 입은 아테네[64]보다 그 교회가 더 이 도시에 어울리는 곳이라는 생각이 들었고, 이제 그리로 발걸음을 돌렸다. 그 교회는 젠드링거스트라세에 있었는데, 그때 그의 길라잡이가 불쑥 다시 나타나 그를 반대 방향으로 보내려고 했다.

그러면 어느 쪽으로 가란 말인가? 그는 성마르게 말했다. 길라잡이의 존재를 까맣게 잊고 있었기 때문이었다. 그가 레스토랑에서 식사하고 있을 때 탁자 밑에 숨어있었던 것이 틀림없었다. 당신의 생각을 누군가가 이렇게 다 들을 수 있단 말인가?

"빅투아리엔마르크트Viktualienmarkt로" 하고 길라잡이가 말했다.

교회 묘지처럼 시장은 그가 저항하기 어려운 곳인 터라, 그는 군말 없이 따라갔다. 먹는 일은 어쩌면 사악함과 가장 거리가 먼 행위였다. 자색 무, 당근, 치즈, 빵, 버섯, 호박, 달

---

64) 뮌헨의 쾨니히스플라츠는 19세기 바이에른 왕국의 루트비히 1세 때 아테네의 아크로폴리스를 모델로 건설되었다. 제3제국 시기 히틀러는 쾨니히스플라츠와 그 주변을 '나치 구역'으로 재건했으나, 제2차 세계대전 후 쾨니히스플라츠는 옛 모습으로 복구되었다. 현재 그 광장에는 아테나 여신상이 서 있다.

같이 도시 한복판에서 자연이라는 개념, 다시 말해 묵묵히 기다린다는 개념을 불러내었다. 그것들은 도시가 시골의 시장에서 비롯되었음을 일깨워 주었다. 여행자는 쌓여있는 뭇 물건들 사이를 반시간 동안 돌아다녔다. 싱싱한 향신채, 상상을 초월하리만치 다양한 종류의 소시지, 돼지비계, 강과 호수에서 잡은 생선, 천 년 전에도 똑같은 모양이었을 온갖 것. 천 년 묵은 당근, 잉어, 양파가 아무런 저항 없이 사람의 어금니라는 맷돌 사이에서 부단히 자신을 희생하여 부서진다.

교회[65] 바깥의 거리는 부산했으나, 일단 그가 안에 들어가자 소음이 싹 사라졌다. 성 요한 네포무크, 하고 길라잡이가 속삭였다. 보헤미아의 성인. 여행자는 보헤미아라는 그 말을 좋아했다. 아름답게 들려서일 뿐만 아니라, 그 말에 따라다니는 오해 때문이기도 했다. 프랑스에서 최초의 집시들을 보헤미아의 이교도, 후스[66]의 추종자들이라고 보았기에, 어떤 화가들과 시인들은 요즘도 보헤미안이라고 불렸다. 오해에 근거한 편견과의 결합이라니, 그보다 더 좋을 수는 없었다. 게다가 시인들이 떠돌이, 집시, 이단자와 자기를 동일시한다는 점도 결코 없어지지 않았다.

---

65) 아잠 교회Asamkirche를 말하며, 성 요한 네포무크 교회라고도 불린다.
66) 얀 후스(Jan Hus, 1372~1415), 보헤미아의 기독교 신학자, 종교개혁가.

'네포무크', 라고 길라잡이는 거듭 말했다. 한때는 바이에른에서 마리아 다음으로 인기 있었던 성인. 600년 전, 죽을 만큼 고문당하고 블타바강에 익사. 여행자는 자신도 얼마간은 보헤미안 같은 구석이 있다고 여겼기에, 알려지지 않은 네포무크를 수호성인으로 삼기로 마음먹었다. 길라잡이는 그에게 교회 문의 나무 문짝에 새겨진 부조를 포함하여, 그 성인의 생애에 관해 속속들이 설명하고 싶어 했지만, 여행자는 자신이 있는 공간의 경이로움에 마음이 들떠있었다. 그는 나중에 들어보고 읽어보리라, 지금은 아니다, 지금은, 쓸데없는 장식이며 허풍이라고 경멸했던 것들에 둥실둥실 떠내려 가고 싶었다.

그는 오페라처럼 바로크의 진가도 늦게 발견했다; 예전에 그는 사람들이 거기서 무엇을 느끼는지 전혀 이해하지 못했고, 지금도 자신의 느낌을 말로 표현하기가 쉽지 않았다. 그렇다고 해서 부끄러워할 필요는 없었다. 누구나 착오를 저지르기 마련이니까. 그런데 여기는 어떤가? 어쩌면 과다함이었고, 동시에 대조적으로, 그 과다함이 허용된 엄격한 틀이었다. 호화로움. 충만함. 그리고, 로마네스크 교회의 애호가라면 인정하기 가장 어려웠을 법한 말은 '안락함'이었을 것이다. 심지어는 거기에 혼자 있다 해도 온갖 것에 무슨 일이 일어나고 있다는 느낌을 받았을 것이다; 밀치락달치락 하

는 천사들, 펄럭이는 옷자락, 석재와 대리석과 금색 칠한 석
고에 휘몰아치는 바람, 야단법석, 그리고 믿음과 신심이 석
순과 종유석마다 들러붙어 있는 동굴. 꽃줄 장식, 소용돌이
치는 기둥, 사치스러운 지하 묘지, 굽이치는 선, 그는 아마
도 여기에서 처음으로 바이에른의 영혼을 들여다보았을 것
이다. 쾨니히스플라츠Königsplatz의 그 아테나 동상은 남들의
생각으로 강요된 것이지만, 이 교회는 건물 자체가 전음顫音,
환호, 미친 듯한 고음을 내며 노래하고 있는 것과 비슷해서,
여기서 당신은 여차하면 바이에른의 요들송을 부를 수도 있
을 것이다. 보헤미아의 성인은 제단 근처의 제대에서도 추
모 되고 있었다. 그 우여곡절 많은 생애에 이야기꾼들은 곧
장 목표를 향해 갈 마음이 들지 않았다. 새김눈을 파고, 윤
을 내고, 장식하고, 꾸미고, 끼어들어, 가만히 있는데도 꿈틀
거린다. 천국의 교차로처럼 몹시 분주하다. 삼중관을 쓴 하
느님이 십자가를 굽어 내려다보고, 그를 호위하는 천사 둘의
날개는 나귀의 뾰족한 귀처럼 곧추서있다. 사람이 아무도 없
기에 여행자는 고개를 뒤로 젖힌 채로 제단에서 뒷걸음질쳐
나왔다. 그렇게 수직으로 위를 올려다보려 애쓰면서, 기둥과
금색 기둥머리와 꽃줄장식과 배흘림 난간동자를 지나, 고개
를 서서히 옆으로 돌리면, 그 천진난만한 얼굴들이 점점 더
많이 눈에 들어왔다. 그들은 여기에 떡하니 살고 있었다. 그

가 움직이면 그들도 움직이면서, 석고 얼굴에 제 나이에 맞지 않게 어른스러운 환희의 표정을 띠고 그를 내려다 본다. 그의 생각에는, 저 위의 벽이 거품이 되기 시작하고 거품은 인간의 형상을 빌려온 것만 같았다. 뜬금없게도, 슈베르트의 노래에서 알게 된, 괴테의 시구 한 마디가 불쑥 그의 머릿속에 떠올랐다. "그 움직임은 무엇을 의미하는가?"[67] 대답은 아마도 이럴 것이다: 여기서 움직임은 전적으로 그 자체를 의미한다고. 그것은 정지된 물질에서 나타날 수 있는 움직임의 최고조였다. 동動과 정靜, 극도의 풍부함의 응결.

그는 이제 그 도시를 더 잘 알게 되었을까? 그는 확신하지 못하지만, 떠나야 할 때라고 마음먹는다. 어디로? 남쪽으로, 그날 아침 그에게 손짓하던 철새들이 있는 쪽으로. 또 다른 보헤미아로, 산으로, 유럽의 분수령으로. 그곳은 언어·국가·강이 사방으로 흘러가고, 그가 가장 사랑하는 그의 대륙의 일부이다. 잃어버린 왕국, 되찾은 영토, 서로 부대끼는 언어, 충돌하는 시스템이 자아내는 혼돈과 함께, 골짜기와 산맥이 대립하고 오래되고 갈기갈기 찢어진 중간 왕국인 곳. 그는 영국

---

67) 슈베르트의 가곡 〈줄라이카Suleika〉의 첫 소절. 괴테의 《서동시집West-ostlicher Divan》중 '줄라이카의 시'에 곡을 붙였다.

정원의 무성한 풀밭을 다시 가로지르며, 가을을 마지막으로 불태우고 있는 나무들을 구경하고, 고니에게 먹이를 주고, 잔디밭에 누워 알프스를 향해 흘러가는 구름을 바라본다. 아니, 그는 이 도시를 아직 알지 못한다. 하지만 다른 도시들이 지금 그를 부르고 있고, 다른 누구에게도 들리지 않는 그 부름, 보헤미안의 은밀한 단가短歌를 그는 거역하지 못한다.

1989년 3월

5. 아란의 돌

　아란 섬에 관해 내가 처음으로 들은 때는 아주 오래전이
다. 정확히 언제 어디서였는지 이제는 기억나지 않지만, 신
비로운 영상이었던 것으로 기억한다. 지금 생각해보면 영상
이 촬영된 방식 때문인데, 마치 우리가 서쪽 태풍을 타고 바
다 위를 날아서 다가가기라도 한 듯이, 회색 소용돌이가 들
끓다가 부서지는 파도의 물보라와 비와 안개 사이로 난데없
이 검은 바위의 해안이 나타났다. 공중에서 촬영한 영상에
서는, 시청자 자신이 바람을 타고 선회하는 한 마리의 바다
제비가 되어, 창문 없는 요새에 층층이 쌓인 돌벽을 스치듯
이 휙 지나가더니, 다시 속도를 늦추어 켈트 십자가가 서 있
는 묘석들 사이로 나지막한 교회 유적 위를 맴돈다. 지상에

서 촬영한 영상에서는, 역광 속에 십자가들이 서 있고 하늘은 납빛이나 아연빛을 띠고 있는데, 동화와 전설을 무성하게 만드는 천상의 광채처럼 느껴진다.

영상 속의 해설자는 아일랜드로 길을 떠난 초기 기독교 수도사들과 여기 이 황량한 섬들에 살았던 영적 공동체, 성 콜룸바와 성 엔다, 그리고 '아름다운 네 성인의 교회'[68]와 '일곱 교회'의 유적 이야기를 들려주었다.

그 모든 이미지와 이야기는 오늘날의 현실과 별반 관련 없어 보였고, 그래서 나는 그 특이한 섬들을 바다 저 멀리에 가져다 놓았다. 내 상상 속에서 그 섬들은 여전히 아일랜드에 속하기는 하지만, 거의 접근이 불가능한 전초 기지가 되어, 머나먼 헤브리디스Hebrides 제도 같은, 그런데 그보다 더 멀리 대서양의 무無 한복판 어딘가에 있는 수도원 섬과 같은 것이었다.

나는 아일랜드에 한 번도 가보지 않았지만, 예이츠와 싱, 조이스는 읽었으며 브렌단 베한Brendan Behan과 숀 오케이시 Sean O'Casey의 희곡을 번역했고, 그곳에 대해 모호하고 시적

---

68) The Church of the Four Beauties, 15세기에 지은 교회로 지금은 건물의 윤곽만 남아있는 유적지. 아일랜드의 초기 기독교 성인인 Fursey(c.597~650), Brendan of Birr(~c.573), Conall(~c.500), Berchn을 일컬어 '4명의 아름다운 성인The Four Comely Saints'이라고 하며, 모두 이 교회에 묻혀있다.

인 인상을 간직하고 있다. 나는 아일랜드가 문학과 시를 유럽의 여느 나라보다 중요하게 여기는 나라라고 생각했다. 하지만 이태 전에야 이 인상도 확실히 굳어졌는데, 에어링구스 항공기에 탔을 때 조이스와 베케트, 와일드와 스위프트의 필사본이 초록색 바탕에 인쇄되어 전 좌석에 덮여있는 모습을 보고, 아일랜드에서는 어디든지 온전히 똑같은 것은 하나도 없다는 사실을 발견하면서였다. 그 점은 비행기 좌석 덮개나 어둑한 선술집에 걸려있는 작가들의 숱한 초상에만 해당하는 것이 아니라, 지형적으로도 그러했다.

내가 마음속에서 아일랜드 본섬과 아란 제도의 섬 세 개 사이에 만들어낸 신비한 거리는 지도상에서는 얼마 되지 않는다. 아일랜드 친구들의 말마따나 섬 한 군데에 들어앉아 있는데 악천후로 인해 배가 뜨지 않게 되면―곧잘 생기는 일인 모양인데―그 얼마 되지 않는 거리가 별안간 얄궂게 멀어질 수 있을지는 몰라도 말이다.

첫 여행은, 짧기만 했을 텐데, 비와 일찍 찾아온 어둠이 기억에 남아있다. 나는 셋 중 제일 큰 섬인 이니시모어에서 작은 방 하나를 간신히 구했다(호텔은 없다). 비가 왔고, 날이 오후부터 벌써 어둑해졌으며, 부둣가에는 조랑말이 끄는 수레 두 대와 승합차 두어 대가 서 있었다. 하지만 내가 알기로, 묵을 만한 숙소는 배가 닿는 킬로난Kilronan, 바로 그 동네에 있었다. 배에서 누가 내게 약도를 그려주었는데 어찌나 개략적이었던지 당연히 나는 숙소를 찾을 수 없었고, 돌풍이 나를 길에서 걷어가려고 하는 바람에 길을 잘못 들어서 질퍽이는 자갈길로 갔건만, 끝내 아무것도 나오지 않았다. 그래도 그때, 젊은 아낙이 운영하는 민박집 한 군데를 찾았는데, 그녀의 말로는, 남편이 아직 학교에 다니는 아이 둘과 그녀를 남겨두고 '영영' 본섬으로 사라져버린 통에, 그녀는 겨울에도 민박을 쳤다.

조금 뒤에 나는 아담한 방에 들었는데, 방은 막대사탕 같은 색깔로 단장되어 있었다. 앵글로색슨인들은 이런 것을 손님들이 좋아하리라고 생각하는 모양인지, 흰 꽃무늬가 있는 장밋빛 나일론 침대보와 초록색 이파리 무늬가 있는 베이지색 벽지, 그리고 장밋빛으로 발그스레한 아이가 제라늄 옆에 있는 듯한 분위기다. 돌풍이 몰아치는 겨울날의 맹렬함을 막아보겠다는 절박한 시도로 보였다.

민박집 여주인이 내가 오 분 안에 홀딱 젖을 것이라고 하더니, 아니나 다를까 그녀의 말이 옳았다. 나는 비구름인 척 가장하며 뒤집힌 우산을 들고 아무 선술집이나 닥치는 대로 쳐들어갔는데, 하나같이 낯선 남자를 향해 고개를 돌려 쳐다보았다. 사람들은 내가 평소에 술이라기보다는 음식에 더 가깝다고 생각하곤 했던 거의 검은 색의 맥주가 든 거대한 잔을 하나씩 앞에 놓고 있었다. 텔레비전에서는 멜로드라마류의 방송이 나오고 있었는데, 바에서 간혹 흘러나오는 말이 엄청나게 신비롭게 들리는 바람에, 대사가 영어로 나온다는 이유만으로 그 드라마가 딴 세상 것인 성싶었다. 다들 학교에서 의무적으로 게일어를 배웠다고 하긴 했지만, 나는 아일랜드 전역에서 여태 게일어를 들어본 적이 없었다. 그런데 지금 내 귀에 들려온 것이다. 언어란, 그것이 어째서 그렇게 불리는지, 게다가 어째서 똑같은 것이 몇 천 미터 떨어진 곳에서는 또 완전히 다르게 불리는지 대개는 충분한 이유를 댈 수 없기에 언제나 수수께끼이지만, 그렇다 해도 사람들이 당신을 쳐다보며 말하는데 한 마디도 알아듣지 못할 때에는 어쩐지 마음이 일렁이곤 한다. 별안간 시스템이 통째로 무너져 내려, 소통하고자 했던 바는 그 정반대가 되고 만다.

한 사내가 내 자리로 와서 앉으며 내게 뭐라고 말을 건네자, 그로 인해 나는 한 마리 개, 아니면 아주 어린 아이, 아니면 외국인으로 변했다. 왜냐하면, 그 셋 중 누구도 말을 알아듣지 못하며, 셋 다 그들의 천진난만함 덕분에 사실 얼마간의 동정심을 유발하는 까닭이다. "하지만 상관없소. 필요하면 영어로 말할 수도 있소" 하고 그가 말했다. 영어로는 내가 알아들었던가? 그렇다. 나는 그 영어를 알아들었고, 조금 뒤 그의 이름은 앵거스이며 17년 동안 어부로 일했다는 사실을 알게 되었다. 그리고 그는 사실 읽는 법을 배운 적이 없으며("전엔 다 그랬었소"), 이 섬을 둘러싼 바다가 전 세계에서 가장 위험하므로 자신이 억세게 운이 좋았다고 여겼다. 왜냐하면, 그는 헤엄치는 법 또한 배운 적 없이 운에 맡긴 채로 17년 동안 고등어와 쏨뱅이와 볼락을 잡았는데, 이 바다에서 너울에 커럭Curragh[69]이 뒤집힌다면 설사 수영선수라 하더라도 도무지 가망이 없을 터이기 때문이었다. 커럭이라고?

"옛날에 우리가 가벼운 나무토막과 캔버스 천에 타르를 발라서 손수 만들었던 배인데, 지금도 볼 수 있어요. 그런데 내일은 뭐 할 거요? 내일 또 비가 온다는데, 그래도 온종일은 아니오. 내일 던 앵거스Dun Angus에 꼭 가보시오."

던 앵거스Dun Angus, 던 애옹개사Dún Aonghasa, 던 아엥거스Dún Aengus, 나중에 보니 여러 종류의 철자로 쓰고 있었는데, 그는 바의 한쪽에 걸려있는, 연기에 그을린 사진 한 장을 가리켰고, 나는 언젠가 영상에서 본 적 있는 거대한 검은 돌무더기를 알아보았다. 그래, 내일은 폭풍이 몰아칠 테지만, 그는 자신의 승합차로 가까이까지 갈 수 있었다. 그리고 반드시 가야만 했다. 누구나 가는 곳이기 때문이었다.

나는 사진을 쳐다보며 결국 내가 꿈꾸던 섬에 가리라는

---

69) 아일랜드의 전통 배.

생각이 들었다. 그러면, 내일. 좋다, 내일.

텔레비전이 뭔가를 꿀꺽 삼키느라 잠시 정적이 흐르는 동안, 교회 종소리가 가늘고 날카롭게 들려왔다. 7시, 미사 시간, 하고 나의 새 친구가 말하며 손가락 일곱 개를 추어올리더니 한 번 더 말하는데 이번에는 게일어로 샥트seacht라고 했다. 나는 밖으로 나가 종소리가 나는 쪽을 향해, 뭔가 색다른 행동을 하는 기분에 흠뻑 젖어 두어 명의 행인을 뒤따라갔다.

옛날 옛적에 로마의 수도사들이 이곳에 도착했고, 그들이 가져온 것의 정수가 오롯이 남아있었다. 다른 언어, 동일한 말. 다른 시대, 동일한 으스스한 석재. 교회는 그리 크진 않지만, 내부는 놀라우리만치 넓었다. 미사는 게일어로 진행되었다. 나는 무슨 말을 하고 있는지는 알았으나, 한 마디도 알아듣지는 못했다. 크리스마스가 오기 전의 어두운 날들, 신부의 미사용 제의, 석재 사이에서 유일한 색채인 대림절의 보라색. 강론이 내 주위로 메아리쳤다. 조개와 돌의 언어, 태곳적 말들이 나를 둘러싼 뭇 사람들의 머릿속을 침투하고 나만 빼놓는다. 하지만 상관없었다. 고립의 세월과 극도의 가난에서 생겨난, 다른 이들의 공동체가 느껴졌다. 식량을 얻으려는 영원한 투쟁, 시샘 많고 위험한 바다에서 잡은 생선, 감자 몇 알을 재배하려고 돌을 긁어내고 해초를 깔고 모래를 쌓아 얻은 땅, 얼마 안 되는 기름진 땅에 키우는 가축, 돌을 우선 자른 다음 끌고 와서 켜켜이 쌓아 올린 담으로 늘 둘러싸여있는 땅, 이 세기까지도 아직 기름 램프로 등불을 켜고, 기름은 상어와 바다 물개의 간에서 얻으며, 돌 위에 그 돌로 지은 집들, 호밀짚으로 이은 지붕. 이제 시절은 달라졌어도, 이 모든 것은 사람들의 얼굴에 고스란히 드러나는데 그 얼굴은 언제 보아도 대담한 모험으로써의 삶이 남기는 표지를 지니고 있다.

다음날 앵거스는 나를 차에 태우고 커다란 요새로 간다. 도로는 좁고, 그가 데려다준 지점부터는 걸어서 가야 한다. 기분이 묘하다. 나는 스페인의 섬에서 여름을 보내는데, 그 섬의 땅 역시 돌투성이다. 그 섬에도 필지와 필지 사이는 시멘트를 바르지 않은 강담으로 구획되어있다. 다만, 그 섬은 여름날 햇빛에 눈이 아플 지경이고 땅은 메마르며 몇 주 동안 비 한 방울 내리지 않을 때도 있는 터라, 지금 내가 있는 이곳은 내가 여름을 보내는 장소의 북쪽 대응지인 듯싶다. 풀밭은 말도 안 되게 푸르지만, 요새에 가까이 올라가자 나는 소의 갈라진 발이 가득 자국을 남겨놓은 갈색 진창에 질벅거린다. 요새가 얼마나 오래되었는지는 아무도 정확히 알지 못한다. 어떤 기록도, 어떤 비문도 남아있지 않은 까닭이다. 요새는 바다 위로 우뚝 솟아서 난공불락이고, 뒤쪽으로는 담장이 줄줄이 이어져 보호해주며, 벌판에는 뾰족한 큰 돌들이 땅에 비스듬히 솟아 빼곡한 방마책chevaux de fries 덕분에 기마병이 넘어오지 못한다. 베를린 장벽 근처 포츠담 광장 바닥에 서쪽으로 탈출하지 못하도록 똑같은 각도로 비스듬히 꽂아놓은 금속 조각들이 떠오른다. 요새에는 바닥이 없고 복도도 없다. '요새'가 적절한 단어인지 나는 모르겠다. 바다 위 82미터 높이에서 아래를 향해 호통 치는 돌무더기가 쌓인 풀밭에 서보면, 이 구조물을 건설한 사람들과 한때 여기서 살았던 그들의 삶이 여간해서는 상상이 되지 않는다.

자동차로 돌아오자 앵거스가 내게 섬에서 촬영한 영화 〈아란의 사람들Man of Aran〉을 보았느냐고 묻는다. 앵거스는 엊그저께의 일인 양 말하지만, 나중에 알고 보니 1930년대 영화다. "그 사람들은 하루 1달러에 목숨을 걸었지"라며 앵거스는 자신이 그 자리에 있었던 양 말하는데, 틀린 말이 아니다. 무릇 위대한 이야기란 항상 동시적인 법이지만, 나는 뒤에 그 영화를 봐야 그 말을 이해하게 될 것이다. "어디서 찍었는지 보여주겠소" 하고 그가 말한다. "멀지 않아요. 작은 섬이라 길이가 20킬로미터 밖에 안 되오." 길이 끝나는 지점부터 차는 더 가지 못한다. 거기에서 우리는 제일 서쪽에 있는 조그만 섬 두 개, 브래노크 아일랜드와 로크 아일랜드를 볼 수 있다. 로크 아일랜드에 등대가 있다. "저건 자동으로 작동해요. 전에는 등대지기가 있었는데 너울이 너무 위험해서 몇 주 동안 섬에서 못 나올 때도 있었지." 그는 해안 바로 앞에서 소용돌이치는 하얀 포말의 물꽃을 가리킨다. 거기에 조그만 돌 방파제가 바다에 꽂혀있다. "물론 지점을 잘못 골랐지. 완전히 쓸데없어. 어부들보다 더 많이 안다는, 더블린에서 온 엔지니어들이 설치했소. 날씨가 나쁘면 커럭은 저기를 지나가지도 못해."

좀 더 가까이 가보고 싶은데 앵거스는 계속 차에 앉아있다. 나는 무력해 보이는 타르 칠한 가벼운 작은 배 한 척이 이런 파도 속에 떠 있는 장면을 상상해보는데, 그날 나중에 영상화된 실제를 본다. 그것이 실제인 까닭은 그 자체는 영화지만 그 사람들과 배와 너울은 진짜였으며 그들은 살기 위해서 그리고 그 1달러를 위해서 싸웠기 때문이다. 성난 바다, 남자 세 명이 흰 포말에 맞서 은판 사진처럼 윤곽이 잘려져서 위로 솟구치며 내던져져 파도의 높은 벽 뒤로 사라지는데, 그 장면을 어떻게 촬영했는지 내게는 수수께끼다. 앵거스가 어째서 그때 거기 있었다고 생각하는지 이제 알겠다. 이 이야기꾼들의 나라에서 그런 사연은 수백 번은 거듭 이야기되었음에 틀림없고, 그것을 확인시켜주는 영상이 아직 있기 때문이다. 그 사연을 깡그리 잊어버린 존재는 오직 바다 자신뿐, 바다는 최면에 걸린 듯 영원한 동작으로, 바로 이 암석에 거듭하여 자신을 때려대는 것 말고는 다른 할 일이 없다. 보르헤스는, 영원성을 상상하려거든 대리석 돌덩이를 날개로 어루만지는 천사를 떠올려야 한다고 쓴 적이 있다. 모두 다 사라질 때까지.

파도가 손을 뻗어 바위를 붙잡으려다 튕겨 나오고, 다시 공격하다 짙은 잿빛과 검은색이 돌에 부딪혀 하얗게 부서지는 모습이 보인다. 어린아이의 팔 길이만 한 해초 한 줄기가 나루터에 밀려오는데, 누가 나한테 던져준 것만 같다. 긴 막대기를 바다 낚싯대 삼아 주워 올려보니, 속이 텅 빈 수중세계의 식물 줄기다. "예전에는 1톤에 10파운드씩 받았지. 저 허섭스레기 밑에서 몸을 꾸부리고 걸었는데, 상상이 되오?" 하고 앵거스가 말한다.

우리는 폭이 좁은 중심 도로를 달려 되돌아온다. 그는 오른쪽에 위치한 초라한 작은 집을 내게 가리킨다. "저기가 지도 만드는 사람이 살던 뎁니다. 피어 나 마파이(the Fear na Mapai, 지도 제작자). 영국 사람이지만, 이 섬에 관해선 최고의 책을 썼소. 사람들 말로는 그래요, 나야 뭐 까막눈이니까. 그래도 그렇게들 말하더군. 나도 잘 아는 사람이었는데, 볼 때마다 희한한 지점에 있고 또 만나는 사람마다 탐문을 했지. 12년 동안 이 섬에서 지냈소. 맨날 뭘 그리기만 하면서. 아직도 그 사람이 만든 지도를 팔아요. 그 사람은 이야기라면 다 듣고 싶어 했는데, 노인들 이야기에는 환장했고. 영국인이라니, 상상해보쇼! 젊은 애들은 벼랑에 걸터앉아 낚시하고 있는데, 바다 위 몇 백 미터에서 말이오, 모르는 사람은 모르는 곳이고, 위험하기도 했고, 그 위에서는 밑에서 무슨 일이 벌어지는지 보이지 않았어요. 줄에 바늘을 달고 있으면, 고기가 물어야 그때 느낌이 오고, 그러면 고기를 위로 당겨 올려서 그놈이 내 손에 들어오기 전에 갈매기가 다 먹어치우지 않게 해야 했거든. 폭이 좁고 툭 튀어나온 그런 곳에 우리는 앉아 있곤 했는데, 나보고 지금 하라면 절대 못해. 그런데 그런 곳에 그 사람은 왔소. 지도를 위해서 맨날 오만가지 것의 이름을 알고 싶어 했지."

나는 아직 '일곱 교회'를 더 보아야 한다. 나 샤크트 드탐플 Na Seacht DTeampaill.[70] 앵거스가 차에 안전하게 앉아있는 동안, 나는 켈틱 십자가와 룬 문자가 있는 묘지 사이로 흠씬 젖은 풀밭을 걸어간다. 교회는 일곱 개가 아니라 단지 두 개일 뿐이며, 지붕은 구름으로 되어있어서 나는 줄곧 비 세례를 받는다. 로마 수도사들이 여기에 묻혀있다는데, 혹시 정말일지 누가 알겠는가.

---

70) 'The Seven Churches'의 게일어. 8세기경에 지은 초기 기독교 교회. 실제로는 두 개의 교회가 있다. '일곱 교회'라는 말은 초기 기독교 순례자들이 로마로 성지순례를 갈 때 지정된 7대 교회라는 개념이 섞여 와전된 것이라고 한다.

아리스토텔레스가 아직도 전래설화에 등장하고, 엔다 성인이 일찍이 5세기 즈음 콜룸바 성인[71]과 함께, 거기서 350년은 살았을 예루살렘 대수도원장의 무덤을 놓고 논하며 돌아다니던 섬에서, 모든 것은 천 며칠 밤의 야화가 되고, 그래서 나는 그날 오후 박물관에서 현실이 던져주는 수수께끼를 읽으면서 이제는 그 어떤 것에도 놀라지 않는다.

물론 아일랜드는 10억 년 동안 아메리카와 스칸디나비아에 붙어있었고, 당연히, 섬이 일단 형성되자 빗물이 석회암의 지표에 미세한 균열을 내었고 나중에는 깊은 홈이 되었으며, 바다가 그저 바위를 때리는 것만으로 백 미터 높이의 암석을 조각해냈다는 사실은 아무도 부정하지 못한다. 암석은, 언젠가 우리가 사라지고 나면, 그때도 아직 선박이 있다면 선박에 위험이 될 암초만 그 자리에 남길 것이다. 이곳에서는 모든 것이 진짜다. 행여 믿지 못하겠다면 시간이라는 마술사가 그 재주를 부려놓은 사진을 보기만 하면 된다. 내가 지금 오들오들 떨고 있는 곳에서 그 옛날 넘실거리던 태곳적 열대 바다, 그 안에 살던 산호와 조개가 화석화되어 남은

---

71) 성 콜룸바가 아란 섬에서 예루살렘 대수도원장의 무덤을 발견했으며, 그 수도원장은 성 엔다를 방문하러 아란에 왔다가 그곳에서 죽을 때까지 살았다는 전설이 전해진다. 성 콜룸바 사후 100년이 지나 저술된《성 콜룸바의 생애》에 이 전설이 수록되어 있다.

잔재, 해저의 따뜻한 진흙에 떨어져 덩달아 눌어붙어 사암이
된 미세 바다 생물, 더 큰 조개들이 빨아들여 함께 화석화된
보물실로 변하는 슬러지. 암석과 갈라진 틈, 나는 앵거스가
들먹인 영국인 남자의 책 표지에서 그것들을 발견한다. 빗속
에서 암석은 그슬리고 동시에 반짝이며, 풍파에 시달려 수직
과 수평으로 마모되어 깎이고, 물에 휩쓸려 시달린 모습으로
흑백사진에 담겨있다. 나는 그 책을 사서 나의 장밋빛 아기
방에서 읽는다. 폭풍우가 창문을 잡아당겨 흔드는 동안에.

몇 시간 뒤에 요기나 할까 하고 밖에 나갔다가, 위스키의
요정을 어깨에 을러메고 어둠 속을 걸어 돌아왔을 때, 민박
집 여주인이 〈아란의 사람들〉을 보라며 비디오를 틀어준다.
배에 타고 있는 사내들, 속이 빈 해초의 무거운 줄기를 광주
리에 담아 뭍으로 끌고 가는 검은 옷차림의 여인들, 사내들
이 며칠 만에 상어를 잡았다며 마을에 울려 퍼지는 고함소
리. 그리고 아인슈타인의 영화 장면처럼 사내들, 아낙들, 아
이들이 이제는 볼 수 없는 표정을 지으며 부랴부랴 움직이는
모습이 보인다. 그들은 거대한 간을 끓일 장소까지 큼직한
무쇠솥을 질질 끌고 간다. 거기서 900리터의 기름이 녹아 나
와 그 모든 작은 집들에 아물거리는 불빛이 된다: 기적처럼.

해초가 다시마가 되고, 조개껍질이 돌이 되고, 간은 불빛
이 되며, 흙은 토탄이 되고, 바위와 해초 더미는 감자를 재배

할 수 있는 토양이 된다. 나는 방금 시간의 모퉁이를 돌아 영영 가버린 세계에서 있었던 장면을 보고 있지만, 그 세계는 돌과 물이라는 만고불변의 무대장치 사이에 자신의 기억을 남겨두었다.

'가버린, 사라져버린'[72]. 네덜란드 시인 헤리트 카우버나르는 냉혹한 불가피함을 이 한 줄에 담았다. 시간이 흘러가버리고 익숙한 세계가 사라지는 것을 막아볼 심산이었다. 기적이 일어나지 않는 한 절대로 성공하지 못할 일인데, 이 경우에 기적이라면 그날 오후 내가 산 책이다. 나는 밤이 이슥하도록 팀 로빈슨Tim Robinson이 쓴 《아란의 돌Stones of Aran》 1권을 읽는다. 1권의 제목은 '순례', 2권은 '미로'다. 바깥의 폭풍 소리에 약해지기는커녕 한결 강렬해지는 밤의 정적 속에, 내가 찾은 섬은 두 번째로 만들어진다. 그런데 이번에는 말에서다. 나는 보르헤스에게 다시 한 번 도움을 청해야겠다. 보르헤스는 어떤 왕을 다룬 우화를 쓴 적이 있는데, 그 왕은 자기 나라의 지도를 제작하고 싶어 했다. 드디어 그 지도가 완성되고 왕은 지도를 보았는데 지도가 마음에 들지 않았다. 빠진 내용이 많았던 것이다. 왕의 지시로 두 번째, 세

---

72) '가버린, 사라져버린Weg, verdwenen'은 헤리트 카우버나르(Gerrit Kouwenaar, 1923~2014)의 연작시 제목이자, 1961년 암스테르담의 '갤러리' 건물이 철거될 때, 건물의 역사와 이야기를 사진과 함께 담아 발표한 시집 제목이다.

번째 지도를 만들었으나 여전히 빠진 내용이 많았고, 네 번째, 다섯 번째도 마찬가지였으며, 드디어 모든 것을 표시한 지도가 만들어졌으니, 지도는 그 나라의 실제 크기와 같았다. 그와 비슷한 일을 팀 로빈슨이 했다. 세상에 이런 책은 다시없다고 나는 확신한다. 1권에서는 마치 해안을 1미터 단위로 기술한 듯, 암석의 종류, 식물, 조류, 설화, 이름, 형태가 실려 있다. 책 뒤에 딸린 지도는 로빈슨이 손수 그렸는데, 그가 해안선을 따라 주파한 경로는 동쪽 끝단에서 시작하여 남쪽의 높은 벼랑을 따라 서쪽 끝단인 안 틸란An tOileán으로 이어지다가, 북쪽 해안을 거쳐 다시 돌아오는 것이다. 여기에 누군가가 불가능한 일을 해놓았다. 그는 지리 현황을 아주 상세하게 서술하고 설화와 전설과 역사의 과거 안에 깊숙이 새겨놓음으로써 지구상에서 적어도 한 군데에서만큼은 시간의 한시성限時性을 무력화시켰다. 그는 이야기꾼이자 지도 제작자, 지리학자, 식물학자, 수사관, 기상학자로서, 스탠리Henry Morton Stanley 비슷한 사람이 상상 속의 이런저런 아프리카에 있는 것처럼, 물리적으로는 현재에, 정신적으로는 과거에 스며들어 있다. 2권은 섬의 내륙지역을 놓고 서술했는데, 돌멩이마다 집어 들어보고 모든 자료를 읽었으며 소리란 소리는 다 들었다는 느낌이 다시 한 번 들고, 시간의 장벽이 존재하지 않는 것만 같다. 2권의 제목이 '미로'인 까닭은

28헥타르의 땅덩어리 하나가 돌담 사이에서 마흔 개의 밭으로 쪼개어져 있고 땅 주인이 농부 다섯 명일 수도 있기 때문만은 아니다. 로빈슨은 그렇게 좁은 지역에서 살아가는 인간 사회의, 상상을 초월하는 복잡다단함을 망원경으로 들여다볼 요량으로 시간의 그물코를 빠져나온 성싶기 때문이기도 하다. 그 결과로 명저가 탄생했다. 무릇 누군가를 경외하는 마음에는 호기심 어린 질투가 들어있기 마련이다. 우리 자신은 결코 해내지 못하리라는 점을 우리는 안다. 그런 작업을 하려면 적어도 삶의 한 시기만큼은 외부와 단절된 하나의 장소에 묶이게 되리라는 이유만으로도.

이태 뒤에 이니시모어 섬에 두 번째로 갈 때, 나는 라운드스톤Roundstone의 아일랜드 해안에 있는 로빈슨의 집을 방문한다. 라운드스톤은 코네마라Connemara 지방에 있는 작은 항구로, 아란 섬들을 얼추 마주보고 있는데 그는 아직도 섬을 지켜보고 싶은 모양이다. 큰 창이 있는 차분한 방에서 그가 나를 맞아준다. 창으로 바다가 내다보여서 바다 자체가 방안에 들어오려는 것만 같다. 차분하기는 그도 마찬가지여서 수도사나 군인 같은 인상에 어쩌면 그리 영국인다운지 유머의 보고는 당분간은 걸어 잠긴 채다. 그것은 조금 뒤 위층에서 그의 아내 마드레드가 동석하여, 함께 식사하고 술 마시며 그의 그림을 감상할 때에야 비로소 표출된다. 아래층은 그가 운영하는 소규모의 문학 출판사 사무실과 그의 작업실인데, 아란 섬에서 산 십이 년 동안 쓴 일기 열세 권과 불룩한 색인 카드와 모든 참고 자료가 그곳에 있다. 그는 《아란의 돌》두 번째 책을 여기에서 집필했다. 그가 책의 첫 장에 쓴 것처럼 '섬을 만지기에는 너무 멀고, 프루스트의 망원경을 쓰기에는 너무 가까운' 그의 작업실. 그래도 나는 책을 읽으면서 곧잘 프루스트를 떠올렸고, 특히 인간이 우주에서 차지하는 미미한 위치에 빗대어 시간에서 차지하는 막대한 위치를 다룬 부분에서는 《잃어버린 시간을 찾아서》의 마지막 문단이 생각났다고 말한다. 그는 웃으면서 섬에서 보낸 12년의 척박한 세월 동안 프루스트 4천 쪽을 아내에게 소리 내다 읽어주었다는 이야기를 들려준다. 처음에는 영어로, 그다음에는 프랑스어로.

그는 어떻게 아란 섬에 가게 되었나? 우연이었다. 그리고 그 우연은 25년이라는 에움길로 이어졌다. 그는 수학자였고 런던에서 화가로 살았다.

"나는 갓 서른이었고 우리는 그냥 방문객으로 거기 갔어요. 그때는 모든 것이 엄청나게 원시적이었지요. 우리가 살던 조그만 셋집에서는 흙이 든 자루 위에 돌멩이를 얹어 문을 받치고 바람을 막았어요. 빵은 우리가 만드는 법을 배워서 손수 구워야 했고, 감자를 심겠다고 우리만의 밭뙈기를 만들고 나서야 우리는 그곳 사람들에게 받아들여졌지요. 우리가 가진 것이라고는 우리 자신과 책, 내 작업밖에 없었습니다. 나는 지옥과 극락의 모든 단계를 통과했고 게일어를 배웠어요. 안 그러면 한 마디도 못 알아듣거든요. 그게 다 1972년의 일입니다. 그 지도는, 돌담 수천 개로 된 그 미로에서 길 찾기가 너무나도 어렵곤 해서 만든 겁니다. 한번은 우체국에서 누가 그러더군요. '그러면 지도를 만들지 그래요?' 그 생각은 한 번도 해본 적이 없었거든요. 내 그림에서 메타포로 한 번 써본 적 말고는."

그의 작업실로 가는 복도에 지도 원본이 벽 전체를 차지하다시피 하여 걸려있다. 책에서 본 그 지도였다.

"그 지도가 나는 뿌듯해요. 아직도 팔린답니다."

나중에 식사시간이 되어 그의 그림 한 점 아래 식탁에 앉는다. 그림은 절도 있으면서 또 그렇지 않다, 그 자신처럼. 흰색과 하늘색으로 굽이치면서 기하학적이고, 감각적이며 순수하다. 그는 아내가 이야기하는 동안 잠자코 있다가 이따금 소소한 사항만 보충한다.

"그 작은 집에서 첫날밤을 오들오들 떨며 뜬눈으로 보내고 나서, 우리는 서로 등을 대고 침대 가에 앉아 찻잔에 눈물을 떨구며 한탄했지요. 우리가 대체 무슨 일을 한 것인가!"

함께 나눈 모험이라는 이미지가 눈앞에 떠오른다. 사소한 것이 거의 우연히 시작되었다가 압도적인 열정이 되고, 신나면서도 고독하고, 강렬한 무언가의 이미지. 그의 프루스트에 맞선 그녀의 베르길리우스와 단테, 기나긴 겨울밤에 서로 책을 읽어주는 두 사람, 2인 수도원, 그 안에서 보내는 나날들 속에 서서히 책이 태어났다. 섬사람들의 사연, 관찰과 독서로부터. 몇 번이고 거듭하여 그가 강조한 것처럼 한 걸음 내디딜 때마다 그 발아래 대지의 복잡함, 발밑 땅의 역사, 그 땅을 구성하는 것, 그 위에서 벌어진 일, 그 위에 자라나는 것, 그 위를 날아다니는 것, 그 위에서 살아가는 사람, 이 모든 것으로부터. 그는 그 열두 해 동안 수십만 보의 걸음을 내디뎠음에 틀림없다. 말들로 탈바꿈하여, 적어도 이 세상의 조각 한 점은 온전히 보존한 발걸음을.

다음날 나는 다시 섬으로 떠난다. 책과 현실 세계에 동시에 존재하는 섬이다. 그리고 폭풍은 또다시 바다 위를 질주한다. 배에서 내 표를 찢어준 남자는 이태 전과 똑같은 사람으로, 잉마르 베리만Ingmar Bergman 감독의 영화 〈제 7의 봉인〉에서 '죽음' 역을 연기해도 좋을만한 남자다. 남자는 채트윈Chatwin의 책을 읽고 있다. 다음 날 아침에 일어나니 날씨가 딴판으로 좋다. 춥긴 하지만, 모든 것을 꿰뚫을 듯한 청명함에 눈이 아플 지경이다. 로빈슨은 무슨 일이 있어도 웜홀wormhole, 그러니까 풀 나 페이스트Poll na bPéist에 꼭 가보라고 했다. 나는 높은 벼랑 아래의 돌투성이 해안을 걸어서 그리로 가보지만 바다가 너무 거친 탓에 되돌아가 벼랑 위로 올라갈 도리밖에 없다. 길은 없고, 낭떠러지의 가장자리를 따라 끝까지 올라간다. 저 아래에는 검은 사각형 안에서 바다가 소용돌이치고, 그 사각형이 인간의 손에서 만들어지지 않았다는 사실이 믿어지지 않는다. 웜홀은 밀려오는 파도에서 몇 미터 떨어져 있지만, 암석 아래로 난 좁은 통로가 사각형의 물웅덩이와 바다를 몰래 이어준다. 대담무쌍한 사람들은 이 벌레 구멍을 헤엄쳐서 통과하기도 했다는데, 목숨을 건 위험한 일이다. 바다는 그 좁은 통로로 훅 빨아들이고 왈칵 잡아당기면서 동시에 그 위를 후려치고, 사납고 완강한 파도는 미쳐 날뛰는 흰 포말을 검은 사각형 안에 난폭하게 뱉어낸다. 연극 무대 같은 자연, 우리 존재에 괘념하지 않는다. 그러자 로빈슨이 내게 했던 말이 생각난다:

"자연은 도통 우리를 모르고, 관심도 없습니다. 우리가 자연에 대해 생각해낸 그 모든 현란한 은유는 비인간적 실제와 의사소통을 해보겠다는 시도에 지나지 않아요. 그래선 안 됩니다. "우리 자신이야말로 하나밖에 없는 의미의 원천입니다. 적어도 우주의 이 작은 해변에서는 그렇지요. 우리가 굳이 돌멩이 하나하나에서, 모래알 하나하나에서 찾아내려 고집하는 비문碑文들은 우리 손 안에 있습니다…. 우리는 너무나 광대하고 너무 다성多聲적이고 현실과 공존하려는 기획으로 내쳐 달리다 뿔뿔이 흩어져버린 작품을 쓰고 있어서, 그 흩어진 구절들과 마주치더라도 우리 것인지 알아보지 못합니다."

2000년

6. 노터봄의 호텔 1

　호텔 이야기는 마땅히 호텔에서만 쓸 수 있다. 무릇 호텔
이란 닫힌 세계, 경계가 있는 영토, 봉쇄 구역claustrum, 사람
들이 자진해서 들어가는 장소다. 숙박객은 오다가다 거기에
있는 것이 아니다. 그들은 수도회의 회원이다. 그들이 묵는
객실은 남루하든지 호화롭든지 간에 그들의 독방이다. 방문
을 닫고 문의 '안쪽'에 있으면, 속세를 떠난 셈이다.

　호텔 이야기를 쓸 호텔은 신중하게 골라야 한다. 나는 바
르셀로나의 리츠 호텔로 골랐지만, 런던의 브라운 호텔이나,
비아나 도 카스텔로의 산타 루치아, 마데이라섬의 레이드, 반
둥의 호프만, 로마의 알베르고 나치오날레를 택했을 수도 있
다. 그 호텔들의 공통점이라면, 내 마음에 와 닿는, 지나간 시

절의 냄새. 항상 작동하지는 않는 구식 수도꼭지, 내 아버지였으면 좋겠다 싶은 문지기, 한물간 색깔들, 넘쳐나는 거울, 여기저기 벗겨진 페인트, 도자기의 실금, 수십만 개의 사라진 신발들이 양탄자에 남긴 마모의 흔적, 공중으로 올라가기 전에 잠깐, 하지만 확실하게, 주춤거리는 엘리베이터, 그 고요함으로 인해 다른 객실에 관한 생각일랑 싹 없애버리는 방.

내가 지금 묵고 있는 방은 가장 연한 그린란드 녹색으로 꾸며져 있고 호수는 523이다. 가끔 나는 평생 묵었던 호텔의 객실 번호를 모두 더한 숫자에 내 운명과 성격에 대한 암호화된 메시지가 담겨 있다는 생각이 들기도 한다. 하지만 나는 방 번호를 기록해두지 않았으니, 실제 존재할 그 비의적인 숫자를 도무지 알 길이 없다. 믿음 부족이 문제다.

한 해에 몇 달을 호텔에서 보내는 사람치고 내게는 치명적인 성격적 결함이 있으니, 호텔 화재에 대한 공포. 그것이 정확히 언제 시작되었는지는 모르겠지만, 도쿄에서 발생한 호텔 화재 영상은 기억난다. 곤두박질치는 몸뚱어리들, 누군가에게 인사하는 것이 아닌 절박하게 손을 흔드는 사람들, 부풀어 오른 커튼, 서로 매듭으로 묶어 나락을 향한 침대 시트, 연기구름. 이태 전에 나는 사라고사Zaragoza의 코로나 데 아라곤 호텔에서 발생한 대형 화재를 하루라는 간발의 차이로 피했다. 프랑코의 미망인이 구조되었고, 장교 몇 명은 헬리콥터가 올 때까지 옥상의 수영장에 누워 있었지만, 사망자는 81명이었다. 연기에 그을린 사진들이 스페인 신문에 실렸고 더러는 내 악몽 속에도 등장했다. 비행 공포증이 있는 사람은 자신의 공포가 이성적이라는 것을 확인하겠다는 듯이 다른 어떤 뉴스보다 비행기 사고 소식에 주목하는 것처럼, 나는 신문에서 호텔 화재 뉴스를 읽는다. 하지만 비행기 사고는 걱정을 덜어주는 통계가 있는 반면에, 호텔 화재는 없다. 내 친구 하나는 쇠고리를 달고 매듭을 지은 긴 밧줄을 맨날 지니고 다니는데, 그래도 나는 그 정도는 아니다. 아모르 파티Amor Fati.

사라고사 화재의 원인은 스페인 사람들이 아침 식사로 먹는, 길게 뺀 도넛인 추로스를 굽는 프라이팬의 불꽃이었다. 내 목숨이 거기에 달려있을 수 있다니 마뜩잖다. 그래서 나는 항상 안전 규칙을 제일 먼저 읽곤 한다. 리츠 호텔의 안전 규칙은 카탈루냐어로 작성되었다는 이유만으로 안심이 된다. 내가 말은 못 해도 읽을 수는 있는 언어다. 그로 인해 화재 안전규칙에는 사어死語로 훈계 사항이 적힌 고문서 같은 구석이 있어서, 만일의 화재는 지금이 아니라, 여기가 아니라, 중간계 왕국에서 언젠가 발생했던 듯하다. 어쨌든 나는 이제 겁먹을 필요가 없다. 'Non perdeu la serenitat(당신의 평온함을 잃지 마시오)'라고 적혀있다. 리츠 호텔 숙박객은 그러한 천성적 자질을 갖추는 것뿐만 아니라, 화마를 발견할 시에도 그 자질을 잃어버리지 않는 것 또한 간절하게 요구되고 있음이 분명하다. 좋다. 'No correu, ni crideu(소리 지르지 마시오, 뛰지 마시오).' 말없이 침착하게, 차분한 걸음으로 화마에서 벗어난다. 'Si es cala foc a la vostra roba, estireu-vos a terra I rodoleu.' 이 말은 영어로는 덜 다소곳하게 적혀있다. 'If your clothes catch fire: stop, drop and roll(옷에 불이 붙으면, 멈춰 서고 주저앉아 구르시오).' 'En cas de molt fum, gategeu.' 이 말은 좀 생각해보아야 했다. '연기가 많이 날 경우, 포복하시오(gategeu)?' 문은 어떻게 열어야 하는지는 적혀있지 않지만, 아마도 문은 절대로 열어서는 안 되며, 말없이 침착하게, 피할 수 없는 나의 운명을 기다려야 할 것이다. 리츠 호텔에서 연기에 그을린 작가(Ecrivain fum au Ritz).

주위를 둘러보니, 죽기에 최악의 장소는 아니다. 양탄자는 녹슨 쇠 색깔이다. 침대 왼쪽에는 희끄무레한 색의 큰 벽장이 있고 그 문짝 하나에 전신 거울이 붙어있다. 양 문짝은 다 침대 쪽으로 열려있다. 그러니 멋들어진 고독 속에 누워있는 자기 모습을 볼 수 있고, 누군가와 함께 있다면 에로틱한 활인화活人畵(타블로 비방tableau vivant)가 된다. 호텔 측은 선택을 숙박객의 몫으로 남겨두었다. 물론 벽장문을 그냥 닫아두어도 된다. 그런데도 그 문은 나를 고민에 빠뜨린다. 지금 내가 변태인가, 아니면 에드워드 시대에 침대 쪽으로 벽장문이 열리도록 만들어놓은 바로 그 사람이 변태인가? 호텔이 지어진 이래, 내 어림으로는 5만 명 이상이 이 방에 들었다. 그러니 통계상으로 말해서 그 거울은 이래저래 좀 비추기는 했겠지만, 그 숙박객 중 상당수가 이미 돌아간 곳인 흙처럼 거울은 아무 말이 없다.

난방기는 기타트Guitart사 제품이다. 4엽葉짜리 라디에이터인데, 아마도 1912년산일 것이다. 겨울에 켜면 필시 탁탁 소리를 내리라. 에어컨은 그보다 젊지만, 그래도 나이가 꽤 지긋하다. 에어컨을 켜면 DC3 프로펠러기처럼 윙윙 소리를 내다가 진정하면서 외항선이 사라져가며 내는 한숨 소리를 흉내 낸다. 나는 풋잠이 들어 비몽사몽간에 내가 배를 타고 있다고 생각한다. 그런데 어디에서 어디로 가고 있나?

휴지통은 진정한 시대착오적 물건의 최고봉이다. 청동색의 플라스틱 제품이다. 나는 그것이 마음에 들지 않아 아무것도 주지 않는다. 반면에 가구의 열쇠 구멍과 손잡이는 구리로 되어 있다. 욕실로 가는 통로에는 내 허리춤에나 오는 위치에 쪼그만 문이 있다. 문을 열면 호텔의 내장이 보인다: 꿀렁거리는 배관, 지하세계에서 나는 탄식과 부스럭대는 소리, 그리고 흥미진진하게도 아래층 이웃의 화장실 휴지. 실내등.

등은 정확히 뭐라고 불러야 할지 모를 로제타 같은 금속

판에서 나오는 전깃줄 세 가닥으로 천장에 매달려 있는데, 안에 불빛이 든 뒤집힌 꽃병 같다. 전깃줄 세 가닥—이라고 그냥 부르자—은 살대와 나비매듭, 보아하니 쓸데없는 다른 장식으로 된 금속에 고정되어있다. 그래도 누군가가 다 고안해낸 것이고, 그뿐만 아니라 '디자인'까지 했다. 누가? 지금은 죽고 없을까? 그렇겠지. 이름 없이 죽었고, 등으로 계속 살아있는 자. 그 밑으로는 독특한 디자인의 과일이 12개의 (그렇다, 12개다. 다 큰 남자가 그걸 세어보겠다고 벌떡 일어났었다. 누보로망의 영향이 틀림없다) 세모로 된 고리에 걸려있다.

바, 침대, 난간, 욕조. 침대 오른쪽으로, 타원형 등갓에 구리로 된 스탠드 옆에 있는 전화기. 희끄무레한 베이지색 플라스틱. 그리고 장님이다. 번호판이 없기 때문이다. 전화기를 들면, 전화기는 잠깐 꼴깍 침을 삼킨다. 그런 다음 바닷소리 같은 쏴쏴 소리가 희미하게 이어지며, 혹시 운이 좋으면 "말씀하세요" 하는 스페인어 말소리가 들린다. 무슨 말을 하라고? 스페인에서 전화기를 들면 들려오는 평범한 그 말이 내게는 호텔의 본질이다. 물론 객실에 전화기가 있는 호텔도 있고 없는 호텔도 있고, 전화에 아무 응답이 없거나 전화가 먹통인 호텔도 있지만, 호텔 숙박의 본질, 그 핵심이란, 당신은 '그들'에게, 다시 말해 타인에게 무언가를 부탁할 수 있지만, '그들'은 당신에게 그럴 수 없다는 점이다. 전화의 건너편에는 물, 음식, 인력, 정보가 있다. 반대쪽에 있는 보이지 않는 그 모든 이들 중에서 어떤 사람도 내게 전화해서 신발을 닦아 달라, 위스키나 생수를 가져다 달라, 오페라 입장권을 예매해 달라, 아테네에 전화를 연결해 달라, 고 부탁할 생각은 하지 않을 것이다. 나는 그렇게 다 해도 된다. 그날 밤 523호 객실의 숙박 권리를 구매했으므로, 나는 그것들 또한 구매한 것이다. 그들은 새벽 다섯 시 반에 전화를 되걸어올 때도 있는데, 터무니없는 비행기 탑승 시간에 맞추느라 내가 그리해달라고 부탁했기 때문이다. 그럴 때는 선잠의 한복판에서 화들짝 놀라 잠시 허둥대다가, 내 손은 알람 소리가 나는 쪽을 더듬는데, 일어난 지 한참 된 누군가의 목소리가 가식적으로 외친다. '좋은 아침입니다! 다섯 시 반입니다!' 더 난감한 상황도 있다. 그 쾌활한 목소리의 주인공이 착오를 일으켰을 때인데, 메시지는 맞지만(다섯 시 반이다) 당신을 위한 말이 아니었을 뿐이다.

놀러 온 여행객들을 제외하면, 어떤 사람들이 호텔에 묵는가? 정치인, 공무원, 콜걸, 체스 선수, 상인, 외판원, 음악가, 언론인. 한참 모자라는 목록이지만, 주요 직업군은 된다. 이들은 통상 집에서는 혼자가 아닌데 호텔에서는 그렇다는 공통점이 있다. 그 점은 신문과 책, 알코올, 우연적 또는 조건부 만남으로 해소되고, 혹은 해소되지 않는다. 내가 묵은 호텔의 숫자가 얼마나 되는지 나는 기억하지 못한다. 나와 함께 여행을 많이 한 사진가 에디 포스트마 더부어르Eddy Posthuma de Boer는 기록을 해둔다. 누구와, 언제, 어디서, 몇 호실. 〈NRC〉 신문이 내가 묵은 적 있는 모든 호텔을 하나로 만들어서, 그러니까 호텔마다 가장 마음에 들었던 점들을 하나로 취합하여 작성해달라고 했을 때, 나는 그것은 속물적인 일이 될 터라며 이의를 제기했다. 이상적인 호텔을 지어 올리면서 형편없는 것들은 쏙 빼놓는 셈이기 때문이다. 더 나아가, 목록은 신도시 하나 보다 커질 테고, 어쨌거나 내 나이 마흔여덟에 반평생 동안 여행을 해왔으니, 그 어느 것도 문제가 아니었다.

막상 내가 희미한 기억을 향해 긴 계단을 내려가자, 그 기억은 영락없이 내가 말한 그대로임이 드러났다. '희미'했다. 호수가 적힌 방의 미궁이었다. 유리창 밖으로 눈이 내리는데 나는 열대지방 옷차림으로 활보하고 있는 방, 보르네오 섬, 말리, 또는 나이지리아의 이름조차 없는 남루한 호텔, 건물에 어울리지 않는 발코니, 알아볼 수 없는 문자가 적힌 복도, 한쪽은 낮은 땅인데 다른 한쪽은 높은 산인 라운지, 얼어붙은 강가와 친절한 아시아인 종업원, 옥상층에서 서는 엘리베이터 등, 혼돈이다. 그 미궁에서 나는 끈 같은 것이라도 잡

아볼 심산으로, 포스트마 더부어르에게 우리가 함께 묵은 호
텔 목록을 부탁했다. 그는 다음과 같은 목록을 보내왔다.

수크레 펠리스 호텔, 볼리비아 라파스

바마코 그랜드 호텔, 말리

세바레 모텔, 말리 몹티

테르미누스, 나이지리아 니아메

로스 알모하드, 모로코 아가디르

살람 호텔, 모로코 태로덴트

뒤 수 호텔, 모로코 티네히르

마모니아 호텔, 모로코 마라케시

보미앙 호텔, 프랑스 생트마리들라메르

쥘 세자르 호텔, 프랑스 아를

세미라미스 호텔, 스페인 푸에르토 드라크루즈

멘시 호텔, 스페인 산타크루즈 데 테네리페

아리시페 그랜드 호텔, 스페인 란사로테 섬

빅토리아 호텔, 스페인 마드리드

크루제이루 호텔, 포르투갈 브라간사

아틀란틱 호텔, 감비아 반줄

아폴로 호텔, 감비아 반줄

팔메라스 플라야 호텔, 스페인 테네리페

마얀티고 호텔, 스페인 산타크루즈 데 라팔마

퍼시픽 호텔, 일본 도쿄

로얄 호텔, 일본 오사카

하기 그랜드 호텔, 일본 하기

트래블러스 인 호텔, 알래스카 앵커리지

다이이치 신바시 호텔, 일본 도쿄.

그런데, 잃어버린 날들에 바치는 호칭 기도문을 작성하듯이 이 목록을 다시 타자하고 있자니, 이 또한 완전하지는 않다. 대체 리마, 브라질리아, 바히아 데 산살바도르는 어디로 갔느냔 말이다. 리우데자네이루의 코파카바나 호텔, 베를린의 투스쿨룸 호텔, 파리의 미슐레-오데옹 호텔은? 그리고 페낭의 이스턴 & 오리엔탈 호텔과, 우리가 동인도회사 조상님들의 묘지를 찾아 말라카에 갔을 때 머물렀던 지금은 이름이 없어진 나지막한 건물은? 그 시시한 호텔, 쿠알라룸푸르의 하얏트는 어디 있고, 싱가포르의 래플스 호텔에 있는 우스꽝스럽게 어이없이 크고, 경비행기가 수직으로 아래를 향해 서 있는 것처럼 천장에서 키와 모자가 열기를 빙빙 돌리고 있던 그 방들은 어디 있나?

좋다. 이상적인 호텔, 노터봄의 호텔: 울티마 툴레Ultima

Thule, 샹그릴라시, 낙원로 1번지, '신의 거처Chez God' 레스
토랑 옆. 알라의 낙원에서 엘리시온 잔디밭에 있는 뒤로 눕
는 안락의자, 과일즙 잔에서 쨍그랑거리는 극빙極氷, 신성한
빵나무 아래 부처들, 속을 채운 비둘기 요리를 에르떼Erte가
디자인한 돈을새김 접시에 담아 들고 있는 후리huris[73]들, 은
하계의 고요에 감싸인 만물. 뭐 이런 것? 어쩌면 다른 측면
에서 시작하는 편이 그나마 나을지도 모르겠다. 내가 피하고
싶은 것들로 말이다. 옆방 남자가 웅얼거리는 소리는 안 되
고, 딴 사람의 욕정이 남긴 흔적이나 같은 것의 소리도 안 되
고, 필시 누군가가 자살을 감행했을 방도 안 되며, 새는 수도
꼭지에서 느릿느릿 물이 떨어지는 고문 기구와 다음 물방울
도, 그다음, 또 그다음도 계속 떨어진다는 자명한 확실함도
안 된다. 모두 안 된다. 엉뚱한 시간에 방문을 두드려 '손님,
부르셨습니까?' 하고 묻는 방콕의 여자 마사지사는 안 된다.
엉터리 맥주와 양질의 위스키가 든 냉장고의 유혹도 안 된
다. '일' 생각을 떠오르게 하는 복도의 청소기 소리도 안 된
다. 나는 아직 밤인데, 막 머물기 시작한 프로이트적인 고장
에서 레이저 광선처럼 뚫고 들어오는 아침 햇살도 안 된다.
《피네간의 경야》에서 튀어나온 듯한 사투리로 중년 여인 두

---

73) 알라의 낙원에 있는 처녀들.

명이, 내가 아직 침대에 누워있다며 비웃어도 안 된다. 텔레비전이 없어야 한다. 텔레비전은 안 된다고? 언론인이라고 자처하면서? 텔레비전은 안 돼! 그리고 네바다나 애리조나의 모텔에서 보내는 숱한 밤. 텔레비전은 안 된다! 고독, 고요, 명상, 잠. 그에 대한 대가로 나는 돈을 치렀다.

***

호텔의 영토는 어디에서부터 시작되는가? 여기 리츠 호텔에서는 호텔 문지기가 볼 수 있는 최대 영역이 그 영해領海의 범위다. 문지기는 인물이 좋고, 잘 마름질 된 카페오레 색의 양복과 조끼, 단정한 독일군 챙모자, 흰색 나비넥타이 차림이다. 그의 시선은 멀리 그란 비아Gran Via와 로저 데 유리아Calle Rogegr de Lluria까지 이르며, 도로에서 택시를 잽싸게 낚아챈다. 신들은 휘파람을 덜 불어도 된다. 휘파람은 시카고의 팔머 하우스나 몬트리올의 리츠 칼튼[74]에서 중산모를 쓴 문지기들이 부는 것이다. 휘파람도, 말쑥한 복장도 필요 없다. 그것들은 축구에서나 쓸모 있다. 그럴 바에야 차라리

---

74) 시카고의 팔머 하우스는 1870년대, 몬트리올의 리츠 칼튼은 1912년에 문을 연 유서 깊은 호텔이다.

민박집으로 가라. 진짜 문지기는 눈짓을 한다. '궁극의' 문지기는 한쪽 눈꺼풀을 깜빡이는 것이다. 다시 말하지만, 진정한 여행자는 잠만 잘 수 있으면 족하다. 나머지는 '부차적인 것', 그러고도 남은 것은 다 '허세'다. 허세는 다른 사람이 내 숙박료를 치러줄 때 생겨나는 법이다, 바로 지금처럼. 나는 아름다운 그 시절의 라운지에서 야자수 두 그루의 호위를 받으면서 앉아, 페르시아 양탄자 같은 잔디밭을 가로질러 밖을 내다보고 있다. 잔디밭에는 보르도 레드색 의자들이 놓여있고, 바스러질 듯 연약한 노부인들이 졸린 듯이 허공을 쳐다보며 앉아 있다.

나는 이 모두 앞에서 눈을 감고 나의 이상적인 호텔을 짓는다. 다섯 계절, 네 개의 대륙에 걸친 호텔이다. 나는 이 문지기를 데리고 가는데, 그는 호텔 안을 둘러보고 깜짝 놀란다. 호놀룰루 와이키키의 로열 그로브 호텔 라운지가 보이기 때문이다. 호텔은 퐁 씨네 가족이 운영하는데 가족들은 접수대에 앉아있거나 그 옆의 식료품점에 서 있다. 조그만 그 상점에서는 내가 26호실 내 방의 화구 하나짜리 가스버너에서 요리해 먹는 절인 쇠고기 통조림을 판다. 하지만 나는 이 호텔의 라운지만 가져오는데, 그것이어야 저녁에 집에 온 듯한 기분이 들어서다. '굿 이브닝, 미스텔 누트붐.' 내 방은 발리에서 가져온다. 그런데 방이 아니라 오두막이다. 오두막은 그냥 땅에 서 있지만, 나는 계단으로 올라가야 한다. 스페인 귀족의 발을 위한 계단(내 발도 때로는 그렇다)이고, 산티아고 데 콤포스텔라에 있는 호스탈 레이스 카톨리코스의 계단이다. 위에 올라오니, 갈리시아 지방의 가을바람이 우리를 휙 감싸고, 그런데 우리는 이제 발리의 쿠타Kuta에 있는 레기안 비치 호텔의 1층에 도착했다. 밖에서 도마뱀붙이의 소리가 들려오고, 그 녀석이 행운을 가져다준다는 걸 알기에 나는 행복하다. 날은 무덥고, 물소들이 팬을 돌려주며, 저 멀리에서 파도의 포효 소리가 들려온다. 나는 한밤중에 일어나 언제나처럼 밖을 내다본다. 내가 있는 곳이 어딘지 보기 위해서가 아니라 세계가 존재하고 있는지—그러므로 나 역시—확인하기 위해서. 옛날에 호텔 벽 이곳저곳에 거울이 걸려있었던 까닭이 바로 그 때문이었다. 밤의 맨해튼을 바라본다. 자유의 여신상이 있는 뉴욕항의 한쪽. 우리는 브루클린의 보저트 호텔 8층에 있다. 건너편에는 마천루라는 난공불락의 진용이 환하게 불을 밝히고. 움직이는 것이라고는 없다. 묵시록적 환영이다. 중성자탄이 이미 투하되었으나, 죽은 자들은 죽기 전에 불을 끄는 것을 잊었다. 이곳은 한때 네덜란드의 섬이었다. 다 우리가 잘못한 일이다. 여기에 맘몬이 살고, 맘몬은 그의 '메멘토 모리'를 그 텅 빈 타워들에 써 놓았다. 나는 이불 속으로 기어들고 아침이 오기를 기다려 파리의 브리스톨 호텔 승강기를 타고 아래로 내려간다. 이런 걸 보면 내가 얼마나 허술한 인간인지 증명된다. 왜냐하면, 그것은 천국의 승강기라, 위로 올라가서 오로지 누구라도 다시는 떠나고 싶지 않은 장소에 도착할 용도이기 때문이다. 하지만 나는 벌써 아래로 내려와서 벨 에포크에서 빠져나와 다카르의 빌리지 엔고르 호텔 정원에서 열대의 아침 내음 속을 걷는다. 여기에도 그 바다가, 다르지만 같은 바다가 있다. 밤은 영구차를 타고 황급히 사라지며 커다란 종려나무 잎들에 눈물을 떨구어놓았다. 곧 태양이 그 잎들을 칼로 푹 찌르겠지만, 그때면 나는 이미 떠나고 없으니, 나는 알카니스에 있는 파라도르 나시오날 데라 콘코르디아 호텔의 널찍한 식당에서 아침을 먹고 있다. 성채의 중세시대 홀은 텅 비었다. 때는 겨울, 스페인의 이 북쪽 지방에는 눈이 내린다. 나는 유일한 손님이 되어, 돈 알론소Don Alonso의 깃발 아래 앉아있다. 커피, 추로스, 딱딱하고 단 비스킷. 내가 지어 올린 이 괴물이 어때 보이는가? 퐁 씨네 가족의 거실로 통하는 넓은 홀, 톱니 꼴 벽 위로 높이 떠 있는 방, 어느 곳으로도 가지 않는 승강기. 내가 아니라, 이탈리아의 건축 거장 바비에리Barbieri가 이 건물을 설계했어야 했다. 글쟁이가 아니라 건물을 짓는 사람이 말이다. 포르토Porto의 인판트 사그르스Infante Sagres 호텔의 응접실은 어찌해야 하나? 내 손님들은 어디에서 자허토르테Sachertorte를 먹어야 하며, 암스텔 호텔의 바가 아니라면 어디에서 나이트 캡을 마셔야 한담? 그나저나 내 호텔의 파사드는 어디에 있나? 나는 이런 생각에 잠겨 추로스를 씹는다. 그때 아득히 먼 곳에서 나의 외로운 짐가방이 부르는 소리가 들린다. 그 소리를 따라가자 내가 이미 와있는 곳, 523호실에 다다른다. 연녹색에, 높은 천장, 호젓한 방이다. 반들거리는 탁자 위에 내 타자기가 놓여있고, 우리는 함께 이런 공간에서 우리가 하곤 하던 일을 한다. 다른 사람들을 위한 이야기를 쓰는 일이다.

1981년 9월

7. 사하라의 가장자리에서

    내가 여섯 살 무렵, 네덜란드 레이스베이크Rijswijk에 있는 우리 집 앞에는 내가 '그 땅'이라고 불렀던 공터가 있었다. 신비로운 장소였다. 지금은 내 허리까지 밖에 오지 않는 키 큰 풀들이 밀림 같은 분위기를 풍겼는데, 지금도 눈에 선하다. 내가 두려움과 환상으로 채웠던 위험구역이었다.

    사람들은 내게 왜 그렇게 여행을 많이 하느냐고 자주 묻는다. 이제는 세상이 바로 '그 땅'이 되어서라고 나는 생각한다. 두려움은 차츰 집과 딴 곳으로 고루 분산되었으나, 습관성이라고 할 만한 면을 띠게 되었다. 그렇기에 두려움이 에너지 낭비의 수단이 되지만 않는다면, 이제는 내 흥미를 끌지 못한다. 상상의 나래, 환상은 여행을 함으로써 고무되는데, 특히 눈에 보이는 것들의 이름을 제대로 부르지 못하는 곳에서 그렇다. 뭐라 정의할 수 없는 것들 사이에서 사는 것이 싫었기에 나는 열심히 언어를 배웠다. 내가 스페인이나 페루에서 사람들과 대화하지 못하거나 신문을 읽지 못하면서 돌아다니는 모습은 상상할 수 없다. 그래도 수수께끼 같은 일들은 얼마든지 남아있다. 하지만 나는 나중에, 아프리카를 여행할 때, 그리고 지금 다시 사하라의 북쪽 가장자리를 따라가면서 이방인으로 존재하는 일의 짜릿함을 느끼게 되었다.

예전과 다름없는 똑같은 짜릿함. 이해할 수 없는 것들을 보는 일, 읽을 수 없는 표시, 알아듣지 못하는 언어, 실체적으로 알지 못하는 종교, 당신을 밀어내는 풍경, 공유할 수 없는 삶. 나는 요즘 그런 것들을, 이상한 말이긴 한데, 축복으로 여긴다. 완전히 낯선 것이 주는 충격에는 은은한 관능이 있다. 혹시 당신이 즐기기가 어렵다면, 아예 잊어버려도 좋을 것들은 많다. 가면은 통하지 않는다. 구엘밈Guelmim에 사는 베르베르인에게 당신은 오하이오 사람이나 진배없기에, 당신이 어렵사리 갈고 닦은 언어는 상당 부분 도움이 되지 않는다. 그로 인해 이런 여행은 기분 좋은 텅 빈 상태 같은 것, 그러니까 무중력 상태가 되고, 자신에 대한 실체감을 다 잃어버리지는 않아도 많은 부분이 덜어져 가벼워진다. 낯선 고장을 떠돌며, 보고, 관찰하고, 들여다보고, 난공불락의 표면 여기저기를 긁어 흔적을 남기며, 다시 사라지고, 더 비워져서 돌아오는 것이다.

스페인이 내게 그런 감각을 주곤 했다. 그런데 말을 배움으로써, 또 흉내를 잘 내는 나의 어떤 천부적 자질로 인해 내가 느끼는 스페인적 쾌락은 다른 무언가로 탈바꿈했다. 이를테면 나는 스페인에서 스페인 사람처럼 자세를 취할 수 있으며, 마법에 빠져 일시적으로 다른 존재, 코르도바Crdoba의 노천카페에 앉아 그 고장 신문을 읽는 다른 사람이 될 수 있으니, 그 또한 일종의 사라지는 행위이고 결국 가장 중요한 점이다. 그렇게 당신은 칸Canne에서 〈니스-마탱〉을 읽으면서 크로아제트로路의 아스팔트로 녹아들거나, 〈코리에레 델라 세라〉를 읽으며 카타니아Catania의 대광장에서 삼백 년 혹은 육천 년쯤 쭉 앉아 있는다.

모로코는 다르다. 최상급, 저 높은 나무다. 그러니 내게는 얼간이 외국인이라는 딱지가 붙기 마련이지만, 상호 혜택의 원칙에 따라 나 또한 그들을 '신비로운 베르베르인'이나 '긴 치마를 입은 아랍인' 이상으로는 파악하기 어렵다. 그래서 '보여지는 사람' 자체가 다시금 사라지고 마는 비가시성의 단계에 이른다. 왜냐하면 내게 보이는 것, 내가 볼 수 있는 그 한 줌이란, 사실 내게 보이는 것과는 다르기 때문인데,

내게 들리는 것이 어떤 정보가 아니라 그저 내가 이해하지 못하는 언어인 것과 마찬가지다. 이해되어야 한다는 것이 그 목적인데도 말이다.

당신은 거기에 있으면서 거기에 없다. 그것이 내가 모로코를 두 번째로 여행한 방식이다. 하지만 그 여행도 위에서 말한 모든 논거가 통하지 않는 장소에서 시작되는데, 묵묵하고 능률적인 스위스인들이 배후에서 운영하는, 여행사 소책자에 나오는 호텔에서다. 호텔에는 유럽에서 온 몸뚱어리들이 뜨거운 11월의 태양을 탐닉하고, 수영장의 가공할만한 푸른 물에 뛰어들며, 거만한 특권 계층처럼 천하태평으로 돈을 써대고, 발 빠른 모로코인들의 시중을 받는다. 일의 능률을 높이기 위해 전통 복장을 벗어 던진 모로코인들은 깡마르고 날랜 스페인 또는 이탈리아인 종업원처럼 보이고, 고귀하신 유럽 양반들은 일찌감치 자기 소유의 레스토랑에서 그들을 참아내는 법을 배웠다. 이런 기막힌 국제적 접촉으로 인해 종업원들은 자기 마을이나 부족, 출신 배경보다 한없이 월등하다고 새삼 느낀다. 그들은 진보의 꼭두각시놀음에 첫발을 내디뎠다. 사과는 벌레 먹었고, 나라마다 자기만의 썩은 사과를 가질 자격은 있는 법이다.

저 아래 남쪽의 구엘밈Guelmim으로 가는 여정에서, 가장 기억에 남는 것은 다람쥐들을 데리고 있던 소년들이다. 난데 없이 언덕 위 길모퉁이에 그들이 떡하니 서 있는데, 그들의 싱그러운 육체는 완전히 자연적인 어떤 것처럼 풍경 속에 녹아들어 그 안에서 자라나기까지 하는 듯싶다. 소년들은 움직이는 물체를 높이 들고 있다. 차를 멈추고 보니 다람쥐인데, 소년들이 잡아서 팔려고 들고 나온 것이다. 짐승은 아랍어 알파벳 모양으로 된 모피처럼 목줄로 공중에 매달려, 긴 꼬리를 안으로 만 채 겁에 질려 눈동자를 희번덕거린다. 나중에 아틀라스산맥에서도 그런 소년 두어 명 가까이에 너덜너덜한 독일제 폭스바겐 한 대가 서는 모습을 본다. 금발 소녀 하나가 차에서 내려 소년들에게 다가간다. 소녀는 그들이 팔고 있는 것이 무엇인지 보고는 그 자리에 잠깐 얼어붙더니 산의 돌비알에 대고 토하기 시작한다. 소년들은 어찌할 바를 몰라 그저 웃는다.

구엘밈, 푸른 사내들[75]의 도시. 드디어 도시에 가까워지자 들뜬 기미가 느껴진다. 왜일까? 그곳은 팀북투Timbuktu나 자고라Zagora처럼, 사내들이 사막에서 왔다가 다시 사막으로 사라지는 거점도시일 것이다. 그건 익히 아는 바이고, 내 생각에는 도시를 둘러싼 풍경의 극한성, 그 삶의 예외성 때문

---

75) 사하라 사막의 유목 부족인 투아레그족 남자들이 입는 남색 옷에서 비롯된 별칭.

이다. 그런 종류의 장소가 주변을 둘러싼 무無에서 말 그대로 예외적인 것처럼 말이다. 이곳에도 역시 관광 산업은 진출했다. 예외적인 것, 다른 것을 즐기는 일은 이제는 더이상 작가들만의 특권은 아니다. 상상도 못 할 다른 것과 진짜인 것 사이로, 상상할 수 있는 인위적인 것과 거짓인 것, 미국인들의 투덜거림, 애처로운 물건을 파는 도붓장수가 어슬렁거린다.

하지만 낙타 시장 자체는 우리에게 좋으라고 열리는 것은 아니다. 구름마저 장터 위에 자리를 남겨둔 모양이다. 탁 트이고 먼지투성이에 공터나 마찬가지인 곳에 분뇨와 자갈이 그득하다. 장터 주변에는 시들시들한 유칼립투스 나무가 몇 그루 서 있는데, 오후 두 시의 뜨거운 태양에 뿌리를 박고 있는 모습이 애처롭다. 울부짖는 낙타들은 앞뒷발이 서로 묶인 채로 주인이 바뀌고, 잘라바를 입은 사내들이 앙상한 나귀를 타보고 발로 걷어차고 휙 꺾어가며 고약하게 시험을 해본다. 검은 옷에 정체를 알 수 없는 인상적인 남자 두 명이 노란색 플라스틱 신발에, 끝이 뾰족한 모자와 베일로 어둠을 뒤집어쓰고 흙먼지 속 벽에 기대어 앉아, 둘러쓴 천 안에서 이야기를 나눈다. 시장 모퉁이에서는 곡식이 팔린다. '미국민이 제공한 밀, 비매품.'

구엘밈을 지나면 아무것도 없다. 지도상에는 붉은 도로가 온통 흰색인 지역을 가로질러 탄탄Tan-Tan으로 이어지지만, 탄탄에는 관광객이 발을 들여놓기는 시작했어도 아직 이렇다 할 볼거리가 없다. 나는 지도의 공백에 이끌려 그 도로를 차로 꽤 멀리 달려 나가, 메마른 땅으로 접어들어 염소의 눈부신 흰 뼈를 스쳐 지나고, 낙타 대군단이 지나가면 완벽한 정적 속에 꼼짝하지 않고 서 있다. 나는 언젠가는 자동차로 탄탄에서 타파야Tarfaya로 간 다음, 다시 아이운Aaiun까지 가서 스페인령 사하라와 모리타니에 가보리라 마음먹지만, 지금은 차를 돌려 북쪽으로 되돌아간다.

날이 어두워져서야 타로단트Taroudannt에 도착했다. 두께가 몇 미터는 되는 칙칙한 방벽, 그 안에 도시가 안전하게 자리한다. 아비뇽처럼, 도시가 벽을 뚫고 바깥으로 나와 반대쪽으로 쓱 뻗어간 바람에, 도시 벽이 다소 거추장스러워지고 그래서 우스운 꼴이 된 방식이 아니라, 바로 그 안에 사람이 살 공간을 마련하여 나머지 세상에는 여백을 남겨둔 견고한 성채다. 호텔은 조그만 아랍식 궁전인데, 서구식 입맛에 딱히 맞추지는 않은 모습이다. 나는 동양적이고 다소 거룩한 정취에 젖어, 좀 느릿느릿 또 약간 타박타박 걸어가, 타일 깔린 연못 옆에서, 달빛 속 히비스커스 아래에서 차 한 잔을 마신다. 나무 사이 어딘가에서 올빼미 한 마리가 울고, 누군가 내게 흰 올빼미라고 말해준다. 아랍 올빼미는 이런저런 소소한 시름을 달을 보며 달래는 듯 우수에 찬 울음소리를 낸다.

다음 날 아침에는 울음소리가 더 크다. 새벽 다섯 시부터 알라의 닭이 울기 시작하니, 하도 시끄러워 나는 화들짝 잠에서 깬다. 기도 시간까지 지루하게 이어지는 안내방송, 끊임없이 새되게 꺾어지는 목소리는 고문인 동시에 일상적인 소리다. 이 소리를 도무지 피해갈 도리가 없다. 하루가 시작되었고 알라는 경배받기를 원한다. 반시간 뒤에 드디어 무에진muezzin이 소리를 멈추면 나는 다시 시간도 장소도 없는 몽롱한 꿈으로 가라앉는다.

오전 나절은 싸늘하고 실안개가 끼었다. 나는 밖으로 나가 성경에 나올 듯한 풍경 속으로 걸어 들어간다. 햇빛이 조금 비치면 황톳빛 도시 벽을 불태우고, 그 벽을 따라 소년들이 양과 나귀에 장작단을 싣고 가며, 주변 지역에서 온 베르베르인들은 시장에서 팔 물건을 가져간다. 새들은 귤나무에 앉아 구리 세공업자의 망치질에 박자 맞춰 지저귄다. 사내들이 곡식을 손으로 만지며 살펴보고, 말은 발굽에 편자를 신고, 아낙은 갓 구운 그릇을 쓱 핥아보며, 향신료는 깃털처럼 가벼운 무게로 저울에 올려지고 또 올려지고, 뱀을 부리는 사람은 벌써 관중을 끌어 모았고, 푸줏간에는 낙타 발이 한 줄로 고이 세워져 있으며, 노새 몰이꾼은 반짝거리는 커다란 소금 덩어리들을 싣고 가며 바레크balek[76]! 바레크! 하고 외친다. 나는 이제는 사라지고 없는 세계를 보고 있다. 끝이 뾰족한 도자기 그릇 안에 든 고기는 이글거리는 숯불 속에서 냄새를 풍기고, 검은 긴 옷에 멋들어진 장신구를 단 아낙들이 잘 익은 고기를 골라낸다.

무엇 때문에 나는 여기서 행복감을 느끼는가? 아마도 고요함일 것이다. 사람과 동물 소리밖에 없는 고요함. 당나귀들은 모두 장터 모퉁이에 모여 있다. 몇 해 지나면 그들 대신 스쿠터가, 좀 더 지나면 자동차가 있겠지. 하지만 아직은 아니다. 또한, 아마도 물건이 만들어지는 모습을 죄다 볼 수 있어서일 것이다. 대장장이, 무두장이, 빵 굽는 사람, 모두 이 장터 언저리에 한데 모이고, 대서代書꾼과 이야기꾼, 거지와 푸주한. 우주의 축소판, 자체 완결적이고 자급자족하는 하나의 세계, 이치에 맞는 세계로 보인다.

이야기꾼은 눈과 목소리만으로 청중 한복판에서 픽션의 분화구를 열어젖힌다. 듣고 있는 사람들은 세상만사 다 잊고 빠져든다. 몰두하고 있는 그들의 모습에는 어마어마한 천진난만함이 서려 있다. 이야기꾼의 목소리는 졸졸 물 흐르듯하고 들쑤시고 달려들고 소리 지르다가 다시 사그라들고, 청

---

76) '길을 비키시오.', '조심하시오'라는 뜻의 아랍어.

중은 한눈팔지 않고 따라간다. 그야말로 글쓰기와 같지 않은 가! 나는 이 안에 나를 푹 담그거나, 하다못해 그 일부라도 됐으면 싶다. 하지만 박하차 한 잔에서 더 멀리 가지 못한다. 카스바의 하염없는 미로 사이로 도시 문을 향해 되걷는데, 뱀 부리는 사람이 부는 굽이치는 높은 피리 소리와 북소리가 아직도 등 뒤에서 들려온다.

"우리가 예전에 머물렀던 곳으로 돌아가는 일은 충분히 가능하지만, 예전에 체험했던 순간으로 돌아가는 일은 유감스럽게도 불가능하다." 이 말은 즈바르트[77]가 쓴 책《시간의 신비》의 마지막 문장이다. 1960년에 나는 모로코를 두루 여행했다. 마라케시에서 버스를 타고(당시에는 무척 불편한 교통수단이었다) 북부 아틀라스산맥을 넘어 와르자자트Ouarzazate를 거쳐, 모리타니를 앞에 두고 마지막 국경 초소인 사하라 사막의 엠하미드M'Hamid 오아시스까지 갔다. 엠하미드는 작은 강인 드라Draa가 모래 아래로 사라지고, 모래 자체는 낙타 몇 마리와 몇 안 되는 베르베르인들과 함께 팀북투까지 대장정을 시작하는 마을이다. 험준한 산맥을 통과하는 근사한 여정이었으나 무더웠고, 내 옆자리 남자의 무릎에 온종일 소

---

77) P. J. Zwart(1930~), 네덜란드의 과학자, 철학자.

머리가 얹혀 있어서 특히 언짢았으며, 도로변을 따라 크사르 ksar라고 하는, 아시리아 양식 느낌이 나는 기묘한 적갈색의 높은 성채가 있어서 신비롭기도 했다.

그때만 해도 나는 베르베르인에 관해 아무 지식이 없었고, 그냥 쳐다보기만 할 따름이었다. 지금은 조금 더 알지만, 으레 그렇듯 더 잘 모른다. 기원이 알려지지 않은 신비로운 민족, 타셸헤이트, 타마지트 같은 이름의 부족, 필시 보르헤스나 읽어낼 수 있는 비밀 같은 알파벳으로 쓰는 티피나그 문자, 이 이마지겐Imazighen[78]이 대체 어디에서 왔는지에 관한 백 가지 이론. 그들은 누구인가? 튀로스의 공주 디도가 카르타고를 건설하던 무렵에 이미 있었던가? 아니면 한니발 장군에게 자주색 염료와 코끼리를 대어준 게툴스인Gtuls[79]들이었나? 그도 아니면 카르타고의 스퀼락스가 언급한 에티오피아인들이었나? 아니면 암몬 신을 믿었던 릭수스Lixus[80]인들? 말리크 이븐 마라베트Malek Ibn Marahbet[81]의 주장처럼, 시리아에서 다 함께 북아프리카로 이주한 힘야리트족, 모데리트

---

78) '고귀한 출신의 자유인'이라는 뜻으로, 베르베르인이 스스로를 칭하는 말.

79) 베르베르인 부족의 하나.

80) 페니키아인들이 세운 고대도시 릭수스를 말한다. 모로코 북부 대서양 연안의 도시 라라슈에 릭수스 유적이 남아있다.

81) 711~795, '말리크 이븐 아나스', '이맘 말리크'라고도 불린다. 메디나 출신의 수니파 율법학자이자 이슬람 신학자로 말리크파의 창시자다.

족, 콥트족, 아말렉족 들인가?

'고대의'라는 단어가 뇌리를 뚫고 들어온다. 언어, 이름, 막연한 역사, 성채, 사막, 돌투성이 땅, 골짜기. 고대라는 외피에 아직 둘러싸여 있고, 그리하여 금단에 가까운 매력을 내뿜는 세계. 카스바 벽 안의 유대인 거주 구역 멜라mellah에 전해오는 오래 묵고 화석화한 탈무드의 지혜, 카발라적인 수수께끼, 구전되어 오는 성경 이야기, 화석화된 언어, 화석화된 몸짓, 양치기의 지팡이, 농부의 쟁기, 이야기꾼의 목소리, 대장장이의 용광로, 우화의 권위.

나는 타우리르트Taourirt의 카스바 앞에 서 있다. 13년 전에도 이 자리에 섰었다. 그때는 한 노인이 나를 안으로 데려가 시나고그를 보여주었는데, 금이 번쩍이는 토굴이었다. 그리고 뙤약볕이 내리쬐는 어느 오후에는 비밀의 정원을 보여주었는데, 골풀이 물속에서 흐느적거리고 개구리가 미친 듯이 개굴개굴 우는 곳이었다. 노인은 덤불에서 장미를 한 움큼 확 뜯어 꽃잎을 내 손바닥에 펴서 눌렀다. 우리가 정원에서 나왔을 때, 나는 옅은 색의 긴 옷차림에 눈이 검게 빛나는 여인과, 그 여인의 이마에 늘어뜨려진 장미 한 송이를 보았다. 지금은 다 사라지고 기억 속에만 남았다.

나는 종잡을 수 없는 모래흙의 고샅길을 헤매며, 하나로 합쳐지고 사라지고 다시 시작되는 끝없는 진흙 벽을 따라가

보지만, 그 정원은 다시 찾지 못한다. 유대인들은 온데간데 없고, 시나고그도 이제 없어졌거나 아니면 사람들이 내게 알려주기를 꺼린다.[82] 설령 그 여인을 마주친다 해도 알아보지 못했을 것이다. 죽음은 마주쳤다. 눅눅하고 싸늘한 어두운 모퉁이 어디에서 누더기 더미가 누워서 소리를 낸다. 그 어둠 속에 내 눈에 보이는 것은 그것밖에 없었으니, 옷 한 무더기로만 남은 한 인간이다. 1킬로그램도 채 나가지 않을 성싶다. 하지만 그 목소리는 끙끙대고 중얼거리며 조용히 흐느낀다. 누군가가, 무엇인가가 죽어가고 있다. 오래되었고 이미 사라진 것이나 다름없는 무엇, 육체에서 이탈하여 보이지 않는 입, 사람들이 구석진 모퉁이에 데려다 놓은 영혼. 나는 그리로 가본다. 목소리는 속삭임과 달그락거림으로 바뀌지만, 여전히 머리는 보이지 않고, 한 여인이 내게 와서 가라는 손짓을 한다. 이런 불명예스러운 일을 외부인이 보아서는 안 된다.

타우리르트Taourirt, 티지앤 타데그트Tizi'n' Taddeght, 이나시네Inassine, 엘-꼐라-데-엠고나El-Kelaâ-des-Mgouna, 엘곤트

---

82) 1967년, 제3차 중동전쟁 또는 6일 전쟁 이후로, 모로코에서도 유대인과 아랍인 간의 갈등이 심화되었고, 모로코의 유대인 인구는 대폭 줄었다.

El Goumt, 부날네Bournalne, 이미터르Imiter. 팅헤르Tinghir 가는 길에 있는 지명들이다. 덴돌라르트A. Den Doolaard[83]는 40년 전, 1930년대에 벌써 이 길을 지나갔다. 이곳 세상은 황량하며 텅 빈 채인데, 변함없이 그대로 있어 주었으면 싶다. 이런 풍경에는 관능도 없고, 유혹도, 기분 좋은 것도 없지만, 내가 기분 좋게 생각하는 한 가지, 일종의 훈련 비슷한 것은 예외다. 나는 길에서 무엇을 만나는가? 자칼 한 마리, 군용차량 한 대, 세상 어디에서도 뜯지 못할 근사한 골풀 다발 아래 허리를 굽힌 세 명의 여인―이 여인들은 다른 곳에는 갈 일이 없으니, 틀린 말은 아니다. 그밖에는, 좁은 길에서 만나면 길을 비켜주어야 하는 자갈 실은 화물차들과, 이따금 나귀나 말을 탄 사내들의 무리. 그러다 난데없이 길모퉁이에서 나타나는 염소 몰이꾼. 그런데 그가 모는 염소는 목초지가 아니라―그거야 목초지가 없으니―가시 돋친 단단한 나무 위에 올라가 가지 사이에서 풀을 뜯는다. 나는 그 앞에서 걸음을 멈추고, 우리는 거리를 둔 채 서로를 바라본다. 희한한 장면이 아닐 수 없다. 그는 지팡이, 개, 그리고 온통 나무 위에 올라가 있는 염소들과 함께 서 있고, 나는 달의 표면으로 위

---

83) 1901~1994, 네덜란드 작가, 언론인, 여행가. 1938년에 모로코 여행기인 《진흙 탑의 나라 여행Door het land der lemen torens》를 발표했다.

장한 세계에 있는 횅댕그렁한 길 위에 서 있다. 그는 느릿느릿 나를 향해 다가오더니 몇 개 안 되는 치아를 드러내고 웃으면서 내가 알아먹지 못하는 무슨 말을 한다. 우리는 함께 담배 한 대를 피우는데, 그가 내 차를 툭 치며 묻는다. '프랑스?' 내가 '아니요, 네덜란드'라고 하자, 오 맙소사, 그의 얼굴 위로 엄청난 동경이 섬광처럼 스쳐, 마치 내가 '천국에서 왔소'라고 말한 듯하다. 그는 '나도, 네덜란드에, 일?' 하고 짧은 프랑스어로 말한다. 그 남자, 그의 지팡이와, 염소와, 땅을 딛고 선, 돌로 된 듯한 구릿빛의 긴 다리. 나는 몹시 부끄럽고 말문이 막히지만, 어쨌거나 그는 내 말을 알아듣지 못하니 그건 중요하지 않다. 그래서 나는 그를 홀로 남겨두고 가던 길을 계속 간다. 모두가 간절히 바라는 세계에서 왔다가 총총 사라지는 특사처럼.

팅헤르. 나는 마라케시의 옛 파샤Pasha가 살던 궁전 유적의 테라스에서, 시장이 파할 즈음에 하루의 끝이 고리 모양으로 닫히는 모습을 구경한다. 저 아래로는, 먼지 날리는 넓은 공터에 흰색 천막들이 서 있다. 사방에서 모닥불 냄새가 난다. 흰색과 갈색의 긴 잘라바를 입은 남자들이 이야기꾼 주위에 빙 둘러 서 있고, 그 사이 빈 공간에 말과 나귀들이 있으며, 그 온 우주의 가장자리에는 대형 화물차들이 이따가

베르베르인들을 도로 데려다주려고 기다리고 서 있다. 달이 거울처럼 휘영청 높이 떠 있는, 돌투성이 아틀라스산맥 고지대의 두메산골로. 나는 아래로 내려가 본다. 오아시스는 고요하다. 먼 북소리와 가까이 들리는 졸졸거리는 물소리, 종려나무의 바스락거리는 소리. 견딜 수 없으리만치 낭만적이다. 하얀 달빛이 황토색 진흙 유적을 비추고, 묘지 위에도 떨어진다. 죽은 자들이 누워있는 갈아엎은 밭고랑에는 돌 조각들이 땅에서 삐죽 튀어나와 있고, 조각 하나하나는 무명의 망자를 표시한다. 다가오는 밤의 달빛 속에서 배회하는 내 모습을 보면 누군가는 노발리스[84]같다고 하겠지. 날이 쌀쌀해진다. 산맥이 자신이 품고 있던 돌같이 찬 공기를 관능적이고 우단 같고 어스레하고 충만하며 풍파에서 비켜난 오아시스 안으로 불어넣는 듯하다.

　장터에서는 사내들이 모닥불 가에 앉아 담배를 피우며 담소를 나누고 있다. 대장장이는 어두컴컴한 제 동굴에서 몸을 웅크린 채, 불그레한 유령처럼 이글거리는 눈으로 쳐다본다. 불꽃이 그의 귓가에 튀고, 얀 한로[85]의 천사들이 모랫길

---

84) Novalis(1772~1801), 독일의 대표적인 낭만주의 작가. 밤과 죽음을 동경하는 시를 썼다.

85) Jan Hanlo(1912~1969), 네덜란드 시인. 1969년에 모로코를 여행하며 쓴 편지를 묶은 책《Go to the mosk》(1971)가 사후 출간되었다.

에 이리저리 휙휙 날아다니며, 수줍은 듯하고 도발적인 듯하게 '봉수아Bonsoir'라고 외친다. 손바닥만 한 가게에 석유등이 켜지더니, 한 사내가 낙타의 두 발을 들어 올려 흐린 불빛 아래 살펴보고는 도로 내려놓는다. 가죽을 벗겨낸 소머리가 두 쪽으로 갈라져 있고, 짙고 진지한 눈동자가 여태 제 자리에서 왕의 눈처럼 구슬프게 쳐다본다. 구슬픈 게 아니라, 사납고 원한에 차 있을지언정.

밤은 일찍 찾아온다. 호텔에는 좀처럼 손님이 없다. 나는 타진을 대접받는데, 비둘기와 익힌 자두가 쌀과 함께 도자기 그릇에 담겨 나오는 요리다. 때는 저녁 아홉 시, 종업원은 퇴근하려고 한다. 반시간쯤 지나자 사방이 서늘하고 휑하며 쥐 죽은 듯 고요하다. 노란 불빛 두 개가 골짜기 사이로 외롭게 움직이는 모습이 내 방에서 보인다. 내가 알기로 오아시스를 벗어나면, 휑댕그렁한 무無가 시작된다. 실루엣과 그 그림자가 보이는데, 마치 드라Dra 평원 위로 가랑눈이 내리는 듯하다. 달도 떠 있다.

엘리아스 카네티[86]가 마라케시Marrakech에 관해 쓴 근사

---

86) Elias Canetti(1905~1994), 마라케시를 여행하고 《모로코의 낙타와 성자Die Stimmen von Marrakesch》(1968)를 썼다.

한 얇은 책에는 유대인 구역 멜라에 있는 묘지에 다녀와서 쓴 소름 끼치는 내용이 나온다. 그는 말 그대로 절름발이, 맹인, 미치광이 같은 무뢰한들에게 구석으로 내몰리고 쫓긴다. 팔을 쭉 내뻗은 말세적인 군중, 네덜란드 화가 여룬 보스의 그림에서 튀어나온 걸인 무리다.

십 년이 지난 지금, 그들은 여전히 그 자리에 있지만, 이제는 꿈쩍도 하지 않는다. 구걸도 하지 않고, 패잔병처럼 입구에 쪼그리고 앉아있다. 묘지 자체는 흰 무덤들이 죽 넓게 늘어선 전열, 벽으로 둘러싸인 흰색 돌들의 거대한 전장이며, 저 끝에는 부자들의 거대하고 방탕한 초콜릿 상자가 있다.

나는 중간쯤도 못 가서 나에게 고함치는 남자를 맞닥뜨린다. 그의 말을 알아듣지는 못해도, 내가 꺼지길 원하는 것은 알 수 있다. 나는 카네티를 읽은 뒤로 그 묘지를 반드시 보아야겠다고 마음먹었기에, 그럴 생각이 없다. 남자가 소리 지르며 을러대는 통에 나 역시 고함치기 시작하여, 악의 없는 미치광이 두 명은 한낮의 가장 무더운 시간에 서로를 향해, 죽음의 연못에 있는 오리들처럼 꽥꽥거린다. 남자의 아들이 와서 제 아버지가 미쳐서 그렇다고 하더니, 그에게 욕을 퍼부으며 데려 가고 나서야 상황이 끝난다. 그러고 나서 나는 묘지에 혼자 남아있는데, 아들이 되돌아와서 자신과 아버지가 묘지를 아직껏 돌보는 사실상 유일한 사람들이며, 이제 유대인들은 많이 떠났다고 말해준다.

나는 묘비의 이름들을 읽어본다. 그가 대ᄉ랍비들의 무덤을 가리키는데, 키 큰 거상巨像들이 천국으로 올라갈 자세를 취하고 있다. 묘지는 무척 고요하다. 그가 따라오라는 눈짓을 하며 나지막한 건물로 나를 데려간다. 그곳에 있는, 제의복을 입고 반쯤 장님인 기묘한 작은 남자가 나를 손으로 만져보고는 뭐라고 물어본다. '자녀가 있는지,' 하고 내 길라잡이가 설명해준다. '없습니다.' 텅 빈 눈동자에 실망의 기색이 비친다. 남자는 손을 내 이마에 얹고 싶어 한다. 촛불들이 켜지고, 나는 천상 몸을 숙일 수밖에 없다. 별안간 남자에게서 마법의 주문이 쏟아져 나오더니 부글부글 끓어 넘쳐 나를 덮쳐온다. 결국 나는 어떤 의식에 다시 동참하게 된다. 내 앞에 높이 내민 놋쇠 단지에 나는 돈을 얼마간 넣고, 몇 번 더 꾹꾹 떠밀리다가 은총을 입고 멜라로 되돌아간다.

마라케시는 도시가 아니다. 독립적인 하나의 행성이다. 신의 섭리에 의해, 내 친구의 표현으로는, 붉은 탕녀처럼, 멀리 눈 쌓인 높은 산봉우리가 빛나는 아틀라스산맥의 자락에 내려져 매달린 곳이다. 마라케시는 다 읽는 데 여러 해가 걸리는 책에서 거듭 읽어야 할 도시다. 가장 좋기로는 그 안에 몸을 푹 담그고, 그 험난하고 혼란스러운 역사의 들창문 안으로 몸을 던지며, 나를 이끄는 손을 따라 사디 왕조, 무라비트 왕조, 알라위 왕조의 묘지에 가보고, 모로코의 역사를 전혀 모를 뿐만 아니라 사실 이슬람교에 대해서도 일자무식에 가까우며 그것이 얼마나 어처구니없는 일인지 깨닫는 것이다. 그리고 그에 대한 죄책감을 제마 엘프나Djeema el Fnaa 광장의 영원한 축제에서 떨쳐버리거나, 아니면 재스민 나무 아래에서 소리 죽여 흐느낀다.

이곳에 진작 자리를 틀고 앉은 히피들의 말이 맞다. 여기가 바로 그 장소이며 이 행성에서, 동화와 뱀 사이로, 베 짜는 사람, 무두장이, 구리 세공사들 사이로 사라져야 한다. 암스테르담 담 광장의 노골적인 외설을 그 정점으로 하는 싸늘한 물질주의적 북반구가 아니라, 이곳, 대광장의 카바이드 등 아래에서 사람들 틈에 끼어 앉아, 푼돈으로 이 고장 사람들과 어울려 한 입 뜰 수 있고, 더 나아가 자신의 두개골 안을 완전히 들여다볼 수 있을 때까지 자신의 배꼽을 주시할 수 있는 곳에서.

"삶과 죽음, 그것은 형제간이지요." 흰 슬리퍼를 신은 메데르사 벤 유세프Medersa ben Youssef의 관리인이 말한다. 그는 기다란 갈색 손으로 성수반 비슷한 수조에 조각된 독수리 문장의 대리석을 어루만지며, 10세기의 주문자 명단에 있는 이름을 경건하게 읊는다. 아바드 알말리크 벤 알만수르 아비 아미르.[87] 우리는 메데르사를 함께 걷는데, 어둑한 복도에

서 느닷없이, 천상에서 빛이 쏟아지는 안뜰로 곤두박질쳐진
다. 사방 천지가 장식, 현란함, 캘리그라피, 무늬다. 관리인에
게 불그레한 석재 위로 꼬불꼬불 기어가는 글자의 뜻이 무어
냐고 물으니, 코란의 문장인데 죽음에 관한 글귀라고 답해준
다. 그리고 내 손을 꼭 쥐고 커다란 검은 눈에 강렬한 눈빛을
띠고 나를 뚫어져라 보면서, 그런데도 목소리는 태연하게 말
한다. "삶과 죽음, 그것은 형제간이다. C'est juste, le Koran,
non?(코란, 그 말이 맞지 않습니까?)"

"Oui, c'est juste(예, 맞습니다)" 그리고 그는 다시 나를 돌
로 짠 거미줄로 안내한다.

1973년

---

87) Abd el Malek Ben El Mansour Abi Amir(975~1008), '알만수르 아비 아미르'의
아들 '아브드 알말리크'라는 뜻. 이베리아 반도 내 이슬람국이었던 코르도바 칼리
프국의 히샴 2세 칼리파 치하에서, 아버지 알만조르를 이어 알안달루스Al-Andalus
의 총리를 지냈다.

180

8. 오래된 전쟁,
캔버라 전쟁기념관

1915년 4월 25일 일요일. 달이 떠 있는 한, 육지의 어렴풋한 형태는 식별이 가능하다. 큰 물고기 한 마리가 죽은 듯 조용하게, 물 위로 반쯤 나와 떠다닌다. 배들은 바다 위를 느릿느릿 항해한다. 은밀히 움직이며, 서로 보이지 않는다. 옛날에 호메로스는 바다를 포도주빛이라고 했다, 다른 바다이긴 하지만.[88] 구축함, 수송선, 구식 순양함. 이 배들에 호주 제1사단 대부분이 타고 있다. 제3여단 소속 4천 명이 선두로 상륙할 것이다. 이들은 전함에 몸을 실었고, 전함은 수송선보다 포격에 덜 취약하다. 상륙이라는 마지막 임무는 보트가

---

88) 호메로스는 《오디세이아》에서 에게해를 '포도주빛 바다wine dark sea'라고 불렀다.

수행할 예정이며, 보트는 지금 큰 배들 뒤에 주렁주렁 매달려 흔들거린다. 세 시에 달이 지면, 밤과 아침 사이의 그 어물어물한 시간에 작전이 실행된다. 어스름, 그림자, 모호함의 시간. 터키 적군이 그들을 발견했는지를 병사들은 알 턱이 없다. 어스레한 땅덩어리에 불빛은 보이지 않는다. 전함의 승무원들은 보병들에게 선실을 내어주었고, 곧 뜨거운 초콜릿으로 그들을 깨울 것이다.

갈리폴리 공격은 아홉 달 이상 지속된다. 호주인만 따져도 7천5백 명이 전사, 2만4천 명은 부상, 숱한 이들이 평생 불구가 되고, 눈이 멀고, 실종될 것이다. 그들은 전원 자원병으로, 과거 식민지였던 6개 주 전체의 아웃백 오지 출신들이며, 중동에서, 프랑스의 진창에서 싸울 것이다. 통틀어 6만 명가량이 돌아오지 못할 것이다. 그들의 이름이 캔버라의 전쟁기념관 벽에 새겨져 있다. 그 이름들을 따라 걷는 데 시간이 얼마나 걸리는지, 몇 보를 걸어야하는지 누군가 계산을 해놓았다. 많이 걸어야 한다.

갈리폴리 원정은 틀어지고 철수로 끝날 것이며, 유일한 위안이라면 그 철수가 그나마 살육전은 되지 않았다는 점이다. 전쟁은 사람을 말로 쓰는 체스 경기다. 젊은 처칠은 런던이라는 체스 보드에서 대가大家의 자리에 있다. 갈리폴리 반도를 손에 넣으면 일사천리로 다르다넬스 해협을 통과할 수 있다. 에게해에서 흑해로, 러시아로 가는 좁은 통로를 말이다. 러시아는 독일과 터키에 맞선 전쟁에서 터키군이 코카서스 지역에 주둔한 러시아군을 덜 압박하게 해달라고 영국에게 요구한다. 러시아 자신은 프랑스를 도와 동프로이센을 침공했으나 결과는 무참했다. 영국이 콘스탄티노플 쪽으로 방향을 틀면, 터키는 러시아 전선의 병력을 적어도 일부분이나마 철수시켜야 한다. 갈리폴리 반도는 아시아쪽 터키 건너편에 위치하여, 이와 같은 공격에 최적지로 보인다. 다르다넬스 해협은 두 대륙 사이로 좁은 강처럼 흘러, 마르마라해로 흘러들었다가 흑해에서 끝난다. 해협의 들머리에 케이프 헬레스Cape Helles가 위치하고, 건너편은 옛날에 트로이가 있던 지점이다. 전함만으로는 갈리폴리 반도의 터키 부대에 너무 취약할 것이므로 어림없는 일이다. 반도, 곶, 가파른 구릉, 돌투성이 땅. 나중에 옛 지형도를 보니, 협곡·산마루·평원이 보인다. 작전은 연합군의 참혹한 패배가 되고, 터키군은 9만 명이 전사할 것이다.

내게 호주의 군사 역사가 C. E. W. 빈[89]이 쓴 책 한 권이

---

89) C. E. W. Bean(1879~1968), 제1차 세계대전 당시 통신원이자 역사가. 1915년 4월 25일, 갈리폴리 상륙 작전에 통신원으로 종군하여 갈리폴리 상륙 전투를 취재했다. 호주·뉴질랜드 연합군인 앤잭ANZAC 군단에서 비롯된 앤잭 정신을 확산시킨 인물. 《ANZAC to Amiens》(1946)에 갈리폴리 상륙 전투를 포함하여, 제1차 세계대전 당시 호주군의 전투 기록을 담았다.

있는데, 그 고통과 비극이 하루하루 묘사되어 있다. 이 책은 지옥에서 쓴 기록이다. 영웅적 용기, 판단 오류, 무의미한 죽음, 소통 부족, 진창, 질병. 그런데도 위대한 전쟁 대가 처칠은 너무나 간단하게 말했다. "포격하라, 그리고 갈리폴리 반도를 손에 넣어라, 콘스탄티노플이 그 목표다." 3월과 4월에 영국과 프랑스 전함이 다르다넬스 해협을 공격했으나, 굴욕적으로 퇴각했다. 이제 육군이 나설 차례가 되었으니, 그들 또한 궤멸하게 되리라. 1916년 1월에 전투는 끝났다. 남은 것은 전사자들뿐이다.

그 모든 것이 전쟁기념관에 있다. 퀸즈랜드주 출신 부사관이 찼던 손목시계는 그날 아침 4시 43분에 멈춰서 있는데, 상륙하려고 보트에서 물로 뛰어내릴 때의 시각이었다. 시간은 스스로 그 물건에 낙인처럼 찍히고 싶었던 모양이다. 시계 문자반의 시각은 영원히 그대로 남아서 하나의 부정이자 거부로 와 닿는다. 최고로 아름다운(피하고 싶은 단어지만) 기념물이란 훗날 만들어낸 것이 아니라, 당시에 발생한 것이다. 그 손목시계, 탄환으로 벌집이 된 상륙 보트. 그런 물건들은 그냥 멍하니 보고 있게 된다. 일이 벌어진 그 순간에서 분리되어, 다른 물건이 되었으면서 또한 그렇지 않다. 지형 모형 하나가 갈리폴리 반도를 한눈에 조감할 수 있게 해준다. 모형은 작전 참모들의 기호와 깃발로 뒤덮여있다. 폭이 몇 킬로미터 밖에 되지 않고 전투 지역이 결코 그리 넓지 않았다는 사실을 알 수 있는데, 그 척박한 땅 한 줌이 십만 명 이상의 목숨보다 가치가 있었는지 여간해서는 상상이 잘 안 간다. 모형 옆에 사진들과 마네킹 두 개가 함께 전시되어 있는데, 마네킹은 전형적인 호주군 모자·각반·군화 차림의 군인 모습이다. 다른 전쟁에서 익히 본 카키색이다. 총검은 허공의 무언가를 겨누고 있지만, 그 전투는 총칼로 치고받은 육박전이었고 얼마나 참혹한 결과를 낳았는지 우리는 안다. 전열은 통째로 기관총의 사정권 안으로 걸어 들어갔고 병사들은 그 상황을 모르지 않았다. 명령을 내리고 함께 전사한 수백 명의 지휘관들도.

이 전투 중 하나인 '론 파인Lone Pine' 공격을 재현한 디오라마도 있다. '외로운 소나무'라니, 의도적이든 비의도적이든 전쟁은 희한한 시를 지어내는 데 재주가 있다. 그곳에 펼쳐진 땅, 그리고 흙골, 산등성이, 비탈, 곶, 깊이 팬 바닥은 하나같이 역사와 농부와 어부들이 붙여준 고유한 터키식 이름을 지녔다. 그런데 전쟁 역시 그에 더해 냉소적이고 낭만적인 그만의 이름을 부여했다. 마치 의미론이 공포를 누그러뜨려 줄 수 있다는 듯이. 터키군은 '외로운 소나무' 근처에서 땅을 파고 들어가 몸을 숨기고, 나무줄기와 진흙과 흙으로 참호를 덮었다. 저 멀리에는 푸른 바다, 전함 한 척, 사방에 타오르는 불길, 운명, 그리고 전경에는 진흙투성이 사내들의 백병전, 흙먼지나 진흙 때문에 식별할 수 없어질 때 서로 알아보게끔 군복에 흰색 비표를 박아 넣은 호주군. 킨홀즈[90] 같은 예술가가 여기서 작업을 하고 간 모양이다. 나는 그 앞에 서서 우두커니 쳐다보고 있다. 그 손목시계처럼 모든 것이 정지하여, 쓰러지는 남자는 영원히 쓰러져 있고 자신의 총검은 영원히 다른 사람의 머리를 겨눌 것이며 그들은 거기서 변함없이 죽을 것이다. 하나씩, 또 하나씩.

이 박물관에는 색다른 점이 있다. 그 모든 피와 죽음, 전투기, 대포, 군복, 훈장, 전쟁화畵가 전시되어 언뜻 보면 군수기업을 찬양하고 있는 듯하지만, 사실 그렇지 않다. 그러기엔 그 효과가 너무 우울하고 수치들은 너무 파괴적이다. 박물관에는 제1차 세계대전뿐만 아니라 나의 전쟁인 제2차 세계대전도 전시되어 있다. 그 전쟁에 관해 나는 무얼 알고 있는가? 전쟁이 터졌을 때 나는 일곱 살이 채 안 된 나이었다. 우리는 이펜뷔르흐 비행장[91] 근처에 살고 있었다. 하인켈,

90) Edward Kienholz(1927~94), 미국 조각가. 사람이 배치된 '실제' 사물로 아상블라주Assemblage와 환경미술, 타블로Tableau를 만든다.(―지은이)

91) 네덜란드 헤이그와 레이스베이크에 걸쳐있는 비행장.

슈투카, 하강하는 폭격기의 날카로운 굉음, 고사포의 마른기침 소리, 저 멀리 로테르담의 화염. 독일군 장교들을 태운 차 한 대가 그 일대가 이미 독일군에 의해 접수되었을 거라고 오판하여 플리트 운하를 따라 너무 멀리까지 가는 시도를 감행했다. 차는 총격을 받고 운하에 빠졌다. 나중에 물에서 시체들을 건져낼 때 나는 그 자리에 있었다. 그런 종류의 기억은 쉽사리 지워지지 않는다. 괴상한 긴 가죽 코트에서 뚝뚝 떨어지는 물, 그 코트들의 모호한 녹회색. 더 나중에 '굶주린 겨울'[92]때문에 우리가 헤이그를 떠나왔을 때 뒤에 남았던 아버지는 버자위던하우트[93] 공습에서 포탄 파편을 맞았다. 아버지는 9일 뒤에 파상풍으로 돌아가셨다. 혈청 주사는 없었다. 비참한 죽음이다. 한참 시간이 지나 고모가 내게 말해준 바에 의하면, 돌아가신 아버지의 발이 경련으로 비틀려 있었다고 한다. 헬더르란트Gelderland[94]에서는 죽은 조종사

---

92) 1944년 11월~1945년 4월 동안 네덜란드인들은 식량과 연료 부족으로 혹독한 겨울을 보냈다. 특히 서부 지역에는 식량과 연료 공급이 중단되어 피해가 컸으며, 많은 주민이 네덜란드의 북부·동부 지역으로 피난을 떠났다. 이 시기에 2~3만 명 가량이 굶주림과 추위로 목숨을 잃었다.

93) 헤이그의 주거지. 1945년 3월, 영국 공군의 오인 폭격으로 주민 550명 이상이 목숨을 잃었고, 시가지 대부분이 파괴되었다. 인근 '헤이그 숲Haagse Bos'에 있던 독일군의 V2 미사일 기지가 원래 폭격 대상이었다.

94) 네덜란드 동부지방에 있는 주. 노터봄의 가족이 피난을 갔던 곳이다. 1945년 9월에 연합군의 '마켓 가든 작전'이 실시되었다.

를 보았는데, 창자가 빠져나와 나무 위 낙하산에 늘어진 채였다. 그리고 드디어, 캐나다군과 영국군이 전진해오기에 앞서, 독일군이 철수하는 모습을 보았다. 그 5년 전에 나는 그들이 들어오는 모습을 구경했었는데, 강력한 군대였다; 깃발과 군악, 빽빽한 대열, 군화가 식식거리고 박석에 쇠가 부딪히는 소리가 공포스러웠다. 하지만 돌아갈 때는 그런 모습을 찾아볼 수 없었다. 그들은 이미 패잔병이었고, 그 점은 내 눈에도 역력했다.

그 시대를 살았던 사람이라면 네덜란드의 해방을 둘러싼 자기만의 기억이 있을 텐데, 나에게 그 시기는 자동차와 가죽과 휘발유가 풍기는 냄새와, 다른 나라의 군복 색깔과 연결된다. 하지만 가장 큰 부분을 차지하는 것은 지프와 탱크 주변에 감돌던 휘발유 냄새다. 우리는 그 지프에 탄 사내들을 해방군 또는 캐나다군이라고 불렀는데, 그중에는 늘 자신의 힘찬 오토바이에 나를 앉혀주던 이가 한 명 있었다, 기름통 위에. 지금 여기 캔버라에서 다시 그 냄새가 난다. 군용품과 군복 색깔에서 나는 냄새다. 혁대도, 수통도, 그 어느 것도 냄새를 풍기지 않는데도 내게는 그 냄새가 느껴진다. 구름 위를 높이 날아 독일을 폭격하러 가던 랭커스터의 소리, 냄새를 풍기지 않는 그것에서조차 냄새가 난다. 나는 나만의 공포의 냄새, 그리고 지나간 시대의 냄새를 맡는다. 내게서 절대 사라지지 않을 것의 냄새를. 그런데 이 냄새와 함께 어떤 생각을 해야 할지 나는 모르겠다.

*　*　*

바깥에서는 캔버라의 밝고 탁트인 공기 속에 벌써 행사가 시작되었다. 이 도시는 신생국 호주의 수도로 고안되었으나, 너무 넓게 흩어져 있어서 도시다운 면모라고는 좀처럼 없다. 새 의회의사당은 녹지가 인상적인 현대적 건물인데, 납골당 격인 우중충하고 고전적인 형태의 전쟁기념관과 마주 보고 서 있어 대조를 이룬다. 여기서 해마다 앤잭 데이, 다시 말해 갈리폴리의 날에 퇴역 군인들의 행진이 거창하게 치러지는데, 그 전투에서 살아남은 사람들은 자신을, 다른 사람들은 돌아오지 못한 이들을 되새긴다. 전쟁을, 그 전쟁을 나는 어떻게 생각해야 할까? 디오라마의 언어는 더할 나위 없이 명료하게 전쟁에 대한 혐오를 보여주지만, 건물 밖 기념관 앞에는 퇴역한 낡은 병기들이 검은색으로 칠해진 강철로 햇빛 속에 반짝이고 있다. 당최 그럴 의도는 아니었으나 그것들은 예술작품이 되어, 그 형태를 통해 죽음과 폭력의 미학을 표현한다. 전차들은 공룡이다. 멸종된 동물계를 닮았다. 썩어 없어지지 않아, 그 강철은 아직도 그때만큼이나 단단하고,

아이들은 그 위를 손으로 쓱 훑는다. 나도 마찬가지, 그냥 지나칠 수 없지. 제1차 세계대전에서 아미앵을 포격한 괴물 같은 대포, 베트남 폭 투이에서 광산을 뭉개버린 센츄리온 전차 no.169080, 1918년 8월 8일에('독일군의 암담한 날[95]') 45대대가 포획한 독일군의 210mm 곡사포.

의회의사당은 저 멀리 다른 쪽의 언덕에 있다. 서로 균형을 이루는 듯 보이는 두 건물은 제각기 이 나라가 어떤 나라인지 말해준다. 그런데 대체 어떤 나라인가? 이 나라가 1914년에 제1차 세계대전에 참전하기로 결정했을 때는 나라가 생긴 지 150년도 되지 않았을 무렵이었다. 영국 함대가 파괴되면 자신의 생명줄이 위태로워진다는 것을 알기는 했지만, 그렇다고 해서 33만 명가량, 인구의 얼추 7퍼센트가 머나먼 곳에서의 전쟁에 참전하다니, 그것도 모두 배로! 호주군은 상대적으로 보아 최대 희생자이기도 한 것이 병력의 64.8퍼센트가 전장에서의 사상자였다. 영국은 그 수치가 49.7퍼센트다. 호주가 제2차 세계대전에 참전한 이유는 보다 명료했다. 이번에는 적군이 코앞까지 왔으며, 뉴기니섬에 일본군이 침공함으로써 호주가 지금도 마찬가지이지만 어떤 나라인지는

---

95) 아미앵 전투에서 독일군이 대패한 날로, 독일 루덴로르프 장군이 이 날을 '독일군의 암담한 날Bleak day'이라고 회고했다.

명약관화해졌다. 거대하고 인구밀도가 높은 아시아의 밑에서, 주로 백인이 살고 있는 빈 대륙인 것이다.

큼지막한 출입문을 통해 안에 들어가니 글귀가 눈에 들어온다: 그들은 목숨을 바쳤다. 거기에 무슨 말이 더 필요할까? 연못에 떠 있는 영원한 불꽃과 연못 안에 떨어져 있는 속세의 동전이 보이지만, 내 귓전에 아직 그 글귀 몇 마디가 맴도는 동안, 난데없이 내 기억의 눈에는 소년이었던 내게 압도적인 인상을 주었던 전쟁 직후의 사진 하나가 떠오른다. 천으로 눈을 가린 채 나무 그루터기에 앉아있는 반바지 차림의 호주군 조종사. 그의 옆에는 일본인 한 명이 두 손으로 칼자루를 높이 쳐들고 서 있고, 칼자루에는 햇빛이 번쩍인다. 일본인은 군화에 검은 승마용 바지, 흰 셔츠 차림이다. 칼은 순식간에 휙 내려와, 앉아 있는 남자의 머리를 댕강 자를 것이다. 그때 느낀 역겨움이 아직도 느껴진다. 지금 나는 죽은 자들의 이름을 따라 걷고 있다. 사진 속 호주 군인의 이름은 전혀 모르지만, 틀림없이 이 이름들 사이에 있을 것이다.

프랑스 뷜레쿠르Bullecourt. 때는1917년 4월 11일[96)], 영국

---

96) 원문에는 8월 11일로 기술되어 있으나, 노터봄의 오기로 보인다. 제1차 뷜레쿠르 전투는 1917년 4월 11일에 개시되었으며, 아라스 전투는 1917년 4월 9일에 개시되었다.

군이 아라스 전투를 개시한 지 이틀 뒤, 빌레쿠르 마을에서 호주군 제4여단 병력이 아직 남은 힌덴부르크 선을 공격한다. 철조망 방어벽을 뚫어야 할 전차들은 아직 도착하지 않았다. 병사들은 온밤을 차가운 눈 위에 누워있었다. 그들은 아침이 되어서야 매서운 눈보라 속에 퇴각했다. 저녁에 새로 공격. 이번에는 전차가 있기는 했지만, 철조망까지 다다른 것은 한 대에 불과했다. 이후의 사태는 디오라마에서 보여준다. 명장 퍼시 블랙Percy Black 소령이 이끄는 제16대대 웨스턴오스트레일리아 주 출신의 병사들이 맨 앞의 독일군 참호에 들어가려고 분투한다. 그런데 제12여단의 대대들이 지원 공격을 하러 가야 했으나, 그들은 여전히 전차가 오기를 기다리고 있다. 그로 인해 공격군의 우익은 취약한 상태로 노출되어 있다. 마침내 전차 한 대가 외로이 출동하여, 대기하던 호주군을 오인 포격하고 독일군의 방어벽에 걸려든다. 호주군 여단은 이제 엄호라고는 전무한 상태에서 진격해야 하고, 숱한 사상자를 낳는다.

전쟁에서는 착각이 차지하는 비중이 작지 않을진대, 그때 착각이란 돌이킬 수 없는 유형이다. 포병의 엄호 없이도 병사들은 힌덴부르크 선의 이중 참호를 정복했다. 그런데 포병대는 영국군 전차가 호주군을 위해 길을 터줄 것이라고 '생각'하는 바람에 포격을 하지 않고, 그로 인해 독일군에게 포병대의 장막과 기관총을 호주군의 후방에 배치하는 기회를 주게 되어, 호주군은 식량 보급 및 증원군으로부터 단절된다. 여섯 시간 동안 필사적인 백병전이 이어졌고, 결국 호주군은 탄약이 동이 나 방어벽과 화염을 뚫고 퇴각해야할 처지에 놓인다. 호주군 사단의 손실은 막심하다. 블랙 소령을 포함하여 857명이 전사, 1275명이 적의 포로가 되고, 1천 명가량이 부상을 당한다. 내 앞에 펼쳐진 냉엄한 전구戰區에서 내가 전율한 것은 정적이다. 저주의 말도 아니고, 마지막 비명도 아니고, 얼어붙은 눈 속의 발소리도, 폭발도, 먼지와 살을 뚫는 총검 소리도 아니며, 그 모든 소리와 다른 소리 사이에 분명 있었을 겨울밤의 고요조차도 아니다.

내부를 한 바퀴 둘러보다가 나는 진창에 앉아 있는 한 남자에게 발이 걸려 하마터면 그 위로 넘어질 뻔한다. 남자는 지독히도 진짜 같아서 나는 움찔 뒷걸음질 친다. 남자의 군화와 각반까지 온몸이 진흙 범벅이다. 남자는 두 손으로 눈을 가리고, 더는 세상을 보고 싶지 않다. 철모는 머리 위에 곧추서서 느닷없이 희한한 것이 되어 처음 보는 종류의 왕관 같다. 내 옆에 선 아이 하나가 그를 향해 손을 뻗는데, 정말로 그를 보면 어루만지며 다독여주고 싶어진다. 하지만 당신은 그 자리에 그대로 서 있다. 그것이 조각상이라서가 아니라, 이제는 그 남자를 위로할 길이 없는 까닭이다. 그의 현재는 과거다. 하지만 그것은 퀸즈랜드 주 출신 부사관의 손목시계와 마찬가지로, 연속과 정지를 동시에 표현하는 무엇, 끝나면서 동시에 여전히 지속되는 무엇이다. 진격하고 소리 지르며 제 죽음 속으로 달려가 총에 맞고 쓰러지면서 영원히 혼자 간직하게 될 마지막 생각을 하는 남자. 설령 언젠가는 모두의 기억 속에서 사라진다 해도, 이제는 결코 없었던 일로 하지 못한다. 기념관, 기억의 장소. 그 장소가 오래 존재하면 할수록, 거기서 기념하는 전쟁은 갈수록 추상적이 되며 더 기묘해지고 당대 사람들이 공유했던 의미에서 감감해진다. 그러면 거기서 아직 볼 수 있는 것은 무엇인가? 진창 속의 한 남자, 그리고 딴 사람들의 죽음에 하나 더해진 그의 운명, 그리하여 그들 또한 진창 속에 앉아 손으로 눈을 가리고 있다. 더는 세상을 보고 싶지 않기에.

기념관에는 어린이가 많다. 소녀들은 소년들과 어떻게 다르게 보는지가 눈에 띈다. 비단 소녀들이 간호사와 여군, 그리고 요즘 다시들 하고 다니는 당시의 머리 모양을 먼저 바라본다는 점만은 아니다. 아니, 소녀들은 그 자리에서 응결된 전투 장면, 그리고 전투기, 총기, 총탄, 칼 역시 다른 눈으로 본다. 그 시선은 뭐라고 정의할 수는 없으나, 태곳적부터 축적된 성질과 관련된 것이다. 모험, 그리고 해 지는 하늘에서 하강하는 스핏파이어 전투기의 섬광, 침몰하는 배의 애절한 무용담, 불타는 마을을 날름거리는 벌건 불길이 아니라, 그 모든 것의 배후에 있으며 파괴와 관련된 생각이다. 소녀들은 다른 눈으로 관찰하며 더 살금살금 걷는다. 1914~1918년 영상에서 병사들이 그토록 얄궂게 몸을 떨며 총총 걸어갈 때나, 전차가 컴퓨터 게임에서처럼 무모하리만치 기세 좋게 움직일 때도 웃을 수가 없다. 소녀들에게는 시간의 리듬이 다른지라 그 빨라진 동작—단순히 기술 부족 문제인—을 느리게 만들고, 그리하여 갑자기 실제로 살아있는 남자들이 진창 속을 걸어가는 모양이다. 그 남자들은 이미 오래전에 죽었지만, 아직 거기서 걷고 있으며, 심지어 소녀들의 눈에 보이는 것보다 훨씬 더 느리게 걷는다.

이 모든 것이 우리를 관음증 환자로 만든다. 뭔가를 보고 있지만 남들에게 자신은 보이지 않는 사람 말이다. 우리는 다른 이들을, 거기 바삐 걸어가는 이들을 익히 알지만, 그들은 우리를 알아보지 못한다. 게다가 우리는 마뜩잖게도 은근히 우위에 서 있으니, 그들은 미처 모르는 것, 결말과 그들의 운명을 안다. 그 죽음의 의미를 마음 놓고 의심해볼 수 있기까지 하다. 용납되지 않는 사후의 개입 말이다. 따라서 과거는 똑같은 그 과거가 드러나는 바로 그 장소에서 접근 불가능해지고 만다. '기억의 장소'의 역설이다.

킨홀즈라는 이름은 앞에서 이미 언급한 바 있다. 킨홀즈의 실내장면 작품은 우리로 하여금 누군가에게 보이지 않은 채 관찰할 수 있게 한다. 예술의 반사 프리즘: 킨홀즈는 자신이 관찰한 실제에서 소재를 얻은 데 반하여, 나는 그 재현의 시선을 통하여 실제를 본다. 1917년 9월, 메넌 전투.[97] '여단 본부'라는 제목의 사진 한 장. 보아하니 지하실인 모양인데, 킨홀즈의 작품에서처럼 사진 속 물건은 마술적이고 고유한 의미를 얻는다. 타고 있는 양초 세 개. 천장의 울퉁불퉁한 대들보에 걸린 철모. 소다수 한 병. 젖은 옷. 성냥 한 갑. 성냥갑은 탁자 위에 대각선으로 놓여, 일시에 성냥갑 천 개는 되는 듯 돌연한 의미를 띤다. 그 효과는 폐쇄적인 공간이라는 점에 신세 지고 있지만, 내가 굳이 들먹일 필요는 없다. 남자 셋, 그중 한 명이 전화기를 귀에 대고 연결을 시도한다. 작전용 지도. 머그 잔. 수통. 담배통. 남자 중 누구도 고개 들어 우리를 보지 않는다. 우리는 그들의 죽음 너머에 있는 금기시된 존재, 태어나지 않은 무無, 사후의 박물관 방문객이므로. 이 사진에서 쌍방의 유혹은 들어설 자리가 없다. 우리가 존재하는 동안에 그들은 존재하지 않고, 그들이 존재하는 동

---

97) 제1차 세계대전 중 서부전선에서 있었던 제3차 이퍼르 전투의 하나로, 벨기에 이퍼르 근처의 메넌Menen 부근에서 벌어진 전투.

안에 우리는 존재하지 않는 까닭이다. 차라리 불완전한 상호 관계라고 해야 맞다. 그들이 우리 사진을 볼 일은 결코 없을 테니 말이다. 그들은 우리가 없어도 된다. 우리는 단지 기억 때문에 여기에 왔으므로. 그들은 다른 일로 정신이 없었다. 이를테면 매년 전투라든가.

　관람이 끝나갈 무렵에 나는 조지George[98]를 맞닥뜨린다. 조지는 랭커스터 폭격기다. 이제껏 조지를 내 눈으로 본 적은 없어도, 그 소리는 죽는 날까지 수천 번은 되새기게 될 것이다. 조지는 이제 다시 비행할 수 없으니, '될 것이다'라는 말은 어폐가 있기는 하다. 조지는 동종의 폭격기들과 함께, 눈에 보이지 않을 만큼 높이 머리 위를 날아 독일을 향해갔다. 나는 그 소리를 묘사해보려고 여러 번 애썼지만, 불가능한 일이지 싶다. 단일음을 내며 날아가는 금속의 뒤영벌떼, 베이스 백 명이 한 번에 죽 길게 내는 저음. 비슷하게 묘사한 듯해도 역부족인 것이, 어떤 말로도 그 소리에 담긴 위협과 약속은 전달되지 않기 때문이다. 그것들은 '영국인들'이었고, 독일을 공습하러 가는 길이었다. 아마도 전쟁은 머잖아 끝날 것이다.

---

98) 제2차 세계대전 당시 영국 공군의 폭격기인 아브로 랭커스터 B1의 별칭인 G for George를 말한다. 1942~1944년에 유럽에서 89회 출격했으나 살아남아 '운 좋은' 전투기로 불린다. 호주 전쟁기념관에 전시되어 있다.

그것들은 독일인을 벌하러, 독일 도시를 때려 부수러 갔다. 그것들은 눈으로 보지는 못했고, 단지 들을 수 있을 따름이었다. 처음에는 멀리서, 그다음에는 머리 위에서, 천지를 뒤흔들 듯한 신비로운 진동 소리, 그러다가 차츰차츰 감감해지며, 고사포가 짖는 소리에도 끄떡없다. 조지는 점령된 유럽 상공으로 90회 넘게 출격했으니, 나는 조지의 소리도 분명 들었을 것이다. 1942년 조지는 왕립 호주 공군에 인도되었다. 서른 차례 포격을 맞았으며, 옆면에는 출격 1회에 하나씩 노란색 폭탄이 아래를 향해 그려져 있다. 조지는 1944년에 퇴역하여 호주로 돌아갈 수 있었다. 'G for George', 갑작스레 공간이 확 줄어든 전시장에서 어마어마한 크기로, 불가해한 죽은 새 한 마리가 되어, 여전히 당신의 머리 위를 위협하는, 무거운 그늘. 그것이 앞으로 언제까지나 여기에 머물러 있으며, 한때 날았던 적이 있다는 사실을 아무도 믿지 않게 될 때까지 갈수록 서서히 낯설어지는 모습을 나는 상상해본다.

바깥의 눈부신 햇살 속으로 들어가다가, 당나귀와 남자 조각상[99]에 하마터면 부딪힐 뻔한다. 작은 당나귀인데, 고개

---

99) '심슨과 그의 당나귀Simpson and his donkey, 1915'라는 제목의 조각상. 앤잭 정신을 고양시킨 대표적인 일화를 소재로 만든 동상이다.

를 숙이고 비탈을 내려간다. 등에는 긴 다리를 땅에 끌다시
피 하는 부상자를 태우고 있다. 다른 한 남자는 옆에서 걷는
데 목줄을 잡고 있지만, 당나귀는 제 갈 길을 잘 알기에 굳이
몰고 갈 필요는 없다. 남자의 이름은 심슨, 하지만 사람들은
그를 '당나귀와 같이 가는 남자'라고 부른다. 그는 갈리폴리
에서 3주 동안 전선에서 부상자들을 끌어내어 십자 포화 속
에 당나귀에 태우고 해안으로 데려가 배로 옮겼다. 그 세 번
째 주의 말미에 남자는 저격병의 총에 맞았다. 5월 19일 터
키군의 공격에서였다. 이제 그 남자, 심슨은 청동으로 다시
태어나 하염없는 언덕길을 아직도 내려간다. 당나귀의 코가
반들거리는 까닭은, 다들 잠깐 만져보고 싶어 해서, 그러니
까 쓰다듬고 싶어 해서다. 어쩌면 사람들은 사실은 그 남자
도 만지고 싶을지도 모른다. 아주 잠깐이지만 툭 치면서, '안
녕, 심슨' 이라는 인사의 뜻으로. 하지만 그것은 불가능한 일
이다.

1989년 12월

정원사와 죽음[100]

P.N. 판에이크

오늘 아침 내 정원사가 놀라 창백해진 얼굴로 달려와
집안으로 들어오며 말한다: 나리, 저 가봐야겠어요!

저기 장미밭에서 하염없이 가지치기를 하다가,
뒤돌아보니 '죽음'이 거기 서 있더군요.

깜짝 놀라, 걸음아 날 살려라 달아났지만,
여전히 그가 손을 들어 나를 위협하는 모습이 보였어요.

나리, 나리의 말로, 어서 나를 가게해 주세요.
밤이 되기 전 나는 이스파한에 있을 겁니다!

오후 나절, 그는 벌써 도망가고 없는데
세다 공원에서 나는 '죽음'을 맞닥뜨렸다.

---

100) P.N. van Eyck(1887~1954), 네덜란드 일간지 NRC의 국외통신원, 시인, 비평가,
레이든 대학 교수. 그의 대표시 〈정원사와 죽음De tuinman en de dood〉(1926)의
주제는 바빌론 탈무드 및 페르시아의 설화에 전해 내려오는 것으로, 페르시아 신
비주의 시인 루미와 프랑스 소설가 장 콕토도 차용하여 작품을 남겼다. 판에이크
는 장 콕토의 소설《Le grand cart》(1923)를 참조한 것으로 보인다.

왜, 하고 나는 묻는다(그가 기다리며 아무 말도 없기에),
오늘 새벽에 내 하인을 위협했습니까?

웃으며 그가 답한다: 위협하려던 것이 아니었소.
조금 놀랐을 뿐.

오늘 아침 그가 여기서 일하는 모습을 본 것이,
오늘밤 이스파한에서 그를 붙잡기로 되어 있는데.

9. 이스파한에서의 어느 저녁

트루먼 카포트Truman Capote는 금요일에는 절대로 비행기를 타지 않는데, 나 역시 겁이 날 때가 종종 있다. 사람이 오래 산다고 그런 두려움이 줄어드는 것은 아니다. 당신은 시한 수를 읽고—20년, 아니 25년 전에—그날부터 이스파한 Isfahan은 당신에게 피할 수 없는 운명이자, 죽음이 당신을 따라와 붙잡아가는 장소가 된다. 여러 해 동안 나는 이스파한에 가고 싶었는데, 일단 가면 다시는 돌아오지 못하리라는 생각이 늘 들곤 했다. 그런데 그런 생각을 나만 하는 것은 아닌 모양이다. 나는 출발하는 날 아침에 스히폴 공항에서 어슬렁거리다가 체스 선수 돈너르Donner를 맞닥뜨린다. 그는 국가 대항전 참가 차 뮌헨에 가는 길이다. 내가 이스파한에

간다고 하자, 그가 걱정스러운 낯빛으로 쳐다본다. "조심해야 할 거야!" 하지만 때는 이미 늦었다. 나는 이미 내 운명을 구입해놓았고, 몇 시간 뒤에는 맨 끝자리까지 사업가들로 꽉 찬 독일 비행기에 앉아 발칸 반도 위를 날아간다. 나는 시의 나라로, 그 사람들은 뜨는 나라로 가는 길이다. 앞으로 닥칠 일을 딱 미리 맛보는 상황이다. 테헤란은 골드러시의 도시가 되어 버렸고, 노다지를 쫓는 이들이 삽 대신 서류 가방을 들었다 뿐, 더도 덜도 아니다. 호텔들은 온통 만실이고, 신문마다 태양왕에게 알랑거리는 조신들처럼 샤Shah의 주변을 어정거리는 독일·일본·이탈리아에서 온 사절단의 사진이 실려 있다. 승무원이 페르시아 신문 〈카이한Kayhan〉의 영자판을 나눠준다. "황제 폐하 샤한샤께서 호라산Khorassan 지방에 철강소 건설 추진을 촉구하다", "이란과 인도가 완전히 합의에 이르다", "비나 연주자 수리야나란이 저녁 여덟 시에 시립 극장에서 카르나티크 음악을 연주하다"라는 기사가 실려 있다. 그리고 평범한 사실을 접할 때 내가 얼마나 둔할 수 있는지, 그 증거가 새로이 나타난다. 나는 중동행 비행기를 처음으로 탔다는 사실을 문득 깨달은 것이다. 그리고 그 사실을 깨달았기 때문에 세 가지 사실이 동시에 발생하는데, 객관적 사실 한 가지와(날이 더 일찍 저문다) 감정적인 사실 두 가지다. 감정적인 사실이란 바로, 아주 오래된 무언가의 위를, 그리고 끝 간 데 없이 황량하고 광활한 공간 위를 날아가고 있다는 육체적 감각이었다. 두 가지 모두 사실이기는 해도, 몸으로 느낀다는 점은 이상한 노릇이다. 왜냐하면 나는 공작 옥좌, 크세노폰, 헤로도토스, 차라투스트라를 떠올리며 앉아 있지만, 내가 탄 운송수단이 나를 어디론가 끌고 가는 곳은 서쪽일 수도 북쪽일 수도 있기 때문이다. 어쨌거나, 다섯 시간의 비행 후 휘발유 냄새가 나는 비행장을 가로질러 거대한 군용기 두어 대를 지나 혼돈을 향해 걸어갈 무렵에는 이미 한밤중이다.

어딘가에 처음으로 도착하는 일에는 언제 보아도 심리 테스트 같은 구석이 있다. 첫 번째 테스트: 모든 호텔이 꽉 찼다. 이제 어떡할 텐가? 도리가 있나, 기다리며 툴툴대는 수밖에. 두 번째 테스트: 사내들이 뭐라고 소리를 질러대며 당신의 짐을 문까지 가져다 놓고는, 돈을 요구한다. 돈에는 아랍 문자만 적혀있다. 그러니 도대체 얼마가 얼마인가? 그때 다른, 하지만 똑같은 사내들이 와서 짐을 자동차 지붕 위에 싣는데, 정작 당신은 데려가더니 줄에다 세운다. 중동의 밤공기 속에서 밀치락대고 궁시렁대는 긴 줄과 긴 기다림. 그런데 내가 산 표에는 택시 요금까지 포함되어 있다. 그러니 바가지는 쓰지 않겠군. 훌륭한 시스템이다, 알고만 있다면.

도로는 휑하고 넓다. 고층 건물들의 윤곽이 어스레하다. 내가 묵을 호텔은 1942년작 첩보영화의 촬영 세트 같다. 험프리 보가트가 접수대를 지키고 있건만, 나는 당분간은 마이크로필름을 내 정수리 가발 밑에 고이 넣어두련다. 사방에 찢어진 셀룰로이드 광택이 감돌고, 기둥을 덮고 있는 오래된 대리석 판넬들, 무화과나무들은 섬뜩한 몽상 속에 잠겨있으며, 또 뭐가 있냐면, 페르시아 양탄자!

내 방의 벽은 빛바랜 신문지의 누르께한 색으로 칠해져 있다. 나는 스파이처럼 침대의 이불을 들춰보다 꼬불꼬불 긴 머리카락 한 올을 찾아낸다. 욕실 바닥에는 물이 흥건하고, 하나뿐인 의자를 빼서 움직이면 플라스틱 덧문이 끽끽 성가신 소리를 낸다. 내 집에 온 기분이다. 전 인구가 앉아보았을 법한 그 의자라는 것에 가서 앉아 테헤란의 지도를 펼쳐본다. 나는 어딘가에 닿자마자 걸신들린 사람이 되고 마는데, 그곳의 정황이 어떤지 알아야 하고 도시의 '체계'를 파악해야 하는 것이다. 걷고 냄새 맡고 구경하며 버스와 전차를 타보면서 도시를 내 것으로 만들어야 한다.

호텔 현관에서 괘종시계가 울린다. 짐가방을 풀기 시작하는데, 세면도구가 없다. 택시를 타고 오면서 길모퉁이에 약국이 아직 열려있는 것을 보았다. 나는 그 가게로 간다. 그럴싸하다. 약국의 상호는 탁테 잠시드[101], 칠흑같이 어두운 벽에서 네온 상자가 환하게 빛난다. 내게 필요한 물건은 빠짐없이 다 있는데, 손톱깎이조차 죄다 외국산이다. 제3세계 문제는 아이들을 보면 간단해진다. 나는 하트 같은 모양에 점이 하나 찍힌 푸르스름한 지폐로 값을 치르는데, 웬걸 깔깔 웃음소리가 되돌아온다. 이상한 외국인 아저씨잖아! 그래서 나는 아이들에게 알아서 돈을 집어가게끔 하면서, 내가 만약 독일인이라면 적어도 1에서 10까지의 숫자는 외우고 있을 텐데, 하고 생각한다. 나는 지금이라도 그래 보자고 마음먹으며, 약국에서 산 잡동사니들을 호텔 접수대에 맡기고 다시 거리로 나간다.

테헤란은 무척 견고한 인상을 풍기는데도 불구하고, 버려진 숙영지가 원시림으로 복구될 때처럼, 오래된 그 야생의 황무지 평원에서 도시를 위로 집어 올려 감쪽같이 사라지게 하는 데 1분이면 될 것만 같은 묘한 느낌이 든다. 나중에 알고 보니 그 '평원'이라는 표현이 알맞기는 하다. 학자들이 말하는 '고원'이란 험준한 고지대다. 테헤란은 해발 고도가 1200미터에서 1700미터에 달하며, 페르시아에는 사막과 스텝 지대, 그리고 고약하게 높은 설산이 있다. 다양한 기후에 다양

---

101) '잠시드의 왕좌' '잠시드의 궁전'이라는 뜻으로, 페르시아인들이 고대 페르시아의 도시 페르세폴리스를 일컫는 말이다.

한 민족이 산다. 쟝 위로Jean Hureau[102]는 "만약에, 러시아·터키·페르시아 국경이 만나는 아라라트산이 파리의 위치라면, 페르시아와 파키스탄 간의 국경은 아테네쯤을 지나가고, 아프가니스탄과의 국경은 부다페스트쯤을 지나간다. 테헤란은 베니스에, 시라즈는 나폴리의 위치에 해당한다"라고 썼다.

이 나라는 키루스·다리우스·크세르크세스의 시대와 마찬가지로, 여러 민족이 하나로 통합된 제국이다. 이란이라는 이름은 아리아인Aryans 그러니까 아리안Arians에서 유래했는데, 이들은 기원전 4천 년부터 북동쪽에서 내려와 옥수스강을 건너 이동해 온 인도유럽어족이다. 단일 언어를 썼고 말을 탔으며 전차가 있었다. 그들은 서서히 서쪽으로 이동하여 파르스Fars 지방을 중심으로 삼았다. 페르시아Fersia라는 이름은 그로부터 유래했다.

나는 숙제를 하다가 스르르 눈을 감고, 다음 날 아침, 무더위와 줄기차게 웅웅거리는 낮은 소리에 잠을 깼다. 창에 걸린 블라인드 틈으로 밖을 내다보니, 회청색의 커다란 갈까마귀 한 마리와 표범 같은 살쾡이가 보이고, 그 뒤로 엄청난 차량의 물결이 사방에서 매연을 내뿜으며 당밀처럼 빽빽하게 흘러간다. 10분 뒤에는 나의 첫 번째 페르시아어 수업이 시

---

102) 프랑스의 여행 전문 기자이자 작가. 《Iran Today》(1972)등 여러 여행서를 썼다.

작된다. 다름 아닌 택시 춤. 시간이 좀 지나면 파악할 수 있기는 해도, 결코 익숙해지는 법은 없다. 일단은 차로에 나가 선다. 오렌지색의 작은 택시가 가까이 오자마자 당장 덤벼들어 택시의 열린 창문에 대고 미리 외워둔 페르시아어로 행선지를 외쳐야 한다. 그 행선지는 절대로 당신의 종착지가 되지 않는데, 택시는 시내를 오로지 직선으로만 오가기 때문이다. 그러니 먼저 동쪽으로 간 다음에 남쪽으로 가고 싶다면? 그때는 일체의 과정을 두 번에 걸쳐 수행해야 한다. 택시 운전사는 감지하기 어려울 만큼 속도를 살짝 늦추지만, 그들이 실제 멈춰 서는 것은 당신을 태우겠다고 생각할 때만이다. 그들이 언제 그러고 언제 그러지 않느냐는 알쏭달쏭한 수수께끼로 남아있다. 대부분은 곧장 다시 달린다. 우선은 당신의 목숨을 구하고 볼 일이다. 왜냐하면 페르시아 운전사들은 백만 년 동안 자동차를 갖지 못한 원한이라는 원한을 모두 담아 하나같이 위험을 무릅쓰기 때문이다. 빨간 불, 보행자, 사람 목숨, 다 개 콧구멍일 뿐, 비켜라! 그들은 '진노한 하나님'처럼 도로를 쳐대듯 달려간다. 택시를 하나 잡아타면, 하나, 둘, 셋, 넷, 다섯 사람이 합승하고, 차 안에서 밖을 내다보면 딴 택시들은 얼마나 처절하게 택시 춤을 추고 있는지 볼 수 있다. 하지만 당신은 어김없이 목적지에 닿고, 요금은 푼돈이다.

시장에서 내린다. 시장은 나머지 세상과 동떨어진 곳이자 빵집·구리세공점·찻집·환전상·정육점·식료품점이 한 지붕 아래에 있는 우주다. 나는 항상 이런 장소에서 가장 행복감을 느끼곤 하는데, 어째서 그런지는 한 번도 따져보지 않았다. 우리는 행복보다는 불행을 생각하느라 더 많은 시간을 보낸다. 나에게는 혼돈과 미로인 것이 실제 그 안은 단순하고 평범한 질서로 되어있으니, 나는 그 질서의 한 부분이 될 수 없다는 점을 알고 있기 때문에 그런지도 모른다. 나는 해답이라는 객관적 사실보다는 수수께끼라는 겉모양새에서 더 행복을 느끼는 터라, 구리세공점 옆의 계단에 무척이나 흡족한 기분으로 앉아 땡그랑땡그랑 소리를 들으면서, 구리에 어떻게 아라베스크 무늬가 새겨지는지 구경하고, 사람들이 무언가를 만드는 모습을 바라본다. 제조자가 아직은 자신의 제품에서 소외되지 않은 모습인데, 그 점 또한 물론 중요하다. 작가가 글을 쓰고 농부가 씨를 뿌리듯이 저마다 자기가 누구인지에 따른 일을 한다. 그리하여 사람이 세상에 지배되는 것이 아니라 세상이 사람에게 지배되어, 대장장이는 대장장이이고, 식료품상은 식료품상이며, 정원사는 정원사, 죽음은 죽음이다.

정말 그런가? 전적으로 맞지는 않지만, 그래도 진실이다. 머잖아 더는 진실이 아니게 되겠지. 그때가 되면 놋그릇은 기계가 만들고, 지금 놋그릇을 만들고 있는 사람은 기계

를 만들 것이다. 그러면 그 사람과 그가 만든 물건은 지금과
는 다른 것이 되고, 내가 그를 구경하며 무언가를 만드는 모
습을 보았던 장소는 텅 빈 곳이 될 것이다. 그래도 아직은 아
니다. 나는 풍겨오는 냄새 사이를 거닐며, 물건들을 만져보
고, 사람들을 구경하고, 요구르트 비슷한 두그dugh 한 종지
를 먹고, 당근 주스를 마시고, 그리고 어느새 모스크의 안뜰
에 서 있다. 빛이 주는 충격, 그리고 고요함이 주는 충격. 뜰
의 한가운데에는 네모난 수조에 푸르스름한 물이 담겨있고
수도꼭지가 몇 개 있다. 나는 그 가장자리에 앉는다. 왼쪽에
서 한 남자가 쉴 새 없이 손을 씻는다. 소년 하나는 내 옆에
와 서더니, 손가락에서 반지를 빼고 몸을 숙여 얼굴을 통째
로 물에 담근다. 들리는 것이라고는 물소리뿐이다. 세정 의
식이 끝나자 그들은 너른 뜰을 가로질러 햇빛이 드는 커다
란 벽감을 향해 가고, 거기에서 이미 저마다 기도를 올리고
있는 남자들에게 합류한다. 나는 너무 버젓이 구경해서는 안
된다는 느낌이 들지만, 그거야 그들이 너무 버젓이 기도를
올리고 있어서다. 옛날에 읽었던 성인 전기에 나오는 성인들
처럼, 그들은 세상을 잊은 사람들이다. 그중 앉아있는 한 사
람이 팔을 돌려 손을 치켜들고 절하다가 다시 일어서서 이
제는 바닥을 향해 절하는데, 눈은 감았고 입은 움직인다. 동
시에 딴 사람들은 딴 동작을 하는데, 손을 높이 들고 하늘을

응시하며 절하고 손을 흔든다. 몇몇 사람들은 카프탄을 입고 있고, 그들의 신발과 슬리퍼가 우묵벽 앞에서 긴 줄을 이룬다. 사람이 점점 더 늘어난다. 다른 형태의 모자, 다른 생김새, 다른 종족, 넓적한 몽골인 같은 얼굴, 유목민, 보르헤스를 닮은 아랍 학자. 발전보다 더 초라한 것은 없다고, 이성적인 진보주의자이자 감상적인 퇴보주의자인 나는 생각한다. 네덜란드에서는 검은 옷차림의 기독교 신자 떼거지가 이들과 똑같이 경건하게 교회를 나서는데, 나는 그 모습을 보면 괴로워서 진저리를 치는 사람이다. 나의 내적 모순에 당황하여 고요한 안뜰을 어슬렁어슬렁 걸어 나오며, 그들의 심오함이라는 난국에서 나를 추방한다.

다음 날 나는 진짜 페르시아로 간다. 그날 샤는 자신의 내각 카드를 다시 뒤섞었고, 거리에는 "인디라[103]를 환영합니다"라는 팻말이 걸려있으며, 건설용지 투기에 대한 엄벌 대책과 함께 도시 개발 정책이 공포되었다. 나와 함께 여행할 영국인 사진가 크리스티나 개스코인Christina Gascoigne도 도착해 있었다. 그녀는 페르시아어를 할 줄 알며 이라크 태생으로, 새같이 늘씬한 체격에 버지니아 울프 같은 옆얼굴을

---

103) 인디라 간디(1917~1984), 인도의 총리. 1971년 파키스탄과의 전쟁으로 인도-이란 관계가 고착되었으나, 노터봄이 이 글을 쓴 1975년에는 양국 관계가 정상화되었을 즈음이다.

하고 페르시아인들을 어리둥절하게 만든다.

태양이 빛난다. 우리가 직접 차를 빌리기는 불가능했기에, 우리는 미국인이 모는 큰 자동차의 뒷칸에 타고 있다. 테헤란의 격자 도로망을 벗어나 근교로 나오자 벌써 평원이 보이기 시작하며, 먼지와 모래가 평원의 존재를 알려준다. 우리는 교통의 무법지대를 등 뒤로 하고, 금화와 지폐로 진열장을 채운 고금리 환전상들의 마지막 점포들을 지나, 그리스인 재봉사의 파파도풀로스 양복점과, 덩치 큰 사내들이 물담배를 피우며 앉아 있는 마지막 찻집들을 지난다. 그리고 그렇게 끝이었다.

이스파한으로 가는 수백 킬로미터 길의 황량함, 무한함, 메마름. 저 멀리 아련한 산, 유럽과 아시아 사이에 있는 텅 빈 세계. 주유소도, 도로변 식당도, 유혹도 없고, 민숭민숭하며 무더운데, 한낮의 신기루처럼 느닷없이 성지순례 도시 쿰 Qum의 모스크 황금 지붕이 나타난다. 페르시아의 방방곡곡에서 이곳으로 순례자들이 몰려오는데, 순례자 군중은 금방 그악스러워지며 이방인을 좋아하지 않는다. 모스크에 들어가는 것은 금지되어 있고, 모스크에 가까이 다가 갈수록 내 주변으로 긴장감이 감돈다. 금단의 매력이란 희한하다. 나는 금지된 그 문으로 자꾸만 빨려 들어가는 기분이 든다. 금색 끈, 망토, 터번이 보이기는 하는데, 너무 오래 서성대자 사람들이 내게 여러 나라 말로 '절대 출입금지'라고 적힌 팻말을 가리킨다. 우리는 모스크 맞은편의 순례자 호텔로 걸어간다. 유럽식 복장은 찾아볼 수 없고 온통 아랍 문자로만 적혀 있으며 세계 언어라는 영어의 위상은 향수처럼 증발한다. 나는 손가락을 써서 가리키고 알아듣지 못할 말을 하는 말더듬이 신세로 전락하지만, 그래도 조금 뒤 우리 테이블 위에는 톡 쏘는 치즈·생양파·향신채와 함께 길쭉한 모양의 따끈한 난이 차려진다. 전에도 본 적 있는 희고 윤기 나는 쌀밥 한 그릇도 나온다. 우리는 난에 고기와 밥, 양파를 넣고 접는다. 맥주나 와인은 없지만 차가 있고, 아이스크림이 들어간 요구르트 음료인 두그아발리dughabali와 산에서 뽑아 올린 생수도 있다. 우리는 뻑뻑한 요구르트인 마스트mast를 밥에 끼얹고, 나무 열매의 분말로 만든 향신료인 수막sumac을 그 위에 흩뿌린다. 그런데 마치 그걸로는 부족하다는 듯, 정오가 되자 예배 시간을 알리는 무에진의 외침이 횡설수설하면서도 카랑카랑한 소리로 천상에서 하염없이 터져 나오는데, 어찌나 큰지 탁자 위의 잔들이 덜덜 떨리며, 그 소리가 도시 전역을 뒤덮고 내 몸 구석구석까지 뚫고 들어온다. 소리는 멈추지 않고 이어지고, 나는 그 소리의 포로가 되어 내가 아는 모든 것에서 아득하게 먼 곳에 있는 기분이 된다.

바깥에는 흰색 터번, 검은 띠를 두른 바짝 깎은 머리들, 푸르스름한 회색과 갈색 카프탄 자락이 지나간다. 지금과는 다른, 옛 시절이다. 주판으로 계산된 음식값을 치르고, 우리는 둥근 지붕이 있는 큰 광장을 다시 한 번 거니는데, 돔은 도발적인 금빛을 빛내며 하늘을 향해 뻗은 주먹을 형상화한 듯하다. 천년이 넘도록 순례자들이 여기로 온다. 우리는 사라져 눈에 보이지 않는 한숨일 뿐.

주변 풍경은 명랑한 색만 빼고 온갖 색채를 띠고 있다. 날카로운 톱니 같은 산들이 그 위에 얹혀있고, 굽이를 돌 때마다 형벌이 새롭게 시작된다. 역사의 텅 빈 대합실. 도로를 따라 이따금 자동차의 잔해가 처량하고, 저 멀리에서는 가축 떼의 검은 그림자가 드리운다. 햇볕에 그은 남자가 길섶에서 손을 내민 채 꼼짝도 하지 않고 앉아있다. 운전사는 차를 세우고 그에게 무언가를 건넨다. 나는 풀섶으로 조금 걸어 들어가, 바스러지는 풀의 줄기를 꺾는다. 줄기 안에 든 즙에서 흙내가 난다. 불모의, 한없이 오래된 냄새다.

핵심어는 '오래된'이다. 서구의 맹목적이고 오만한 태도로 페르시아에 다가가면, 수천 년 역사 앞에 아무런 참고 지식도 없이 서 있게 된다. 학교에서 그나마 들어본 내용은 크세르크세스에 관해서였다. 하지만 그 이후의 수천 년은? 이는 마치 프랑스에 가면서 프랑스 혁명을 모르고, 나폴레옹에 관한 뻔한 지식을 어렴풋하게 알며, 샤를마뉴와 기독교 전파, 가톨릭과 개신교의 차이점에 대해 깜깜한 것과 매한가지다. 결코 쉬운 내용은 아니다! 키루스는 메디아를 정복하고 아케메네스 왕조를 세웠다. 기원전 550년의 일이었다. 알렉산드로스는 이소스와 아르벨라에서 페르시아를 물리쳤다. 새로운 왕조인 셀레우코스가 그 뒤를 이었다. 그리고 또 새 유목민 왕조, 파르티아는 로마 제국의 접근을 막아냈다. 그리고 다시 새로운 사산 왕조는 로마와 비잔틴보다 강력했다. 그들은 나크시에로스탐에 있는 금빛 암벽에 왕릉을 남겨놓았다. 무덤보다 더 큰 암벽이다. 그리고 이슬람교가 들어온다. 칼리프 오마르가 642년에 영토를 정복한 이후로 페르시아인은 이슬람교도로 남아있다. 비록 자신의 역사가 이슬람보다 한참 더 오래되었고, 아랍인의 손에 패배한 적이 있다는 사실을 잘 알고 있을지언정 말이다. 페르시아인이 따르는 이슬람의 종파인 시아파에는 그들만의 모함마드 후계자가 있고, 이는 다른 이슬람교도들에게 이단으로 간주된다. 어떻든 간에 모함마드와 그의 교리가 7세기 이후로 페르시아 역사의 흐름을 규정했다. 중앙아시아 스텝 지역에서 온 셀주크족이 1187년까지 페르시아를 다스리는데, 이 몽골인들의 모습을 아직도 거리에서 볼 수 있다. 그다음은 칭기즈칸이 채

216

찍으로 후려칠세라 침략해오고, 한 세기 뒤에는 티무르가 모조리 초토화한다. 티무르가 세운 왕조는 그 선조가 남겨놓은 검게 그은 잿더미 위에 티무르 제국(1380~1499)을 건설한다. 그들은 소름 돋을 만큼 단순한 형태의 건축물을 유산으로 남겨놓았다. 과장처럼 들리겠지만, 이스파한에 있는 '금요일의 모스크'[104]의 벽돌 아치 천장 아래서 하루 아침나절을 보내고 나면 절감하게 된다. 자연이 만들어낸 듯 보이는 건축물인데, 소박하다는 말 밖에는 달리 표현할 길이 없다. 그런 다음에야 이스파한에 황금시대가 찾아오기는 하지만, 눈이 휘둥그레지는 건축물과 파양스 도자기 같은 그 모든 찬란함은 내가 그날 아침, 금요일의 모스크에서 받은 충격에는 비할 바가 아니었다. 티무르 왕조는 무너지고, 사파비 왕조가 들어선다. 이 왕조는 프랑스에서 부르봉 왕조나 스페인에서 합스부르크 왕조만큼이나 페르시아에서 중요하다. 페르시아인을 붙잡고 압바스 샤가 누구인지 모른다고 말해보라. 그러면 그는 아주 딱하다는 듯 바라볼 것이다. 이 태양왕은 이스파한을 당대의 가장 빛나는 보석으로 변모시켰다. 교황과 황제들이 그 세계적인 경이에 넋을 잃어 사절단을 보냈

---

104) 이슬람교에서는 금요일에 모스크에서 예배를 드리는데, 도시에서 가장 큰 모스크를 '금요일의 모스크'라고 부른다. 여기서는 마스제데 자메Masjed-e Jāmé를 말한다.

고, 이스파한이라는 이름이 비밀스러운 빛을 띠게 된 것도 그 무렵이었으니, 그리하여 수백 년이 지난 지금에도 나는 타는 듯한 풍경 사이로 그 도시에 다가가면 야릇한 흥분이 마음에 인다.

사실 그러한 풍경만큼 이스파한을 잘 소개해주는 것도 없다. 페르시아와 페르시아 예술 사이에 그렇게 실재하는 대조를, 비행기를 타고 가면 몸으로 그만큼 느끼지 못한다. 사막에 사는 사람이 꿈을 꾼다면, 그것은 안식처와 꽃, 색깔, 향락, 좔좔 흐르는 물이 있는 오아시스의 꿈이다. 그러니, 돌을 보고 나면 장미를 이해하고, 장미를 보고 나면 돌을 견딜 수 있는 것이다. 한없이 광활하고 바싹 메마른 바깥세상을 떠나, 그 문을 닫고, 타일과 둥근 지붕과 양탄자, 꽃, 색깔, 바깥에는 존재하지 않는 은혜로움이 있는 안으로 들어간다.

모스크의 돔을 어떻게 묘사해야 할까? 아랍 예술의 한 측면을 들자면 그것의 비인간성이다. 예술품에 인간이 도무지 보이지 않는 것이다. 드라마, 감정, 역사와의 교감이 없다. 당신은 하염없는 하나의 황홀경 속을 거닌다. 형태마다 서로 어느 것이 먼저랄 것 없이 더 정교하고 관능적이며 대담하고 완성도가 높다. 세월없이 바라보고 있으면 어질어질 눈이 멀고, 미로 같은 그 기하학적 무늬와 빛깔이 만화경을 볼 때처럼 몽롱한 색채로 녹아든다.

우리는 샤 압바스 호텔에 묵는다. 그 자체로 하나의 전설이자, 말도 안 되게 거대한 잡동사니 골동품점이 딱딱한 머랭 과자 안에 들어앉아, 쥐죽은 듯 고요한 장미 정원을 다시 에워싼 호텔이다. 바깥세상에서는 선사시대 인간으로 분류될 듯한 말 수 없는 종업원들이 복도의 우묵벽에 둥지를 틀고 느릿느릿 날갯짓하며 날아올랐다가 앉곤 한다. 옛날 영화처럼 아름답기는 하지만, 그 안에서 살기에는 그렇지 않다. 며칠이 지나면 당신은 자신도 멸종한 인류가 되어 증발하는 기분이 된다. 때는 1940년이 되고, 다시 1920년, 1880년이 되다가, 현대의 숙박 계산서를 받으면 그제야 정신이 돌아온다.

그래도 문제는 그대로다. 돔과 모스크를, 나아가 돔과 모스크로 빼곡한 도시를 어떻게 묘사해야 할까? 나는 그 모든 찬란함의 외부에 계속 머무르며 그 찬란함에 감탄하면서도 내부로 침투하지 못한다는 느낌이 든다. 가장 시시한 말로 표현해보자면, 거기에는 아무것도 없다. 장식 욕구와 열망의 단계에 이른 승화된 기하학, 연하늘색의 텅 빈 공중에 세운 환각적인 꿈. 심지어 돔조차, 돌로, 흙으로, 사물로 만들어졌다 한들 투명하게 보인다. 오만 가지 빛깔을 띠는 거대한 크기의 비눗방울이 비밀스러운 마법에 의해 지상에 붙어있다. 나는 감도 잡지 못하겠다. 아침마다 내 방 창문으로 1706년에 지은 마드라사-이-마다르-이-샤[105] 신학교의 돔이 눈에 들어온다. 나는 호텔 지붕을 가로지르는 한 비밀통로를 알아내어 돔에 가까이 가보는데, 거기서는 모든 것에 더 인간미가 느껴진다. 미나레트minaret[106]의 기하학적 광기는 차분하게 잦아들어 문양에 맞춰 쌓여있는 반들거리는 벽돌이 되고, 직선의 흰색 꽃줄 장식(지금 안 사실인데 꽃줄 장식도 직선일 수 있다)의 어지러움은 알고 보니 코란의 문장을 추상화한 캘리그래피이며, 돔은 금색·보라색·청록색의 비단 양탄자를, 자연법칙을 거슬러 부풀어 오르게 한 반짝이는 공이다. 눈이 피로해진다 싶으면 얼른 인간의 형상으로 눈길을 돌려 머무른다. 분수 가에서 책을 읽으며 앉아 있는 카프탄 차림의 물라[107], 서로 팔짱을 끼고 장미 울타리를 따라 거닐면서 나는 떠올리지 못할 무언가를 놓고 이야기하는 두어 명의 학생. 그들이 그 아래로 지나가고 있는 문은 인간이 만든 한漢나라의 석굴을 닮았고, 종유석 하나하나는 보석 사이에 박힌 보석이다. 잔혹하리만치 아름답다. 그런데 나는, 사람을 미칠 듯이 만드는 미흐랍[108]과 미나레트, 이완[109], 그러니까 보다

---

105) Madraseh-yi-Madar-i-Shah, '샤의 어머니의 학교'라는 뜻. 사파비 왕조의 술탄 후사인 샤의 어머니가 지은 신학교.

106) 이슬람교 사원의 높은 첨탑.

107) mullah, 이슬람교 율법학자.

근래에 만든 것들을 숱하게 보고 나면 결국에는 금요일의 모스크로, 그러니까 가장 오래되고, 가장 단순한 곳, 말하려니 좀 이상하지만, 가장 '성스러운' 곳으로 자꾸만 발걸음을 되돌리고 있음을 깨닫는다. 마치 초기 고딕이나 로마네스크 양식 교회에서 한 모퉁이에 있는 노인을 보면, 지나친 화려함 탓에 훗날의 우주정거장에서 쫓겨난 '신'일 수도 있겠다는 기분이 드는 것과 마찬가지다.

텅 빈 안뜰에는 젊은 두 남자가 기도를 올리고 있다. 뜰 위에는 질서 있는 하늘이 떠 있고 하늘에는 무질서한 구름이 떠 있어, 마치 지금은 세상만사가 이 강요된 질서 안에 있거나 밖에 있거나 둘 중 하나인 듯싶다. 까마귀가 기분 나쁜 소리로 울면서 이완에서 이완으로 날아가며 비둘기를 쫓는다. 잠시 한눈을 팔기만 하면, 빛이 너른 뜰에 쏟아지는 모습이 보인다. 빛과 하늘은 이 건축물에서 그저 하나로 어우러져 등과 천장이 된다.

안뜰에서 걸어 나오면, 돌기둥의 숲에 들어선다. 검정 일색의 차도르 안에 몸을 다 감추다시피 한 여인 두 명이 옷자락을 휘날리며 지나가더니 구슬픈 노랫소리가 나즈막히 들려오는 문 뒤로 사라진다. 문의 열쇠 구멍으로 빼꼼히 들여

---

108) mihrab. 예배를 드릴 때 메카의 방향을 알려주기 위해 벽면에 파놓은 벽감.

109) iwan. 방을 뜻하는 페르시아어 에이반eyvan에서 유래한 말로, 리완liwan이라고도 한다. 볼트형 천장 공간으로 대부분 출입구가 안뜰에 면한다.

다보니, 흰색 터번을 쓴 노인이 이리저리 몸을 흔들고 있다. 그밖에는 몹시 고요하다. 아치형의 둥근 천장 아래에서 비둘기 한 마리가 푸드덕 날아오르면 때로는 작은 파열이 일기도 하는데, 둥근 천장은 눈길 닿는 곳마다 펼쳐져있다. '바깥'을 내다볼 때만 다시 그 우뚝하고 구멍이 촘촘한 '푸른색' 파사아드와 보석 박힌 석굴이 보이고, 그쪽으로 발걸음을 되돌리면, 장식의 환상적인 질서에 또다시 옴짝달싹 못하게 되고, 그 변화무쌍함이 완전히 강박적이 될 때까지 거듭되면 그때는 견딜만하다. 나는 기둥의 설화석고를 손으로 쓰다듬으며 살펴본다. 천 년 전에 파서 만든 작은 홈들이 손끝에서 육감적으로 와 닿는다. 돌에서는 한 번도 느껴본 적 없는 감각이다. 사방에 빛이 떠다니고 떨어지고 고여 있고 꽂힌다. 빛이 돌 사이에 내려앉아 수놓이고, 비둘기들이 그리로 들락날락한다.

모스크의 다른 쪽 출구를 통해 밖으로 나오자, 난데없이 흙집들이 모여 있는 주거지 한복판이다. 한눈에 딱 보아도 안내원이라 할 사람이 직물 노점을 둘러싼 인파를 헤치고 나온다. 나는 길라잡이가 필요 없고 혼자이고 싶은데, 남자는 가지 않고 쉴 새 없이 지껄이면서, 거위처럼 뒤뚱거리는 걸음으로 으스대며 앞장서 가고, 결국 나는 그에게 항복하고 만다. 우리는 빵 굽는 가게에 가 보는데, 커다란 팬케이크 모양의 반죽을 불이 활활 타는 화덕 바깥쪽에 대고 납작하게 눌러 굽고 있다. 우리는 조잡하게 손을 본 벽화가 있는, 쓰러지기 일보 직전인 집들을 구경하고, 작은 공원에 가서 앉는다. 그곳에서는 학생들이 드러누워 공부하거나 큰 소리로 뭐라 투덜거리면서 서로 밀치고 끌어당기고 있다. 그는 용감하게도 나보다 앞서 유대인 거주지를 휙 통과하며("안 좋은 사람들입니다. 우리와 달라요") 지하에 있는 공장 안으로 들어가는데, 공장에는 기름 램프가 희미하게 불을 밝히고, 낙타 한 마리가 묵묵히 매우 오래된 기구를 빙 돌면서 복잡한 나무 바퀴를 돌려 아마씨 기름을 짜고 있다. 우리가 뭔가를 구경할 때마다 그는 뿌듯하게 말한다. "이건 아주 좋은 겁니다. 아주, 아주 좋은 것이지요." 그리고 헤어질 때 내게 축하의 말을 잊지 않는다. "잘 배웠겠지요. 목마른 사람이 물을 한 잔 두 잔 세 잔 마시듯이, 그렇게 세상의 지식을 얻었을 겁니다."

그리하여 나는 세상의 지식을 얻는다. 그리고 여기서는 하늘색인 택시를 잡으려고 택시 춤을 춰보지만, 오토바이를 타고 그야말로 도로를 쓸고 있는 제국의 교통경찰이 득달같이 우리를 제지한다. 택시 운전사는 "인디라!"라고 흥분하여 외치고, 그가 모는 택시 다섯 대의 길이와 맞먹는 기다란 녹색 승용차가 미끄러져 지나가며, 승용차의 창문으로 간디 총리의 매처럼 멋진 옆얼굴이 보일락 말락 한다. 그녀는 힘없이 손을 흔들더니 이내 사라진다. 우리가 한 시간 뒤에 호텔에 도착하니, 그녀의 승용차가 문 앞에 서 있다. 뒷좌석에 놓인 붉은 카네이션은 벌써 거뭇거뭇해지기 시작한다.

그렇게 이스파한에서 우리의 하루하루가 흘러간다. 이따금 나는 누가 나를 데리러 올지도 모른다는 생각이 들곤 하지만, 그런 일은 다른 무언가와 딱 맞아떨어지는 장소에서 일어날 것이다. 왜냐하면 나는 세상만사에서 아득히 먼 곳에 있는 데다 제법 불멸의 존재라는 느낌이 드는 까닭이다. 오직 〈카이한〉 신문만이 현실과 나를 이어준다. 샤는 연이어 사절단을 접견하고 조언을 건네며 일침을 가한다: "국왕은 생산 지연에 경고를 보낸다", "샤한샤는 토요일, 이란 발전을 저해하는 주요 원인을 분명히했다".

정말로, 황제가 관여하지 않는 분야 또한 없다. "학교는 학교가 필요한 동네 부근에 지어야 한다. 비용이 많이 들더라도 어쩔 수 없다.", "투기 목적의 토지 매매는 절대 실질적으로 생산적인 일이 되지 못한다.", "육류가 부족하다면, 이는 정부의 잘못이다. 우리나라 농부들은 나머지 국민보다 낮은 생활수준에서 살 수밖에 없다. 이는 단지 소비자 가격을 더 싸게 하려고 식민지화된 것에 진배없다.", "왜 언론은 독자들에게 그 이유를 설명해주지도 않고 축전지 가격 인상에 놀라워하는가? 왜 그들은 시멘트의 톤당 국내 가격이 1800 리알이고, 국외에서는 6000리알인 것에는 놀라지 않는가?" 그러나, 물론 이 나라가 봉건제의 어둠으로부터 재빨리 빠져 나오고 있음을 부인하지는 못할지라도, 페르시아 안팎의 뭇 관찰자들은 국왕이 이렇게 언급하는 방식이 현실적으로 적 절한지를 놓고 논란을 벌인다.

나는 이스파한으로 잔뜩 배가 부르고, 마치 아랍인이 된 듯한 기분이다. 밤중에 잠에서 깨면, 까마귀 울음소리가 들 리고, 창문으로 머리를 내밀어 정원에 고여 있는 장미향을 맡는다. 달이 모스크의 돔을 비추고, 별안간 까마귀들이 하 얀 정원 의자에 죽은 듯이 조용히 앉아있다. 동이 서서히 트 기 시작하자마자, 백 년, 오백 년, 천 년 전에 그랬듯이 사방 에서 기도 시간을 알리는 무에진의 외침이 들려온다. 나는 카스피해에서 온 철갑상어 알과 페르시아만에서 잡은 괴이 한 생선을 먹었으며, 혀·골통·눈이 통째로 있는 양의 머리 를 먹었고, 셰헤라자드[110]의 목소리가 이야기를 들려주는 묵 직한 꿈을 꾸게 해주는 시라즈산産 포도주를 마셨다. 이만하 면 충분하다. 나는 알리 카푸Ali Qapu 궁전의 높은 관람석에

---

110) 《천일야화》의 이야기꾼인 페르시아 왕비.

마지막으로 한 번 더 올라가 본다. 발밑으로 마이단Maidan 대광장이 놓여있고, 내가 서 있는 이 자리에서는 한때 샤 압 바스 대제가 서서, 누워서, 앉아서, 저 밑에서 펼쳐지는 폴로 경기와 여러 경주를 관람했다. 그럴 때면 큼직한 테라스의 양옆이 닫히고, 비단 커튼이 바람에 부풀어 오르며, 유럽과 극동 지방에서 온 대사, 여행하는 학자, 예수회 수도사, 인도 왕자가 하나같이 제국의 중심이었던 이 높다란 나무 테라스 로 몰려들었다. 돛대처럼 드높은 목제 기둥들이 아직도 그 시절처럼 지붕을 받치고 있고, 테라스 뒤로 계단과 작은 방 이 토끼 굴처럼 뒤섞여 있으며, 벽에 뚫린 구멍으로는 모스 크의 불룩한 돔이 보이다 말다 한다. 천장에는 야생 조류들 이 매달려있고, 장미 문양, 단순화한 야자수잎 문양, 모자이 크 유리의 애수 어린 빛, 많아도 너무 많다! 궁전 뒤에 있는 공원에는 스무 개의 기둥이 연못의 짙푸른 고요한 물에 반 사되어 마흔 개가 된다. 벽화에는 드디어 사람의 형상이 나 타난다. 사람! 기하학을 잔뜩 보고 난 뒤에 오는 안도감이다. 페르시아 궁정의 모습―얼굴, 석류를 든 손, 탬버린을 치는 손가락, 춤추는 발, 보석처럼 박힌 아몬드 모양의 검은 올리 브색 눈, 나비수염, 아첨꾼, 춤꾼, 밀고자, 광대, 영웅―, 그 리고 페르시아의 전투 장면―물밀 듯이 밀려오는 전사들과 발을 높이 쳐든 말들, 완전히 두 동강 난 기사, 어제 내 접시에 올라온 양 머리 요리에 있던 것과 같은 그 눈—도 들어있다. 먹음직스러운 음식들, 이라고 나는 생각하지만 그림 속의 음식은 먹지 못한다. 그 음식은 썩어 없어지고 또 보존되어 남았다: 그것을 먹었던 사람들처럼, 무희들의 품 넓은 비단 치마 아래 발목에 단 방울 소리처럼, 팬파이프를 연주하는 손가락처럼, 산딸기만큼 붉은 입술 사이의 포도알처럼, 왕자의 장갑에 앉은 매처럼. 이곳을 떠나 사막으로 들어가자. 채색된 시간의 머나먼 초록 풍경에서 벗어나자!

여정은 야즈드Yazd로 이어진다. 아직 조로아스터교도들이 사는 도시다. 배화교도, 가장 오래된 종교의 수호자, 아후라 마즈다Ahura Mazda 신의 숭배자들. 마즈다 신은 페르세폴리스에 있는 벽에 다리우스 왕의 머리 위에서 날개를 뻣뻣하게 활짝 펼친 모습으로 묘사되어 있는데, 알렉산더 대왕보다 앞서고, 그리스도보다 앞서며, 이 신을 페르시아에서 내쫓았으나 야즈드에서는 그러지 못했던 무함마드보다 앞선다. 길은 하염없고, 아스팔트 포장은 끝이 나고, 도로 표지판조차 별난 일이 될 정도다. 보아하니 사막은 물로 이루어진 듯하고, 높이 솟은 구릉 부분은 사막을 떠다니고 있음이 틀림없다. 가는 길에 무얼 먹거나 마실 만한 곳은 없다. 이따금 반 시간 전에 흙먼지 폭풍 속을 달려오는 모습이 보였던 괴물 같은 화물차들이 대낮에 전조등을 켠 채 냅다 달려 지나간다. 우리는 완전히 기진맥진한 상태로 야즈드에 도착한다. 호텔에서 우리는 '싱걸', '따블', '쓰리 베드' 중에서 방을 고를 수 있고, '꼬냐크'는 '보틀' 째로 혹은 '원 피스'로 주문할 수 있으며, 코냑이 싫으면 '카나다' 와인이나 '토보르크' 맥주, '드링킹 콜드', '코카오', '홋초콜레트'를 마실 수 있다. 저녁은 달콤한 네온 불빛과 함께 찾아온다. 아열대 지역에서는 아주 기분 좋은 불빛이다. 날씨는 미지근하여 시원한 바람이 속삭이고, 카바이드 등이 쉭쉭 대며, 작은 불꽃이 깜박거리는데, 문득 어째서 나는 이런 도시에서 기분이 좋아지곤 하는지 그 까닭을 알겠다. 불현듯, 솜씨 좋은 장인들과 오래된 관습과 아직도 건재한 가족 유대감에 관한 그 모든 숭고한 이상이란 것이 얄팍한 합리화처럼 여겨진다. 나는 그냥 이곳이 아늑해서 좋다. 어슴푸레한 어둠 속에서, 서로 부르고 소곤대는 소리와 베일 쓴 형상들 사이를 이리저리 거닌다. 동양과 서양 사이의 하염없는 평원에 있는 도시, 테헤란 같은 공격적인 현대성이 없고, 사람을 마취시키는 이스파한의 휘황찬란함도 없으며, 그 어디에도 없는 어딘가에 있는, 그냥, 근동의 소도시. 뒤죽박죽인 광장과 거대한 모스크가 있고, 모스크의 바깥벽에 있는 우묵벽에는 남자들이 떼 지어 기대어있고, 한담을 나누고, 요리하고, 기도를 올리고, 아니면 세상만사 다

잊고 드러누워 잠을 잔다. 음식 냄새, 팔뚝 굵기만한 밀랍 양초가 빛내주는 얼굴들, 사내아이 다섯 명이 천사 같은 얼굴로 토담에 기대어 킬킬거리며 웃는 모습, 이따금 컴컴한 방에서 텔레비전이 내뿜는 바보 같은 회색 화면, 커다란 선반에 설탕과 사탕이 수북한 가게, 이 오아시스에서 운명이 당신을 다시금 멀리 떠나보낼 때 당신의 거처가 있는 메마른 땅으로 하루, 이틀, 사흘 길을 떠나면서 지니고 갈 말린 과일이 가득 든 자루.

배화교도는 어떤 모습인가? 흰 외투에 흰 모자를 쓰고, 평범하다. 안내인이 우리를 사원으로 데리고 갔다. 이슬람교도들이 사는 동네와는 차이가 확연하여, 여인들은 베일을 쓰지 않고 밝고 활기찬 색상의 원피스 차림새다. 사원은 네덜란드의 정원처럼 축축한 땅에 지은 나지막한 작은 건물이다. 사제—아니면 그가 누구든지 간에—는 수술할 때마다 웃으며 집도하는 외과 의사처럼 보인다. 그는 창살 뒤에 있는 거대한 놋쇠 향로 단지로 우리를 데려가는데, 그 안에는 불이 타오르고 있다.

이 불은 여기서 45년째 타고 있다며 그가 뿌듯하게 말한다. 불꽃도 일지 않는다. 그윽하면서도 너무나 강렬하게 이글거리는데, 한참 뚫어져라 보고 있으면 불도 나를 다시 쳐다보기 시작한다. 향 타는 냄새가 풍긴다.

벽에는 소라브 피타왈라[111]가 1951년 봄베이에서 그린, 걸어 다니며 설교하는 조로아스터 그림이 걸려있다. 정적이 흐른다. 한 여인이 앉아서 기도하고 있고, 이글거리는 향 덩어리가 하얀 재속으로 느릿느릿 가라앉는다. 사제는 새로 향에 불을 붙여 단지 안에 내려놓고, 시종은 우리 앞에 헌금함을 내민다. 나는 다시 그림으로 어슬렁어슬렁 되돌아가며 그림 속의 예언자가 니체의 차라투스트라와 정말 관계있을까 궁금해 한다. 이 예언자는 환희에 차서 손가락을 위로 가리키고, 이어서 허리춤의 노란색 띠가 휘날리며, 그의 뒤로는 작약같이 붉은 석양이 빛난다. 왼손에 든 지팡이로 메마른 모래언덕을 짚고 있고, 불타는 빛줄기가 그의 지혜로운 머리를 감쌌다. 사제가 우리에게 들려주기를, 샤의 통치하에서는 종교의 자유는 있지만, 사람이 죽으면 자신들이 해오던 방식으로 매장할 수는 없다고, 요컨대 금지되어 있다고 한다. 시신은 가장 높은 곳에 있는 바위나 '침묵의 탑' 위에 갖다 놓아 개나 까마귀, 독수리가 다 뜯어 먹게끔 했다. 뼈에 살점이 하나도 남지 않게 되었을 때에야 비로소 유골을 일종의 납골당인 아스토단astodan에 거두고, 바위 위에 토막 내어 태양 쪽으로 안치할 수 있었다. 이와 같이 장례를 치르는 까닭은,

---

111) Sorab Pithawalla(1911~1959), 조로아스터교 화가.

그렇게 하지 않으면, 마지막 숨이 육신을 떠나갈 때 시신의 악령이 그 독을 사방에 퍼뜨리기 때문이다.

그런데 왜 불인가?

사제는 위쪽에 높이 걸린 커다란 왕관을 보라며 가리킨다. "불은 신성하기 때문이지요." 불은 사악한 영혼을 내쫓고, 신성神性을 끌어들인다.

나는 야즈드 근교에 있는 '침묵의 탑'에 올라가 본다. 태양이 이제 막 떠올라, 먼 산의 눈에서 빛을 반사한다. 시체안치소 탑들은 높고, 우묵하게 꺼졌고, 그 진흙 몸뚱이 자체가 시체인 듯 갉아 먹힌 모습이다. 숨소리 하나 들리지 않을 만큼 정적이 흐른다. 나는 저주받은 자처럼 내 몸을 끌고 끝없는 계단을 올라간다. 묘지는 저 멀리 아래에 있고 거기서 사내들의 웃음소리가 들려온다. 그리고 그게 다다. 나는 탑 위에서 한동안 경치를 바라보며 탑은 얼마나 오래되었을까 가늠해본다. 천 년? 수천 년? 탑 아래의 사막에는 카나트qanat가 남긴 우아한 자취가 보인다. 카나트는 고대의 지하수로인데, 어떤 것은 길이가 40킬로미터를 넘는다.

이것이 가장 오래된 페르시아다. 나는 고풍스러운 걸음으로 발을 내려 디딜 때마다 어깨에 앉은 아득한 옛날을 털어내면서 내려오는데, 정확히 자동차를 발명한 시대에 이르자

마침 다 내려왔으니, 그 자동차를 타고 며칠 동안 태양의 긴 터널을 통과하여 시라즈로 향한다. 포도주, 장미, 그리고 시의 도시 시라즈에는 위대한 시인 하피즈[112]와 사아디[113]가 왕처럼 묻혀있으며, 수 세기 전에 죽은 이 시인들의 무덤가에서 페르시아의 농부들이 사진을 찍고, 그들의 시를 소리 높여 낭송한다. 어디에서 또 이런 곳을 찾아볼 수 있는가? 시라즈에서 보낸 마지막 나날들은 산뜻하다. 정원은 서늘하고 울창하며, 난장처럼 만개한 꽃들, 은밀한 가로수길, 난초 같은 붓꽃으로 가득하다. 포도주는 묵직하고 야생에 가까운 풍미가 나는데, 그래서 나는 하피즈와 카이얌이 포도주로 인해 그토록 정신을 놓고 기뻐하고 슬퍼하기도 한 까닭을 알 듯하다. 하지만 내가 오랜 친구에게 편지로 썼듯이 나는 이스파한에서 살아남았고, 다시 여기로 돌아오지 않는다면 나의 마지막은 다른 시에 나오는 어떤 장소에서 일어날 것이다. 그래서 어쩌란 말인가, 하고 오마르 하이얌[114]은 묻는다. 그도 그럴 것이,

---

112) Hafiz(1325?~1389?), 페르시아 시라즈의 서정시인.

113) Saadi(1184~1291), 페르시아 시라즈의 서정시인.

114) Omar Khayyam(1048~1120/1131), 페르시아의 과학자이자 시인으로 '루바이'라는 4행시를 남겼다. 19세기 중반 에드워드 피츠제럴드가 《루바이야트》라는 시집으로 번역하여 세계에 알려졌다.

인생이 하나의 기나긴 축제라고 상상해보라―그래서?

마지막 날은 기어이 밝아오고야 만다―그래서?

당신의 행복으로 백 년 내내 채우기를,

그리고 또다시 백년을―그래서?[115]

키루스의 무덤에 조심스럽게 접근하는 방법이라고는 없다. 무덤은 덩그러니 평원 한가운데에 위엄 있게 피할 길 없이 서 있고, 그 사이로 바람이 쌩쌩 분다. 오른쪽에는 갈색 구릉이 굽이치고, 아주 멀리 쭉 뻗어 나간 구릉은 나지막한 산들이 되어 희미하다. 그 위에는 언제 보아도 똑같은 구름이 떠 있다. 무덤 주변에는 초록색 풀이 무성하다. 왼쪽으로 높은 울타리 뒤에는 유목민 무리가 나귀와 양을 데리고 있다. 그들은 원색의 옷차림을 하고 얼굴은 몽골인을 닮았으며, 여인들은 베일을 두르지 않았다. 자유인의 행동과 기색이 배어나는 사람들이다.

무덤은 솟아있고, 석단은 사람 키의 절반에 맞먹는 높이어서 거인이나 '제대로' 딛고 올라갈 수 있으리라. 하지만 석단이 보여주는 힘이란 왕의 것이 아니었다. 그 힘은 아후라 마즈다에게서 비롯된 것으로, 인간과 신성 사이의 중개자인 아

---

115) 네덜란드 시인 바우턴스(Boutens, 1870~1943)가 번역한 오마르 하이얌의 시.

후라 마즈다를 지상에 표현한 것이다. 당신이 어디에 서 있든지 간에 무덤은 말없이 당신을 내려다본다. 마치 어떤 그림은, 그림 속 눈이 전시실 안에서 우리를 계속 따라다니며 쳐다보는 것과 비슷하다. 알렉산더 대왕은 여기서 황금 사르코파구스sarcophagus 앞에 두 번 섰었다. 첫 번째는 그가 한창 정복에 승승장구하던 때, 당시 이미 전설적인 고인이기도 했던 키루스 왕에게 경의를 표하기 위해서였고, 두 번째는 여섯 해 뒤, 도굴꾼들을 처벌하기 위해서였다. 무덤에서 조금 떨어진 곳에 유적이 있다. 정체불명의 날개 달린 남자가, 누군가의 손에 자신이 토막내어져 담긴 돌 속으로 서서히 사라지는 모습이 보인다. 그 뒤에 있는 남자는 이 이방인을 향해 눈에 보이지 않는 무언가를 가리킨다. 네 날개의 남자는 엘람Elam식 옷을 입고 머리에는 이집트의 제의 왕관인 삼중 아테프 왕관[116]을 썼다. 석양의 남은 기운이 아연 빛 구름 속에서 칭얼거리고, 파수꾼들이, 이번에는 다른 파수꾼들이 와서 우리에게 그만 가야 한다고 재촉한다. 우리는 수수께끼를 남겨둔 채 떠난다. 그 남자는 누구였을까? 키루스 자신일까? 잠에서 깨어난 악령일까? 아무도 모른다. 조금 떨어진 곳에

---

116) 이집트의 제의용 왕관으로, 아테프atef가 세 개인 헴헴hemhem 왕관을 말한다. 키루스 대왕은 이집트의 헴헴 왕관을 가져와 썼고, 엘람Elam식 궁정 예복을 입었다. 키루스 묘 유적지의 키루스 대왕의 부조에 이와 같은 모습이 새겨져있다.

서 반쯤 허물어진 또 다른 벽에는 페르시아 고어, 엘람어, 바빌론어의 세 언어로 이렇게 적혀있다. (세 언어 모두 소멸하고 사라져, 아무도 그 언어를 입으로 내뱉지 않는다.) "나, 키루스왕, 아케메네스인이 이것을 지었다." 아직 서 있는 하나뿐인 기둥 위에 황새 한 마리가 앉아있다. 우리가 차로 떠날 때는 날이 벌써 저물었다. 유목민들은 천막을 쳐놓았다. 그들이 피우는 모닥불이 타오른다. 밤의 어둠 속에서조차 무덤은 검은 공백을 만들어낸다.

***

페르세폴리스에 있는 긴 테라스 기단 벽[117]에서는 사자가 황소를 죽이고 있고, 방문객은 동일한 죽음의 무한한 연속이자, 영원한 한순간을 보게 된다. 그가 서 있는 지점의 황도 12궁 자리.[118] 페르세폴리스는 우주의 천문학적 중심이었다. 속세의 수도라기보다는 훨씬 종교적인 곳이며, 조로아스터교에서 말하는 선의 화신인 전지전능한 아후라 마즈다에게 봉헌된 도시였다. 다리우스, 또는 조로아스터식 이름으로

---

117) 페르세폴리스에 있는 타차라 궁전의 기단 벽에 황소와 사자의 투쟁도가 부조로 새겨져있다.

다리아루쉬는 기원전 550년에 페르세폴리스를 건설했다. 우리 시대의 이상한 점은 그리스도의 그림자가 뒤쪽으로도 드리워져 있고, 앞뒤 어느곳에도 그것은 속하지 않는다는 것이다. 그리스도는 존재하지조차 않았고, 그의 추종자들이 그를 위해 거꾸로 세면서 강탈한 기간이다. 그런데도 그는 이곳에서 얼마나 존재감이 없는가! 여기 이 서늘한 고원에는, 역사 시대 이전에 수수께끼처럼 텅 비어 있다가 응축되어 마침내 우리에게 '현재'로써 넘겨진 시간의 청명감이 감돈다. 물론 얼토당토않은 이야기이기는 하지만, 그래도 당신이 자신의 거미줄을 걷어내고 환생하여, 제한된 범위이긴 해도 오염되지 않은 세상을 이리저리 거닐 수 있다면 그런 감정을 느끼게 된다. 그리고 천만다행으로 그 세상에서는 질문 거리가 넘쳐나면 전설 속에 묻혀버린다. 기독교 같은 경우에는, 현재의 최신 상황을 좇아가기에 어떤 걸림돌도 없으니, 당신이 기독교인이든 아니든 간에 내키지 않아도 항상 수천 가닥의 실로 연결되어 있기 때문이다. 그리고 비록 한낮이 참을 수

---

118) 사자와 황소 간 투쟁은 페르세폴리스 유적에 26회 이상 등장하는 모티프로, 여러 해석이 있다. 황소는 달을, 사자는 태양을 상징하므로 어둠과 빛의 투쟁이라는 주장, 황소는 겨울을, 사자는 여름을 상징하므로 춘분시기를 나타낸다는 주장 등이 있다. 노터봄은 사자자리가 황소자리에 들어가는 시기를 상징하여, 조로아스터교에서 가장 중요한 절기인 신년 축제를 나타낸다는 점성학적 주장에 근거하고 있다.

없이 무덥기 일쑤였다 한들, 신화 속 동물과 초인적인 위대한 왕들 사이에서 시간을 잊고 보낸 시간 동안의 꽤 서늘한 무언가에 대한 기억은 남아있다.

페르세폴리스에서 무엇을 해야 할까? 샤가 '자신의' 왕국 창건 2500주년[119]을 기념하여 귀빈용으로 세운 왕실야영지에 날마다 가보고, 〈가이드 블루〉[120]가 손에 있건 없건, 지적 호기심이건 낭만적인 기분이건, 하염없는 계단을 올라 이리저리 거닌다. 그 후자의 경우를 나는 차라리 탐닉이라고 부르는데, 내게 밀려오는 아리송한 그 감정을 표현하기에 달리 더 좋은 말이 없다. 그 감정으로 인해 나는 역사적 사실이나 연도, 의미는 당분간 학자들에게 맡겨두고, 날개 달린 동물들과 왕들과 기둥 회랑 사이에서 그 옛날의 소녀처럼 하염없이 꿈에 젖어 테라스를 서성인다. 가없는 성반聖盤처럼 태양에 말라붙은 풍경이 저 아래에 있고, 나는 눈에 보이지 않는 그 성체聖體를 게걸스레 빨아들이면서, 그런 순간에는 그것들을, 그냥 편하게, '역사'라고 부른다. '진짜' 사람들이 여기에 걸어 다녔다는 것, 돌 속에 새겨진 인도인·에티오피아

---

119) 1971년, 이란은 건국 2500주년 축제를 페르세폴리스를 중심으로 성대하게 치렀다.
120) 〈Guide Bleu〉, 1841년부터 프랑스에서 간행되었으며, 문화와 예술을 중심으로 다루는 여행안내서이다.

인·메디아인·그리스인의 끝없는 행렬은 진짜 사신들을 나타낸다는 것, 그들 모두는 전 세계 방방곡곡에서 수개월 동안 이곳으로 여행하여 위대한 왕에게 공물을 바쳤다는 것, 돌 속에 봉인된 그 모든 입은 그들의 사라진 언어를 말했다는 것, 그들이 바친 공물에는 그들 자신처럼 향기와 색깔이 어렸다는 것, 대왕은 그 모든 것의 한복판 즈음에 자리하여 돌 사자와 날개 달린 말, 황소와 그리핀에 둘러싸여, 그 위에서 복엽기를 탄 블레리오Blériot[121]처럼 떠 있는 아후라 마즈다와 함께 온 세상을 다스렸다는 것. 아! '새로운 시대'의 색깔 없는 새장 안으로 돌아가기 전에 조금만 더 머물러야겠다.

관광객들은 화석화된 시간 사이에 서서, 사라지고 말 자신의 육신을 사진에 담는다. 문화재 복원팀 직원 남자 두 명이 돌을 잘라내고 있고, 건조하고 찌는 듯한 오후의 대기 속으로 3천 년 전에도 여기서 울렸을 소리가 울려 퍼진다. 쇠가 돌을 두드리는 소리. 샤가 그런 식으로 계속해나간다면, 2500년에는 니우포르트 전투 연도[122]보다 더 많은 페르세폴

---

121) 루이 블레리오Louis Blériot, 1909년 프랑스-영국 횡단 비행에 최초로 성공한 프랑스 항공 기술자.
122) 네덜란드와 스페인 간의 80년 전쟁 중, 1600년 벨기에 니우포르트Nieuwpoort에서 벌어진 전투. 1600이라는 숫자를 강조하는 의미로 쓰였다.

리스가 건설될 것이다. 그리고 석공들은 크세르크세스와 다리우스 시대의 석공들이 그러했듯이, 다시금 이름 없는 존재가 될 것이다. 그 돌은 몇백년 동안 왕들이 앉았고, 크세노폰과 헤로도토스와 전설의 침전물로 덮여 고이 보존되어, 지금은 보통 사람들이 가서 앉는 이름 없는 방석이다.

이런 감상도 든다. 그 부조들에 온통 인간의 형상, 그러니까 인간의 상상으로 만든 형상이 새겨져 있다는 이유만으로, 우리는 그들의 시대와 우리 시대 사이에 등장했던, 기하학적 장식이 끝 간 데 없이 사방으로 뻗은 페르시아 예술보다는 한층 더 친밀감을 느끼게 된다. 아니, 여기서는, 담백한 표현 방식으로 꽁꽁 감춰놓았다 해도, 왕은 보무당당하고 보초는 경계 태세를 늦추지 않으며 괴물은 싸움을 벌이고 신은 날아다닌다.

더 나아가, 바보 같은 소리로 들리겠지만, 우리는 이 숱한 돌과 돌 사이 어딘가에서, 보잘 것 없는 후발주자인 우리 자신이, 다윈의 유인원처럼 명백하게, 후발주자가 '될 것'이라는 것을 알고 있다.

다리우스 1세의 왕궁에서, 왕과 사자가 두 명의 남자처럼 서로 마주 보고 서 있다. 사자는 왼발을 왕의 오른쪽 무릎에 대었다. 돌로 된 무성한 갈기 위에 얹은 왕의 왼팔을 사자가 움켜쥐고 있다. 대왕은 오른손의 칼로 사자의 부드러운 배를 깊숙이 찌른다.

　아르타크세르세스 3세의 무덤이 있는 페르세폴리스의 언덕: 무덤 여섯 기의 육중한 문이 열려 젖혀있다. 나는 천천히 비탈을 올라간다. 의문점: 무덤을 그 자리에서 위로 끌어올리지 않았다면 어떻게 이렇게 높이 있을 수 있는지? 텅 빈 묘실을 지난다. 묘지기는 그 역시 내 눈앞에서 이내 역사 속에 용해되어 증발해버릴 듯한 모습이다. 아무도 그에게 이런 무덤을 만들어주지는 않을 것이다. 우리 밑으로는 그의 황제들이 세운 텅 빈 도시가 태양에 이글거린다. 커다란 황소가 평원과 먼 산과 아케메네스의 온갖 풍요로움을 뚫어져라 내다보며 입구를 지킨다. 이곳에 흐르는 정적은 그 무엇에도 견주지 못한다.

　나는 페르세폴리스에 일주일을 머물렀다. 많이 배웠다기보다는 감각적인 한 주였다. 거듭 말하지만, 탐닉이었다. 아침 다섯 시의 빛, 오후의 빛, 해거름의 빛.

　마지막으로 나는 암스테르담 사람들이 정해진 시간이면 카페에 가듯, 조각상을 보러 갔다. 그리스의 봄날처럼 꽃과 엉겅퀴가 피었다. 돌아오는 길에는 남들은 겨울 휴가지에서 스키를 타고 온 후에나 간직할 법한 감각을 지니고 온다. 아주 청명한 무언가에 잠겨 있었던 듯한 감각.

시간 개념과 관련된 사물에 대한 나의 민감함은, 페르세폴리스에서 4킬로미터 거리의 낙쉐 로스탐에 있는 왕의 영묘군 앞에 서자, 다시 한 번 충격을 받는다. 쿠이 호세인 산의 제일 높은 부분에 다리우스 1세·다리우스 2세·크세르크세스 1세·아르타크세르세스의 마애 무덤이 있다. 무덤 자체는 십자형인데 그 가운데에 문이 있고, 문 양쪽에서 황소의 머리를 조각한 기둥머리를 지닌 기둥들이 호위하고 있다.

그 위에는 피정복민들이 왕이 앉은 옥좌를 떠받치고 있고, 그 바로 위에 아후라 마즈다가 그 모든 것 위에서 소리 없이 날개를 쫙 펼치고 떠 있다. 옛 시대의 그 무덤 아래로 얼추 눈의 높이쯤에 다른 시대 왕조인 사산 제국(기원후 226~651년)의 마애 부조 여덟 개가 있다. 그러니까 두 번째 열의 무덤은 첫 번째 열의 무덤보다 600년가량 뒤의 것인 셈이다. 사산 제국의 무덤에 새겨진 형상들은, 공간적으로 그보다 위에 있고 시간적으로는 나중에 나타나는 부조들보다 더 화려하고 둥글둥글하며 다소 나긋하기도 하다. 그런데 나는 그중 두 번째 부조(가족에게 둘러싸여 있는 바흐람 2세의 부조)를 보다가 화들짝 놀랐는데, 부조에 형상 하나가 더 있는 것이 아닌가.[123] 그 형상은 훨씬 더 오래전인 삼천 년 전의 무덤에 있던 것으로, 깎이지 않고 남은 이방인이자, 사산 왕조 때는 나와 아케메네스 왕조 사이의 시간만큼이나 먼 옛날의 유령이다. 그 당시에는 삼천 년 전의 이방인, 지금 기준으로는 오천 년 전이다. 그는 레코드판처럼 납작한 모습인데, 팔을 구부릴 수도 없는 나이의 무척 고집 센 남자다. 그는 그림자처럼, 완고한 유령처럼, 갑자기 내 쪽의 시간대에 속한 하찮은 존재가 되어 서 있다. 그를 오래 들여다보면 볼수록 그를 파악하기 어려워진다.

수개월이 지난 지금, 내 방에 앉아 그의 사진을 보면, 산소 마스크 없이 고지대에 있을 때 같은 감각이 언뜻 되살아난다. 내게는 그가 보이지만 그는 나를 보지 못한다. 다시 낙쉐 로스탐에 가서 본다 해도 그때와 똑같은 일이 재현되리라. 아무 일도 일어나지 않는다는 것.

그는 가장 오래된 왕조보다 나이가 많으며, 왕조들이 나타났다가 사라지는 모습을 모두 보았다. 그는 살아남은 자의 도전적 태도를 지녔다. 그를 너무 오래도록 쳐다보는 사람은

---

123) 낙쉐 로스탐에 있는 사산제국의 부조 여덟 개 중 두 번째 위치에 있는 것은 바흐람 2세의 부조로, 사산 왕조를 건국한 왕의 가족과 궁정 조신, 조로아스터교 사제에게 바흐람 2세가 무언가를 말하고 있는 장면이다. '최고 귀족grandee 부조', 또는 '청중audience 부조'라고도 불린다. 이 부조는 고대 엘람인들의 부조 위에 덧대어 조각되어, 낙쉐 로스탐에서 가장 오래된 것이다. 엘람인 부조의 일부가 깎이지 않고 남아있는데, 사람들은 그 형상을 이란 설화 속 영웅인 '로스탐 Rustam'이라고 믿었고 그로부터 '로스탐의 부조'라는 뜻의 '낙쉐 로스탐'이 영묘 군의 이름이 되었다.

연기 속으로 사라질 것이다.

***

페르시아의 정치적 상황을 놓고 이야기하자면, 전제 정권이 통치하고 있으며 그에 맞서는 반대파는 그다지 조직화되어 있지 않다는 말만으로는 턱없이 부족하다. 활동이 허용된 반대파는 그 대가를 치른다. '진짜' 반대파는 불평을 투덜거리는 일을 넘어 행동으로 옮기는 경우, 투옥되고 고문 받고 죽임을 당한다.

페르시아 내부에서는 정황을 제대로 알기가 어려운데, 사방에 침묵이라는 두꺼운 장막이 덮여있기 때문이다. 비밀경찰 사바크SAVAK에 대한 공포가 모든 것을 지배한다. 사바크는 국내외를 막론하고 어디에나 있으며, 막강하되 눈에 드러나지 않는다. 그리고 온 거미줄의 중심에 샤[124]가 앉아있다.

딴 독재자들에 견주면 그는 꽤나 계몽된 군주로 보이지만, 문제는 그것이 사실인가 하는 점이다. 국가의 옛 구조는 힘

---

124) 이 글을 쓴 1975년의 이란은 마지막 군주인 모하메드 레자 팔라비의 치하에 있었는데, 그는 1963년 백색 혁명으로 개혁을 진행하는 한편, CIA의 도움으로 정보기관 사바크를 만들어 야당을 탄압하고 언론을 통제했다. 1979년 호메이니가 이끄는 이슬람 혁명으로 실각했다.

으로 뒤집어엎었지만, 그에 따라 실제 혜택을 보는 쪽이 누구인지, 그리고 콩키스타도르 시대에 금에 홀려 국내의 구조적 문제를 등한시한 탓에 지금도 그 여파를 겪고 있는 스페인처럼, 페르시아도 똑같이 막중한 실책을 범하고 있는 것은 아닌지 명확하지 않다.

샤는 외국 자본에 대해 강경한 어조로 비난하면서도, 외국 자본과 그에 딸린 외국인 패거리들을 국내로 끌어들인다. 그러는 동안 농업 인구, 소작농과 마름이 현재는 전체 인구의 58퍼센트이나, 얼마 지나지 않아 25퍼센트가 된다고 공표한다. 하지만 농촌이라는 터전을 빼앗긴 이 사람들은 무얼 하며 살아가나? 그러면 농사는 누가 지을 것인가? 쉘코트, 하와이 영농사, 그리고 다른 다국적 기업들은 이미 17000명가량의 페르시아 농민을 '대체'하여, 국외 전문가들과 면세 수입 기계를 들여와 농사를 짓고 있다. 그런데 수확량은 페르시아 농민이 관개시설이 갖춰진 지역에서 얻는 양보다 적다.

왜 그렇게 외국인들이 많은가? 능력을 제대로 갖춘 페르시아인이 많지 않기 때문이다. 어째서 그런가? 대학이 정부에 예속되어, 정부는 대학의 활동이란 활동은 깡그리 감시하며 독립적인 사고를 가로막고 곳곳에 사바크를 잠입시켜, 요컨대 '우리나라 사람들의 능력이 충분치 않다면 국외 인력을 사들여온다'는 명분 아래 운영하기 때문이다. 그리하여 확실한 국가적 인프라만 제외하고 모조리 외국에서 수입한다.

숱한 연설과 통계 수치; 여기저기 돌아다니다 보면 처음에는 무척 강렬한 인상을 받는다. 샤는 똑똑한 인물이고, 국민을 위해 온 힘을 다하며, 백색 혁명을 시작했고, 페르시아의 세계적 위상을 높이고자 한다. 비록 1인당 국민소득은 발표된 수치보다 낮고, 늘어나거나 말처럼 급증하지도 않으며, 사회 구석구석에 부패가 만연하더라도, 나라는 잘되는 쪽으로 굴러가고 있다는 인상을 여전히 풍긴다.

다 잘되어 간다면, 도대체 뭐가 문제인가? 이런 질문에 사람들은 지엠Diem[125]의 망령을 소환하곤 한다. 지엠은 미국에게 더는 쓸모없어지자 몰락한 인물이다. 1953년에 미국 CIA의 도움으로 왕좌에 오른 샤는 그 사실을 너무도 잘 알고 있다. 아직은 두 나라의 이해관계가 평행선을 걷고 있기에, 그 유령을 상기하는 일이 일단은 중요한 문제가 아니라 하더라도 말이다. 하지만 언제까지 그런 상황이 지속될까? 그렇지 않을 경우, 지금은 물밑에 있는 국내 반대파들과, 여러 이유로 국외에 체류하는 노동자나 학자들이 별안간 수면 위로 떠

---

125) 응오딘지엠(1901~1963), 미국의 지원으로 베트남 공화국의 초대 총통을 지낸 정치인. 강력한 반공주의로 초기에는 미국의 지지를 받았으나 실정, 부정부패, 종교탄압의 독재 정치가 계속되자 미국도 등을 돌렸다. 1963년 군사 쿠데타로 실각하고, 처형되었다.

오를 것인가?

페르시아 왕조의 현란함이 내뿜는 빛 속에 있다 보면, 이 마지막 왕조는 역사라는 커다란 돌 위에 긁힌 자국 하나일 따름이라는 사실을 하마터면 잊게 되는 지경에 이른다. 현재 샤의 아버지[126]는 1921년 카자르 왕조를 뒤엎는 데 일조한 사령관이었다. 그리고 사람들 말마따나 아무리 이 샤가 장교들의 진급 문제를 직접 다 다룬다 해도, 새로운 사령관이 언제나 등장할 수도 있는 것이다. 모든 것은 추측으로 남아있다. 하지만 공포와 침묵과 정권 자체의 비밀성으로 인해 하릴없이 추측만 더 깊어진다. 외국의 외교관들은 이러한 문제를 놓고 딱 알맞은 거리에서 맴돌고 있다. 헤이그 주재 페르시아 대사관 점령 사건[127]을 둘러싼 송사로 샤가 개인적인 모욕감을 느꼈을 당시에, 페르시아가 네덜란드에 취했던 악랄한 보복을 잊은 사람은 없다. 국제사면위원회에 따르면 페르시아에는 2만 명의 정치범이 투옥되어 있다. 샤는 이들이 공산주의자, 반역자, 파괴범들이라고만 말한다. 그의 말로는

---

126) 모하마드 레자 팔레비의 아버지 레자 칸은 1921년 자신의 코사크 여단을 끌고 테헤란으로 진격하여 총사령관 자리에 오른다. 이후 카자르 왕조를 끝내고 새로운 왕조인 팔레비 왕조(1925~1979)를 세운 후 레자 샤로 이름을 바꾸고 팔레비 왕조의 초대 샤가 되었다.

127) 1974년, 이란 학생들이 네덜란드 헤이그 주재 이란 대사관을 점령한 사건. 네덜란드 정부는 경미한 처벌을 내렸고, 이로 인해 이란과 외교적 갈등을 빚었다.

그중에 정치범은 없다고 한다. 정권의 기반이 국민 사이에 튼튼하게 자리 잡고 있는지는, 예의 그 침묵이 만사를 모호하게 만드는 통에, 외부인으로서 그리 길지 않은 방문 후에 판단하기에는 역시나 어렵다. 확실한 것은, 순수주의자 무슬림 사회 안에서 무언가가 가열되고 있다는 점이며, 또한 폭풍같이 엄청나게 열정적으로 움직이면서, 한 사람의 손아귀에 언제까지나 통제되어서는 안 된다는 의식의 힘이 무르익고 있다는 점이다.

1975년 5~6월

10. 그들은 그녀의 유골 위에
만토바를 세웠다

지금 내가 하고 있는 짓은 물론 바보 같다. 되돌아오고자 도시 밖으로 걸어 나가기. 하지만 그게 바로 내가 하고 있는 행동이다. 걷는 동안 나는 뒤돌아보지 않는데, 혹시 돌아보면 모든 것이 증발하고 녹아버리고 사라질까봐서다. '마치 ~인 것처럼'이 중요하다. 마치 내가 쌀쌀한 롬바르디아의 낮은 평원에서, 두 발로 걸어 나와 등장하는 안개 속의 인물인 것처럼. 나는 한참 동안 베르길리우스의 강[128]인 민치오 강의 풍경 사이를 헤치고 나아가고 있다고, 그리고 여정의 끝에서 환영처럼 만토바의 실루엣을 볼 거라고 상상해야 한다.

---

128) 만토바는 고대 로마 시대의 시인 베르길리우스(B.C. 70~B.C. 17)의 고향이다.

긴 다리를 건너는 나 자신의 발소리가 들린다. 왼쪽과 오른쪽으로 수페리오레 호Lago Superiore와 메조 호Lago di Mezzo의 수면이 광활하다. 일본화처럼, 안개 속에 그들의 배에 타고 있는 어부 두 사람. 사방이 무척 고요하다. 나는 베로나로 뻗은 먼 길을 하염없이 따라가다가, 진짜 여행자가 되어 몸을 돌려 곤차가 가문[129]의 도시로 다가간다.

톱니꼴 성가퀴, 탑, 둥근 지붕, 그 모두가 겨울과 다가오는 저녁이 드리운 희미한 장막 뒤에 있고, 나는 그 장막을 옆으로 걷어내지 못한다. 장막은 어른거리고, 궁전은 일렁이거나 떠다닌다. 도시에 닿자 나는 왼쪽 길로 접어들어, 산 조르지오 문Porta San Giorgio쪽으로 쭉 호수를 따라 걸어, 두칼레 궁전Palazzo Ducale의 죽은 듯이 고요하고 삼엄한 덩치 앞에 이른다. 파수꾼도 없고, 말도 없으며, 텅 빈 안뜰에서 자동차 한 대가 급출발하여 나를 과거에서 몰아낸다. 성당의 바로크 양식 파사드 위로 공중에 높이 펄럭이는 망토, 그리고 주교관을 쓴 형상의 과장된 몸짓의 뒷모습이 보인다. 로마네스크식 종탑에서 낮고 음울한 종소리가 울리기 시작하는데, 눈에 보이지 않는 종지기는 안개가 종소리를 누그러뜨려 자신의 부름에 아무도 오지 않을 것을 알고 있는 모양이다. 성당 앞

---

129) 1328~1708년 동안 북부 이탈리아 만토바를 통치한 귀족 가문.

빈터는 휑하니, 높은 건물이 빙 둘러싼 돌 깔린 광장이다. 시간은 속수무책이고 역사는 찰나의 집합에 지나지 않는다. 그렇거니 광장을 이렇게 보존하면서도 동시에 개조해나간 힘은 뭐라고 불러야할까?

도메니코 모로네Domenico Morone가 1494년에 이 광장(현재 소르델로 광장Piazza Sordello)을 그린 그림[130]이 있다. 그림 속의 그림 속의 그림. 이 광장에 서서 그 그림을 떠올리면, 160년 뒤에 그림의 소재가 된, 1328년에 일어난 사건이 눈에 선하다. 말 타고 싸우는 기사들의 난장판, 한 세기를 통치하고 나서 곤차가 가문에 그 권력을 넘겨주어야 했던 보나콜시 가문의 몰락. 죽고 사라져, 오직 그 이름만이 아직 이곳에서 서성댄다. 성당의 고딕 파사드는 철거되고, 지금 내 옆에 서 있는 더 오래된 로마네스크 종탑은 살아남았다. 그 그림 속 풍경은 마치 구릉인 양 살짝 높게 그려져 있으나, 그것은 거짓이다.

훗날 곤차가 가문의 두칼레 궁전이 될 보나콜시 가문의 궁전은 보아하니 개조되지 않았다. 똑같은 불그스레한 거대

---

130) 그림 〈만토바 소르델로 광장에서의 1328년 보나콜시 추방〉(1494)을 말한다. '보나콜시'는 1328년 곤차가 가문이 군주권을 찬탈하기 전까지 만토바를 지배한 귀족 가문이다.

한 벽돌 구조물, 막힌 형태의 파사드에 난 쇠창살 창, 저녁이라는 화폭을 배경으로 그려진 톱니꼴 성가퀴. 나는 그 모든 시간의 갈피에 서서 사람들의 비명, 말발굽 소리, 말이 울부짖는 소리를 상상한다. 지금 이 종소리처럼 단연코 이 벽들 사이에서 메아리쳤으리라.

엄숙한 바로크 파사아드—그럴 수 있다—의 출입문을 통해 안으로 들어간다. 오해가 곱절로 늘어난다. 내가 여태 본 것 중에 가장 세속적인 성당이다. 두 줄로 길게 늘어선 코린트식 열주, 그 사이사이에 성스러운 벌판이 있는 돌의 숲. 이는 기독교와는 아무 상관이 없지만, 그렇다고 해서 그리스 신전의 마법과 상관있는 것도 아니다. 이 건물이 오래되었고, 그와 동시에 한때는 분명 믿기 어려우리만치 최신식이었다는 사실을 좀처럼 상상하기 어렵다. 고딕 양식과의 결별, 그로 인한 환상적인 모호함. 여기서 물레는 감겼다 풀렸다 한다: 기독교의 신을 모시는 이교 신전, 천 년 동안의 어둠을 몰아내기. 그 어둠 뒤에는 지금 이 새 시대를 밝혀주는, 고전적인 고대의 보다 밝은 빛이 있어야 했으니, 바로 르네상스 Rinascimento다. 건물이 '아름다운' 줄은 알겠으나 마음에 와 닿지는 않고, 좁은 통로를 통해 예배소 한 군데에 이르러 벽면에 관 두 개가 열린 채 매달려있는 모습을 보아도 사정은 나아지지 않는다. 관 안에는 무두질 되고 뼈만 남아 쪼그라든 시신이 들어있고, 너무나 긴 회색 발톱의 마수가 거무스름한 수사복 위에 엇갈려 포개어져 있다.

밖으로 다시 나오니 어슴푸레한 달이 성가퀴의 톱니 사이에 딱 끼어있다. 땅에서 냉기가 올라와 내 몸을 파고드는 성싶고, 상점의 셔터가 덜거덕거리며 내려온다. 만토바는 밤을 준비하고 있다. 나는 호텔을 향해 걸을 요량이었으나 미로속에서 길을 잃고 만다. 행인들은 나보다 더 따뜻하게 옷을챙겨 입었고, 골목은 좁고 어둑하다. 대기에는 겨울날 특유의 매몰찬 기운이 감돈다. 여기는 유럽 남쪽 나라의 북쪽에위치한, 낮고 습한 벌판에 있는 도시다. 추위가 활개를 치고,이탈리아의 개방성이나 떠들썩한 입담은 찾아볼 수 없다. 사람들은 집안에 틀어박혔고, 도시는 이방인에게 맡겨두었다.나는 발길 닿는 대로 걷다가 자그만 교회 안에 들어간다. 현관에 벽보 한 장이 붙어있다.

12월 4일에 군인의 수호성인을 기리는 축제가 제4고사포병 연대의 협조로 특별히 엄숙하게 열릴 것이다. 나는 내가사는 이 시대가 좋다. 고해석 앞에 소녀 한 명이 서 있다. 그옆을 지나가는데 신부의 흰 얼굴이 언뜻 보이고, 소름 끼치는내밀한 속삭임이 들린다. 소녀는 손짓하고 뭔가를 주장하면서 소녀답다 싶은 태도로 계속 몸을 흔들어대고, 신부의 밀랍 같은 손이 소녀의 팔을 향해 가다가 공중에서 애원하는 모양을 만든다. 파란색 바지에 짧은 비옷 차림의 소녀는 무언가를 호소하는 모양새다. 엄마와 아이들이 시끌벅적하게 떠들며 교회를 들락거리고, 튜닝한 스쿠터가 달리며 내는 소리가 바깥에서 들려온다. 나는 소녀의 얼굴이 궁금하여 자리에 계속 앉아있는데, 소녀가 고개를 돌리자, 젊고 금발에, 자신의 죄를 한 노인에게 털어놓고 씻어낸 무표정한 한 사람이 보인다.

여행에는 여행자를 얼간이로 만드는 욕망이 들어 있다. 그는 타인의 일상적인 주변 환경에서 특별함을 찾곤 한다. 암스테르담에 사는 그는 그 도시에서, 프린선 운하Prinsengracht가 군주prinsen를 연상시킨다고 생각하지는 않는다. 하지만, 이곳 만토바에서는 통용의 범위를 훌쩍 넘어서는 이름의 의미에 매달린다. 집정관의 궁전Palazzo del Podest, 이성의 궁전 Palazzo della Raggione, 권력, 이성─그가 찾아다니는 르네상스 군주들에 대해 그가 품고 있는 이미지와 맞아떨어진다. 평범한 이미지는 그가 가닿고자 하는 오륙백 년 전의 그 세계를 모호하게 만들어 오히려 걸림돌이 된다. 그에게 자신을 둘러싼 현실이란, 연속성이라는 가짜 또는 진짜 이미지를 상상하게 해주는 정도로만, 현재에서 과거를 보게 해주는 폭으로만 허용된다. 그러기에 교회는 좋은 장소인데, 교회 안에서는 예나 지금이나 종교 활동이 이어져 오기 때문이다. 어쩌면 음식이 더 나을지도 모르겠다. 이 고장에서 빚은 묵직한 적포도주 주전자와 황토색 폴렌타 수프가 얇게 깔린 접시에 나란히 멧돼지 수육 덩어리를 앞에 두고서 어둑한 주막에 앉으니, 곤차가 가문과 보나콜시 가문을 훌쩍 뛰어넘어 더 옛날로 거슬러 올라간다. 이 도시 근처에서 태어나 이 땅의 농부들이 하는 일을 찬미하는 노래를 불렀던 시인에게로.

…at secura quies et nescia fallere vita,
dives opum variarum, at latis otia fundis,
speluncae, vivusque lacus, et frigida Tempe
mugitusque boum mollesque sub arbore somni
non absunt…

…여전히 근심 없이 잠들고 속임수 없이 살아가는 사람들
온갖 풍요로움이 넘치고, 탁 트인 대지는 평화로우며
동굴, 생기 있는 호숫물, 시원하고 어두운 소택지에서
가축의 쉰 소리로 내는 음악, 오후의 단잠과
나무 아래…

— 베르길리우스, 《농경시 II》, 467~70.

254

저기 그 여행자가 앉아있는 모습을 보라. 그는 혼자이지만, 자기만의 게임을 하고 있기에 외롭지 않다. 그는 레스토랑을 주막이라 부르고, 다른 길손들의 얼굴에서 로마노·만테냐·피사넬로[131]의 그림에서 보았던 표정과 개성을 발견한다. 방의 맨 끝에 앉아 다른 어떤 목소리에도 방해 받지 않는 트롬본치노[132]의 프로톨라 가락이 들린다고 홀로 주장한다. 그것은 게임이고, 그는 그것이 사실일 수도 그렇지 않을 수도 있다는 것을 알고 있으며, 확실한 과거를 허구로 끌어 모은다. 그 게임을 연속성이라고 부르는데, 다른 사람들이 생각하는 것과는 반대로, 그는 현재의 세계를 거부하는 것이 아니라 그것을 강화하고 싶어 한다. 기억해내고 알아보기가 그 수단이 된다. 이것이 그가, 심지어는 내일 방문할 예정인 회백색의 국수주의적 기념물을 포함하여, 이 도시가 새로운 시대로 넘어갈 때마다 동상으로 세운 그 시인의 작품을 낭독하는 이유다. 하지만 그렇게 알아보는 일에는 품이 든다. 그는 그가 찾는 것 말고는 모든 것에 눈을 감아야 하며, 그가

---

131) Giulio Romano(c.1499~1546), Andrea Mantegna(c.1431~1506), Pisanello(c.1395~c.1455)는 모두 만토바의 궁정에서 일한 이탈리아 화가들이다.

132) Bartolomeo Tromboncino(c.1470~1535), 이탈리아 작곡가, 당대 최고의 트롬본 연주자. 곤차가 가문의 후원을 받아 주로 만토바에 거주했다. 르네상스 시대 이탈리아 궁정 노래인 프로톨라frottola의 작곡가로 유명하다.

찾는 것을 발견하는 눈은 이마에 따로 달려있다. 그래도 한 편으로는 간단하다. 그 식당 한가운데에 놓인 진짜 정경— 평, 큼직한 버섯, 아삭거리는 파룻한 양상추, 치즈, 쇠갈비, 과일, 꽃—에서 그 옛날 과일의 영혼을, 그 음식이 육백 년 동안이나 고스란히 존속하는 그림 속 풍요로움을 알아보기 만 하면 된다. 이를테면 둥그런 빵을 지금 반으로 갈라서 다 먹었는데, 이틀 뒤에 테 궁전Palazzo del Te의 '프시케 방'[133]에 서 손도 대지 않은 그것을 다시 발견하는 것처럼 말이다. 요 괴 같은 형상이 신들의 연회장에 있는 잔 꽃으로 장식한 탁자 위에 스윽 빵을 올려놓는다. 그런데 빵, 그리고 치즈, 포도주, 고기가 지금과 다를 바 없고, 그때와 변함없는 농부들이 이 도시를 둘러싼 고장에서 씨를 뿌려 수확하고 가축을 치고 젖 을 짜며 사냥을 한다고 할 때, 그가 왜 달라져야 하겠는가?

그의 격세 유전에 휩싸여 나는 밖으로 나간다. 네온 불빛, 문 닫은 집들에서 들리는 텔레비전 소리. 텔레비전, 인간의 뒤틀린 목소리—듣기 싫은 사투리 같은 소리다. 나는 호텔 로 가는 길을 또다시 찾지 못하고, 아직 자고 싶은 마음도 없

---

133) 곤차가 가문이 연회를 즐기던 별장. 줄리오 로마노가 건축 감독을 맡아 1535년 에 완성했으며, '프시케의 방'에 에로스와 프시케를 중심으로 한 신들의 연회 장 면을 벽화로 그렸다.

다. 거리를 배회하다가 어디쯤에서 벽에 붙어있는 돌 표지에 맞닥뜨린다. 제법 높게 붙어있는데, 끌로 파낸 글자는 제대로 읽을 수가 없고 아랫부분의 글자만 겨우 읽는다. '단테, 지옥편, XX-88-96'. 그러니까 기억의 공장을 돌리는 일꾼은 나 혼자가 아닌 셈이다. 하지만 집에 돌아와 그 구절을 찾아보고서야, 이 기억이 어떤 단계를 밟았는지 알게 된다. 누군가 내가 단테를 떠올리기를 바라고, 그 구절을 읽으라고 떠미는데, 베르길리우스가 지옥층을 내려갈 때 가졌던 생각, 즉, 만토바가 어떻게 생겨났는지를 기억에서 불러내는 부분이다.

시인은 시인에게, 만토가 어떻게(quella que ricopre le mammelle/Che non tu vedi—저 여자를 봐라. 네가 보지 못한 젖가슴을 덮은)[134] 긴 세월 동안 여기저기 떠돌다가 민치오 강물이 '여기저기로 번져 나가 늪을 이루는' 평지를 발견하게 되는지 들려준다. 만토는 그곳에서 살다가, 죽을 때 자신의 '텅 빈 육신'을 남겼고, 그 주변에 살던 사람들은 사방이 습지로 둘러싸여 안전한 그곳으로 모여들었다.

---

134) 단테의 《신곡》, '지옥편' 20곡 51~53. 베르길리우스가 단테에게 자신의 고향 만토바의 이름이 그리스인 예언자 만토에서 유래한 이야기를 들려준다.

그들은 죽은 그녀의 유골 위에 도시를 세우고
처음 이곳을 택한 그녀를 기려, 더 주저할 것도 없이,
만토바라고 불렀다.[135)]

강렬한 시구절은 육체적인 감각이 되기도 한다.

호텔 방의 창문을 열자, 가까이 있는 물의 한기가 얼마나
안으로 들어오고 싶어 하는지가 느껴지고, 더 고약하게도—
지붕 위에서는 그 감춰진 형태가 보이는데—이 모든 으스레
한 장관이 도시를 세운 신비로운 여인의 유골 위에서 편안히
쉬고 있다는 사실도 느껴진다.

나는 왜 여기에 있는가? 한 달 전 나는 런던에 있었는데,
도쿠가와 쇼군 시대의 예술을 다룬 대규모 일본 전시회를
보러 간 길이었다. 그때 마침 빅토리아 앨버트 박물관에는
14세기에서 18세기까지 만토바를 통치했던 곤차가 가문에
관한 전시회도 열리고 있었다. 도쿠가와 가문, 곤차가 가문,
절대 권력자들, 사무라이와 콘도티에리, 찬란함과 함께 명성
도 갖출 요량으로 예술가를 불러들이는 궁정. 그 유사함에는
내 마음을 끄는 구석이 있었다. 두 전시회는 예술가가 아니

---

135) 단테의 《신곡》, '연옥편' 20곡 91~93.

라 통치자를 다루고 있지만, 우리가 관람하게 되는 것은 무너진 통치자가 아니라 예술이다. 그렇다 해도, 그들의 이름은, 랭커스터 가문의 헨리 4세가 곤차가 궁정에 선물한 문장紋章의 비밀스러운 SS[136]처럼 서로 불가분하게 얽혀있다. 곤차가 가문 사람들의 얼굴이 내 눈에는 도쿠가와 가문의 것보다 낯익기는 했어도, 도쿠가와 이에야스의 넉넉하고 웅장한 의상이 표현하는 바와, 만토바 제4대 공작인 빈첸초 1세가 화가 푸르부스[137]의 손에 괜스럽고 냉담한 고요함으로 그려진 초상화[138]에서 입고 있는, 초승달 문양에 절반은 갑옷인 괴이한 복장이 표현하는 바는 동일했다. 바로 '권력'이다.

예술에 이르는 수단으로서의 권력, 권력에 이르는 수단으로서의 예술. 이는 다른 르네상스 군주들에게도 해당하는 말이지만, 곤차가 가문 사람들—사실상 엄청난 부자는 아니었던, 그리고 예술적 감각 또한 그만큼 대단한 것은 아니었던—은 이를 최적으로 활용할 줄 알았다. 전시실의 초입에 그들의 가계도가 걸려있다. 그런 가계도를 보면 낯선 대도시

---

136) 잉글랜드의 왕 헨리 4세의 문장紋章 중의 하나로, 'Sovereign'을 상징하는 것으로 추정한다. S자 두 개가 서로 얽혀있는 모양이다.

137) 프란스 푸르부스 2세(Frans Pourbus II, 1569~1622), 안트베르펜 출신의 초상화가.

138) 〈만토바 공작 빈첸초 1세의 초상화〉(1600), 빈 미술사 박물관 소장.

의 전철 노선도가 연상되기도 한다. 노선은 이름 없는 북쪽 교외 지역 어디에서 시작하여 가지를 쳐서 사방으로 뻗어 나가다가, 남동쪽의 휑뎅그렁한 신도시 지역에서 서글프고 쓸쓸하게 끝난다: 페르디난도 곤차가(1650~1708), 제10대 공작. 그와, 초대 민중대장capitano인 루도비코 1세[139] 사이에는 정략결혼, 귀족 지위 상승, 추기경 임명 같은 사건들을 압축해 놓은 체스판이 있다. 그 옆에는 도표가 하나 더 걸려 있는데, 우리를 마법의 고리에 걸어 과거로 끌고 가는 그런 종류다. 그 안, 중간쯤에서 곤차가 가문은 세월없이 흘러가, 이름에서 이름으로 이어지고 직위는 점점 높아져 강물처럼 넘실대며, 가계의 왼쪽과 오른쪽에는 당대의 사건들이 높은 산등성이를 이룬다. 코페르니쿠스의 이론, 메디치 가의 통치를 끝장낼 속셈이었던 파치 음모 사건, 루터와 그의 95개 조 논제, 셰익스피어 탄생. 산등성이는 갈릴레이의 망원경과, 곤차가 가문이 그들의 예술품 컬렉션을 잉글랜드 국왕 찰스 1세에게 통째로 팔았던 사건[140]에서 폭이 좁은 산길로 끝난다. 만

---

139) 루도비코 1세 곤차가(1268~1360), 곤차가 가문을 연 만토바의 군주. 1328년 보나 콜시 가문을 축출하고 초대 카피타노 델 포포로(민중대장)로 선출되었다.

140) 찰스 1세는 왕세자 시절 유럽을 여행하며, 특히 마드리드에서 궁정과 예술가와의 관계를 경험한 뒤, 유럽 전역의 르네상스 예술을 사들였다. 1627년, 전쟁으로 기울어가던 만토바 공국의 빈첸초 2세는 당대 유럽 최고의 컬렉션이었던 곤차가 가문의 예술품을 찰스 1세에게 통째로 팔았다.

토바가 그 역사상 최초로 정복되고 약탈당하기 직전이었다. 크롬웰은 전리품의 일부를 나라 밖에 헐값으로 내다 팔았고, 그로 인해 그 자체로 예술품인 수 세기 동안의 컬렉션은 해체되고 말았다. 목걸이에서 훔친 주옥들—티티안Titian, 만테냐Mantegna, 루벤스Rubens—은 전 세계의 미술관에 흩뿌려졌다. 남은 것은 정신이었고, 그것은 이 전시회에서 능히 볼 수 있다. 비교적 작은 공간에 솜씨 좋은 무대장식 설치가가 공국의 궁전 일부를 그대로 지어놓았는데, 재현 사진과 모형이 있었고, 메달, 동판, 원고, 책, 편지, 악보(팔레스트리나Palestrina, 몬테베르디Monteverdi), 타일('욕망을 위하여'라고 적힌 햇살 무늬, 그리고 '더욱 조심하라'라는 금언이 적힌 동물 입가리개), 니콜라 다 우르비노Nicol da Urbino가 만든 강렬한 색상의 눈부신 장식 접시, 그리고 곤차가 자신들이 모델이 된 그림과 목조·청동·대리석 조각상으로 넘쳤다. 곤차가 사람들은 유전적 관절염에 시달리느라 우울해 보이는 종족으로, 넓고 각진 얼굴에 입술은 두껍고, 눈은 살짝 튀어나왔으며, 턱은 권력을 선언하듯 거대했다.

이제 한 달이 지났다. 그 전시회에서 본 시청각 이미지 하나에 홀려 나는 철도 아닌 때에 만토바에 왔다. 윤을 낸 강철의 고요한 표면 같은 물의 이미지였는데, 두칼레 궁전의 탑에서 찍은 것이었다. 기억의 화학 작용은 또 다른 이미지 하나를 회상하게 해주었다. 몇 해 전 어느 더운 여름, 암스테르담의 홀란트 페스티벌[141] 기간에 나는 성 니콜라스 교회에서 열리는 몬테베르디[142]의 마드리갈 공연을 보고 나와서 프린스헨드리크카데의 고요한 물을 따라 걷고 있었다. 그때 나는 베니스를 떠올렸는데, 몬테베르디를 베니스와 연관 지어 생각했기 때문이었다. 지금은 오페라 〈오르페오〉가 만토바에서 처음으로 공연되었다는 사실을 안다. 1607년, 곤차가 궁정에서였다. 물이 가로지르는 도시에서가 아니라 물이 빙 둘러싼 시타델에서. 그래서 나는 여기 내 호텔 방에 앉아 12시에 울리는 산 안드레아 바실리카의 종소리를 들으며, 벽과 유리가 그 소리를 막지 못하는 것에 지금은 기쁨을 느끼고 있다.

과거에 관해서라면 나는 비이성적으로 생각할 수밖에 없다. 아니, 차라리 도무지 증명 불가능한 혼란스럽고 역설적인 방식으로만 가능하다고 해야 할 것이다. 그래도 나는 그

---

141) 매년 6월 암스테르담에서 열리는 연극·오페라·음악·무용 등의 공연예술 축제.

142) 클라우디오 몬테베르디(Claudio Monteverdi, 1567~1643), 1590년부터 약 20년 동안, 만토바 공公 빈첸초 1세의 궁정 음악가로 지냈으며, 이후 베니스에서 활동했다. 가극의 창시자로 불린다.

입술이 두껍고 머리가 크며, 말을 키우고[143] 정략결혼을 했던 집안 사람들이 나를 물 건너 이곳으로 소환했던 이들임을 안다. '만족할 줄 모르는 수집가' 이사벨라 데스테,[144] 신심이 깊은 곱사등의 굴리엘모,[145] 하루에 플랑드르 풍경화 130점을 샀으며 '성대한 장례행렬이나 의례 없이' 묻히고 싶어 했던 페데리코.[146] '대리석 왕좌에 앉을' 그 자세로 묻히기를 바랐던 빈첸초,[147] 아내 아녜세 비스콘티를 간통죄로 처형한 제4대 민중대장 프란체스코.[148] 기나긴 협상 끝에 투덜대던 화가 만테냐를 1460년에 만토바로 여행을 보내고, 그곳에서 여생을 보내게 만든 루도비코.[149] 이 기사 행렬은 자신들

---

143) 곤차가 가문의 마구간은 우수한 품종의 말을 키워 명성이 높았는데, 그 말들을 가문의 정체성과 유럽 전역의 귀빈 선물용으로 사용했다.

144) 이사벨라 데스테(Isabella d'Este, 1474~1539), 프란체스코 2세 곤차가의 아내. 이탈리아 르네상스 시대 최고의 여성 미술품 수집가이자 예술 후원자.

145) 굴리엘모 1세 곤차가(Guglielmo Gonzaga, 1538~1587), 작곡가 팔레스트리나의 후원자였다.

146) 페데리코 1세 곤차가(Federico I Gonzaga, 1441-1484), 화가 만테냐의 후원자. 전쟁에 나가기 전에 자신의 장례 방식을 유언으로 남겨놓았다.

147) 빈첸초 1세 곤차가(Vincenzo I Gonzaga, 1562~1612), 만토바를 문화의 중심으로 만든 공작. 예술과 과학의 후원자로, 작곡가 몬테베르디와 화가 루벤스를 궁정에 고용했다. 누운 상태가 아니라 대리석 왕좌에 앉은 자세로 묻어달라는 유언을 남겼다.

148) 프란체스코 1세 곤차가(Francesco I Gonzaga, 1366~1407), 베니스의 비스콘티 가문의 딸 아녜세Agnese Visconti와 결혼했으나 그녀를 간통혐의로 처형했으며, 베니스와의 동맹을 깨고 비스콘티 가문과 적대관계가 된다.

의 무예와 말을 제삼자에게 팔았던 이들로, 천재적인 가문도 아니고 사실상 방대한 영토를 가진 통치자들도 아니었다. 오히려 그들은 빚을 내어 예술가를 고용하여 그들을 장려하고 북돋우었으며, 그럼으로써 자신들의 이름을 예술가들의 이름과 함께 크게 만들었던 후원자들이었다. 그리하여 그 이름은 모호하고 막연한 훗날, 런던의 전시회에서 눈부시게 빛나리라. 1389년 프란체스코가 '그 지역을 보고자' 방문했던 그 도시에서.

안개는 아직 걷히지 않았다. 산 안드레아 교회 옆의 치즈·소시지·대구를 파는 노점 주위로 실안개 자락이 떠다닌다. 교회 안은 아직 어둑하다. 하루의 첫 햇살이 아니라 마지막 햇살 같이 느껴진다. 나는 알베르티[150]가 정교하게 다듬어놓은 원근법적인 공간에서 앞으로 나아간다. 원통형 둥근 천장이 높게 이어지다가 끝나고 돔 천장이 시작되는데, 밖에서 볼 때는 그리 클 거라고 상상하지 못했다. 난데없이, 내가 서

---

149) 루도비코 3세 곤차가(Ludovico III Gonzaga, 1412~1478), 알베르티와 만테냐 등의 인문주의자를 궁정에 고용했다.

150) 레온 바티스타 알베르티(Leon Battista Alberti, 1404~1472), 이탈리아 초기 르네상스 시대의 철학자이자 건축가. 《회화론》에서 원근법 이론을 제시했다. 만토바의 산트 안드레아 바실리카는 알베르티의 원근법 이론으로 설계되었다.

있는 지점에서 보이는 반원이, 슬슬 나타나는 둥근 천장 부분을 도형 문제에서처럼 정확히 잘라내고, 로마네스크 교회에서는 느낄 수 없으나 르네상스식 건물에서는 느낄 수 있는 감정이 밀려든다: 당신 자신이 그 공간이 측정되는 척도라는 점, 당신으로부터 그 공간 안의 상상 가능한 모든 점으로 선을 그을 수(또는 그어져) 있다는 점이다. 따라서 당신은 매혹당한 관람객이면서 또한 기계적으로 움직이는 사물도 된다. 어떤 말로 표현한 것보다 더 명료하게 새로운 시대의 도래를 예고했던 분열적인 감각이다.

두칼레 궁전에서는 사람들이 추위에 몸을 옹송그리며 단체 관람 인솔자를 기다리고 있다. 혼자서는 안에 들어갈 수 없고, 인솔자는 가차 없이 사람들을 몰아붙인다. 한 무더기의 시각적 인상이 우리에게 와르르 쏟아진다: 우리는 계단과 방과 회랑이 이끄는 대로 따라가지만, 두 번째, 세 번째 무더기가 쏟아져도 남는 것이 하나도 없다. 서두름 때문에 더 피상적이 된다. 나는 뿌연 거울 속으로 유령처럼 스윽 지나가는 내 친숙한 모습을 보며, 옛날에는 손님들이 말 등등을 타고 올라가곤 했던 계단을 굼뜬 발걸음으로 느릿느릿 오르고, '난쟁이의 방'이라는 신비스러운 작은 방에서 고분고분 몸을 숙이며, 물과 그 너머 안개 낀 평야를 내다본다. 백 년 동안 숨어 있다 세상에 나온 피사넬로Pisanello의 프레스코 벽화 앞에서는 꾸물꾸물 서성인다. 신기하기도 하고, 미완성일지언정 오래되어, 희한한 방식으로 폐허와는 정반대의 느낌을 주는 벽화다. 나는 벽에 남아있는 그 표시와 선들, 무자비한 전투의 보고서를 뚫어져라 바라본다. 싸움판 한가운데에 죽은 듯이 누워있는 기사 한 명은 고꾸라진 인간 전차가 되어, 마치 무기력한 금속 몸뚱아리 같다. 연약한 긴 손이 갑옷 위에 축 늘어져있기도 하고, 젖혀진 투구 사이로 무너질 듯한 표정이 드러나 있기도 하며, 새 모양의 쇠 부리에 얼굴이 감춰진 이들도 있다. 그들은 어찌나 옅은지, 그 거대한 벽에 살포시 떠 있는 듯싶은데, 그런데도 연하게 스케치 된 그 형상들에서는 투쟁과 죽음의 냄새가 배어난다.

가장 기억에 남는 것은 '카메라 델리 스포시Camera degli Sposi', 다른 말로 '카메라 픽타Camera Picta'라고 하는 방[151]이다. 만테냐가 이 방의 벽화를 완성하는 데는 9년이 걸렸다. 그림 주문자들은 너무 길다고 생각했지만, 잘못된 판단이다. 9년이라는 시간은 하나의 우주를 창조하기에 긴 시간이 아니고, 이치가 그러하다. 그 방안의 얼마 안 되는 면적 위에다

---

151) 두칼레 궁전에 있는 '신혼의 방(Camera degli Sposi)'은 '그림이 있는 방(Camera picta)'이라고도 불린다. 루도비코 3세 곤차가의 주문으로 화가 만테냐가 그린 눈속임 벽화가 유명하다.

만테냐는 완결된 세계를 창조했고, 새로 발견한 원근법이라는 관능적인 속임수 안에 곤차가 가문의 실체가 담겼다. 위쪽을 올려다보면, 여인들과 푸토putto들이 열린 천국에서 난간 아래를 굽어본다. 그 아기 천사 중 하나는 뉴턴의 불그레한 사과를 손에 들고 있는데, 그것은 금방이라도 아래로 떨어져 당신을 맞출 기세다. 벽화 속 인물들은 곧추서서, 신관처럼 기묘하게 서로를 향해 몸을 돌리고 있다. 하나같이 다른 어딘가를 쳐다보고 있으며, 눈빛에는 온통 진지한 기색이 역력하다. 그들은 그 방에서 영원토록 살 것을 알고 있었던 것이다. 화가의 정교한 손길은 귀신이 곡할 지경인데, 개의 발만 보더라도, 징두리 가장자리 위에 발이 걸치도록 그려놓아서 그 짐승이 방으로 막 들어올 것처럼 보인다. 당신은 그러한 찬란함에 어리둥절해서 서 있지만, 동시에 그것에 대뜸 끝이 올 것이라는 두려움도 있다. 으름장을 놓듯 사방에 달려있는 커튼은 옆으로 젖혀지고 불룩하게 부풀어 오르고 눈에 보이지 않는 바람에 펄럭인다. 그렇게 그려져 있으니 악마의 손이 다시 커튼을 닫아버릴 수도 있을 성싶다. 군주와 그의 궁정과, 그리고 난쟁이가 된 사냥꾼과 농부들이 있는 광활한 그 옛 풍경을, 잃어버린 시간이라는 찾지 못할 석회암 무덤 안으로 되던져버리면서.

밖으로 나와, 궁전의 미로 같은 천장에 빈첸초 공작의 모토가 펼쳐진 엽서 한 장을 산다. "Forse che si, forse che no(어쩌면 그럴 수도, 어쩌면 그렇지 않을 수도)"라는 금색 글자가 푸른색의 미로 안에 적혀있고, 글자는 어디에서도 끝나지 않아서 수천 번은 적혀있는 듯 보인다. 어쩌면 그렇고, 어쩌면 그렇지 않다. 나는 이 주문의 보호를 받으며 내가 시작한 지점으로 돌아오고, 꿈같은 환영을 보게 될 길을 다시 한 번 걸어간다. 서서히 닫히고 있는 안개의 장막 뒤로.

1983년

11. 취리히

취리히로 가는 내 여정에는 나보다 한발 먼저 다녀간 이
가 있었는데, 그는 조각가이자 회화와 소묘도 그리는 화가
다. 그의 이름은 '겨울'. 그는 내가 아는 그 도시를 다른 모습
으로 바꾸어놓았다. 그가 쓰는 재료는 눈과 얼음, 안개, 이른
저녁 거미, 추위이다. 그에 익숙해지려면 아직 멀었다. 그는
여간해서 물러서지 않는다. 신들린 사람처럼 작업했음이 틀
림없다. 산 자의 얼굴, 죽은 자의 무덤, 갑자기 너무 어두워
진 물의 색깔, 사방에 그는 자신의 자취를 남겨놓았다. 심지
어 제 동료의 수고도 가만 놔두는 법이 없어, 변형하고 덧대
고 고친 모습을 어디에서나 볼 수 있다.

그로 인한 효과는 때로는 참 경이롭다. 여행을 많이 하는

사람들이 다 그런지는 모르겠으나, 나는 전 세계 어느 도시에든 갈 때마다 만나러 가곤 하는, 돌로 된 친구들이 있다. 파리에는 에콜 가rue des coles에 몽테뉴가, 런던에는 템즈 강변에 스핑크스가, 레온León에는 성당 구석에 잠들어있는 주교가 있다. 그리고 취리히에는 뢰미스트라세Ramistrasse의 분수 양쪽에서 진지하게 상념에 잠겨있는 순결한 여인상[152] 두 개가 있다. 둘은 공통점이 없고 서로 모르는 사이지만, 내게 그들 각각은 어떤 생각이나 추억을 불러일으킨다. 예전에는 그녀들 곁에 걸음을 멈추고 가만 서 있었는데, 이제는 그녀들과 개인적으로 아는 사이라는 느낌이 들고, 함께 이야기라도 나누며 안부를 묻고 싶어진다.

이런 내 모습을 이상하게 생각하는 사람은 그 동상들이 어째서 그 자리에 있는지 먼저 자문해 볼 필요가 있다. 대부분은 우리가 잊어버리기 쉬운 것들을 상기시켜줄 요량이지만, 그 분수가의 두 여인은 그런 경우일 리가 없다. 그녀들은 우리에게 말벗이 되어주려고, 바로 정의내릴 수 없는 무언가를, 여성성과 아름다움, 명상에 관한 어떤 이야기를 들려주려고 거기에 있다는 것이 내 생각이다. 쿤스트하우스 미술관

---

152) 뢰미스트라세Ramistrasse와 발트만스트라세Waldmannstrasse의 모퉁이에 있는 한스 발트만 분수의 조각상을 말한다. 스위스 조각가 짐머만(Eduard Zimmermann, 1872~1949)의 1935년 작품.

Kunsthaus에서 크로넨할레Kronenhalle나 취리히 호숫가로 가는 길에 그네들에게 그저 인사나 건넬 뿐일지라도 잠시 발걸음을 멈춰야 한다는 생각을 말해주려고 말이다.

나는 그 두 동상을 좋아한다. 그네들의 여름과 가을 모습을 알고 있다. 그네들은 그다지 특별하지 않을지 모르지만 애수 어린 진지함을 내뿜고 있기에, 언제고 그 팔에 잠깐 손을 얹어 보고 싶은 마음이 일고는 하는데, 그럴 때마다 나는 그 살갗이 꺼칠꺼칠한 데 또 놀란다. 그 나이 대에 맞게 매끄럽고 온기 있는 살갗이리라고 정말 기대라도 했던 모양이다. 하지만 이는 도대체 무슨 역설인가? 그 동상들이 진짜 여인이라면 나는 감히 만져볼 엄두도 내지 못했을 테다. 생면부지의 사람을 그냥 만질 수는 없을 뿐만 아니라, 그네들의 젖가슴과 어깨의 석회암이 돌연 피부병 환자의 거칠고 벗겨진 살갗으로 바뀔 터이기 때문이다. 그래도 지금 내 손에 닿은 바로 그 석회암은 촉감이 아주 좋고, 동시에 젊음과 윤기가 느껴진다.

무릇 예술가란 속임수에 능한 이들임을, 우리는 안다. 그래서 플라톤은 그 부류를 그토록 싫어하지 않았던가. 그래도 어떤 동상과 맺는 관계는 은밀한 욕망의 일환으로 보아야 하는데, 특히 지금 그 다른 예술가, 그러니까 겨울 씨는 내 여성 친구 두 명에게 신경을 쓰고 있다. 그는 자신이 추위 그 자체이면서 이 얼어붙은 날에 그녀들의 여린 몸이 헐벗은 모습을 보자니 견디기 힘들다는 듯이, 그네들의 품에, 그리고 머리칼과 어깨에 눈을 내려놓았다. 하지만, 정작 그녀들은 아랑곳하지 않는 기색이다. 폭신한 하얀 털 망토를 감지하지 못하는 듯 느긋하게 상념의 타래를 짓는데, 아닌 게 아니라 내 시선을 뚫고 줄곧 땅바닥을 응시하기도 한다. 뭔가 다른데에 정신이 팔려있는데, 평소 그녀들이 자아내는, 돌처럼 단단한 고요함 사이로 흐르던 물이 지금은 흐르지 않는 것을 생각하는 중일까? 겨울 씨는 얼음을 깎아 분수 끄트머리에 다이아몬드를 빚어놓았고, 보드라운 눈가루들이 그 위에 살포시 붙어 있다가 사라지는 듯 보인다. 이 친밀감에서 나는 빠져나가야 한다.

'하얀 재', '잘게 부순 깃털', 네덜란드 시인 콘스탄테인 하위헌스Constantijn Huygens는 눈을 그렇게 묘사했었다. 나는 그 하얀 재와 깃털에 뒤덮여 벨뷰 광장Bellevueplatz을 가로질러 호수로 간다. 여기에도 겨울 씨는 작업을 해놓았는데, 이번에는 중국 수묵화가처럼 색깔은 집에다 두고 왔다. 다리 가까이에 호수로 내려가는 돌계단이 있지만, 나는 난간에 잠시 기대어 선다. 내 밑으로는 푸른색 비단 히잡을 쓴 이란 여인이 아이 셋을 데리고 서 있다. 예로부터 씨 뿌리는 농부가 해오던 손동작(머잖아 그림에서나 볼 수 있게 될)으로 물새들에게 빵 부스러기를 막 뿌리려는 참이다.

신기하다. 여기서는 제논의 역설이 기승을 부려, 손을 흔드는 장엄한 동작이 지속되는 시간은 조각조각 나뉘어 특정 순간이 끝없이 이어지는 연속을 이룬다. 고니·갈매기·검둥오리·거위는 제아무리 멀리 있다한들, 그들의 컴퓨터에는 그 손짓의 신호가 이미 내장되어 있다. 이제 공중의 빵 조각은 가장 먼저 무는 새가 차지한다. 고니들이 거대한 전함처럼 전력을 다해 다가가고, 노 젓는 작은 배로 구성된 소함대 전체가 뒤따른다. 갈매기들은 공중 공격을 개시하고, 깃털 달린 격투기들이 노망난 노파 합창단 같은 소리를 꽥꽥 질러댄다.

도대체 자연은 어떻게 이런 일들을 처리하는가? 고니의 목이 물에 닿기까지 걸리는 시간 동안, 이 빵 조각은 갈매기가 공중에서 가로채지 않는다면 변변찮은 쇠물닭이 이미 덥석 부리에 문다. 여기에 인종적 또는 사회적 계급 질서의 양상이 반영되지 않는다고는 좀처럼 상상하기 어렵다. 하지만 그것들은 죄다 인간의 관점이다. 우리는 산초 판자 같은 쇠물닭보다는 고니가 더 아름답거나 귀족적이라고 보지만, 과연 그 새들은 어떻게 볼까? 거위는 고니에게 적대감을 갖고 있을까? 검둥오리는 갈매기에게 깊은 원한을 품고 있을까? 아니면 그저 살아남기 위해 발을 젓고 꽥꽥거리고 물장구치고 쑤석거리고 소리를 질러대는 걸까? 빵을 잡겠다고 그날

열여덟 번씩이나 버둥대다가 결판이 났을 때 거기에 비애가 있는가? 사람들이 그 문제를 해결하려고 씨름하며, 기회를 얻지 못한 갈색 거위를 저 멀리 구석으로 몰아 승산을 높여 주려고 절박하게 애쓰는 모습이 보인다. 마지막 순간에 갈매기 폭력단의 깡패들이 또다시 캐비어 같은 진미를 갖고 달아나자 낭패감을 느끼는 모습도. 애달프다.

파블로프의 주장이 그러하므로, 고니 여섯 마리는 원을 그리며 동시에 아라베스크 동작을 하고는 그 긴 목을 다시 일제히 곧추세운다. 나비매듭이라도 빙 둘러 묶어야 할 꽃다발 같다. 먼발치에 조그만 고기잡이배 두 척이 떠 있다. 중국 화가는 그 광경을 포착하는 데 붓질을 두 번, 아니 세 번 했다. 호수 건너편 기슭을 위해서는 굵은 붓을 썼으나, 그런 다음 물에다 먹을 씻었다. 그 결과로 남은 장면은, 차라리 무無라고 표현하고 싶었겠지만, 그러기에 이 화가는 너무 세련되었다. 그는 그예 이 그림을 천 년 동안이나 그리고 있다. 건너편 기슭은 제풀에 사라지게끔 하여, 무無는 그 기미만 어려 있다.

시간과 청동, 둘은 기묘한 가족 간이기는 해도 이런 도시에서는 서로 떼려야 뗄 수 없는 관계다. 보아하니 한때는 시간이 존재하지 않았던 모양인데, 그 뒤 한참 동안도 시간을 측정하기는커녕 누구도 그 존재를 알아차리지 못했다. 그런 연유로 청동을 발명한 것은 아니었지만, 일단 청동이 세상에 나타나자 사람들은 그것으로 종을 만들 수 있었다. 잠이나 선잠은 시간을 초월한 시절의 모방이다. (시간이라는 단어 없이 어지간해서는 무언가를 표현하기가 어렵다.) 고요한 그 무無 안에 최초의 청동 종소리가 부활의 신호처럼 울려 퍼진다. 살아야 할 시간이지만, 당장은 아니다. 우선은 그 수를 세어본다. 청동 종소리가 가볍게 두 번. 측정할 수 없는 것을 측정하려는 시도. 네 번의 절반, 그런데 왜 넷인가? 조용한 내 방은 어둡고, 밤은 내가 돌아오기를 바라는데, 나도 그럴 생각이다. 이제 세 번, 이번에는 장소라는 요소가 더해졌다. 그로스뮌스터Gross-münster 교회가 틀림없다. 나는 그 소리를 기억하고 있다.

그러니까 지금 나는 시간과 공간 모두에 있으며 인간 세계에 속해있다. 취리히의 어느 호텔에 있는 누군가이다. 몇시 45분이 지나갔다. 이제 15분을 더 기다려야 한다. 그러면 청동은 넷까지 셀 것이고, 그다음 진짜 종소리가 더 깊이 울릴 것이며, 그다음 또 한 번, 그리고 또 한 번. 그 종소리를 다 세고 나서야 나는 바다 위의 배처럼 내 위치를 가늠할 수 있다. 다섯, 이라고 청동은 말한다. 수 세기 동안 그래 왔듯이. 나는 그 소리의 가락을 통해서, 마찬가지로 소리를 듣고 있는 보이지 않는 낯선 이들과 연결된다. 다섯. 여섯. 일곱. 여덟. 프레디거 교회Predigerkirche, 프라우뮌스터 교회

Fraumünster, 테너, 바리톤, 베이스. 그들은 하나같이 똑같은 말을 하고 싶어 하지만, 서로 먼저 하게끔 내버려둔다; 동시성은 컴퓨터를 위한 것이지, 소멸하는 인간을 위한 것이 아니다. '누구를 위하여 종은 울리나', 소멸하는 인간, 죽을 운명인 인간을 위해서다. 하지만 아직은 아니다. 나는 자리에서 일어선다.

여전히 눈은 내리고, 도시는 환하고 빛난다. 나는 이 도시를 옷가지처럼 걸칠 것이다. 뭇 지명과 보물, 수백 년 묵은 중얼거림과 함께, 내가 보고 아는 것과 결코 알지 못할 것들과 함께, 은밀하고 공개된 기억들과 함께. 사람들은 곧잘 잊어버리곤 하지만 도시는 그칠 줄 모르고 이야기한다. 이런 도시는 짐작건대 벌써 천 년도 넘게 그래왔다. 항상 누군가는 말하고 속삭이고 외치고 주장하고 설교하고 판결을 내리고 위로하고 유혹하고 계산하고 고해하고 불평하기 마련이다. 완전히 조용했던 적은 단 한 번도 없었고, 그 모든 말들은 파티나나 유약 같은 물질처럼 벽에 들러붙어 있어 절대로 없애지 못하며, 가장 밝은 귀에만 들릴 뿐이다. 그런 귀를 가진 어슬렁거리는 산책자는 골목길의 미로를 헤매는데, 린데르마르크트Rindermarkt, 프로쉬가세Froschgasse, 슈피겔가세Spiegelgasse, 뮌스터가세Münstergasse, 그 이름들이 그의 주위로 액체처럼 굽이치고, 이윽고 그는 큰 건물의 그늘에 다다르니, 금관을 쓴 나이 든 황제가 강을 내려다보던 건물이다. 언제 보아도 변함없이 흐르는 그 강물은 쉼 없이 시간의 흐름을 흉내 내고, 사람들이 당도하기 오래전부터 이 자리에 있었던 소리를 낸다.

***

그로스뮌스터. 한때는 성당이었던 곳이다. 지금은 개종한 교회라고 말해도 될까? 나는 어떤 전율을 느끼며 마음이 어수선해진다. 오래전 나는 전쟁 통에 헤이그를 떠나 네덜란드 동부의 시골로 피난을 갔는데, 행정착오 탓으로 여동생과 나는 우리가 '성경 학교'라고 이름 붙인 학교에 다니게 되었다. 학교생활이 오래가지는 않았다. 첫날부터 다른 아이들이 우리가 '가톨릭교도'임을 알고는 우리를 운동장 구석으로 내몰고 얼굴에 침을 뱉었기 때문이다. 그 일은 내게 트라우마로 남지는 않았으나, 그렇다고 잊히지도 않았다. 그 지역에서 주로 믿는 개신교 종파를 우리는 '검은 스타킹 교회 zwartekousenkerk'라고 부른다. 내가 아는 한 그 종파 신도들은 아직도 텔레비전을 볼 수 없으며, 그 종파 신도들이 다수를 차지하는 그 시市에서는 일요일에 물놀이를 하지 못하고, 신비로운 하나님의 조화를 거스르는 일이 된다는 이유로 어떤 부모는 자녀에게 해줘야 할 소아마비 예방접종을 거부하기까지 한다.

내가 느끼는 가벼운 전율이 거기서 비롯되었을까? 아니, 물론 아니다. 그런데도 이 건물의 차가운 엄격함은 내게 이질적으로 와 닿는다. 제단이 있어야 할 자리에 지금은 키 큰 크리스마스트리가 서 있는데 당최 아무 장식도 없다. 빈 공간을 채우는 일 말고는 대체 왜 거기에 있는지 이해할 수 없는 이교적 상징일지도 모르겠다. 조명 없는 크리스마스트리는 추방당한 유민이다. 그는 거기서 어떻게든 나무로 서 있어보려고 하지만, 그보다는 숲에 있는 쪽이 나았으리라. 나는 그 옆에 가까이 가서 성가대 의자에 앉는데, 의자 역시 나를 어리둥절하게 만든다. 분명 낡은 의자들이 아닌데, 왜 거기 놓여 있을까? 예전에 이런 종류의 의자는, 성당에서는 대축일 때, 베네딕도회나 트라피스트회 같은 관상 수도원에서는 날마다 아직 볼 수 있는 것처럼, 수사와 성당 참사회원이 시편을 서로 주거니 받거니 할 때 앉아있는 용도였다. 위를 쳐다보니 마음이 더 편안해진다. 위쪽에는 손닿지 않는 하늘이 돌로 된 아치로 펼쳐져 있는데, 그 아래로 산 자들이 가져다 놓은 변화에 아랑곳하지 않는다. 기둥머리들도 내가 롬바르디아와 아라곤 지방의 로마네스크 교회에서 익혀놓은 언어를 말한다. 상상 속의 동물, 동양적인 식물 모티프, 기하학적 장식, 중세의 조형 언어다.

하지만 냉정함과 엄격함은 그대로여서, 민둥한 높은 벽이 내뿜는 회색빛 견고함에는 어떤 눈 돌림도, 인간의 형상도, 내 머릿속 생각 같은 잡념으로 달아날 탈주로도 들어설 자리가 없다. 이 자리를 차지하고 있는 것은 오직 '말'뿐, 어떤 작가가 거기에 말을 보탤 수 있으랴. 그래도 나는 느릿느릿 앞쪽으로 거닐다가 훨씬 근래에 아우구스토 자코메티Augusto Giacometti가 만든 오색찬란한 유리창 아래에서 발을 멈추는데, 그러자 난데없이 머리 없는 유령 두 개가 짙은 안개 사이로 내게 다가오는 듯싶더니 자신들의 순교사를 들려주고 싶어 한다. 레굴라Regula와 펠릭스Felix, 두 사람은 다시 희미해지며, 자신들의 잘린 머리를 어디론가 가져갈 것처럼 팔에 들고 있다. 그들의 옷차림은 색바랬어도 전설은 여전히 살아남았다. 레굴라와 펠릭스는 이집트 테베의 로마 군단 소속이었는데, 기독교도에 맞서 싸울 요량으로 머나먼 북쪽의 스위스 발레Valais 지방에 파병되었다. 하지만 이 병사들은 자신들이 기독교도였기에 형제를 죽일 수는 없어 투리쿰Turcium[153]으로 달아났으나, 거기서 데키우스 총독의 손에

---

153) 취리히에 있었던 로마 시대 주거지의 이름. 리마트 강변의 구도심에 있었고 현재 린덴호프 주변이다.

사형선고를 받고 리마트강의 작은 섬에서 참수되었다. (이 도시에서 참수는 물과 연계되는 듯하다. 그 힘센 한스 발트만[154]도 배로 이송되어 사형 집행되었다.)

지금은 내가 이 교회를 아름답다고 생각하는가, 하면 그렇지도 않다. 내 안의 가톨릭 정서는 다채로움과 여성성과 극적인 면을 갈구하지만, 그다음 일요일에 그 금욕적인 건물에 다시 가보았을 때 나는 한 번 더 곰곰이 생각해보게 된다. 전율은 여전히 느껴지지만, 내가 개신교회의 예배에 한 번도 참석해보지 않아서 그런지도 모른다. 견실한 시민들에 섞여 교회 안에 들어가자 '돈과 정신'이라는 말이 무심결에 떠오른다. 고든 크레이그Gordon Craig가 쓴 훌륭한 취리히 관련서[155]의 제목인데, 요즘 내가 읽고 있는 이 책의 제목이 머리를 떠나지 않는다.

취리히에 사는 친구들의 말을 듣고 내가 이해한 바로는 설교자가 누구인지에 따라 큰 차이가 난다는 것이다. 물론 교회에서는 '말'이 가장 중요한 역할을 하므로 그리 이상한 일

---

154) Hans Waldmann(1435~1489), 군인 출신의 취리히 시장. 그의 토지 정책에 반발한 농민들의 손에 사형 집행되었다. 그로스뮌스터로 가는 리마트 강의 다리 위에 그의 기마상이 있다.

155) 《돈과 정신. 1830~1869, 자유주의 시대의 취리히(원제: Geld und Geist. Zürich im Zeitalter des Liberalismus, 1830~1869)》(1988)

은 아니다. 내게—그리고 아마 내 주변에 있던 다른 신실한 예배 참석자들에게도—그보다 더 이상했던 점은 설교 주제였으니, 사라와 혼인하게 되는 가련한 토비야의 일대기, 토비트 외경이었다. 문제는 사라는 이미 일곱 번이나 혼인했지만, 남편들은 결혼생활이 시작되기도 전, 혼인식을 치른 첫날밤에 죄다 죽어버렸다는 사실이다. 그러니 보통 사람이라면 그녀와의 혼인을 재고해볼지도 모른다. 하지만 토비야는 여행길에 말동무 한 명을 만나고(천사인데, 그는 그 사실을 알지 못한다), 그이는 토비야에게 다음 집에 닿으면 생선의 염통과 간을 하나님에게 제물로 바치라고 조언한다. 토비야가 그이의 말대로 하자, 혼인이 일사천리로 진행되고, 사라의 아버지는 다음 희생자를 묻으려고 이미 파놓았던 무덤을 도로 메운다. 사라에게 깃든 살인자 악령은 토비야가 향불에 태운 제물로 인해 이집트의 먼 구석 땅으로 달아나고, 길동무는 자신이 대천사 라파엘임을 밝힌다. 이제 설교자는 딜레마에 빠진다. 그도 그럴 것이 향불에 태운 제물과 향은 별반 다르지 않고, '츠빙글리가 그와 같은 이단적 예배에 반대하며 설교했던' 이 교회에서 향은 당연하게도 설 자리가 없기 때문이다.

내 주위에 있는 신자들은 예순 명가량의 독실한 시민들인데, 훤칠한 그 남자(잉마르 베리만의 영화에 나오는 스웨덴 스타를 닮은 듯한 미남, 검은색 가운, 흰색 띠)를 나와 마찬가지로 쳐다보면서, 그가 어느 쪽 편을 들 것인지 기다리고 있다. 그러자 그는 최근에 아내(나는 살짝 충격을 받는다. 금기란 뿌리 깊다)와 함께 젊은 대체의학 치료사를 찾아갔다는 이야기를 들려준다. 어떤 상황이 벌어질지 안 봐도 알겠다: 뜻하지 않는 방식이라도 하나님이 기뻐하시면, 하나님은 우리를 도우십니다. 잠시 나는 혁명적인 상상을 꿈꿔보는데 그 상상 속에는 육중한 청동 문이 삐걱거리며 천천히 열리고, 츠빙글리가 석상처럼 쿵쾅거리며 걸어와, 이 건물에서 이미 오래전에 추방된 냄새를 때 아닌 지금 변호하는 것에 대해, 설교자에게 설명을 요구한다. 하지만 설교단에 서 있는 남자는 우리에게, 구호가 필요한 사람, 전쟁 희생자, 그리고 마지막으로 동식물을 위해서도 기도하자고 청한다. 별안간 내 눈앞에 풀줄기, 전나무, 선인장, 밀림, 떡갈나무, 그리고 미국 태평양 해안에 늘어선 천년 묵은 거목들이 보인다. 파이프 오르간이 파헬벨의 음악으로 우리를 감싸주고, 신도들은 오, 그토록 나직하게 찬송가 282장을 부르며('너 하나님께 이끌리어',[156]) 나는 동물·식물과 인간의 영도를 받아 되도록 노래를 따라 부르려고 애쓰면서, 이번 주에는 눈 덮인 그들의 동물원에 가서 동

---

156) 'Wer nun den lieben Gott lässt walten(너 하나님께 이끌리어)', 독일 작곡가 게오르크 노이마르크(1621~1681)가 작곡한 성가.

물들을 보고 오리라 마음먹는다. 오히려 그 반대로, 동물과 식물이 어처구니없이 순수한 상태에서 우리를 위해 기도할 수 있다고 남몰래 짐작하지만서도.

바깥으로 나오니 취리히는 여전히 고요하다. 돈은 은행에서 잠들어 있고, 컴퓨터는 '선악의 저편(jenseits von Gut und Böse)'[157]에서 명상하고 있으며, 국립박물관으로 가는 트램은 얼추 텅 비었다. 박물관에도 음악이 있는데, 청년 합창단이 뒤프레Dupré[158], 오케겜Ockeghem[159] 등의 음악을 무반주로 노래하고, 나는 집에 온 듯 편안한 기분이 든다. 노래가 울려 퍼지는 작은 공간은 만원이고, 입석방이다. 나는 동시에 두 가지의 중세시대 안에 있으니, 내 앞에는 새빨간 블라우스를 입은 젊은 남녀 합창단이 있고, 내 뒤로는 스테인드글라스로 만든 도시 문장이 있는 중세 후기 양식의 방이다. 라멘타치오Lamentatio, 미사 오라티오눔missa orationum, 애달프고 괴로운 영혼이 괴롭지 않은 음악으로 노래하며, 서로 끌어당기고 밀어내는 소리 가락, 세계의 쇠락에 흡수되기를 거부했기에 쇠락할 수 없는 소리, 이 세상의 것이 아니라 저

---

157) 니체의 대표작 《선악의 저편: 미래 철학의 전주곡》(1886).

158) 마르셀 뒤프레(Marcel Dupré, 1886~1971), 프랑스 작곡가.

159) 요하네스 오케겜(Johannes Ockeghem, 1430경~1497경), 15세기 후반 플랑드르 악파의 작곡가.

세상의 것인 양, 순결하고 때 묻지 않게 들리는 목소리다.

　박물관은 그 자체로 무궁무진한 보고寶庫다. 나는 몇 시간째 박물관 안을 돌아다니며, 이 도시, 이 나라의 역사에 흠뻑 젖는다. 쌍두독수리, 사라진 귀족 가문의 옛 문장, 옛날 옛적의 전쟁 문서, 1467년으로 거슬러 올라가는 멜링겐 시청사 회의실, 소장품 캐비닛, 수녀원장의 슬리퍼, 츠빙글리의 성경, 마네쎄 필사 가요집[160]에 나오는 기사와 시인들. 나는 수백 년의 시간 사이를 느긋하게 걸으며, 천 년을 산 노인이 되어 그의 기억 속에 헤맨다. 그의 기억이라고? 아니, 물론 아니다. 하지만 이런 박물관이 그 안을 돌아다님으로써 참여하게 되는 집단 기억이 아니라면 대체 무엇이란 말인가?

　발트만Waldmann 시장이 어깨에 둘렀던 금 체인은 다섯 세기가 지난 지금도 그가 체인을 벗어야 했을 때처럼 여전히 눈부시게 빛나고, 예나 지금이나 변함없는 투구는 닫힌 채로 얼굴을 가려주며, 카타리나 폰 짐머른[161] 대수녀원장의 방은 벌써 여러 차례 다녀온 곳인데, 아니면 꿈속이었던가, 물론 나는 이 도시가 1627년에 어떤 모습이었는지도 기억한다.

---

160) Manessische Handschrift. 취리히 명문가인 마네쎄 가문에서 중세 독일의 연애
　　시 민네장Minnesang을 모아 편찬한 필사본.

그 많은 것 중에서 하나만 고를 수 있을까? 물론 당신은 그러지 않으며, 무언가에 붙들릴 따름이다, 황홀함, 기괴함, 꿈속에 다시 나타날 이미지들에. "갈레리우스 황제는 로마누스 성인[162]의 혀를 자르게 했다", 1420년의 보도 사진이다. 황제는 그 장면과 조금도 상관없다는 듯, 끝이 뾰족한 긴 발로 서있다. 손으로는 옆에 있는 그림을 가리키는데, 그림 속에는 황금색 튜닉을 입고 견고한 칼을 든 병사가 자신의 제물에 보다 손쉽게 닿을 수 있도록 막 무릎을 꿇은 참이다. 구겨진 옷차림의 로마누스 성인은 병사 쪽으로 비스듬히 몸을 돌려 앉았다, 병사가 칼로 베기에 좋도록. 성인은 병사보다 한참 큰데, 자신의 사형집행인을 향해 바짝 깎은 삭발 머리를 치켜들었고, 혀를 최대한 밖으로 내밀었다. 오케겜의 명징한 음악이 느닷없이 묘연해진다. 1초 뒤에 들려올 피비린내 나는 비명에는 섞일 생각이 없는 것이다.

---

161) Katharina von Zimmern(1478~1547), 취리히 프라우뮌스터 수도원의 마지막 대수녀원장. 츠빙글리와 교류하며 그의 종교개혁을 지지했고, 수녀원을 취리히 시에 평화적으로 양도했다. 폐쇄된 수도원의 방 두 개가 국립박물관에 고스란히 보존되어 있다.

162) 팔레스타인 안디옥의 초기 순교자. 301년 즈음, 기독교 포교로 화형을 선고 받고 죽음 앞에서도 당당했던 그에게 갈릴레우스 황제는 혀를 자르는 고문을 가했다.

백 년 뒤 〈최후의 만찬〉이 바로 그 방에 걸린다.[163] 적어도 과거에 관한 한, 시대의 다채로움은 산 자들의 특권이다. 1510년, 보리수 목재, 라이나우 수도원. 사도들이 어지러이 뒤섞여 있는 통에 열두 명이 맞는지 세어보아야 할 지경이다. (쓸데없는 짓, 자동판매기에서 잔돈을 세어본들 항상 정확하지 않은가.) 탁자 위의 접시는 다니엘 스포에리Daniel Spoerri의 작품에서처럼 우리를 향해 놓여 있다. 수염투성이의 괴상한 얼굴들. 탁자 위의 빵은 금으로 만들어졌고, 접시에는 죽은 짐승이 누워있는데, 머리는 몸통에서 분리되어 있고 앞발은 접시 가장자리 위로 뻗어 마치 아직 잠을 자는 듯하다. 그림의 오른쪽 귀퉁이에, 말 그대로 앉아있는 사도가 황금 빵을 자르며, 그 옆의 사도는 죽은 짐승의 옆구리에 황급히 오른손을 다정하게 얹었고, 왼손에는 공처럼 둥근 빵 덩이를 치켜들고 있다. 나는 이와 같은 그림들이 의미하는 바를 아직 기억한다. 그 모든 최후의 만찬·십자가에 매달림·성모와 아기 예수·수태고지, 이 모두는 원래 있던 환경에서 떨어져 나오고, 수도원과 교회에서 제거된 다음, 이런 세속적인 공간에 비치되어 있다. 이제는 숭배의 대상이 아니라, 여전히 그것

---

163) 1520년대에 취리히에서 츠빙글리가 주도하는 종교개혁운동이 일어나, 성상파괴 운동이 취리히의 라이나우 수도원도 휩쓴다.

을 잘 이해하는 사람만을 위한 예술이 되어, 아마 몇 세기가 지나면 비너스나 아폴로나 헤르메스만큼 명료하고 모호해지며 더는 감응이 없는 아름다움이 되리라.

취리히의 여행자. 그는 크로넨할레Kronenhalle[164] 레스토랑에서 식사하며, 필수 과정으로 조이스와 《율리시스》를 생각한다. 중앙도서관에서는 땅속 깊숙한 곳에 있는 지하열람실까지 가이드 투어를 받으며 자신의 출생 연월일(1933년 7월 31일)자 〈새 취리히 신문Neue Zürcher Zeitung〉을 구경한다(재산이 넉넉지 않은 숙녀와 그 장래, 루스벨트의 뉴딜 정책, 오스트레일리아의 재정 상황, 수사 중인 독일 공산주의 조직, 콜롬비아와 최초 전화 연결). 그러고는 자기가 얼마나 오래 살았는지, 또한 사서가 자신 앞에서 탁자 위에 파라켈수스Paracelsus와 베살리우스Vesalius를 놓을 때 자신이 살아온 날이 얼마나 짧은지도 새삼 깨닫는다. 그는 뵈클린Böcklin과 켈러Keller의 목소리가 아직 들려오는 술집 외펠카머Opfelchammer[165]에서 데운 포도주를 마시며, 오페라 극장에서 오버발리저슈필리트 오케스트라의 연주회에 넋을 잃고 심취한 후 들뜬 상태로 바깥에 나

---

164) 1924년 취리히에 문을 연 레스토랑으로, 당대의 예술가들이 단골손님이었다. 한 때 취리히에 머물렀던 제임스 조이스도 이 레스토랑의 17번 탁자에서 글을 쓰곤 했다고 한다.

와, 취리히 쿤스트하우스 미술관에서 오스트리아 '분더카머
Wunderkamer'의 광기와 수목원 사진들의 고전적인 단순함을
감상한다. 그런 다음 단숨에, 그림, 괴물, 사람, 목소리, 문장
紋章, 시편, 책들을 실컷 보고, 그런 다음엔 잠깐 고요해져야
할 시간이 되니, 눈과 동물과 식물과 죽은 자들 사이보다 그
에 더 좋은 장소가 어디 있겠는가?

나는 《취리히의 나무 이야기Zuricher Baumgeschichten》라는
책에서 취리히에 있는 전지전능한 나무 세 그루에 관한 글
을 읽었다. 책에 나온 대로라면 나무들이 있는 곳은 그지없
이 찾기 쉬워 그냥 가기만 하면 될 듯했다. 트램을 한 번 타
고 조금 걸은 다음 산비탈을 오르면 들단풍나무를 대면할
수 있으리라. 나는 들단풍나무에 대해 꽤 아는 바가 많았다.
그 나무껍질을 식초에 담가놓았다 붙이면 뱀에 물리거나 상
처가 감염되지 않게 해주고, 나뭇잎을 발효시켜 먹으면 기
근이 닥쳤을 때 버틸 수 있다. 농부들은 그 나무를 마스올더

---

165) 1801년에 문을 연, 취리히에서 가장 오래된 술집. 스위스의 작가이자 화가인 고
    트프리트 켈러(Gottfried Keller, 1819~1890)는 1821년~1848년 동안에 '외펠카머'
    가 있는 린더마르크트Rindermarkt 9번지에서 살았고, '외펠카머'의 단골손님이었
    다. 화가 뵈클린은 1886년부터 1892년까지 취리히에 거주하는 동안 켈러와 친구
    사이가 되었다. 뵈클린이 1889년 즈음 그린 켈러의 초상화가 취리히 미술관에
    걸려있다.

massholder라고 불렸는데 영양분을 뜻하는 고대 고지 독일어인 마잘타mazzalta에서 온 이름이다. 이 나무로는 결코 온전한 숲을 이루지 못하여 방관자Beiläufer라고도 불리는데, 나는 이 이름에 유독 마음이 끌렸다.

이제 그 나무를 찾기만 하면 되었다. 눈 덮인 비탈길을 지나자 어찌된 영문인지 나는 갑자기 도시 바깥에 나와 있고, 취리히는 저만치 발아래에 말없이 누워있다. 손수레 가득 두엄을 실은 남자가 내 앞을 가로질러 가고, 소들이 음매 하고 운다. 나는 어린 과실수들이 방한복을 입고 있는 과수원을 지나, 멀리 어슴푸레한 저 밑에서 들려오는 구급차의 사이렌 소리를 들으며, 내가 찾는 나무가 클랑바움(Klangbaum, 소리 나무)으로도 불린다는 것을 생각해낸다. 그 목재로 바이올린을 만들기 때문이다. 그나저나 나무는 어디에 있담? 아름답고 호젓한 유대인 묘지를 지나니 내가 근처까지 왔다는 것은 알겠는데, 눈 덮인 인상적인 묘석 밑에 누워있는 죽은 자들은 나무가 어디에 있는지 말해주지 않고, 내가 맞닥뜨리는 산 자들은 그것을 들어본 적도 없노라고 말한다. 실개천은 노발리스[166] 때부터 그래온 것처럼 재잘대지만(그 전에는 실개천이란 보는 것이지 재잘대는 것이 아니었다) 냇물도 그 나무의 비

---

166) Novalis(1772~1801), 독일 시인, 초기 낭만주의의 대표적 작가.

밀은 이야기해주지 않는다.

이파리도 없이 단풍나무를 어떻게 알아보는가? 도리스식 기둥의 세로줄 홈이라고 책에는 적혀있지만, 눈 덮인 나무와 예스러운 대리석은 사실 서로 그다지 닮은 구석이 없다. 나무들이 온통 나를 비웃는 성싶더니만, 한 나무 앞에 딱 서자 그 웃음이 멎고, 그러니 다른 나무일 리가 없다. 나이 먹은 쭈글쭈글한 나무껍질에 손을 얹으니, 눈 속 깊숙한 곳에서 뱀들이 겁먹은 듯 스르르 기어들어 가는 소리가 들린다. 나는 제대로 된 얼간이처럼, 앙상한 나뭇가지들이 내 머리 위에서 쥐죽은 듯 조용하게 자아낸 맹렬한 혼돈을 뚫어져라 올려다본다. "나는 그것을 감지한다": 이런 표현이 괜히 있는 것이 아니다. 그리고 그대로 한참을 서 있으니 나무도 나를 감지한다, 제 발목 높이에도 오지 않는, 수첩 한 권을 들고 있는 사내를. 돌풍이 휙 불자 나무는 내 위로 눈을 얼마간 뿌리고, 가지가 내는 바스락거리는 소리는 뭔가를 말하려는 듯했지만, 그게 무슨 말이었다 해도 나는 알아듣지 못했다.

들단풍나무의 형님격인 로브르참나무Quercus robur는 훨씬 더 찾기 어려웠다. 미니버스를 타고 다시 버스와 트램으로 갈아타고, '알비스퀴틀 사격장 밑' 공유지라는 눈 덮인 평지에 도착한다. 분명 제대로 찾아왔을 텐데, 사람들이 문란해진 바람에 조상들이 신이 깃들었다고 믿었던[167] 나무들이 어디에 있는지 이제는 알지 못한다. 이 떡갈나무Stieleiche는 단연코 키가 20미터, 둘레가 6미터에 달하고, 고트프리트 켈러 Gottfried Keller가 수채화로 그리기까지 했으며, 예전에는 북 치기 소년이 나무 그늘에서 북 치는 연습을 하기까지 했건만, 치약 광고 모델 같은 조깅하는 사람, 강아지와 산책하는 숙녀, 원죄라는 까다로운 신학적 문제를 토론 중인 노신사 둘, 그 누구도 이 오래된 숭배물이 어디 있는지 모른다. 나는 몇 시간이나 걸려 나무를 찾기는 했는데, 막상 나무는 나를 완전히 압도할 지경이고, 활짝 펼쳐 후들거리는 가지들은 별안간 구릿빛이 된 저녁 하늘에 카스파 다비트 프리드리히 Caspar David Friedrich의 작품 같은 그림을 그린다. 물론 옛날에는 이 나무에 신이 머물렀는데, 당최 친절하다기 보다는, 얼음 같은 영혼, 겨울의 정신, 나무 몸뚱이를 지닌 존재였다. 나무는 툴툴대며 풍경을 지배하고, 깔보는 기색이 역력하게 아우토반의 잡다한 속삭임을 듣는다.

---

167) 게르만 신화에서는 번개를 주관하는 신인 토르Thor가 이 떡갈나무에 머문다고 한다. 독수리와 함께 독일의 국가 상징으로 쓰이는 나무다.

***

　망자들과 동물들을 찾아가는 다음날은 좀 수월하다. 햇빛
과 아지랑이 때문인지는 모르겠지만, 동물원 근처의 묘지에
는 어쩐지 쾌활한 구석이 있어, 망자들이 콧노래를 낮게 흥
얼거리며 땅속에 누워있는 듯하다. 제임스 조이스라고 적힌
팻말을 따라가 보는데, 시인 또한 그럭저럭 편안함에 적응한
상태다. 시인은 눈을 이고 있는 키 큰 가문비나무가 머리 위
에 있는 줄 모른다는 듯, 조그만 의자에 외투도 입지 않고 느
긋하게 앉아있다. 손에는 책을 들고 담배에 새로 불을 막 붙
이려는데, 머릿속에는 여러 나라 언어가 윙윙거리고, 아내는
집에 있으며, 가족은 저 아래에서 찻잔을 앞에 놓고 기다리
고 있다. 그 이른 시각에 벌써 두어 명이 다녀갔는지, 갓 내
린 눈에 발자국이 나 있다. 발자국 한 개는 읽은 책 한 권, 다
섯 발짝 더 가서, 카네티의 영적인 영역이 시작되는 지점에
서 다시 다른 책으로 바뀐다. 바람, 말, 바람.[168] 그런데 이 시
인은 아직 단조로운 나무 십자가 아래에 잠들어있다. 그는 그
곳에 좀 더 적응해야 하는데,[169] 아니 어쩌면 나처럼 동물원

---

168) 엘리아스 카네티(Elias Canetti, 1905~1994)의 저서 《말의 양심》 참조.
169) 카네티는 노터봄이 이 글을 쓸 당시 고인이 된지 오래되지 않았다.

에서 들려오는 늑대의 먼 울부짖음을 듣고 있는지도 모른다.

그곳은 묘지만큼이나 살풍경하다. 겨울철에 동물원을 찾는 이들은 어딘가 다른 부류의 사람들일 테고, 동물들이야말로 그 점을 정확히 알아본다. 마침내 우리는 서로를 찬찬히 바라볼 수 있다. 나는 늙수그레한 사자와 관절염을 놓고 이야기하고, 라마와는 우울증을, 독수리와는 '모든 것이 더 좋았던' 왕년을, 눈올빼미와는 옅어지는 우리의 기억을, 마른 나뭇가지를 춤추듯 사방에 던져대는 거대한 코끼리와는 망명의 장단점을 놓고 이야기한다. 그리고 우리 모두에게 새된 늑대 울음소리가 강박적이고 섬뜩하게 들려오는데, 늑대들이 시베리아의 겨울을 어찌나 생생하게 연출하는지, 툰드라 위로 썰매가 질주하는 모습이 보이고 마부의 채찍 소리가 들릴 지경이다. 늑대들은 아름다운 동물이다. 그들은 자신들의 소절을 외고 있으니, 하늘을 향해 머리를 치켜들고 잊지 못할 아리아를 울부짖는다. 세 번째 늑대는 머리를 아래로 떨구고 음이 안 맞는 낮은 스타카토 대위법으로 울어댄다.

지금은 나와 동종인 인간이 주변에 너무 없다 보니 우리 인간이 얼마나 이곳에 들어맞는 존재인지 새삼 깨닫는다. 결국 창살의 앞쪽이나 뒤쪽이나 그 재료는 같다. 이 세상에 있는 동물원 한 군데라도 우리 조상에 관해 궁극적인 결론을 끌어내는 용기가 있어야 한다. 온갖 형태의 호모 사피엔스가 갇혀있는 우리, 아마도 그러면 인간인 우리는 우리 자신을 더 잘 이해하게 되리라. 물론 다른 동물들이 그것을 용인해 줄 것이냐가 문제다.

마지막 날. 한 주 내내 물은 나를 끌어당겼다. 나는 건너편에 있다고들 하는 그 무無에 가보고 싶은 마음에 킬흐베르크 Kilchberg로 가는 배를 탄다. 호수는 오닉스처럼 반들반들하고, 선착장 기둥에는 투명한 얼음 단검들이 매달려있다. 동승객이라고는 추위에 얼어붙은 일본인 커플밖에 없는데, 그들의 행선지는 내가 지금 가는 콘라트 페르디난트 마이어 Conrad Ferdinand Meyer의 집은 아니다.

현관문이 열려있는데 인기척은 없다. 작가는 잠시 산책하러 나갔는지도 모르겠다. 나는 잠시 쭈뼛거리다가 끝내 그의 서재에 발을 들여놓는다. 책상이 너무 깨끗하게 청소되어 있어서 어쩐지 어색하다. 선반의 책들은 말이 없고, 거기서 꺼내 달라는 애원의 소리는 작가들의 귀에만 들린다. 탁자 위에는 코르네유Corneille의 책 한 권이 놓여있는데, 그가 골라놓았을까? 나는 누군가의 일기장 한 쪽을 펼쳐본다: "1847년 3월 5일. 아무 한 일 없음." 낯설지 않군! 카를 5세 황제의 편지. 안 도트리슈 왕녀의 비망록. 파스칼의 《팡세》. 벽에는 1887년 작, 이 집 주인장의 초상화. 모자를 쓴 다부진

노신사의 눈에는 그림자가 드리워졌다. 초대받지 않은 채 그의 집을 서성이는 이 호기심 많은, 사후의 동료 작가를 향해 언뜻 혀를 내민 듯 보인다. "당신이 찾는 대상이 나라면, 나를 읽어보는 편이 나을 거요. 나는 내 책 속에 있으니까"라고 말하는 듯하다.

***

반시간 뒤 나는 똑같은 메시지를 토마스 만이 묻혀있는 아담한 교회 묘지에서도 듣는다. '부재중'이라고 거대한 현무암 블록이 딱 잘라 말한다. 여기에도 발자국이 나 있다. 독자들은 죽은 작가들을 찾아 나선다. 눈 때문에 모든 것이 엄정해 보이는지는 몰라도, 그들은 가차 없이 그들의 이름—토마스 만과 카챠 만—안에 안전하게 누워있다. 곧추서있는 이들은 그들뿐이고, 에리카·모니카·마이클은 블록의 발치 땅바닥에 있는 조그만 표지석 안, 어마어마한 제 부모의 그늘에 누워있다. 누군가 손으로 눈을 털어내어 그들의 이름을 드러내 놓았는데 마치 이렇게 말하려는 듯하다. "우리도 이 세상에 있었답니다, 우리도 이 세상에 있었다고요."

자, 이제는? 취리히의 날들이 끝나고 있다. 나는 새로 얻은 보물들을 짐가방에 넣는다. 샤갈의 스테인드글라스 창의 모습이 담긴 엽서, 중앙도서관 소장자료 목록, 푸른색 배경에 에라스뮈스 모자를 쓴 츠빙글리가 생각에 잠긴 옆얼굴, 고문 받는 기사 1만 명의 육신, 취리히가 아직 작디작고 주변 언덕은 푸르기 그지없던 시절에 벌어졌던 이 도시의 수호성인 순교사가 담긴 중세화; 옛 도시 한군데에서 내가 사는 또 다른 옛 도시로 나와 동행하여 하늘을 건너가게 될 조각품, 단편, 책, 기억, 시, 이야기들.

2002년

12. 달 표면 같은 말리

때는 1968년 11월 19일 밤이다. 검은 빛의 니제르 강 위로 수마레장군Général Soumaré 호가 떠간다. 서독 유람선을 개조한 이 배는 말리에서 우기 동안 여객선으로 이용되어, 수도 바마코에서 몹티·팀북투·코울리코로·가오 같은 도시를 오간다. 여정은 몇 주가 걸린다. 밤늦은 시간임에도 승객들은 모두 깨어있다. 승객들은 난간에 기대어 서 있거나 선실의 쪽창 앞에 앉아 트랜지스터 라디오를 듣는데, 차라리 라디오의 침묵을 듣고 있다고 해야 맞으리라. 다른 세상에서는 삶이 세월없이 흘러가고, 그들의 대통령들은 침대에서 뒹굴면서 유럽 신문들의 첫 조간판을 뒤적이는 동안, 어디에 있는지 아는 사람이라고는 좀처럼 없고, 뜨겁고 건조한 기후에 몹시 가난하며, 국토의 면적은 프랑스와 독일을 합친 것보다 크지만 그 대부분이 모래땅인 아프리카의 말리 공화국에서는 서서히 말 없는 혁명이 일어나고 있다. 왜냐하면 수마레장군 호에 탄 과묵한 남자들은 예사 승객이 아니며, 수도에서 60킬로미터 거리에 있는 도시 코울리코의 부둣가에서 그들을 초조하게 기다리고 있는 이들도 예사 마중객이 아니기 때문이다. 그날은 모디보 케이타Modibo Keïta가 말리의 대통령으로서는 마지막인 날, 그 사실을 그는 알고 있고, 배에 탄 그의 수행원도, 부두에서 기다리고 있는 군인들도 알고 있으며, 목숨이 내내 위태로운 상황 속에서 기회를 엿보고 있는 장교 열네 명도 알고 있다. 삽시간에, 그리고 열대 지방의 속성인 그 박쥐 같은 기묘한 속도로, 그 밤은 막을 내리고 세상이 모습을 드러낸다. 그 모습은 이러하다: 건조하고, 인간과 동물에게 그다지 동정심이 없으며, 강물의 색깔처럼 갈색이다. 척박한 사바나에 게으르게 누워있는 하염없이 긴 진흙색 뱀 같은 그 강. 그런데 그날 동이 트기 전에, 트랜지스터 라디오에서 지직거리는 소리가 난다. 배 위에, 부두에 있는 남자들, 벌써 잠이 깬 국민 모두가 그 소리를 듣는다. 현악기가 탱하고 내는 소리, 들으면 다들 아는 멜로디, 그런 다음, 마찬가지로 들으면 누구나 아는 음성, 맹인 가수 반조마나[170]의 목소리, 그날이 오면 권력자는 죽으리라고 노래했기에 수년간 금지되었던 목소리다. 그의 악기를 두고 말리에는 기묘한 이야기가 퍼져 있다. 날 수 있으며, 반조마나가 자는 동안에 홀로 연주한다고. 이제 하나의 징후가 던져졌고, 그 사실을 모르는 사람은 없다.

한 시대가 지나갔다. 기니와 마찬가지로 말리도 제 갈 길을 갔다. 말리는 프랑스 공동체에서 탈퇴하고, 그에 따라 프랑스에 의존적인 화폐인 중앙아프리카 프랑도 이제 쓰지 않으며, 전통적인 무역 상대자들과도 거리를 두었다. 열렬하고 교조적인 사회주의를 선택하여 이웃 나라들과도 멀어졌다. 모디보 케이타, 아프리카의 독립을 옹호하는 존경받는 교부이자, 1962년에 일찍이 와해된 희망찼던 세네갈-말리-기니 연합의 의장, 그는 평범한 교육자로 출발하여 급행열차를 타고 감옥을 거친 다음, 프랑스 국민의회의 부의장과, 세계 최빈국에 드는 나라에서 최고위직인 연방 총리의 자리에 올랐으나, 그 여정에 끝이 왔다. 부두의 의장대가 대통령에게 경례한다. 지지자들은 환호한다. 대통령은 답례 경례를 하고 자신의 승용차로 간다. 국기에 대한 경례와 악수가 이어진다. 십 킬로미터 더 가서, 적색-황색-녹색의 깃발이 나부끼

---

170) 반조마나 시소코(Banzumana Sissoko, 1890~1987), 말리의 국민 가수. 케이타 정권에서 그의 음악은 금지곡이었다.

는 긴 검은 승용차는 러시아제 탱크에 저지당한다. 비정규군 군복 차림의 왜소한 장교가 대통령에게 다가가 그의 팔을 잡고 화물차로 데려간다. 그날 오후 무사 트라오레Moussa Traoré 장교는 전국의 3만 개 라디오에 대고, 정권이 무너졌음을 선포한다. 말리, 독립한 지 채 십 년도 되지 않았고, 인구 4백만 명, 승용차 4500대, 1인당 국민소득 60달러, 치과의사 7명, 의사 108명, 전화기 4640대의 이 나라는, 그 시점에 1200억 말리 프랑크-러시아에 320억, 프랑스에 260억, 중국에 230억, 이집트에 70억, 가나에 60억 등 - 의 부채를 지고 있다. 1말리 프랑크는 0.01 프랑스 프랑크다. 말리는 국가 부도의 마지노선 위에 아슬아슬하게 서 있고, 무역은 실질적으로 사망 상태이며, 시장의 상점들은 텅 비었다. 케이타가 이끄는 집권당인 연합수단당[171]내 친 중국파에 의해 갈수록 좌파 성향을 띠어가지만, 원재료 및 기술 지식 부족, 숨 막히는 관료주의 과잉, 신규 대출과 점점 인기를 잃어가는 신규 정책 실시로 무능함이라는 비극이 거듭되며 거의 모든 외국인 투자가 급냉각하자, 1967년 케이타 대통령은 완고한 친 중국파에 맞서, 다시 친 프랑스 경제 정책을 추구하기로 결정

---

171) 1945년 모디보 케이타가 설립한 정당. '아프리카 민주연합'당과 연합하여 케이타를 대통령으로 세우고 1960~68년 동안 집권하였다.

한다. 그러나, 그에 따른 50퍼센트 평가절하 조치조차도 침몰하는 배를 구하지 못한다. 교조적 맹신, 부정부패, 그리고 농촌·도시 할 것 없이 주민 모두가 느끼는 엄청난 불만족(곡식도 없고, 차, 휘발유, 시멘트, 돈도 없다)이 타격이 되어, 배는 점점 더 가라앉는다. 의회는 해산된 지 오래고, 반대파 지도자들은 석연치 않은 상황에서 피살되며, 중국조차 말리가 가라앉지 않게끔 유지할 만한 자금을 제공할 수 없거나 제공하지 않는다. 군대에는 3천 명의 병력과, 러시아제 무기, 러시아제 탱크, 러시아 출신 교관이 있다. 장교들은 프랑스식 교육을 받았고, 아이러니하게도 알제리와 인도차이나에서 실전 경험을 쌓았다. 고위 장교들은 모범적인 충성심을 지니고 있는데, 대통령에 대해서라기보다는 자신의 직책에 대해서다. 그다음 세대는 더 위험천만하지만, 케이타는 우수한 직업 군인을 배제할 수는 없는데, 북쪽과 동쪽에서 격렬하고 독립적이며 공격적인 투아레그족 때문에 한 번씩 어려움을 겪기 때문이다. 자기들의 고유한 영토 사하라의 지배자로서, 그들은 '비가시적' 국경이 그어져 그들의 눈에는 존재하지 않는 것이나 다름없는 국가의 흑인들을 존중할 마음이 별로 없으며, 가끔 제자리로 돌려보내야 한다고 본다. 그러나, 대통령의 권력은 군대가 무너뜨릴 것이고, 젊은 장교들은 자기의 소임을 다한다. 그들은 평범한 집안 출신으로, 하염없이 펼쳐진

국토 전역의 다양한 주둔지에서 복무하여, 엄청난 불만, 표출되지 않은 반감, 공허한 구호와 굶주림 사이의 모순을 인식하게 된다. 그들은 자칫 잘못하면 영락없는 죽음이라는 결과를 포함한 여러 가능성과, 우국충정의 조바심 사이에서 서서히 포커 게임을 시작한다. 나중에 밝혀질 바와 같이 그들은 반사회주의자가 아니지만, 국가 통치 능력이 더이상 없는 일파의 손에서 조국을 구하고자 한다. 2년이 지난 지금, 모디보 케이타는 사하라 어딘가의 감옥에 있고, 쿠데타를 감행한 그 장교들이 말리를 이끌어간다. 한 명은 그 후에 사망했고 열세 명이 살아남았으니, 말리는 열세 명의 장교가 통치하는 세계 유일의 나라다. 전국 방방곡곡에 그들의 사진이 걸려있다. 서른 줄에 들어선, 몹시 진지한 표정의 검은 얼굴 열셋. 아프리카에서 가장 가망 없는 나라 중 하나, 하지만 가장 매력적이고 영감을 주는 나라 중 하나를 수렁에서 건져내는 일을 도맡았던, 녹색 얼룩무늬 군복을 입은 남자 열세 명.

세네갈의 다카르Dakar는 그 정도는 아니다. 하지만 운이 나쁘게도 만석인 비행기로 파리·보르도·라팔마를 경유해서 간다면, 10킬로미터 상공에서 2유로쯤 내면 헤드폰으로 페터르 스카트[172]의 타악기 연주곡을 들을 수 있다는 사실에도 불구하고, 축 늘어진 강낭콩 자루가 되어 도착하게 된다. 다카르 공항에는 몇 해 전에 온 적이 있는데, 그때는 푹푹 찌는 듯이 더웠건만 지금은 시원한 바다 미풍 비슷한 것도 불고 있다. 입국장은 아수라장이었다. 아프리카의 공항에서는 바티칸에 어울리는 온화함을 지녀야 한다. 흥분해보았자 아무 소용없고, 한판의 야단법석이 끝나면 어쨌거나 바깥으로 나오게 되며, 다들 변함없이 당신을 반긴다는 사실이 드러난다.

비행으로 아직 멍한 상태에서 당신은 천장 높은 노란색 공간에 서 있는데, 환전해주고 짐가방을 들어주고 숙소를 마련해주려고 안달인 인파와, 여권을 샅샅이 살펴보고 질문하는 삼엄한 저지선에 둘러싸인다. 그러고 나면 아프리카의 문이 열리고, 나는 차를 타고 바다를 따라 다카르에서 15킬로미터 떨어진 곳에 있는 호텔로 간다. 아프리카에서는 이름난 호텔이고, 다카르의 여느 호텔과 마찬가지로 늘 만원이다. 지금도 역시. 하지만 한 달 전에 예약했는데요? 아니, 아니요. 맞는 걸요, 여기 서류를 보세요. 예, 서류군요, 하하! 하지만 제 대장에는 없는뎁쇼. 기다랗고 아름다운 검은 손이 서류를 뒤적이지만 내 이름은 찾지 못한다. 전화가 걸려오고 말이 오가더니 고함소리가 나고, 밖에서는 야자수 잎이 살랑거리는 소리가 들리고, 그 뒤에는 바다, 그리고 나는 정말

---

172) Peter Schat(1935~2003), 네덜란드 작곡가.

로 침대에 기어들고만 싶다. 그것은 한 시간 뒤 내게 허락된다. 상승하는 제트 전투기처럼 포효하는 바다에서 20미터쯤 떨어진 진짜 오두막에서. 새하얀 니커보커 바지에 흰색 물을 신은 종업원이 앞장서서 어둑한 길을 날쌔게 걸어 나간다. 공기는 짭짤하고 눅눅하며, 어디선가 개구리 한 마리가 울고, 사방에서 묵직하고 그윽한 냄새가 풍겨, 나는 아프리카에 왔다는 느낌이 든다. 별이 어찌나 많은지 멀리 고기잡이배들의 불빛도 별처럼 보일 지경이다. 물 위에 떠 있는 별들. 나는 우주의 존엄을 한순간 맛보고, 압도하는 천공天空과 형이상학적 관계를 경험하며, '오늘 아침에는 암스테르담에 있었는데 지금은 …에서 등등' 같은 진부한 생각에 마음이 말랑말랑해져서, 스르르 잠이 든다. 샤워기 달린 오두막에서 20세기 슈퍼마켓-스탠리가 되어.

다음 날 아침은 고풍스러운 장면을 보여준다. 살수기가 잔디밭을 진주로 장식하니 내 흰 발에 부드럽게 와 닿고, 그림처럼 아름다운 검은 여인이 칭얼대는 하얀 아이 하나를 허리춤에 묶은 채 지나가며, 키가 장대 같은 검은 남자가 새하얀 강아지를 산책시키고, 세상은 제대로 굴러간다. 나중에 내가, 감정보다는 수치에 근거하여 사회적 관점을 세우곤 하는 어떤 이에게 이 장면을 묘사해주자, 그는 어깨를 으쓱 추어올리며 말한다: "뭘 기대하는 건가? 이 세상 모든 호텔에는 종업원이 있어. 스페인에서는 백인이고, 아프리카에서는 흑인인 거지."

그날 아침 나는 IFAN(아프리카 누아르 연구소)에 가서 내게 말리를 소개해줄 만한 전문가가 있는지 수소문하는데, 그 사람은 자리에 없다. "오후에는 아마 있을 겁니다."

시내는 떠들썩하고 북새통이다. 활기찬 아침 햇살 속에 고함치는 소리와 자동차의 경적 소리가 울리며, 시장은 생선과 색채로 가득한데, 그때 난데없이 새로운 친구가 나타난다. 말쑥한 유럽식 옷차림을 한 그는 환한 낯빛으로 내게 다가와 아하! 베른하르트! 하고 부르며 악수하고 내 어깨를 툭툭 치더니, 내가 베른하르트가 아님을 믿지 못한다. 아니라고? 하지만 당신은 응고르 호텔에 묵고 있는 것 아니오? 예, 맞습니다만. 어제 우리가 서로 얘기 나눴지 않소? 아니요. 그런데 그는 벌써 내 팔을 잡고 시장으로 끌고 간다. 맞아, 그 남자는 학생이지. 물론, 생고르[173]는 훌륭하신 분인데, 학생들은 퐁피두[174]가 와도 여전히 파업을 한단 말이야. 대통령은 프

---

173) 레오폴 세다르 생고르(Léopold Sédar Senghor, 1906~2001), 시인·언어학자이자 세네갈의 국부로, 1~4대 대통령(1960~1980년)을 역임했다. '문화와 문학을 통한 흑인 정체성 회복운동'을 의미하는 '네그리튀드'라는 말을 만들었다.

174) 조르주 퐁피두(Georges Pompidou, 1911~1974), 프랑스 제5공화국 2대 대통령(1969~1974년)이었다.

랑스 사람들과 너무 친해. 그러는 동안 그는 내게 뭔가를 팔려고 하는 이런저런 소년들을 명령하듯 손짓하며 쫓아 보내고, 모조 골동품 악기를 가리킨다. 가믈란 비슷한 모양에 조그만 나무판자들이 제각기 다른 음을 내는 그 악기를 보고 유럽인들이 피아노를 만들었다고 설명한다. 그는 계속 나를 베른하르트라고 살갑게 부르고, 그의 춤추는 듯한 발걸음과 싱글거리는 눈초리가 햇빛 찬란한 풍경과 잘 어우러진다. 카페 한 곳에 다다르자, 그는 내가 거기서 커피를 마셔야 한다고 생각하고, 이는 곧 우리가 그때까지 2유로어치 산책을 했다는 의미가 된다. 네덜란드의 유구한 식민주의적 상인 정신이 그 금액을 말리 돈 2프랑으로 깎는 데 성공하자, 그는 악에 받쳐 가버린다, 다음 베른하르트를 찾아서.

나는 주변을 조금 더 배회하다가, 얼마 전에 작고한 다비드 디오프[175]의 시집을 산다:

"사슬을 쳐부수는 백 명의 외침을 들어라/오랜 세월 망명하는 내 피를 들어라/그들이 말들의 관에서 메말리려고 했던 피/안개를 흐트리는 불꽃을 다시 찾네/수백 년 투쟁해온 동지들이여 들어라/아프리카에서 아메리카까지 흑인의 외침을/이는 새벽의 증표/형제애의 증표, 인간의 꿈을 키우

---

175) David Diop(1927~1960), 세네갈 출신의 네그리튀드 시인.

는."[176]

그리고 레오폴 생고르의 시집:

"토템/내 핏줄 가장 깊숙이 숨겨놓아야 한다/폭풍의 살갗을 지닌 조상, 천둥과 번개에 두들겨 맞은/나의 수호 동물, 그것은 숨겨놓아야 한다, 내가 분노의 벽을 부수지 않도록/그것은 나의 충실한 피이며 충성을 요구하고/나의 헐벗은 긍지를 보호한다/운 좋은 인종의 냉대에 맞서."[177]

반시간 뒤에 나는 다른 토템들 사이에 앉아있다. 지탄 담배 토템, 라파엘 케키나주酒 토템, 페르노주酒 토템, 비키니 입은 흰 몸뚱이들 토템, 가재 토템, 굴 토템. 그들 모두가 바다 위 높은 곳에 있는 기둥에 세워진 테라스 식 엔클라베 enclave[178]에 모인다. 저 멀리 낙원 같은 언덕에 시인 대통령의 궁전이 손짓하고, 그 위로 태양이 파열하며, 해변에는 검은 몸들이 누워있고, 나는 새우를 우지끈 분지르며 〈르솔레 Le Soleil〉 신문에서, 한 젊은이가 라미네 기예 가街의 4층 발코니에서 제 몸을 던졌고, 중국 군부가 힘을 강화하고, 캐치 레슬링 세계 챔피언인 파워 마이크[179]가 뎀바 디오프 종합경

---

176) 다비드 디오프의 시 〈들어라 동지들이여Listen Comrades〉의 일부분.

177) 생고르의 시 〈토템〉.

178) 자국 영토로 둘러싸인 타국의 영토, 또는 이문화 집단 거주지를 의미한다.

179) Michael Okpala(1939~2004), 별칭 Power Mike, 나이지리아의 레슬링 선수.

기장에 시합을 하러 오며, 기니 대사는 지체 없이 다카르를 떠나야 한다는 기사를 읽는다.

아직 거리에 있는 사람들은 이제 느릿느릿 걷는다. 오후에 나는 IFAN에 다시 가서, 만나려던 남자를 찾는다. 그리고 이후 수시로 말리에서 맞닥뜨릴, 거미줄 같은 그 이상한 불신을 처음으로 접한다. 소개라고요? 정보 말입니까? 그런데 당신은 누가 보냈습니까? 그 남자가 잡지 〈프레장스 아프리캥 Prsence Africaine〉[180]에 쓴 기사 한 편을 내가 읽었으며 샤방 델마스[181]의 비서 한 명이 그의 이름을 내게 일러준 적 있다는 사실이 밝혀지고 나서야, 비로소 우리는 함께 차를 타고 바닷가 노천카페로 간다. 지금 내 수첩에는, 은색 두건을 머리 높이 쓴 여자가 우리 곁을 지나갔고, 해변 위로는 네덜란드에서 갈매기가 그러듯이 날강도인 갈색 독수리가 떠돌았으며, 검은 바위 두어 개 위에 화려한 보라색 천 조각이 널려 있었다고 적혀있건만, 사실 내 기억에는 우리 대화의 마지막 순간만 남아있으니, 그 남자가 자신의 자동차 근처에서

---

180) 1947년 알베르 카뮈와 앙드레 지드의 지원을 받은 세네갈 지식인 알리운 디오프 Alioune Diop가 창간한 계간지. 아프리카 시인·정치지도자·철학자 등이 참여한 불어권 아프리카의 문예학술지로, 네그리튀드 운동의 대표 잡지이다.

181) 자크 샤방델마스(Jacques Chaban-Delmas, 1915~2000), 프랑스 정치인. 조르주 퐁피두 정부에서 총리를 지냈으며, 1947년부터 1995년까지 보르도 시장을 지냈다.

308

내 쪽으로 몸을 돌렸을 때였다. 그가 "입조심해주시오"라고 당부하고는, 차에 타서도 창문을 통해 "그리고 내 이름은 쓰지 마시고"라고 덧붙였다. "하지만 네덜란드가 얼마나 먼데, 누가 그걸 읽는단 말이오?"라고 내가 말하자, 그는 "예, 그래도요"라고 대답하며, 장관·장교·작가들의 명단을 이미 내게 건넸지만, 아무도 나와 대화는 하지 않을 것이라고 예단한다. "우리나라는 과도기에 있어요. 모두가 모두를 주시합니다. 그리고 서로 다 아는 사이죠. 우리 같은 나라에서는 엘리트층이 빈약합니다. 다 한가족이나 마찬가지예요." 그는 유럽에 견주면 훨씬 두드러지는 아프리카 지식인의 위상에 관해 들려준다. "아프리카의 대중은 자신들이 누리지 못하는 교육 부문에 존경과 신뢰가 큽니다." 그는 "당신이 어쩌면 가톨릭교도이듯" 자신은 회교도이지만, 수 세기 동안 이슬람교 국가임에도 불구하고 표면 바로 아래에는 애니미즘이 강하게 남아있다고 말한다. "잊지 마시오. 이슬람교와는 달리, 애니미즘에는 죄라는 개념이 없습니다. 그건 우리에겐 이질적인 개념이지요." 그 남자는 레오폴 생고르를 아무리 존경해도, 그를 '흰 피부의 흑인'으로 간주하며, 제 나라 작가인 월로겜[182]이 쓴《폭력의 의무Le Devoir de Violence》—

---

182) Yambo Ouologuem(1940~2017), 말리 작가.

전 세계에 번역된 소설이자, 말리의 상황을 바탕으로 한 격렬한 개인적 신화―를 '유럽적인 책'으로 치부한다. "그 책에 나오는 성애性愛는 다 거짓말입니다. 그건 유럽적인 에로티시즘이에요. 아프리카인 남자에게 여성이란 존재하지 않습니다. 그러니 당신들의 에로티시즘 개념은 수포가 되고 말지요, 아닌가요?"

내 오두막에서 우주적인 밤을 하루 더 보내고 공항으로 가니, 지옥이 펼쳐져 있다. 에어 아프리카 항공사 창구 앞은 검투사들이 전투 중인 형국이다. 하나같이 먼저 탑승 수속을 받으려 하고, 그래서 모두에게 시간이 한참 더 걸린다. 그야말로 아수라장이다. 사람들이 밀치고 들이받고, 돈 많은 세네갈인은 짐꾼에게 대신 고함치고 밀치게끔 하며, 출발 시각은 다가오는데 네덜란드에서 온 가련한 허연 사내는 한 발짝도 움직이지 못한다. 좀 당혹스럽다. 그런데 주중 바마코 행 비행기는 딱 한 편, 그러니 본능으로 무장하여 밀어붙일 수밖에 없다. 반시간 뒤 나는 비행기 표를 손에 쥐고, 땀 흘리고 밀어대며 아우성치는 인파를 빠져나온다. 뚱뚱한 흑인 미국인 한 사람이 내게 다가와 부탁한다. "저 남자에게 설명 좀 해주시겠어요? 제 짐을 부쳐달라고 하지 않았다고 말입니다. 돈을 달라는데 저는 그 빌어먹을 돈이 없거든요."

그 짐꾼은 나를 밀치느라 여전히 땀을 뻘뻘 흘리면서, 긴 갈색 부부[183) 차림으로 탄원자처럼 거기 서서 한 번씩 "달러, 달러"하고 속삭이는데, 이런 모습은 네그리뛰드 운동의 시인들이 말하고자 했던 바는 아닐 것이다. 문제는 뭇 아프리카인이 흑인 미국인에게 노골적인 반감을 품고 있다는 데 있으며, 이는 서로 시각이 왜곡된 경우다. 아프리카 단체여행을 할 여유가 되는 미국인은, 흑인이든 아니든 간에, 대도시 바깥 지역에서는 그들로서는 믿기 어려운 불편함을 감수해야 한다. 그런 단체여행에서 흑인 미국인은 자신의 뿌리로 돌아가는 꿈과, 그들 눈에는 '원시적'으로 보이는 동족에 대해 느끼는 감추기 어려운 중산층의 우월감 사이에서 오락가락하며, 아프리카인에게 고의는 아니라도 오만한 인상을 주기 십상이다. 흑인들은 불어를 쓰지 않는 백인 일행 사이에 섞여 흑인에게 시중 받는 것을 마뜩잖아 하지만, 일이 너무 오래 걸릴 때면 툴툴거리는 미국인이 된다. 나 또한 아주 다른 종류이기는 해도 복잡한 감정에 다시 휩싸여, 카라벨 여객기의 마지막 남은 좌석에서 안전벨트를 매며, 우리가 탄 비행기의 조종사가 백인인지 흑인인지 궁금해 하고 있음을 깨닫는다. 이걸 대체 뭐라고 해야 하나? 비행 노이로제인가, 아니면

---

183) 서아프리카의 전통 의상.

자동반사적인 인종주의적 두려움인가? 하지만 조종사의 피부색은 검은색이고, 이토泥土를 채굴하고 생긴 늪지[184]에서 질식사하는 것보다는 아프리카에서 비행기 추락사하는 편이 나은 법이니, 우리는 몇 시간 동안 척박한 돌투성이 풍경 위를 날아서 바마코에 착륙한다. 이곳에는 또 다른 상황이 기다리고 있다. 우선, 덥다. 건조하고 흙먼지 날리는 땅. 그리고 딱 한 대의 비행기가 서 있는 비행장의 기이한 고요함. 고개를 돌려보면 거기에 있다. 당신이 방금 타고 온 그 물체와 선사시대 거인과 그 아래 두어 사람이. 비행기 대부분은 오트볼타Haute-Volta[185]의 수도 와가두구Ouagadougou로 계속 비행한다.

작고 다부진 체격에 루뭄바[186]처럼 염소수염을 한 남자가 벌써 내게 달라붙었다. 이건 예술이다. 모두가 그럴 수 있는 것은 아니다. 남미·스페인·모로코·아프리카 전역에서 벌어지는 일이다. 당신에게 따라붙는 사람, 당신은 그를 받아들인다. 남자는 잔뜩 골이 난 얼굴로 쳐다보며 한마디 말

---

184) 네덜란드는 16세기부터 연료용으로 이토를 채굴하였고 그 땅은 지금 습지·호수로 남아있다.

185) 현재 부르키나파소 공화국.

186) 파트리스 루뭄바(Patrice Lumumba, 1925~1961), 콩고의 독립운동가로 초대 총리를 역임했다.

도 없고, 그리고 좋은 친구가 된다. 끝내 전체주의자들이 다스리게 된 이 나라에서 통제가 삼엄하리라고 나는 예상했으나, 무사 트라오레Moussa Traoré 장교의 공식 초상화는 삼엄하다기보다는 애수 어린 인상을 풍기고, 일체의 서식 채우기와 건강 확인 절차는 차분한 분위기 속에 진행된다. 10분 뒤에 우리는 녹색과 회색으로 칠해진 낡은 푸조를 타고 있다. 나는 어제만 해도 그래도 내가 아프리카라고 불렀던 나라에 있었다. 거기에는 유혹적이며 밝고 기분 좋은 구석이 있었다. 그러나, 여기서는 장난이 아니다. 광활하다. 감동적이고 거대한, 불모의 무한함, 건조하고 황량하다. 상상을 초월하는 강렬함과, 세상에 둘도 없는 우수를 동시에 뿜어내는 풍경. 달의 표면, 그런데 사람이 있는. 그 생각이 날 때면, 이제 그만하면 됐다, 하고 생각하지만, 극단적인 풍경이 으레 그렇듯 이 극단의 풍경은 내 안에 깊숙이 자리 잡아 떠날 줄을 모른다.

호텔에 도착하자 운전사는 내게 명함을 건넨다. 야누사 사고우, 운전수, 운송자, 말리 공화국, 바마코, 월로포부루, 106x137 街. 어쩔 수 있나. 걸어서 다니기 힘들어지는데. 야누사는 오후 세 시에 다시 오기로 한다. 호텔은 도무지 믿을 수 없을 만큼 아름답다. 엄청나게 높은 나무들이 빽빽한 거리에, 색바랜 식민지풍 건물. 현관홀은 아트리움 비슷한데 거기서 모든 일이 벌어진다. 긴 녹색 니커보커 바지를 입은 종업원들이 희미하게 웃으며 오가고, 접수대에 있는 전통 의상 차림의 흑인 여자 역시 너무나도 아름다우며, 푹신한 의자에는 B급 영화에서 국제노선 비행기가 오지 사막에 행방불명되면 한 무더기로 던져지곤 하는 그런 종류의 사람들이 앉아있다. 뭐라 말하기 어려운, 마피아 같은, 가면 거래상들에서부터, 오지에서 도시로 바람 쐬러 나온 저개발국 지원 자원봉사자들, 이제 막 가면假面 한 판을 새로 만들어 염산을 살짝 끼얹어 땅속에 묻어놓고 내년 수출 준비를 마친, 껄껄대고 있는 수완 좋은 흑인 남자들, 핀란드인 무역 사절단원 한 명, 호주인 노부인 세 명, 엘리트의 새 일원이 되어 매서운 눈빛을 하고 군복 소매를 걷은 차림의 장교 한 명에 이르기까지 다양하다. 상류사회! 내 방은 회색에, 천장이 높다. 벽에는 '아델 페르프리흐테트(adel verpflichtet, 노블레스 오블리주)'를 광고하는 독일어로 된 포스터가 붙어있고, 천장에 거대한 프로펠러가 매달려있으며, 외벽에는 대충 낸 구멍으로 에어컨이 달려있는데 천둥소리를 내며 돌아가다가 역시 엄청난 소음을 내는 통에 나는 한 번도 켜지 않았다. 침대 위에는 돌처럼 딱딱한 거적이 깔려있고, 그 밖에는 이미 오래전에 먼지로 사라진 식민지의 무더운 밤에 대한 추억들일 따름이다.

나는 지도를 한 장 사서 야누사의 매 같은 눈초리를 벗어나, 시장일 것 같은 곳을 향해 걷는다. 다카르에서 출발하여 여기 바마코에서 두절되는 기찻길을 지나고, 나환자 연구소를 지나고, 죽기 전 길가에서 먼지를 뒤집어쓰고 누워있는 잿빛 남자를 지난다. 날이 더워지기 시작한다. 그리고 그때 일이 일어난다. 달리 표현할 길이 없다: 나는 시장에 서 있는데 갑자기 다른 시대로, 다른 경제로, 다른 행동 양식으로 쿵 떨어지고, 나의 세계에서 그들의 세계 안으로 추락하는 것이 아니라 비참한 추방자이자, 진정한 이방인으로 바뀐다. 퍼뜩 떠오르는 말은, 그게 무슨 의미이든 간에, '구약 성서적'이라는 말이다. 필시 내 말뜻은 고풍스럽다는 맥락으로, 단순히 '옛날 옛적이다'일 것이다. 사라졌음이 틀림없는 어떤 것, 이미 오래전부터 존재하지 않는 어떤 것. 그 어디에서도, 다른 어느 나라에서도, 이런 감각을 이토록 강렬하게 체험한 적이 없다. 언제나 면책조항이나 참조 사항은 있기 마련인데, 여기에는 없다. 수천 명의 인파가 몇 킬로미터나 펼쳐져 이리저리 즐겁게 움직이며, 온갖 인종과 복장에, 하나같이 뭔가에 몰입해있고, 펑퍼짐한 망토와 터번 차림의 사내들 무리, 음매 하며 우는 양들, 족장들, 아이를 등에 업은 아낙들, 말린 생선, 곡식, 갈대, 희한한 돌멩이, 진흙색 소스, 과일, 염통, 내장, 향료. 나는 말 그대로 현기증이 나지만, 발걸음을 멈추지 못하고 차츰차츰 안으로 걸어 들어간다. 다카르에서처럼,

아무도, 전혀 살 마음이 없는 물건들을 들고 당신을 뒤따라오지 않는다. 이따금 누가 나를 향해 웃어주지 않는다면, 나는 내가 투명 인간인 줄 알았으리라. 이제야 '인파의 목욕탕 un bain de foule'이라는 불어 표현이 이해가 간다. 나는 인파 속에서 목욕하며, 이미 수 백 년 전에 나의 세계에서 그 마지막 그늘조차 사라져버린 삶의 방식에 몸을 푹 담근다. 나는 아직 여기 있는데도, 벌써 향수를 느낀다. 내 평생, 아름다운 사람들을 이토록 많이 본 적이 없다. 여자들은 발리의 무용수처럼 걷고, 아무도 유럽식 옷차림을 하지 않았으며, 색채가 요동치고 펄럭이고 일렁인다. 노점에서 스토크Stork 맥주 한 잔을 사서 마시고 나자, 모자를 사야겠다는 생각에 미친다. 가련한 이 백인의 머리는 이곳에 적합하게 만들어지지 않았다. 하지만 내가 구할 수 있는 모자라고는 끝이 뾰족한 모양에, 나무 잔가지를 엮어 만든 묵직한 베트남 모자뿐, 유럽인들의 풍자극에서 중국인들이 노상 쓰고 나오는 그런 종류뿐이다. 그리하여 전혀 그럴 듯하지 않은 모습으로 위장한 채, 006은 그랜드 호텔로 다시 어슬렁거리며 돌아가 자신의 일용할 말라리아 예방제인 키니네 알약을 먹는다.

말도 안 되는 것들과 말이 되는 것들의 날들이 밝아온다. 여러 가지 시나리오가 서로 뒤엉켜 흘러간다. 첫 번째 시나리오는 원하는 바가 너무 많은 언론인의 것이다. 그 언론인은 한없이 다양한 종족 집단의 복잡한 사정과 그들의 역사를 이해하고 싶어 한다. 그는 전설적인 신비로운 제국을 연구한 자료를 파리에서 얼마간 사들였는데, 그 제국은 유럽이 중세시대일 때 말리에 이미 존재했으며, 물질적인 유물은 좀처럼 없지만 구전된 기억은 숱하게 남겨놓았다. 하지만 입수한 전문자료는 너무 많고, 역사적 가시성은 너무 빈약하여 그는 원하는 바를 얻지 못한다. 23개(!)의 다양한 '종족' 중에서 가장 중요한 종족은 밤바라, 풀라니, 세누포, 투아레그, 모런, 사라콜레, 송가이, 말링케이다. 이들은 위계적인 계급으로 나뉘어져 있다. 오늘날까지도 서로의 이름에서 혈통을 알아보고, 전사·귀족·가인·대장장이·자유 노예·상인 중 어느 집안 출신인지도 안다. 이 모든 뉘앙스는 뜨내기 방문자를 비껴가고, 나는 어느 쪽이 더 고약한지 궁금하다: 그냥 모르는 것, 아니면 한 사회의 본질적인 부분을 전혀 이해하지 못하고 있다는 고민스러운 자각.

젊은 아프리카 지식인에게 이는 골칫거리다. 한편으로는, 다채로움, 상호 투쟁, 유서 깊은 전통이 담긴 자신들의 역사가 자랑스러워 보존하고 싶고, 강제로 주어진 유럽 역사는 떨쳐버리고 싶다. 그들에게 유럽 역사는 사뭇 덜 현실적이고 기껏해야 종족 간의 탐욕적인 이해 충돌이라는 점은 마찬가지인데도, 유럽이 여전히 주요 부분을 관장하고 있기에 의무적으로 교육되고 있을 따름이다. 다른 한편으로는, 그들의 역사에서 바로 그 측면을 제거해야 하는데, 문제는 그것이 아직은 일상의 현실이라는 점이다. 현대 국가가 고질적인 대립과 트라우마로 쓰러진다면, 어떻게 일으켜 세우겠는가? 말리 공화국이 정부 간행물에서 "국가의 풍습과 관습을 통합하고 민주화하며 사회 구조를 현대적 발전에 발맞추기 위하여, 최근 정부 정책은 나라의 경계 내에서 인종과 계급 간 구분에 종지부를 찍었습니다"라고 밝혔지만, 그것이 그렇게 간단하지만은 않을 것이다. 야누사와 함께 거리와 시장을 걷다 보면, 그는 어떤 이가 어디에서 왔는지, 근래인지 먼 옛날인지 한 치의 오차도 없이 짚어낸다. 그리고 현지 작가 한 사람과 함께 전화번호부를 훑어보는데, 드러나는 사항이라고는 온통 계급과 인종뿐이다. 한때 그랬었고 실질적인 인과관계는 없다는 듯 단발성 일화로 예를 들기는 했지만, 그가 제 이름의 경우를 설명해주는데, 그의 이름(디아베테Diabété)은 '음유시인'이라는 뜻이며, 그로 인해 어디를 가나 모두에게 필히 자신의 사회적 계급이 표시되고, 모든 '음유시인들'은 죽을 때까지 서로를 지켜주는데, 물론 이제는 그렇지 않지만, 그래도, 등등. 〈Ntu 평론〉(Ntu는 반투Bantu를 말하며 '인간' 또는 '인류'라는 뜻이다)은 보다 명료하게 적고 있다: "우리는 아

프리카인을 니그로이드, 반투, 함, 나일로트 등으로 분류하려
는 유럽의 방식을 깨부수고자 한다. 그런 구분은 우리에게 무
의미하다. 아프리카 철학을 깊이 분석한 결과가 아니기 때문
이다. 그들의 제국주의적 분류에 우리는 관심이 없으며, 중요
한 것은 삶·문화·전통에 대해 우리가 지닌 공통적 태도다."

   그러는 동안 아프리카와 유럽의 보물 사냥꾼들은 느긋하
게 계속 땅을 파낸다. 네덜란드 레이던에 있는 아프리카 연
구소에 역사적·민속학적·사회학적 연구 자료가 얼마나 방
대하고 다양한지를 실감한 이라면 누구라도 당장 머리가 어
지러워지기 시작할 텐데, 내 경우에는 그 연구 하나하나가
수년간에 걸친 결과이고 세부적인 전문 분야 하나하나는 주
제와 혼연일체가 된 내용을 담고 있다는 생각을 해보면, 그
어지러움은 외경심으로 변하여 넋을 잃을 지경이 된다. 그
말은 극도의 원시적인 환경에서 끝도 없는 현장 조사를 꾸준
히 하면서, 아프리카라고 하는 언어·철학·전통의 가늠할 길
없는 그 보고를 헤아리고 파고들었다는 뜻이다. 나는 헤이그
의 마우톤 출판사에서 펴낸 〈아프리카 연구지Cahiers d'études
Africaines〉를 잡히는 대로 두 권 골라, 거기서 다룬 주제들을
한번 뽑아 본다. "북北 가나 탈렌시족에서의 정신병과 사회
변동; 8세기 말과 9세기 북아프리카 국가 타헤르트Tahert 및
그와 서西수단과의 관계; 동東반투족에서 '악惡' 개념의 단일

성과 이중성; 모시 왕국 정치 시스템의 봉건성; 카메룬에서의 인종·언어적 임무 보고서; 세네갈에서의 이민자 정신병리학적 연구." 다른 말로 하면, 돈을 물 쓰듯 펑펑 쓰며 어처구니없이 많이 읽을 수도 있지만, 나처럼 문외한에게 남는 것은 결국 이런 것이다: 여기 와서 돌아다니며 구경하고 있으니, 어릴 때 로스드레흐트 호수의 살얼음 위를 처음 걸어갈 때와 같은 감정을 느낀다. 내 발 바로 밑에 있는 은밀한 세계, 없는 것 없이 가득 차 있고, 나무, 짐승, 비밀, 뭐라고 이름 붙일 수 없으나 아주 강력하게 현존하는 세계.

두 번째 시나리오는 훨씬 더 말이 되지 않는다. 말리에서 사진을 찍으려면 허가를 받아야 한다. 그리고 직업적으로 사진을 촬영하려는 사람은 훨씬 더 많은 종류의 허가를 받아야 한다. 우리에게는 그 허가가 없고, 허가 없이 작업하는 것은 위험한데, 대개는 체포부터 하는 것이 우선이고 내부자의 말에 따르면 감옥에 일단 들어간 위반자를 빼내 오기란 악몽 같은 일이다. 우리는 찬란한 지시사항으로 무장한 채 공무원들의 책상을 뺑뺑 도는 춤을 추기 시작한다. 하지만 어림없다. 몇날 며칠 동안 우리는 깍듯한 관료주의와 말도 안 되는 규정의 벽에 나가떨어지고, 푹푹 찌는 대기실의 혼란 통에 길을 잃는다. 규정은―또다시 다른 사무실 책상에 앉은, 또

다시 다른 예의 바른 신사가 우리에게 설명해준다―이전 정권이 남긴 유산입니다. 모든 자유가 묶여있었을 때지요. 하지만 그 정권은 이미 2년 전에 무너지지 않았나요? 그렇죠, 그래도 규정은 아직 남아있어요. 말도 안 되는 일이며, 관광 산업 증진에 관한 그 모든 정부 발표와는 정반대라는 점에 다들 수긍한다. 우리는 차츰 윗선으로 올라가서, 유럽식 복장에 독일어를 하는 키 작은 흑인과 던힐 담배를 피우고, 과장스런 부부 차림에 불어를 하는 키 큰 흑인과는 소브라니 담배를 피우며, 그런 식으로 친구를 잔뜩 얻긴 했지만, 서류는 얻지 못한다. 저녁에 그랜드 호텔의 먼지 자욱한 바에서 위스키를 함께 마시며, 그들이 설명한다: 누구를 봐주기 위해서 허가를 해주는 사람은 없으며, 다들 경계하고 눈에 띄지 않으려고 한다. "이 관료주의는 우리에게 저주야. 그것 때문에 아무것도 못하고 아무것도 되는 게 없다고." 그러자 어떤 이탈리아 언론인 이야기가 나온다: 그 사람은 좋지 않은 이야기를 썼고 유럽 바닥의 언론인들 역시 비위에 맞지 않는 기사를 썼다. 일이 어떻게 마무리되었는지 생각도 잘 나지 않는데, 어느 날 누가 외국 어디에서 돌아와 금쪽같은 서명을 했고, 그리하여 이제 최소한 세 번째 시나리오가 시작될 수 있었으니, 야누사의 시나리오다.

　야누사는 허가를 둘러싼 그 모든 법석이 그저 말도 안 된다고 여긴다. 우리가 그에게 일 처리를 맡겼다면, 벌써 해결됐을 것이라고 그가 말한다. 시내에서 한참 먼 곳에 있는 자연 보존지역을 방문하는 일에도 그는 시큰둥하다. 그는 투밥 (toubab, 백인)들을 뻔질나게 그리로 데려갔었다. 그들은 코끼리가 지나갈 때까지 온종일 기다리고 있다가, 코끼리가 오지 않으면 골이 난다. 동물원에 가는 건 어때요? 그리하여 우리는 시내와 대통령 궁이 있는 언덕 사이에 있는 동물원으로 간다. 가는 길에, 낡은 식민지풍 건물을 지나자 부다페스트·동베를린·모스크바 행 항공편 가격이 적힌 하늘색 그림 광고판이 서 있고, 나는 날마다 이 길을 지나가는 대통령이 얼핏 떠오른다. 대통령은 심각한 표정의 오토바이 운전자들에 둘러싸여 전통적인 에스코트를 받으며 고속 DS자동차를 타고 가는데, 시내가 아주 작은 터라 그를 두어 차례 본 적 있다. 슬픈 눈빛의 건장하고 키 큰 남자다. 동물원에는 투아레그족 세 사람과 함께 우리가 유일한 손님으로, 방치된 우리 일습에 그리 많지 않은 동물들이 있다. 야누사는 투아레그족을 그다지 좋아하지 않는데, 그들은 무섭게 보이기도 한다. 키가 크고 유연하며, 터번을 쓴 여윈 얼굴은 도도하다. 그들은 가죽제품을 내다팔고 무기를 사러 시내에 왔다가, 오후 나절을 비우고 동물들을 좀 골려줄 요량이다. "인종주의자들이에요"라고 야누사가 말한다. "몹시도 나쁜 사람들이고,

그냥 지나갈 때가 없어요." 그러면서 우리는 계속 가본다, 배낭처럼 더위를 짊어지고, 하마·붉은 원숭이·얼룩무늬 하이에나·야생 고양이를 지난다. 그 동물들에는 어쩐지 서글픈 구석이 있다. 제 집이면서 감금되어, 조금 화나고 풀이 죽은 모습으로 우리 안에서도 마찬가지인 거친 마른 잔디에 앉아 녹슨 창살에 기대어 있다. 나는 나무들의 이름을 알고 싶어서 손으로 가리키며 묻는다. "프랑스 나무요" 하고 야누스가 답한다. "그러면 저건?" "그것도 프랑스 나무죠." 우리가 자연 연구가가 아닌 것이 천만다행이다. 이제 우리는 다시 차를 타고 시내로 돌아와 야누사가 사는 동네에 있는 작은 모스크로 간다. 모스크에서는 일곱 시 무렵에 기도가 시작될 것이다. 야누사가 건물 바로 앞에 주차한 덕분에, 우리는 소형 푸조 자동차가 몇 분마다 되돌아오며 노인들을 계속 실어 오는 모습을 구경하게 된다. 영화관 주인인 그 남자는 신심이 깊은 사람으로, 날마다 자원해서 노인들을 차로 데리러 간다. 모스크 안에 들어가는 사람들도 있고, 바깥의 모래 위에 앉는 사람도 있다. 헐렁한 옷을 입은 그들은 느릿느릿한 손짓으로 인사를 나누는데, 그때 난데없이 새파란 젤라바를 입은 빼빼 마르고 키 큰 남자가 나타나 노래하기 시작한다. 하늘은 잿빛으로 바뀌었고, 목소리는 세차게 저녁을 뚫고 들어오며, 노인들은 모래밭을 게걸음으로 걸어 모스크로 가고,

그들이 기도하고 절하는 모습이 문을 통해 보인다. 우리가 방해하고 있는 건 아닌지 묻자, 야누사는 이렇게 답한다. "저 남자 앞에 뱀 한 마리가 있다 해도 진정한 회교도라면 기도 중에 쳐다보지 않아요." 그렇다. "왜 어떤 사람들은 밖에서 모래밭에 앉아 기도합니까?" "그 사람들은 옷차림이 적절하지 않아서 그래요."

돌아오는 길에 그가 뜬금없이 내뱉는다.

"흐루쇼프는 모스크바에서 우리 학생들에게, 천국은 없다고 말했어요."

나는 그의 생각은 어떠냐고 묻지만, 그는 어깨를 으쓱 추어올리는 것으로 대답하며 아리송하게 덧붙인다:

"우리 흑인들은 너무 쉽게 속아 넘어가지요."

이쪽에 중국인들이 꽤 있기 때문에, 중국인들은 어찌 생각하느냐고 묻자, 그는 중국 대사관의 굳게 닫힌 문을 지나 차를 몰며 대답한다. 현란한 색깔의 문이 오페라 무대에서 튀어나온 듯하다. 사람 그림자 하나 없다.

"우리는 중국인들이 참 못생겼다고 생각해요. 학교에서 아이들은 중국인들을 놀려대고요. 하지만 열심히 일하는 사람들이에요. 글쎄 여섯 주 만에 몹티Mopti에 호텔 하나를 짓더라고요. 그리고 저녁 여섯 시가 넘으면 그 사람들은 통 보이지 않아요. 항상 서로 뭉쳐있거든요. 우리는 그 사람들을 존경합니다. 우리한테 해주는 일이 많아요. 신부들도 그렇고요. 러시아인들은 안 그렇죠. 러시아인들은 우리를 등쳐먹지요. 우리를 깔보고" 하고 그가 말한다.

"그러면 다른 사람들은?"

"딴 사람들요? 좋지요. 관광산업이고, 장사니까. 전에, 모디보 정권에서는, 좋지 않았어요. 장사도 안 되고, 관광객도 없고, 일도 없고."

그러더니, 그는 곧은 아프리카인 손가락으로 정확히 내 두 눈 가운데를 가리키면서 덧붙인다.

"일이 없으니, 돈도 없고."

그리고 돈이 없으니 여자도 없고. 아니면 다른 말로, 돈이 없으니 결혼도 못 하고. 그도 그럴 것이, 같이 자는 것까지는 괜찮아도 여자를 부모 집에서 데리고 나오지 못하고, 그 대가로 신부 지참금을 남자가 먼저 치르지 않으면 여자와 함께 살 수 없다. 정부가 이 금액을 10만 프랑으로 공식화하기는 했으나, 야누사가 기운 없이 말하기를, 30만 프랑까지 올라가기도 한다고 한다. 나는 그가 결혼했는지 물어본다. 아니, 그는 이혼했다. 그런데 아내가 떠날 때, 그는 또다시 돈을 치러야 했다. 지금 그는 가족과 함께 산다. 새로 아내를 얻을 돈이 없다.

"시골 처녀 한 명을 데려올 수는 있지요. 그런데 어떻게 돌아가는지 압니까? 도시로 데려오면, 소양을 갖출 때까지 가르쳐요. 그러면 잘 생기고 건장한 사내가 와서 채어 가 버리죠."

그의 말투로 미루어보아 필시 그 자신이 지나온 역경이라는 생각이 든다. 그는 지금 혼자인가? 아니, 그는 여자친구가 있다. 혹시 아기가 생기면 그때는 어떡하나? 아니면 여자친구가 피임약을 먹나? "피임약? 아니, 그건 우리에게 맞지 않아요." 어째서? "그냥 그래서. 그건 흑인용이 아니에요. 내립시다."

그는 내가 나일강 위로 해가 지는 그 순간을 봐야 한다고 생각하여, 시내를 빠져나와 큰 다리를 건너 차를 주차한 다음, 함께 강변 모래밭을 거닌다. 태양의 커다란 바퀴가 텅 빈 평야에 가라앉고, 강은 낮고 잔잔하다. 우리는 뒤집힌 배의 잔해로 가서, 재잘대는 뿔닭들 사이에 자리 잡고 앉는다. 몇 발짝 옆에서 어부들이 그물을 만지고 있고, 여인 셋의 이디오피아 무용수 같은 몸이 석양에 실루엣을 만들면서 검은색으로 변해가는 강물에 몸을 씻고, 소년들이 배에 망치질을 하면서 만딩고어로 소곤대며, 헐렁한 옷을 입은 남자가 갈대 옆에서 태양의 마지막 그림자를 등지고 무릎 꿇어 기도를 드리고, 검은 새 떼가 지나가더니 안개 속에 희미해진 평원 속으로 사라진다.

우리는 다시 시내로 돌아간다. 사방에 묵직하고 달콤한 평화가 감돈다. 모스크 주변의 너른 모래밭에 남자들이 망토를 두르고 모닥불과 횃불 옆에 웅크리고 앉아서 음식을 먹고 있다. 그들은 어떤 사람들이냐고 묻자 야누사가 대답한다.

"같이 밥 먹을 식구가 없는 사람들이에요."

사람이 꽤 많이 모여 있는데 대부분 젊은 남자들이다. 음악이 울리고, 낮은 노랫소리가 들린다. 구운 고깃덩어리나 오렌지색 쌀밥을 그릇에 담아 먹고 있다.

"바깥에서 여기 시내로 들어와 일하는 사람들이에요."

"그러면 어디서 자요?"

"아무 데서나요."

기차역도 똑같은 광경이다. 사람들은 홀에, 플랫폼에 앉아 있고 누워있다. 나이 지긋한 흑인이 벽을 보면서 똥을 눈다. 여기부터는 기차가 아프리카 안으로 더 들어가지 않는, 노선의 종점이며, 오늘은 기차가 오지 않고 어쩌면 앞으로도 전혀 오지 않을 것이다. 시계는 고장 나서, 존재할 수 없는 시각에 멈춰서 있다. 나는 리베르테 한 갑을 사서 호텔로 돌아간다.

식당은 거의 텅 비었고, 음식은 다른 어느 곳보다 못하다. 나일 농어라는 큼직한 민물고기를 씹고 있는 동안, 잔잔한 슬픔이 내게 밀려온다. 이보다 더 볼썽사나울 수가 없다. 천장은 회색인데, 마치 잿빛 지구에 네온 같은 달빛이 비치는 듯, 비현실적인 우중충한 밤을 배경으로 흑인들의 오두막이 그려져 있다. 노란색이었던 커튼, 색바랜 오렌지색 식탁보, 지저분한 벽에는 먼지투성이 가면 몇 개, 탁자마다 쓸데없이 놓여있는 냉수기, 샹들리에 두 개에서는 전구 하나 제대로 켜지지 않고 켜져도 와트 수가 다르며, 의자는 녹색, 내 옆에는 진한 주황색 등이 벽에서 빛난다. 기둥 뒤에서 누가 '대사관에서는 미국 돈을 받는대'하고 영어로 껌 씹듯 말하는 소리가 들려오고, 고삐 풀린 저녁은 그렇게 굴러간다.

몇 시간 뒤에 나는 젊은 작가 한 사람과 만나기로 되어있다. 개들이 으르렁대며 나를 마중하고 몇 분 지나자 그제야 잠잠해진다. 그는 이미 전화상으로 정치 문제는 절대로 이야기하고 싶지 않다며 힘주어 말했다. 내가 도착했을 때 그는 외출 중이다. 그의 백인 아내가 다른 프랑스인들에 대해 경멸하는 투로 말한다. "그 사람들은 아직도 15년 전인 줄 알아요." 우리는 위스키를 마시면서 어둑한 베란다에서, 점점 선선해지면서 바람이 바스락바스락 산들거리는 저녁 속에 앉아있다. 나는 그녀에게 파리에서 남편이 쓴 책을 몇 권 샀는데, 그 말리 전통설화 채록집들에는 내가 이해하지 못한 부분이 많았다는 이야기를 한다. 한 시간 뒤에 그가 온다. 주저하는 눈빛에 약간 휘청거리는 키 큰 남자다. 내가 원하는 것은? 그것이 정치에 관해서라면 그는 들려줄 말이 없으며, 혹시 내가 공식 대변인이 아니지만 뭔가 말은 해줄 만한 사람을 찾아낸다면, 그는 위험을 감수하지 않는 사람이 될 테고, 고로, 그는 '아무런 보탬이 되지 않을 것'이다.

나는 조금 뒤에야 그에게서 자신이 최근 정부의 중요한 직책에서 해임되었다는 말을 듣게 되고, 다음 날 아침에는 그날 밤 상당수의 노동조합 지도자가 체포되었다는 소식을 듣는다. 그는 계급과 노예의 미로 같은 모자이크가 어떤 것인지 나에게 좀 이해시켜주려고 애쓴다. 계급마다 온통 그들만의 규칙과 의례가 있다. 지금은 당연히 노예가 없지만, 이름을 들으면 네 가지 종류의 노예 중 어디에 속하는지 알 수 있다. 그의 이름 디아베테Diabété도 마찬가지인데, 그는 냐마 칼라 계급에 속하지만 그중에서 누무(대장장이)나 라오베(목공)가 아니라, 디알레Dialé, 그러니까 음유시인, 가인, 시인, 작가임을 알 수 있다. 이들은 귀족 바로 아래 계급으로, 다시 세 가지 주요 계급으로 나뉜다. 요컨대, 영국의 계급제도가 무색해지며, 고타 연감[187]이나 클럽 넥타이 카탈로그보다 복잡한, 표시와 의미로 구성된 체계다. 그는 제 나라의 구전 전

---

187) 독일 튀링겐주의 도시 고타Gotha에서 1763년부터 1944년까지 연간 발행된 유럽 왕실·귀족 인명록.

통에 푹 빠져, 시간이 나면 시골에 가서 옛이야기를 녹음한
다. 디알레로서 그는 다른 모든 디알레들과 접촉할 수 있으
며, 구전 가요를 아는 노인들은 아직 어디에나 있는데, 그 노
래가 12세기·13세기로 거슬러 올라갈 때도 있다. 그가 녹음
테이프를 튼다. 현악기가 차츰 원을 그리며 밀려나는 단일음
을 연주한다. 그때 노인의 높은 목소리가 들어오고, 신비로
운 선쟈타[188] 황제의 서사시를 노래한다. 우리는 침묵 속에
노래를 듣는데, 아, 얼마나 다른지! 내 귀에 들리는 것은 음
악뿐, 나머지 소리에는 아주 귀가 먹은 채, 나는 알반 베르크
Alban Berg의 오페라를 듣는 파푸아인이나 마찬가지로, 대책
없는 얼간이 신세로 떨어지고 만다. 내게는 아무 의미가 없
다. 말 한마디 한마디, 소리 하나 하나에 어떤 뜻이 있고, 또
다른 뜻이 있는데, 나는 그저 베란다에 앉아 음악 소리를 듣
고 있는 누군가일 따름이다. 그가 조용조용 번역해주기 시작
한다.

"A di benye labo a kala do─그는 화살통에서 화살을
꺼내어

K'a la birilan basilan lu kima─주물呪物이 빼곡한 옷으

---

188) 말리 제국 창건자인 정복왕 선쟈타(Sunjata, 또는 순디아타Sundiata, 1250년 작고)의 영
광을 찬양하는 13세기경의 서사시.

로 자신을 덮고

K'a n'i lo wéré da la — 그는 수풀로 사라졌다

K'a dun were kono ware nofè — 그는 사자에게 다가갔다

K'a bun bényé la wara ba — 그는 화살로 사자를 쏘았다"

그는 계속 더 이야기해주고 싶고 더 설명해주고 싶어 하며 나를 위해 글로 적는데, 나는 더 이해하면 할수록, 얼마나 많이 이해하지 못하는지 깨닫고, 그예 우리는 단념하고, 속삭이는 밤 속에서 그 목소리를 마냥 듣고만 있다. 두어 세대가 지나면 어떤 의미도 띠지 않을 목소리, 그러다 충분히 오래 묵으면 유네스코가 후원하는 박물관의 어느 선반 위에서 박제된 신화로 안치될 목소리. 찬란했던 날들과 소중한 영웅들과 역사에 대한 아프리카의 기억. 드디어 매클루언 MacLuhan[189]의 지구촌이 동점 골을 넣고, 무엇이든 어디서든 만인의 소유였던 그것은 이제 엘리트들이 갖고 노는 값비싼 장난감이 된다.

우리는 정겹게 작별 인사를 나누고, 나는 어두운 가로수길을 걸어 시내로 들어가는데, 시내라고 해봤자 겨우 가로수

---

189) Herbert Marshall Mcluhan(1911~1980) 캐나다 출신 문화비평가로, '지구촌'이란 말을 최초로 사용했다.

길 몇 개로 구성된 열대지방의 소읍이라, 쇠락한 정부청사가 몇 동, 이상한 호텔, 길 한쪽에서 스러져가는 식민지풍 건물에 숨어있는 대사관들, 고등보통학교 하나, 그 앞에는 무장한 군인들로 꽉 찬 차 한 대가 서 있다. 나는 택시를 타고, 어디에 가면 춤을 구경할 수 있는지 물어본다. 예, 대모스크 뒤에 가면 국립 발레단에 들어가려는 학생들이 연습하고 있지요. 문을 통해 마당으로 들어가는데, 벌써 북소리가 들려온다. 남학생 두 명 말고는 구경꾼도 없다. 캄캄해진 건물에서 길게 끌어온 전선으로 달랑 전구 하나가 불을 밝힌다. 그 희미한 불빛 속에서 나는 춤추는 사람들을 구경한다. 거기에 얼마나 오래 있었는지 모르겠다. 밤 속에 숨어, 누구의 눈에도 띄지 않고. 갈수록 리듬은 격렬해졌고, 춤추는 남녀학생들은 지구를 박차고 떠나고 싶다는 듯 맨발로 땅을 찬다. 엄청난 동물적 에너지 같은 종류의, 숨찬 위협이 느껴졌던 기억이 난다. 마치 그들이 하나로 합쳐져 분노하고 땀 흘리며 발을 구르는 거대한 몸뚱어리가 된 듯, 점점 더 내몰리고 부풀고 쪼그라들더니 다시 적대적인 뱀 두 마리가 되고, 그러다 다시 검은색의 밋밋한 난공불락의 덩어리가 되는데, 추상적인 발레라기보다는, 순전히 춤추고 있는 존재, 오직 춤일 뿐이다. 동작 하나하나에 몸이 그렇게 빨리 늘어나는 모습을 본 적이 없다. 누가 내 얼굴을 철썩 치는 듯하고, 동시에 —맙소사, 뭐라고 표현할까, 향수에 젖은, 천상의 움직임 같다. 그런데 무엇을 향한 향수인지 모르겠다. 아득한 옛날에 잃어버린, 자신의 육체와 하나가 되는 능력일까? 아니면, 그 육체가 한 번이라도 온전하게 거리낌이나 억눌림 없이 자신을 표현해야 한다는 것일까? 한 시간쯤 지나자 나는 나 자신에게서 유리된다. 나? 머스터드 소스를 만들 줄 알고, 런던에서 어딜 가면 최상의 생선요리를 먹을 수 있는지 알며, 바흐의 무반주 첼로곡은 슈타커보다 로스트로포비치의 연주를 선호하고, 베스트데이크[190]의 후기 소설보다 초기 소설을 높이 치며, 베니스에 두 번이나 가 보았고, 〈파롤Het Parool〉[191]보다 〈한덜스블라트Handelsblad〉[192]를 읽는 사람, 그런데 지금은 별안간 자신이 호시절을 뒤로한 처량한 종복으로 느껴지는 사람. 벌써 이제 나는 후덥지근한 내 방에서 밤새도록 춤추는 꿈을 꿀 예정인데, 기분 좋은 꿈은 아니다. 시장·동물원·군인·춤꾼, 모두가 내 꿈속에서 꿈을 꾸고, 내가 어리둥절하게 잠에서 깨어 발코니로 나가니, 쥐죽은 듯 고요한

---

190) Simon Vestdijk(1898~1971), 네덜란드 작가, 38권의 소설과 20권 이상의 시집을 펴냈다.(-지은이)

191) 사회민주주의 성향의 네덜란드 일간지. 제2차 세계대전 중 독일의 침략에 저항하는 지하언론으로 1941년에 시작되었고, 전후 네덜란드 최대 일간지였다.

192) 자유주의적 성향의 네덜란드 일간지.

거리에 살랑이는 타마린드 나무 아래로, 군인들을 태운 지붕 없는 자동차가 지나가는 모습이 보인다.

다음 날 아침 UTA사의 관리자인 베른하르트 다라스가 나를 데리러 온다. 훤칠하고 귀족적인 프랑스 남자, 아프리카 생활 20년, 이곳을 떠날 생각이 전혀 없다. 나는 그에게 식민지 복무 군인 신분에서 평범한 백인 시민이 되다니 큰 변화가 아니었느냐고 묻자, 그는 수월했다고 한다. 그는 "적응할 수 있어야겠지요" 하고 대답하며 그 능력을 실제로 보여주는데, 스텐 건을 두른 내무부 청사 경비병들이 옹기종기 모여 있는 사이를 베니스 궁정의 신하처럼 요리조리 매끄럽게 빠져나간다. 우리의 목표는 필리핑 시소코 장교[193], CMLN(Comit militaire de libration nationale, 민족해방군사위원회) 위원, 모디보 케이타를 끌어내린 뒤 현재 나라를 통치하고 있는 열세 명 중 한 명. 우리는 위원회 회의가 아홉 시에 예정되어 있음을 알고 있고, 그러면 장교가 몇 시에 정부 청사를 출발해야 하는지 계산했으며, 계산은 적중하여 우리는 삐걱거리는 나무 복도 위에서 비정규군 군복을 입은 서늘한 눈빛의 거인과 불쑥 마주선다. 우리가 그를 막아서자 그는 언

---

193) Filifling Sissoko, 말리의 군인, 정치인. CMLN 위원으로 주요 군사 보직을 맡았다.

짧아한다. 다라스는 그와 키가 엇비슷한데, 절도 아니고 군사 경례도 아닌 뭔가를 고안해내며 재깍 '저의 장교님'이라고 부르지만 '저의 장교'는 싸늘한 눈길을 던지며 울부짖는 사이렌 소리와 함께 부관의 보살핌 속에 우리를 떠나니, 부관은 우리에게 그다음 날로 약속을 잡아준다. 다음 날에도 그 눈빛은 변함없이 싸늘하고, 말은 변함없이 퉁명스러우며, 인터뷰는 정확하고 군사적이다. 이것이 바로 '장난 아닌' 세대의 남자다. 그는 네덜란드 잡지 〈애버뉴Avenue〉의 탄자니아 특집호를 살펴보고, 나는 그를 살펴본다. 그의 책상 위에는 45센티미터 높이의 알루미늄 색 V. I. 레닌 동상이 서 있고, 내 무릎 높이의 선반에는 긴장한 구매자가 잊어버린 모양인지, 김일성의 혁명이론서가 꽂혀있다. 아니, 나는 대통령을 만나지 못한다. 대통령은 앞으로 석 달까지 일정이 꽉 차있다. 하지만 그의 연설문을 받을 수 있는데, 말인즉슨 연설문 '전체'를 뜻하며, 스웨덴 대사 신임장 수여 시 연설문도 포함된다. 논조는, 국외 관계는 최대한 열어놓고, 최소한으로 접촉하는 것. 허울 좋은 문구는 가히 능수능란한 직업 외교관의 것이며 흑막의 냄새를 풍긴다. 그리고 국내에 관해서는: 질서, 재건, 하나의 국민, 하나의 종교, 하나의 목적, 자신의 견해를 우선으로 세울 자유, 공무원 군단 재조직으로 시작하기. '나태함, 무질서, 무사태평함'에 빠져있는 공무원들은 '건강하고 역동적인 경제'에 바람직한 토대를 형성하지 못한다. 인터뷰 끝. 그는 13인 위원회 회의 참석차 떠나고, 나는 네덜란드 브라반트에서 말리로 와서 벌써 50년 넘게 일하고 있는 동포에게 간다.

호찌민 수염을 한, 바짝 마른 자그만 사내, 그는 요즘 세상 돌아가는 일에 훤하고, 밤바라어·불어·브라반트어에 유창하며, 브라반트어는 그 세월 동안 한 치도 때 묻지 않았다. 나는 '네덜란드식 커피'를 대접받고 별말 없이 앉아있건만, 굳이 말을 하지 않아도 되는 것이 내게는 그가 아직도 궁금하여 듣고 싶어 할 만한 이야기가 없기 때문이다. 말리가 그의 삶이다. 그는 '아직 아무것도 없었던' 바마코에 관해, 그리고 식민지 프랑스 법관들에 관해 들려주는데, '그들 중에 보통 사람들이 쓰는 언어에 능했던 사람이 한 명도 없었던 탓에, 부자들이 가족 중 누가 죄를 지어 법정에 서야 할 경우 자신들의 가난한 하인을 대신 보내곤 했던 것을 눈치조차 못 챘다'고 한다. 믿기도 어려운 1920년대에 어떻게 말리인들에게 양상추와 가공 돼지고기를 소개했는지, 어떻게 베이강[194]의 장교들과 함께 대포를 가지고 버팔로 사냥을 갔으나

---

194) 막심 베이강(Maxime Weygand, 1867~1965), 제1차 및 2차 세계 대전 당시 프랑스의 군사 지도자.

한 번도 잡아 본 적이 없는지, 백인들에게 적합하도록 세워지지 않은 나라에서 보낸 길고 기이한 생애. 그의 조카인, 라비제리[195]의 화이트 파더 선교단 소속 신부가 방금 받은 〈샬롬〉[196]을 들고 안으로 들어오더니 기운 없이 자신의 책상 위에 잡지를 올려놓는다. "그 사람들이 알기만 했어도"가 그가 뱉은 유일한 말인데, 내가 더 물어보기도 전에, 환자 방문 때문에 누가 그를 데리러 온다; 고단한 사람, 그의 샌들이 흙먼지로 뿌옇다. 나는 네덜란드어책과 영어책으로 빼곡한 그 쓸쓸한 방을 둘러보며 골백번 자문한다. 아프리카의 오지, 가시적 성과라고는 언제나 미미할 어떤 나라에서 가난하고 고독한 삶을 보내겠다며 누군가를 여기까지 오게끔 한 것은 과연 무엇일까? 나의 그 동포에게는 그 어느 것도 문제가 되지 않는다. 그는 붕대 감은 한쪽 발로 타는 듯한 안뜰로 나가는 문까지 나와 함께 비틀비틀 걸어가 내 귀에 대고 외친다: 나는 평생을 말리에서 살았소. 죽는 것도 말리에서겠지. 이제는 네덜란드에 돌아갈 필요가 없소. 거기에 아는 사람도 거의 없고.

---

195) 샤를-마르티알 알레망-라비제리(Charles-Maritial Allemand-Lavigerie, 1825~1892), 프랑스 추기경, 알제리 대주교. '화이트 파더' 선교단을 설립하여 아프리카 선교를 후원했다.

196) 제3세계 문제, 사회 정의, 평화, 종교 문제 등을 다룬 네덜란드 잡지.(—지은이)

이것이 바마코에서의 마지막 오후다. 내일 우리는 몹티로 떠나고, 그다음 팀북투로 간다. 야누사는 나를 태우고 뜨거운 가로수길로 정처 없이 차를 몰지만, 이제 더이상 내 눈에 들어오는 것이 없구나 싶다. 마지막 만남은 유럽 경제 공동체(EEC) 대표로, 머리가 벗겨지기 시작한 왜소한 남자가 거대한 말리 지도 밑에 앉아있다. "식량 문제라면 말리는 자급자족할 수 있습니다" 하고 그가 말한다. "하지만 그게 전부이기도 하지요. 석유와 보크사이트가 있다는 낌새가 있고 러시아 사람들이 금을 찾아보았는데, 딱하게도 말리가 다른 나라들에 둘러싸여 있다 보니 채취하기에는 수지가 맞지 않습니다. 유럽개발기금이 하는 일(올해 말리는 EEC로부터 7천3백 만 달러를 받고, 그중 10.4퍼센트가 네덜란드로부터다)은 현재 경작— 면·땅콩·쌀—의 효율성을 높이는 시도인데, 경작 방식을 대대적으로 전환하고 더 넓은 경작지를 개발하려는 노력입니다." 그는 프로젝트 몇 개를 언급한다. 우역牛疫 퇴치, 도살장 건설 기술지원, 텔레Tele 호 관개 사업. 그리고 한량없는 지도 위에 표시된 작은 점들을 가리키는데, 유럽과 말리가 공동으로 진행하는 사업들이다. 창출되는 이윤은 전부 말리로 돌아가고 유럽으로 되흘러가지 않는다고 그가 덧붙인다. 중국인들은 무슨 일을 하고 있는지 그에게 물어본다. "많지요" 하고 그가 짧게 답한다. "중국인들은 몹티에 벽돌 공장을 지었어요. 말리인들에게 차 재배법도 가르쳤고요. 그들의 지휘 하에 최초로 국산 가죽으로 군화를 생산했습니다. 그들은 대규모 쌀 재배 사업을 진행하고, 보통 사람들과 어울려 살며, 원자재를 대신 내놓으라고 요구하지 않아요."

나중에 다른 누군가가 더 확실하게 설명한다: "말리 같은 나라는 포커판에 남아있는 칩과 비슷한데, 다만 그 순간에 아무도 게임을 할 마음이 없다. 말리는 러시아에는 중요하지 않으며 미국에게도 중요하지 않다. 스스로 살아남을 수밖에 없고, 그래서 원조 하나하나가 소중하다. 육류와 민물 어류가 거의 유일하게 수익을 내는 수출품이고, 새 정부가 아무리 잘해도 극빈국으로 남을 수밖에 없는 처지다. 그들은 최선을 다하고 있지만, 사실 희망이 없다."

호텔에 돌아오니 다라스의 쪽지가 놓여있는데, 말리 항공사가 내일 운항 일정을 변경해서 비행기는 다섯 시간 앞당겨 출발 예정이며 내일 새벽 네 시 사십오 분에 나를 데리러 오겠다고 적혀있다. 내가 야누사에게 불평을 늘어놓자, 그는 고소해하며 말한다. "보이쇼? 이게 아프리카에요."

다음 날 아침, 과연 눈에 보인다. 출발 시각이 두 시간이나 지나서야 마침내 조종사와 승무원이 대기실에 나타나더니 간단한 아침 식사를 시작한다. 하루는 오렌지색 연기 띠를 흩날리며 시작되었고, 러시아제 항공기 안토노프 24가 우리를 몹티로 실어다줄 채비를 마치고 활주로에 서 있다. 비행기는 만석이다. 고령의, 아니 어쩌면 이미 죽었는지도 모를 미국인 네 사람, 무시무시한 무기를 지닌 투아레그족, 천을 수천 겹으로 칭칭 두른 여자들, 그리고 여기 도로 건설 사업에서 일하는 땅딸막한 프랑스인 남자. 그는 말리 항공사(항공기 석 대)가 승무원에게 아침 식사를 제공하는 이유는, 그렇지 않으면 그들은 전혀 아침을 먹지 못하고 그러면 비행에 만전을 기하지 못하기 때문이라고 말한다. 왜 이제야 나는 비로소 여행을 떠나는 기분이 드는가? 이륙한 지 1분 만에 땅은 다시 황량하고, 그 상태가 죽 이어진다. 에어컨 자리에는 구멍만 나있고 얼음같이 찬 공기가 내 목에 불어대는데, 여승무원들은 둥근 얼굴과 둥근 가슴이 사랑스럽고 바닥까지 내려오는, 손으로 짠 옷을 입고 있다. 한 시간 뒤, 우리가 세고우Segou를 경유하여 몹티에 도착하자, 헤르만 하안이 우리를 마중 나와 있다. 그는 도곤Dogon족 땅에서 텔렘Tellem족 조사 탐험을 숱하게 해왔는데, 장날에는 몹티에 와서 생필품을 사 간다. 그날 오후에 우리는 반디아가라Bandiagara 벼랑지대를 거쳐, 도곤족 거주지역의 관문인 상가Sanga로 달린다. 도로는 처음에는 그럭저럭 괜찮다가 나중에는 가풀막이 되어 우리를 랜드로버에 인형처럼 뒤죽박죽으로 내동댕

이친다. 길에서 마주치는 얼마 안 되는 사람들에게 우리가 퍼석거리는 붉은 흙먼지를 퍼붓고 가지만, 그들은 아무렇지도 않은 모양이다. 우리는 파죽음이 되어 야영지에 닿는다. 새벽 다섯 시부터 시작된 긴 하루였다.

야외의 돌무지 위에 놓은 탁자, 돌로 된 방, 전깃불 없음, 모기장, 그 모두가 성경 속의 평야 위에 똬리를 틀고 있다. 거의 동양인에 가까운, 당당한 얼굴의 키 큰 흑인이 하안을 얼싸안고 반가이 맞는다. 나는 생전 처음으로 의례적인 도곤식 인사를 들어보는데, 서로 주고받는 일련의 소리를 듣는다고 하는 편이 맞으리라. 나중에 알고 보니 이런 뜻이다: 반가워! 반가워! 잘 지냈어요? 그래, 난 잘 지내요. 당신 아내는 어때요? 응, 잘 지내요. 그리고 아이들은? 그리고 온 세상은? 그리고 동물들은? 하지만 오가는 말의 내용이 중요하지는 않을 것이다. 마치 서로 만난다는 자체가 굉장히 특별하다는 듯, 서로 이야기 나누고 서로 안부를 주고받는 것이 그다지도 좋은 일이라 어떤 공식이 될 수밖에 없었다는 듯, 만날 때마다 어떤 경우라도 그런 식으로 인사한다는 사실이 중요하다면 말이다. 그 며칠 동안 그 인사를 골백번은 들은 나머지, 나는 그러지 못해서 샘이 날 지경이었다. 포! 포! 야 포? 오에 세오아? 세오아! 우마나 세오아? 세오아! 폐게 세오아? 세오아! 따위의 말들이 무한정 이어지다가도 그예 길고 흡족한 '아아아아아하!'라는 소리로 끝난다.

헤르만 하안은 우리와 함께 오골Ogol 마을 안을 돌아본다.
1946년 바로 이곳에서 사냥꾼 오고템멜리Ogotemmli가, 1931
년부터 이 지역에서 연구 조사를 해온 프랑스인 민속학자 마
르셀 그리올[197]을 직접 불러 세워서 그에게 내리 33일 동안
도곤족의 우주발생론을 설명해주었다. 그 33일 간은, 수 세기
동안 구전으로 전승된 복잡하고도 놀라운 세계관을 드러내주
었고, 그리올이 쓴 바로는, "이른바 미개하다고 하던 아프리카
의 정신세계에 관한 생각은 그로 인해 송두리째 전복되었다."

아는 게 없으면 눈뜬장님! 나는 그 마을 안을 걸어 다닌
다. 붉은 진흙으로 지은 네모난 가옥들, 그 위에 요정 모자처
럼 얹혀있는 기묘한 초가 뾰족지붕. 사당, 봉헌석, 제단, 가
로질러 가기가 금지된 빈 장소들. 우리는 마을 사제인 호곤
Hogon의 집 가까이에 조용히 멈추어 선다. 호곤은 강력한 권
력을 지니고, 공동체는 그를 돌보는데, 일단 호곤으로 선출
되고 나면 자신의 집 마당을 벗어나지 않는다. 그는 반라의
차림으로 피가 말라붙은 벽에 기대어 앉아 두 눈만 껌뻑이

---

197) Marcel Griaule(1898~1956), 프랑스인 인류학자. 25년 동안 서아프리카의 도곤족
을 집중 연구했으며, 1946년에는 도곤족 현자인 오고템멜리를 만나 33일 동안 도
곤족의 종교와 문화에 관해 교육 받고,《오고템멜리와의 대화》를 펴냈다.

는 무두질된 검청색 제웅 같다. 하얀은 우리가 기대고 있는 벽 뒤에서 그에게 의례에 맞추어 인사를 올린다. 그는 대답하지 않고 조금 뒤에 안으로 들어간다. 우리는 커다란 눈망울로 멀뚱멀뚱 말없이 우리를 쳐다보는 아이들 몇 명에 둘러싸여, 조금 더 서 있는다. 그때 홀연 그가 다시 나타난다. 그는 헐렁한 인디고색 망토를 두르고, 낡은 가면 위로 프리기아 모자 같은 새빨간 모자를 머리에 썼다. 질문과 대답이 공중에서 휘날리고, 마침내 우리가 돌아서 나올 때까지도 노인의 카랑카랑한 목소리가 우리를 따라온다.

저녁이 찾아오고, 하얀은 한 시간 거리의 암벽에 있는 자신의 비박 장소로 떠나는데, 거기에는 다른 텔렘족 탐험단원들이 기다리고 있다. 우리는 그의 길라잡이 디안쿨로가 다음 날 아침 여섯 시에 우리를 데리러 와서 함께 벼랑으로 가기로 말을 맞춘다. 그날 밤 나는 깜박이는 기름 램프 옆에서 암마Amma 신에 관해 읽는다. 암마 신은 지구를 여성의 육체로 창조했는데, 개미총이 그녀의 생식기, 흰개미 둔덕은 클리토리스다. 암마 신은 그녀를 만들고 나서 그녀와 동침하고자 하지만, 그때 처음으로 우주에서 무언가가 잘못되는 바람에, 흰개미 둔덕이 벌떡 일어나 자신의 남성성을 드러내어, 클리토리스는 팔루스가 되며, 결합은 성사되지 않는다. 그러나 신은 전지전능하다. 그는 흰개미 둔덕을 뜯어내어 할례받은 지구를 취한다. 그리고 자칼이 탄생하니 신의 고난을 상징한다. 두 번째 합일은 결과가 더 좋다. 지구=여성은 이제 할례 받았고, 클리토리스=페니스는 제거되었으며, 물=천상의 씨들이 지구 깊숙이 파고들어 쌍둥이가 탄생하니 이들이 놈모 Nommo인데, 도곤족 예술품 어디에서나 찾아볼 수 있다. 놈모들은 녹색의 유연한 몸을 하고 있는데, 팔에는 관절이 없고, 상반신은 인간, 하반신은 뱀의 형상이며, 피부는 물의 표면처럼 반짝거린다. 놈모는 완전한 쌍둥이로 태어났으며, 사지가 여덟 개다. 그래서 그것의(그것들의) 숫자는 8이며, 언약의 숫자가 된다. 놈모는 신의 씨에서 만들어졌기에 신의 정수를 지녔는데, 말하자면, 생명력의 버팀목, 형태, 연료이며, 유동성과 지구력의 근원이다. 그리고 그 힘은 물이다. 그 쌍둥이는 바로 모든 물이며, 모든 물로 되어있고, 모든 물에 있다. 그날 밤늦게 잠자리에 드는데, 내일은 내가 알지 못하거나 이해하지 못하는 세계, 궁색하게 추측이나 할 수 있는 세계를 돌아다니겠구나 하는 생각이 든다.

여섯 시 정각에 디안쿨로가 방문을 두드린다. 바깥은 회색빛이다. 십 분 뒤 우리는 바위투성이 고원 위를 가고 있다. 기온이 차다. 여기저기에 원숭이 빵나무, 바오밥 나무가 한 그루씩 서 있고, 내 등 뒤의 마을에서는 곡식을 빻는 아낙들의 소리가 박자에 맞춰 멍멍하게 들려온다. 양들이 음매 하며 울고, 수탉들이 꼬끼오 하고 운다. 나는 씩씩한 발걸음으로 앞장서 가는 디안쿨로의 꽁무니를 따라 묵묵히 걷는다. 반시간쯤 지나자 바람 소리와 희미하게 낄낄거리는 소리 — 그의 말로는 원숭이의 소리일 것이라고 하는 — 말고는 아무 소리도 들리지 않는다. 비박 야영지에 닿으니 다들 벌써 일어나 있다. 인류학자·생물학자·학생들로 구성된 이 여섯 명의 남자들은 감쪽같이 사라진 수수께끼 같은 텔렘족을 찾고 있다. 텔렘족은 여기 이 가파르고 접근할 수 없는 벼랑에 자신들의 은밀한 진흙 탑과, 말없는 신상神像들과, 수천 점의 유골을 남겨놓았다. 우리는 탐험단이 석 달 동안 그 안에서 지낸 암벽을 기어오른다. 암벽의 높은 부분에 그들의 '약소한 장치'가 도르래로 고정되어 있는데, 그 장치가 위쪽에 있는 묘지 동굴로 그들을 끌어올려 준다. 그 안에 간추려서 재어놓은 수천 점의 유골이 빼곡하고, 그중 몇 점은 심지어 네덜란드로 가져갈 예정이다. 오, 경이로운 학문이여!

한 시간 뒤에 우리는 골짜기로 들어간다. 이제 일행은 다섯 사람인데, 헤르만 하안이 로마군 백인대장처럼 맨 앞에 서고, 우리는 거위처럼 뒤뚱거리며 뒤따라간다. 상가Sanga부터는 세상이 끝나고 자동차가 들어오지 못하기에, 온종일 자욱길을 걷는다. 깊이 들어갈수록 덤불과 나무는 더 푸르러지며, 이따금 샘물 소리가 졸졸 들려오고, 이른 아침에 원숭이와 다른 야생동물이 거기 와서 물을 마신다고 디안쿨로가 내게 말해준다. 죽은 영혼이 명랑하게 떠다니는 듯한 검은 나비 한 마리와 내 새끼손가락만큼 작은 새들이 보이고, 눈에는 보이지 않는 멧비둘기들이 어디선가 구구 우는데 그 달콤한 소리가 절벽에 메아리친다. 한참 동안 아무도 마주치지 않았는데, 홀연 흰 망토를 두른 노인이 족장 막대기를 짚고 나타난다. 우리가 서로 지나가는 동안에 예의 그 인사는 시작되어, 노인이 길모퉁이를 돌아가고 난 뒤에도 이어진다. 이 인사는 끝도 맺음도 없이 늘어지기도 하기에, 나는 그 노인에게 물어보고 싶었을 말을 생각해본다. 그리고 구름은 안녕합니까? 안녕하다오! 나무들은요? 잘 지내고말고! 우주는 어떤가요? 좋소! 몇 시간 뒤에 우리는 마을에 닿는다. 마을은 높은 벼랑에 가시돌기처럼 매달려있고, 우리를 둘러싼 풍경은 거의 애처로울 정도로 또렷하게 새겨져 있다. 주황색 노두露頭, 담쟁이덩굴, 하얀 꽃, 날카로운 은빛 잎사귀가 달린 나무, 그리고 우리 발아래 저만치에서 희끄무레한 흙투성이 평원이 지평선으로 사라진다. 마을 어른들이 우리를 마을 정자에서 맞아주는데, 낮은 천장에 탁 트인 공간으로, 마른 짚과 나뭇가지로 엮은 아주 두꺼운 이엉지붕이 세월에 닳아 반들반들한 그루터기 위에 얹혀있는 곳이다.

내 아래로는 한 남자가 짚으로 거적을 엮고 있고, 다른 한 남자는 눈처럼 흰 옷감을 짜고, 동물 몇 마리가 내는 소리와 디안쿨로가 마을 원로들과 나지막이 토론하는 소리 말고는 아무것도 들리지 않는다. 죽은 듯이 조용한 독수리가 우리 머리 바로 위에 떠 있다. 하얀은 모체 형상인 가옥들을 내게 가리킨다. 건조한 열기임에도 저 멀리 사바나 초원은 어째서 어슴프레한지 그에게 묻자, 그는 멀리 사하라 폭풍으로 생겨난 붉은 모래라고 답한다. 그제야 타는 듯한 색깔의 벼랑이 얼마나 거침없이 그 땅에 곧추서 있는지 눈에 들어온다. 벼랑 윗부분 안에는 어디에나 기묘한 텔렘족 탑들이 있는데, 그들은 도대체 어떻게 저기까지 올라갈 수 있었을까?

도곤족 묘지 동굴들은 한참 아래쪽에 있다. 누가 죽으면 사냥꾼들이 그의 활을 부러뜨리고, 애도의 표시로써 이글거리는 목탄을 입에 쑤셔 넣는다고, 디안쿨로가 알려준다. 그것 참 슬픈 일이다! 사람이 숨을 거두는 즉시, 신선한 우물물로 몸을 씻긴다. 머리털은 다 밀어버린다. 몸을 무명천으로 둘둘 말고, 맨발은 밖으로 나오게 한다. 나뭇가지로 만든 들것 위에 '용자의 돌'을 놓고 그 위에 시신을 얹는다. 산 자들은 죽은 자에게 감사를 표한다. 고맙나이다, 곡식을 주셔서/고맙나이다, 짐승을 주셔서/고맙나이다, 어제를 주셔서/고맙나이다,

선행에. 그러고 나서 망자는 묘지 동굴에 안치되는데, 반면에 그의 친구들은 집으로 달려서 되돌아와 집안으로 들이닥쳐서, 총을 쏘고 싸우는 시늉을 한다. 그동안 여자들은 애가를 부르며 텅 빈 호리병 박을 흔드는데, 망자는 이제 마실 수 없기에 텅 빈 호리병 박이다. 몇 날 며칠을 그렇게 보낸다. 한참 지나서야 다마dama가 시작되는데, 다마는 아직 마을을 떠돌고 있는 망자의 영혼을 조상에게로 인도하는 의식이다. 그 여정에서 그의 영혼 냐마nyamas는 그가 사는 동안 그가 죽인 모든 사람이나 동물의 냐마들과 맞먹기에, 그래서 그들의 복수에 취약하다. 안치소 지붕 위에서 가면 춤판이 벌어진다. 날개 달린 가면, 조상 집이 그려진 가면, 사자 가면, 마부 가면. 모두 망자가 가는 길을 돕는다. 사람이 함께 살아가는 공동체가 마지막으로 해주는 행위, 그러니 홀로 죽는 것은 아니다.

우리는 작별 인사를 나누고 이제 몹시 무더워진 오후 속에서 계속 걷는다. 내 주위에 감도는 평온함이 손에 만져질 듯한, 손을 뻗기만 하면 감촉할 수 있는 무엇으로 느껴진다. 이제 완전히 고요한데, 우리가 천천히 다시 위로 올라가기 시작하니, 우리의 발소리와 약간 가쁜 숨소리만 들린다. 이곳은 마법에 걸린 골짜기, 현존하는 샹그릴라다. 그리고 시간이 한참 흐른 지금, 나는 집에 앉아서 도곤족의 음악을 듣고 그들의 가면이 묘사하는 대상이 된 사람들이 나온 사진을

348

보며 변함없이 똑같은 행복감을 느끼는데, 거기에 다시는 갈 일이 없기에 그리움이 뒤섞인 행복감이다. 그런데 만약 다시 가보면, 여전히 똑같을까? 우리 세계는 그들의 세계를 얼마나 오래도록 그대로 있게끔 허용할까? 그들 사회의 '완전함'을 해치는 단 한 가지라면, 그들이 우리에 의해 보여진다는 점이고, 우리가 쳐다봄으로써 파멸이 시작되는 것은 처음 있는 일은 아니리라. 어쩌면 그것은 향수다. 결코 그렇게 머물 수 없는. 나는 그에 관해서는 감히 글로 쓰지도 못하겠다. 내가 그들의 '공동체'에 관해 뭔가 말하려고 하면, 나는 가장 꼴사나운 신新기독교적 용어 속에 허우적대며 선거철의 네덜란드 급진좌파 기독교 정당의 복사服事 꼴이 되고 만다. 우리에게는 공동체가 없기에 그것을 들먹일 자격이 없다. 내용이 전혀 다른 한 사회에 동일한 개념을 적용하기란 가당치 않다. 우리는 홀로 살고, 그들은 함께 산다. 다른 말로 하면, 거기에서는 할머니가 죽은 채로 사흘 동안 창가에 앉아있는 일은 일어나지 않을 것이다. 거기에는 창문이 없어서 그렇다고 할 사람은 있겠지만.

우리가 야영지에 돌아왔을 때는 저녁이다. 마지막 두 시간은 험난했다. 벼랑에 기어오르기가 여간 어렵지 않아서, 우리는 어쩔 수 없이 15분마다 술을 마시기 위해 멈췄는데, 지금 코트디부아르산産 플래그 맥주병이 제아무리 커도, 내 갈

증은 가실 줄을 모른다.

　사실 말리는 너무 많은 나라이다. 바마코의 열대 분위기와, 반디아가라 뒤쪽의 잃어버린 낙원을 지나면, 몹티의 광경이 나타난다. 진흙 색의 폭 넓은 강에, 속이 텅 빈 나무줄기 수백 그루, 뱃사공들은 빈 양피지 위의 상형문자처럼, 희멀겋고 드넓은 풍경 위에 도드라지고, 수 킬로미터의 장터에는 물건과 전통의상이 야단법석이다. 제 얼굴보다 큰 금귀걸이를 단 풀라족 여자들, 화물차 옆에서 기도를 올리는 하지[198]들, 마치 다른 누가 나귀를 몰고 있는 듯 나귀 등의 뒤쪽에 타고 있는, 검은 모자의 농부들, 성당처럼 큰 진흙색 모스크에서 나와 유령처럼 노니는 이맘, 베트남 모자를 쓴 물지게꾼, 커다란 검은 생선 덩어리, 박편형의 반짝이는 소금 덩이들, 파리가 끓는 누르께한 고깃덩어리, 곤돌라 모양의 나룻배 옆에서 몸을 씻는 반라의 처녀들, 그리고 조금 더 가서, 강가를 걸으면, 붉은 도기가 높이 쌓인 피라미드, 바싹 마른 목초지에서 반쯤 뜯어 먹힌 염소 사체를 잔인하게 뜯어내는 독수리. 그 모든 것 다음에는, '중국 모텔'이라는 민둥산에서의 밤, 저녁 아홉 시가 지나자 가차 없이 정적이 내려앉고, 당신은 침대

---

198) 메카 성지 순례 '하즈'를 마친 무슬림을 일컫는 말.

맞은편의 벽에 달린 흰색 네온 불빛의 지평선과 함께 홀로 남겨진다. 신의 마지막 현시처럼.

그리고 그 광경 다음은, 모래로 뒤덮인 팀북투의 파타 모르가나[199]다. DC-3 여객기는 최대한 낮은 고도로 비행하여, 사헬 지대 상공에서 벌써 보인다. 풍경에서 색채는 시나브로 빠져나가고, 강 연안에서조차 녹색을 찾아볼 수 없다. 우리가 지금 몇 시간 비행기로 가는 거리를 랜드로버로 간다면 몇 날 며칠이 걸릴 것이다. 여행의 마지막 그 며칠 동안은 모래판에서 노는 것과 비슷하다. 온통 모래 일색이고, 온통 모래 색깔이다. 도로는 전무하고, 바다 없는 푸석푸석한 해변 뿐이다. 독립광장도 작은 사막처럼 보이며, 쉐이크 시디 베카예Cheikh Sidi Bekaye 요새 앞에서 기관총을 장신구처럼 목에 두르고 서 있는 보초병은 발목까지 모래에 파묻혀있다. 빵에 모래가 들어있고, 밥에도 모래가 있다. 한때는 팀북투라는 이름을 누가 들먹이는 소리가 들리기만 해도, 전 유럽과 전 마그레브가 열망으로 몸을 떨었다. 아스키아 무함마드 투레 황제[200] 시절에는 여기서 학생 2만 5천 명이 공부했다. 팀북투는 지혜의 도시이자, 서부 수단 지역[201]의 지적 메트

---

199) fata morgana, 빛의 반사로 인해 특정 지역의 풍경이나 건물 등이 하늘에 나타나, 수평선이나 허공에 떠 있는 것처럼 보이는 현상. 일종의 신기루를 말한다.

로폴리스였으나, 지금, 모스크 지붕의 메마른 흙을 밟고 올라서 보면, 움막 도시 이상이라고 말하기가 좀처럼 어렵다는 사실을 알게 된다. 대학은 사라졌고, 금과 소금 사이에 들어선 시장도 사라졌으며, 돌로 지은 궁전도 사라지고 없다. 이러한 꿈이 불타버린 그날의 기록이, 가장 오래된 수단 지역 연대기《타리크 엘 페타크》[202]에 실려 있다. 때는 1593년 10월 20일이다.

울레마(ulamaā, 경전학자)들이 마무드 파샤의 소집으로 빠짐없이 모스크에 모이자, 모로코 총병들이 모든 테라스와 모든 출구에서 사격 자세를 취했다. 그리고 신의 뜻에 따라 일들이 일어났다. 심장이 감당하지 못할 것이라 차마 입에 담지 못 하는 일들. 전 이슬람 세계에 가장 큰 타격을 준 날이라고만 말해둔다.

---

200) Askia Mohammed Toure(1442~1538), 송가이 제국의 아스키아 왕조 초대 황제로, 제국의 최전성기를 이끌었다. 아스키아 무함마드 대제라고도 한다. 1591년 모로코의 침공으로 팀북투가 점령·약탈당하며 송가이 제국은 멸망하게 된다.

201) 수단은 아랍어로 '흑인들의 땅'이라는 뜻으로, 아프리카 북부 사바나 지대를 일컫는 말이다. 서부 수단(세네갈과 니제르강 상류 유역의 서 사하라), 중부 수단(니제르강 하류 유역과 차드호 연안), 동부 수단(나일강 유역)의 3개 지역으로 구분한다. 팀북투가 있는 말리는 서부 수단 지역에 있다.

202) Tarikh el Fettach, 17세기 후반에 쓰인 서아프리카 연대기. 송가이 제국의 역사가 담겨있다.

70명 이상의 율레마들이 족쇄에 채워져 모로코로 이송되었고, 그 가운데 아흐메드 바바[203]를 제외하고는 단 한 사람도 돌아오지 못했으며, 연대기에 따르면, 도시는 영혼 없는 육체가 되었다. 모로코인들(대부분은 스페인 배교자들)은 자신들이 무슨 일을 하고 있는지 잘 알고 있었다. 그들은 엘리트 지식인들을 파멸시킴으로써 도시를 파괴했고, 송가이 제국을 말 그대로 그렇게 모래 속에 파묻었다. 그 이후로 팀북투는 지금과 같은 흙빛 일색의 촌락이자 태양 앞의 집광렌즈가 되었다. 랜드로버 넉 대, 사람 8천 명, 병영 하나, 군인 통치자 한 명, 이제는 더이상 존재하지 않는 무언가를 찾아 오는 관광객들을 위한 야영장 한 군데가 있다.

여행은 얼추 네덜란드적으로 마무리된다. 오손 웰스 같은 체격의 무어인 길라잡이와 함께, 나는 재수 없는 백작 부인처럼 가마에 앉아 통나무배로 강을 건넌다. 강 이쪽 땅은 늪지 같아서 말도 안 되게 청청하다. 파릇한 색의 신비로운 연꽃과 수련이 반짝이는 물 위에 떠 있고, 나는 프레데리크 판 에이던[204]을 떠올리는데, 강기슭의 갈대밭에 흰색·검은색·회색의 왜가리들이 앉아있다. 뱃사공 두 사람이 노를 공중에

---

203) Ahmed Baba(1556~1627), 팀북투의 대학자.
204) Frederik van Eeden(1860~1932), 네덜란드 작가·정신과 의사. '자각몽lucid dream'이라는 용어를 만들었다.

높이 치켜들고, 낙원 같은 정적 속에 배가 앞으로 미끄러져 나간다. 강은 갈수록 폭이 넓어지고, 우리는 공처럼 둥근 초가 움막들이 있는 마을에 닿는다. 나는 이제껏 본 중에 가장 아름다우며 단언컨대 절대로 잊지 못할 여인을 보고, 목초지에서 흰 양 수천 마리가 걸어 나오자 나는 내가 어디에 있는지 잊어버린 채 사하라는 네덜란드의 베임스터르[205]가 되어 사라지며, 우리는 배를 저어 되돌아오는데 태양이 어찌나 큰지 지구를 꿀꺽 삼켜버릴 듯하고, 강기슭을 따라 아이들이 '백인 아저씨, 안녕?' 하고 외친다. 그래요, 안녕, 나는 안녕하고, 밤도 안녕하고, 시간도 안녕하단다. 심지어 안개 비슷한 것도 끼어있는데 황새가 날아오르자 마치 대기의 책장을 넘기는 듯하다. 농부가 가축을 데리고 이쪽 기슭에서 저쪽 기슭으로 헤엄치고, 우리가 항구에 돌아왔을 때는 날이 저물었다.

다음 날 아침 우리는 여섯 시쯤에 공항으로 갈 채비를 끝내지만, 비행기는 24시간 연착된다. 긴 하루가 시작된다. 우리는 길라잡이와 함께 대상隊商을 찾아 사막으로 차를 타고 들어가지만 찾지 못한다. 낙타 물통이 있는 곳에 가보니, 황

---

205) Beemster. 네덜란드 북홀란드주의 소읍. 네덜란드 최초의 간척지.

소가 끝도 없는 사슬에 묶여 땅속에서 물을 길어 올리고 있다. 그런데 무어인 양치기들은 우리에게 적대적이며 말을 섞을 마음이 없고, 여자들은 베일로 얼굴을 가린다. 야영지에는 이제 홍차도 커피도 떨어지고, 맥주도, 마실 물도, 포도주도 없다. 다 비행기로 실어와야 하는데 비행기는 지금 바마코에 발이 묶여 있다. 호텔의 내 석실에는 여전히 개구리가 샤워실에 들어앉아 있고, 여전히 도마뱀이 침대 위에 있으며, 여전히 거미가 방충망에 붙어 타고 있다. 쭉 늘어난 오후에 나는 침대에 드러누워 내 여행을 회상하며, 내가 떠나오기 전에 파리에서 이런 말을 하던 남자를 떠올린다. "아프리카? 가능성이 있었던 적도 없고, 지금도 없으며, 앞으로도 없을 겁니다. 나 역시 한때는 열광했었어요. 거기 20년째 들락거리고 있는데, 가망 없어요. 그 사람들의 역사 전체가 피와 살인이고, 항상 그럴 겁니다." 나는 여기서 그 남자의 절망이나 분노를 찾을 수 없다. 비행기가 24시간 연착되곤 하면, 유럽인과 미국인 여행객들 사이에는 돌연 전염병이 돈다. 고립감에 버릇없이 굴고 제멋대로인 채 반사회적으로 되어, 백인들은 아프리카를 두루 여행하면서 아무것도 보지 않는다. 그리고 그 수가 점점 늘어나는 관광객들도 특이한 야생동물과 돈벌이로 가면 춤을 추는 이들을 스쳐 지나가며 아무것도 보지 않는다. 그래도, 그래도, 레비스트로스Lévi-Strauss가 보다 명료하게 말해놓았다.

> 민족학자는 우리가 살아가는 방식이 유일한 것이 아니며,
> 사람들로 하여금 행복하게 살게 하는 다른 방식도 있음을
> 증명하기 위해 존재하는 사람입니다. 민족학은 우리에게
> 자만심을 좀 자제하고, 다른 삶의 방식을 존중하라고 권유
> 합니다. 민족학자들이 연구하는 사회에는 귀 기울여 들을
> 만한 가치 있는 교훈이 있습니다. 인간과 자연환경 사이에
> 균형을 이루어낸 교훈입니다. 그 의미와 비밀을 우리가 이
> 제는 알 수 없는 균형이지요.

마지막 저녁, 나는 무어인의 결혼식에 초대받는다. 그러
면 나는 여기서 행인 이상인가? 과연 누가 네덜란드에서 즈
볼러Zwolle[206]를 우연히 지나가는 흑인 두 사람을 제 결혼식
에 초대하겠는가? 아무튼. 시간은 흘러가고, 내 유토피아적
애수는 음악과 함께 사라져간다. 나는 이제 아무 생각도 하
지 않는다. 금과 은으로 된 여인들이 춤을 추고, 새와 같은
동일한 몸짓이 거듭되며, 음악은 그 단조로운 박자를 따라가
는데, 몇 시간 뒤에 야영지의 테라스에 얼마간 앉아있을 때

---

206) 네덜란드 중부에 있는 도시.

도 북소리는 둥둥 여전히 똑같이, 변함없이 똑같이 들려온다. 달이 하늘에 누워있고, 어떤 대상은 팀북투로 떠날 것이며, 나귀가 울고, 개들이 울부짖기 시작하며, 내일 이 의자에는 다른 누군가가 앉을 것이고, 내일은 또다시 더울 것이다. 모든 것이 제자리에 있는 듯싶다.

1971년

13. 세계가 아직 어릿광대
모자를 쓰고 있던 시절

"그런데 거기에 어떻게 갑니까?"

"동이 틀 때 이 만灣을 출발해서, 떠오르는 해를 보면서 해안선을 따라가면, 우리 항구가 금세 시야에서 사라질 거요. 저기 언덕 너머로 산 보이지요? 실제로는 더 가까워지는 게 아니니까 착각하면 안 됩니다. 되도록 해안에 바짝 붙어서 가야하고, 바람을 써먹으시오. 보통은 요즘 마파람이 부는 철이니까. 가다 보면 소 떼가 빽빽하게 모여 있는 것 같이 생긴 바위들이 나올 거요. 거기에서….."

최초의 지도는 말로 된 지도였음이 틀림없다.

두 번째 지도는 모래에 그린 지도다. 아니면 바위에 선을 긋거나.

"잘 모르겠군요."

"내가 그려주리다."

물론 사정은 그렇지 않았다. 아니, 어쩌면 그랬을 수도 있다. 축축한 모래에 막대기로 그은 비뚤비뚤한 선, 그리고 그 그림에 따라오는 말들, 낭떠러지·별·암초·닻을 내릴 지점·해류에 해당하는 말들, 새들의 행동이 무슨 의미인지, 바닷물의 색깔이 강과 얼마나 가까운지를 표현하는 말들, 수백 년 동안 항구에서 배 위에서 되풀이되어온 말들이다. 고향 바닷가를 멀리멀리 떠나와 미지의 블랙홀 안으로 항해하고, 새로운 언어 지도를 기억이라는 책에 써서 지니고 돌아온—만약 그들이 돌아왔다면—사내들, 그들의 무시무시한 모험에 그 말들이 동행했다. 추정 거리, 위험천만한 폭풍, 영원한 별들의 위치, 바람이 들지 않아 마음이 놓이는 곳, 탐욕스러운 소용돌이. 오늘날까지 입에서 입으로 전해진 그 지도는 하도 생생하여 뱃사람들은 지금까지도 그 지도로 오디세우스의 방랑을 따라갈 수도 있을 지경이다.

아직은 세계가 씨줄과 날줄이라는 거미줄 안에 갇혀, 가늠할 길 없는 바다 위에 기하학처럼 인정사정없이 똑바로 그어놓은, 명주실처럼 가는 직선에 옥죄여있지 않았다. 해안선이 가뭇없이 사라져 보이지 않는 곳, 바다의 무한함에 하늘의 무한함이 비치는 곳, 바로 거기에서부터 세계를 등지고 돌아설 만한 지대가 시작되었으니, 이제껏 아무도 가본 적 없는 텅 빈 공간이었다.

몇 해 전 나는 카나리아 제도의 맨 서쪽에 있는 이에로 Hierro 섬의 서쪽 끄트머리에 서 보았다. 콜럼버스가 아시아를 찾아서 그 무한함 속으로 항해에 나서기 전까지는, 우리가 아는 세계의 맨 끝인 곳이었다. 스페인인들은 사람들의 관심을 끌어볼 심산으로 거기에 대형 십자가를 세웠는데, 내가 갔을 때는 자연이 한술 더 떠서 십자가를 핏빛 석양으로 색칠해 놓고 그 오른팔에는 갈까마귀 한 마리를 얹어놓았다. 먼빛에 조그만 고기잡이배 한 척이 떠 있었고, 그 모습에 나는 어쩐지 마음이 일렁였던 기억이 난다. 어쩌면 그 광활한 무無 속에 있는 작은 배 탓이었을지도, 아니 어쩌면 바로 거기에서 콜럼버스가 미지의 세계를 향해 항해를 떠났기 때문이었을지도 모르겠다. 당시 세계는 얼굴이 아직 반쪽밖에 없었다.

그로부터 백 년이 지나서야 무명의 화가 겸 지도 제작자가 세계를 어릿광대 모자를 쓴 얼굴 모습으로 그렸는데,[207] 우리가 지금도 알아볼 수 있는 그런 얼굴이었다. 하지만 콜

---

207) 〈어릿광대 모자를 쓴 세계지도Fool's Cap Map of the World〉는 서양 지도사에서 아직 수수께끼로 남아있는 지도로, 제작자·제작년도·용도 등이 명확히 밝혀지지 않았다. 콜럼버스가 항해를 떠난 1492년에서 백년가량 후인, 1580년~1590년 즈음에 제작된 것으로 추정한다.

럼버스에게는 아직 그 얼굴의 반쪽이 비어있었다. 어릿광대 모자에 달린 두 개의 방울에서 등거리 수직선을 그으면 딱 그 위에 오게 될 그 섬 이에로는 콜럼버스의 지도에서는 서쪽 맨 끝에 위치했다. 그 옆에는 아마도 컴퍼스·자·나침반이 놓여있지 않았을까? 아직 지도화되지 않은 바다 바깥에 놓여있는 것처럼 말이다. 그래서 마요르카의 안젤리노 둘체르트Angelino Dulcert가 1339년에 만든 해도海圖에서, 바다는 여전히 텅 빈, 갈색 양피지 면이다. 그 지도가 끝나는 지점에서 항정선航程線도 끊어졌다. 그 선들은 순수 과학의 냉정함을 지니고 그 신비한 설화와 전설의 영역으로 들어가려고 안달인 것처럼 보인다.

그때 내가 서 있던 공간의 그 물리적 지점이 불러일으키는 감정과, 세계가 좀처럼 알아볼 수 없이 표현된 그 옛날 지도가 주는 그러한 인상 사이에는 일맥상통하는 면이 있다. 북반구 나라들은 추측이라는 안개 속에 숨어있는 듯한데, 스트라보[208])와 타키투스[209])의 너덜거리는 종잇조각 이래로 그 지역에 관해서는 그다지 진전이 없었던 모양이다. 내가 갖고 있는 그 지도의 사본에서 이탈리아와 스페인의 해안선은

208) Strabo(기원전 63/64년~기원후 24년경), 고대 그리스의 역사학자·지리학자. 유럽 지도가 포함된 17권의 《지리학》을 썼다.

209) Tacitus(56년~117년), 고대 로마의 역사가. 게르만족의 기원과 위치 등에 대해 썼다.

그 모양은 알아볼 수 있지만, 해안을 빙 둘러 가늘디가는 선으로 적힌 지명을 해독하려면 확대경이 필요하다. 홍해는 피처럼 붉고, 라인강은 보헤미아에서 서쪽으로 흐르며, 누비아 지방 근처에는 흰 코끼리가 서성인다. 그 모두를 제대로 보려면 지도를 계속 거꾸로 돌려야 한다. 지도 제작자가 그 사각형 안에서 세계가 둥글다는 것을 보여주고 싶어 했다는 듯이, 지명들은 서로들 아래위가 뒤집힌 채 적혀있다. 150년 뒤에 만들어진 제노바 지도[210]에는, 중국 황제가 북풍쯤 되는 것의 얼굴 아래에 있고, 세계는 상상 속 동물, 그리고 희한한 건축물, 바다 괴물, 군주, 알쏭달쏭한 문장으로 빼곡한 타원형으로 묘사되어 있다. 그런데 한편으로는, 그렇게 뭔지 모를 듯하게 표현된 세계는 바다에 둘러싸여 있는데, 바다가 무한하다고 가정함으로써 서쪽으로 항해하면 아시아로 갈 수 있다는 가능성을 제시한다.

40년 뒤 콜럼버스가 바로 그렇게 항해하다가 도중에 아메리카와 맞닥뜨리게 되리라. 그는 오늘날 우리가 쿠바라고 부르는 섬을 지팡구, 그러니까 일본으로 철석같이 믿었으니 아메리카라고 부르지는 않았겠지만 말이다. 그러는 동안 메르

---

210) Genoese map. 1457년에 제작된 것으로, 이탈리아 제노바의 깃발과, 제노바의 저명한 상인 집안인 스피놀라 가문의 문장, 인도양을 항해하는 선박 등이 표시되어 있다.

카토르가 정각도법이라는 투영법을 써서 최초의 세계 지도를 만든 덕분에, 배들은 처음으로 목적지를 향해 직선으로 항해할 수 있었고, 티에라 델 푸에고의 바로 밑에, 그리고 희망봉의 바로 밑에 거대한 대륙을 그려놓음으로써, 사람들은 이미 오스트레일리아 대륙에 있거나 말거나 마젤란 해협을 건너기만 하면 되었다. 게다가 그는 14세기의 전설을 따라서, 북반구의 다른 극지대에 또 다른 대륙을 그려 넣었고, 네 개의 강이 북극해에서 북극으로 흘렀다.

그 모든 지도를 보고 있자면, 나는 어떤 세계가 차라리 오늘날의 실제였으면 하고 바라는 건지 헷갈릴 때가 있다. 이른바 진짜의 세계인지, 아니면 다른 세계, 지도 제작자마다 형태가 달라지는 그 세계인지. 그 마법은 깨어졌고, 그 점은 블라위[211]가 이루지 못했던 천지도天地圖에도 마찬가지였다. 설령 오늘날까지 화성이나 저 멀리 사라진 별에 다녀온 사람이 없다 하더라도, 우리는 그 별들이 어디에 위치하며 우리에게서 몇 년, 몇 달, 며칠, 몇 시간, 몇 초 떨어져 있는지는 정확히 알고 있기 때문이다.

---

211) Joan Blaeu(1596~1673), 빌럼 블라위의 아들이자 네덜란드 지도 제작자. 1635년에 《새 아틀라스Atlas Novus》를, 1663년에 12권 분량의 《대大아틀라스Le Grand Atlas》를 출판했다. 천지도를 제작할 계획이었으나 작업실 화재로 뜻을 이루지 못했다.

보르헤스의 작품 중에 지도와 관련된 단편이 두 편 있다. 그중 한 단편에서 왕은 자신의 나라를 지도로 만들라고 주문한다. 지도 제작자가 지도를 그려오자 왕은 마음에 들어 하지 않는다. 지도에는 표현되지 않은 것들이 많았고, 그래서 지도가 더 커야 한다고 생각했다. 하지만 두 번째, 세 번째, 네 번째 지도에도 왕은 흡족해 하지 않는다. 왕은 여전히 무언가를 더 바라고, 그렇게 이야기는 그럴 수밖에 없는 결론으로 준엄하게 귀결되니, 그 나라 크기만 한 지도가 만들어진다.

수아레스 미란다[212]가 쓴 다른 단편 〈조심성 많은 남자의 여행, 제4권 14장(1658)〉(1658년은 블라위의 대大아틀라스가 나오기 다섯 해 전이다)에서, 보르헤스는 이단적인 지은이를 가상으로 설정하여 우리를 다소 어리둥절하게 만들면서, 같은 주제를 한 번 더 다룬다. 바로 그 나라 자체를 모조리 합한 크기의 지도다. 하지만 그 이야기가 펼쳐지는 나라에서 사람들은 그런 지도가 얼마나 쓸모 없는지 알게 된 탓에, '염천과 엄동의 무자비함'에 지도를 방치한다. 세월이 흘러 남은 잔해는 '아주 볼품없이 훼손된 지도로, 짐승과 걸인들이 사는 곳'이 된다.

그렇다 해도, 이 터무니없는 이야기의 배후에는 본질적

---

212) 보르헤스의 단편 〈과학적 정확성에 관하여〉의 화자 수아레스 미란다를 말한다.

인 질문이 놓여있다. 특정 지역 또는 세계의 지도란 어느 정도로 실제를 반영하는가? 위대한 초기 지도제작자들이 만든 그 멋진 고지도들의 경우, 이제 우리는 미몽에서 깨어나 답을 알고 있다. 대륙의 모양은 실제와는 다르며, 바다에서 고개를 내밀거나 사막에서 어슬렁거리는 신비한 동물들은 존재하지 않았다. 세계는 동화요, 우화요, 가정이었으나, 지도가 새로 만들어질 때마다 다른 형태가 되어 우화가 껍데기를 벗고, 동화는 옷을 벗으며, 신비는 고스란히 드러났고, 그 자리에는 실제가 들어앉았다.

그런데도 정확성을 의심하는 일을 완전히 거두기란 도무지 불가능하다. 나는 일본의 어느 숲 한가운데에서, 모르는 글자가 적힌 방향표지판 두 개 앞에 서 있는 내 모습이 아직 생생하다. 표지판 하나는 글자 뒤에 '5.7km'가, 다른 하나는 글자 뒤에 '3.4km'가 적혀있었다. 비가 왔고, 빗방울이 내 안경에 떨어져 다시 지도 위에 떨어졌으며, 지도는 내가 처한 실제를 마주하고 그 절박한 갈림길에서 어느 표지판으로 결정해야 한다고 말해주기를 단호하게 거부했다.

그와는 정반대에 해당하는 기억이 있는데, 내가 예전에 다니던 학교에 분명 걸려있었을, 네덜란드령 동인도의 지도다. 그 지도에는 지금은 칼리만탄Kalimantan인, 보르네오섬의 네덜란드령 부분이 짙은 녹색으로 채색되어 있었는데, 내가 처음으로 보르네오섬에 착륙하면서 그토록 푸른 밀림 위를 날아갈 때, 학교에 걸려있던 그 옛날 지도가 나를 향해 달려드는 느낌이 들었고, 지도는 차츰 커지더니 우리가 일단 땅에 발을 디디자 말 그대로 세계와 하나로 합쳐졌다.

모든 것이 딱 맞아떨어졌다. 어쨌거나 때는 20세기였으니까. 우연이나 환상의 여지는 남아있지 않았다. 그러나 언제고 인류는, 지도에 황제·기린·유니콘이 그려져 있고 아직 아무도 항해한 적 없는 바다 위에 나침반 바늘[213]이 피어있었던 시절을 못내 그리워할 것이다. 출항할 때 지니고 갔던 정보는, 오랜 세월 그들이 풀 수 있던 것보다 더 큰 수수께끼였고, 귀항하는 배마다 새 지도를 만들 만한 정보를 가져오던 시절이었다.

2002년

---

213) 나침반 바늘을 뜻하는 네덜란드어 'windroos'는 말 그대로는 '바람 장미'라는 뜻이다.

14. 노터봄의 호텔 2

〈노터봄의 호텔 1〉은 20년도 더 전에 쓴 글이지만, 달라진 점이라고는 없다. 나는 지금도 여전히 나의 호텔을 짓는다. 내 머릿속에만 존재하는 상상의 건물을. 가까이 또 머나면 곳, 도시적이면서 고요하며, 춥고 또 더운 호텔. 뒤뜰과 콘크리트 광장, 공원과 사막이 내다보이는 상상 속의 창들. 침대는 두둥실 떠 있고, 벽은 꿈에서나 나올 재료로 만들어졌으며, 전화기는 오로지 자신들끼리만 이야기하고, 객실은 공기로 만들어졌는데, 나는 그 방들 어디에서나 글을 썼다. 책, 편지, 메모, 이야기, 내가 본 사물과 장소에 관하여. 도시와 시, 책과 전시회, 여행과 사진에 관하여. 지금으로부터 50년 전쯤에 시작된 이 여행은 내게는 언제나 쓰기, 읽기, 특히 관찰하는 일과 관련되어 있곤 했다. 거기에서 본질은 결코 달라지지 않았다. 떠돌이 인생은, 아마도, 내가 어떤 사람인지, 또한 어떤 사람이 아닌지 가르쳐준 성싶다. 1월의 오늘 아침, 나는 암스테르담에 사는 젊은 폴란드 예술가 이야기를 읽었다. 그녀는 '초탈'이라고 이름 붙인 프로젝트를 진행하는 중인데, 내용인즉슨, 이 도시에서 앞으로 60일 동안 날마다 다른 호텔에서 잔다는 구상이다. 속세에 초연해지는 연습이자, 영신 수련excercitio spiritualis인 셈이니 로욜라의 성 이냐시오 Sanctus Ignatius de Loyola가 고개를 끄덕일지 누가 알겠는가?

그 프로젝트에 관련된 모든 의도를 내가 감당할 수 있는지 확신은 없지만, 내 평생 그와 비슷한 일을 하며 살았다는 느낌은 진즉부터 있었다. 하지만 나의 경우는 그저 나의 별을 따라가다 보니 어쩌다가 그리된 일이다. 그런데도 나는 그 이야기에 사로잡혔다. 마치 낯선 군중 속에서 어떤 얼굴이 당신에게 와서 꽂히고 어떤 눈빛이 당신의 눈빛을 옭아매는 것처럼. 누군가 결코 말로 하지 않지만, 당신과 근본적인 무언가를 공유하는 사람이 말이다. 어쩌면 유목민이라는 말은 내게 과분한 칭호인지도 모르겠다. 어쨌거나 나는 투아레그족이 아니고, 예루살렘이나 산티아고로 도보 여행을 하는 중세의 순례자도 아니며, 호주 아웃백에서 무한한 텅 빈 공간을 걸어가는 원주민도 아니다. 그들과 달리, 내게는 남모르게 숨어있는 물과 먹을거리를 찾아내는 능력이 없으므로 나는 며칠 만에 갈증과 굶주림으로 목숨을 잃고 말리라. 그런 사람들의 광경이 자아내는 감동이란 형언하기 어렵다. 계절이 바뀌는 이동 방목 시기에 양떼를 이끌고 변함없이 건재한 중세시대의 길을 따라 장거리를 이동하는 스페인 목동, 부족에게서 쫓겨나고 제 삶에서 아득히 멀어져 대도시의 변두리에 유목流木처럼 쓸려 나온 길 잃은 호주 원주민들, 몇 주의 여정 끝에 니제르나 말리 북부에 도착하는 대상들, 이탈리아인 친구 하나가 40일쯤을 걸어서 산티아고 데 콤포스텔라 성당에 도착했을 때의 눈빛. 그 공통점은 거리와 관련이 있는데, 여기서 내가 하고자 하는 말은 지형적인 거리뿐만 아니라 다른 거리이기도 하다. 머나멀고 떨어져 있으며, 속세에서 벗어나 사라진다는 것과 관련된 거리.

네덜란드 말에는 '거리를 주파하다', '거리를 유지하다, 또는 생성하다'는 표현뿐만 아니라, '거리를 두다'는 표현도 있다. 대개는 왕좌에서, 하지만 때로는 확실함, 안전함, 정주 서원stabilitas loci에서 떠나옴을 의미한다. 그러면 거기에는 어리둥절함, 불안, 의심이 따르기 십상이다. 경험 많은 여행자조차 자신이 알지 못하는 소리에 겁먹기도 하고, 고요함도 다 다르다는 사실에 익숙해져야 한다. 이해하지 못하는 언어는 위협적이거나 유혹적으로 작동하고, 꼬집어 말하지 못하는 눈빛은 오해를 낳아 더는 그 간극을 메우지 못하기도 하며, 그리고 그 모두가 경험의 일부분이 된다. 정말로, 모든 경험은 움직임과 위치 변경을 암시한다는 것을 잊어서는 안 된다.

이 폴란드 여인은 60개의 호텔에 60일에 걸쳐 묵고자 했다. 이 말인즉슨, 어쨌거나 낯선 공간에 60번 발을 들여놓는다는 뜻이다. 사람들은 감정을 숨기는 데 능숙하고 자신에 대해서도 그러하지만, 고양이가 처음 보는 공간을 탐색하는 모습을 자세히 본 적이 있는 사람이라면, 실제로 어떤 일이 벌어지는지 안다. 그 공간은, 여하튼, 정복되어야 한다. 거기에는 전략과 의식이 수반된다. 여행자가, 특히 그가 혼자라면, 이런 낯선 환경에서 잠이라는 아주 무방비적인 인간 활동에 자신을 부지불식간에 맡겨버린다는 사실을 알고 있다는 점만 보아도 그렇다.

나는 실없이 모아들인 호텔 편지지들로, 내가 잠들었던 뭇 장소들을 시처럼 읊을 수 있다. 브루나이Brunei의 앙스 호텔, 이니시모어Inishmore의 티 에트니, 사모아Samoa의 애기 그레이스 호텔. 바누아투Vanuatu의 포트 빌라, 로버트 루이스 스티븐슨의 묘지를 찾아 높이 올라갔던 곳. 통가Tonga 누쿠알로파의 데이트라인 호텔, 이 세계의 가상적 시간이 두 개로 나뉘어 옛 시간이 아직 소멸하지 않았음에도 새천년이 선포되었던, 태평양에 있는 섬 왕국. 그 색바랜 편지지에서 노래하는 뭇 이름들이 나의 지나온 움직임을 기록해준다. 그 모든 방에서 나는 한 번씩은 밤을 보냈고, 내가 잊은 꿈과 잊지 못한 꿈을 다시 꾸었으며, 지금은 버마, 니제르, 또는 버지니아의 이름 모를 다른 호텔들과 함께, 상상 속 다른 호텔의 일부가 되었다. 그곳은 덥기도 하고 춥기도 하며, 옆방 손님의 욕정이나 고통의 소리가 들리거나 들리지 않거나 하는 곳이지만, 언제라도 다시금, 바로 지금처럼, 방을 나올 때는 집으로 가져오는 말들이 생성되는 장소다.

내 호텔에서 숙박객들은 어떤 모습을 하고 있나? 한 번도 깊이 생각해본 적 없는 문제였는데, 어쩌면 내 환상 속, 존재하지 않는 그 호텔에서 내가 늘 혼자였기 때문인지도 모르겠다. 그 생각은 2년 전에 화가 막스 노이만Max Neumann이《유목민 호텔》의 초판본 표지용 드로잉을 보내왔을 때에야 떠올랐다. 그는 1993년에 나와 함께《타인의 초상》이라는 책을 펴낸 내 친구다. 그는 그 그림이 내 초상이라는 말은 하지 않았고 내 초상이 아닐지도 모르지만, 나는 대번에 내 모습을 알아보았다. 내 호텔의 손님은 이런 모습일 것이다. 지구 모양 얼굴, 자오선 주름살, 그리고 말로 표현할 수 없는 무언가가 늘 있기 마련이라서 입에 반창고처럼 붙여놓은 조그만 십자 모양의 자물쇠. 호텔 숙박객이라면 다들 지니고 있으며,

서로 모르는 숙박객들이 어쩔 수 없이 단기간의 친밀감을 느끼게 되는 장소들인 복도나 엘리베이터에서 그들 주위에 감도는 비밀, 대부분의 사람들은 감도 잡을 수 없는.

친구 하나는 그 초상화를 보고 "부상병처럼 보이는군"이라고 했는데, 맞는 말이었다. 전쟁을 몸소 겪은 사람이라면 어떤 의미에서는 언제나 부상병 처지에 머무르기 때문만이 아니라, 어떤 사람이 전쟁 이후에 공간적·시간적으로 주파한 거리가, 때로는 모자를 써도 소용없는 그런 불가피한 증서와 함께 얼굴의 살갗에 새겨지기 때문이기도 하다.

소설《의식Rituals》에서 나는 "그 누구도, 심지어 교황조차도, 이 모든 불청객의 세월이 끝나기를 기다릴 수 없을 것 같았다"고 썼다. 어쩌면 그 때문에 나는, 전쟁이 드디어 끝났을 때, 어떤 특별한 감정조차 가질 수 없었는지도 몰랐다. 그 감정은 나의 것이기도 했던 유물 같은 그 세기의 마지막 두 주에 두 남자를 만나고서야 비로소 찾아왔다. 그들은 둘 다 어떤 면에서 세상의 소란 법석을 멀리했던 이들로, 둘 다 돌과 가난이라는 본질적인 환경에서 살았거나 아직 살고 있는 이들이었다. 독일 검은 숲 지방 출신의 그 예언자[214]가 말한 존재망각Seinsvergessenheit은 꿈도 꾸지 못할 사람들 사이에서

---

214) 독일 바덴 뷔르템베르크 주 출신의 철학자 하이데거를 말한다.

말이다. 당신은 세계와 어떻게 거리를 유지하는가? 카르투 시오 수도원에서건 또는 거대도시의 익명성 속에서건, 하나 의 처방전이란 없다; 여행자 또한 제 주변에 독방 하나를 짓 기도 한다. 하지만 이 두 남자―그중 한 사람만 내가 실제 만난 적이 있는―는 둘 다 섬을 찾아 나섰다.

첫 번째 남자의 이름은 팀 로빈슨인데, 아일랜드 서쪽 해 안 앞에 있는 아란 제도에서 가장 큰 섬인 이니시모어에서 오랫동안 살았다. 불모지에 가까우며, 바다가 뉴펀들랜드섬 에서부터 힘을 응축하여 있는 대로 쳐대는 통에 세계가 사라 지는 듯 보일 지경인 바윗덩어리 섬이다. 작가·지도제작자· 화가·수학자이며, 수도사와 마지막 사무라이의 혼종 같은 모 습을 한 이 남자에 관해서는, 아란 제도를 다룬 앞의 글에서 쓴 바 있다.

수도사처럼 생기기는 두 번째 남자도 마찬가지였는데, 훨 씬 나이 들었고, 실제가 아니라 영화 속에서 본 사람으로, 화 면 세 군데에서 동시에 나오고 있었다. 취리히에서의 일이다.

취리히에서는, 작가 이름을 객실명으로 붙인 호텔에 묵 었다. 이 세기의 마지막 호텔로 무척 적절해 보였다. 내 방 은 카네티Canetti였다. 그의 초상화가 침대 머리맡에 걸려있 고, 그의 저서들이 방 여기저기에 놓여있었다. 그는 함께 지 낼 동무로 나를 고르지 않았지만, 나는 그와 함께 있어서 즐거웠으며, 그가 부친의 너무 이른 죽음과, 어찌할 수 없는 자신의 슬픔에 관해 쓴 글을 읽었다. 나 역시 아버지를 전쟁 통에 너무 일찍 잃었기에, 카네티의 글은 나를 위해서 쓴 것 같았다. 글은 언제나 그것을 읽는 당사자를 위한 것이니, 당연한 느낌인지도 모르겠다.

나는 '신탁'을 주제로 한 전시회를 보려고 취리히에 갔건만, 전시회는 문을 닫았고 예언과는 정반대였다. 그래서 나는 어떤 경구도 전조도 없이 그 세기를 빠져나와야 했다. 나는 눈 속을 걸어 쿤스트하우스 미술관으로 향했고, 작은 전시실에 들어가니 화면 세 개에 서로 비슷한 다른 영화 세 편이 상영되고 있었다. 〈세 개의 창〉.[215] 다시 바닷가, 다시 메마르고 삭막한 풍경, 다시 돌들. 그리스인 수도사처럼 보이는 노인, 다시 한 사람. 흰 머리. 그는 고양이에게 먹이를 주고, 동그라미를 그리고, 흩어져있는 돌로 담장을 쌓아 올리며, 페트라르카가 방투 산에 올라 정상을 보기 전까지 걸었던 것 같은 길,[216] 돌길을 걷고 또 걸어, 가시적인 영원성 안으로 들어간다. 그런 일이 일어나기도 한다. 다른 두 화면은

---

215) 시인 로버트 랙스Robert Lax를 다룬 영상전 〈Robert Lax-Three Windows〉를 말한다(1999. 11. 26~2002. 2. 6, 취리히 쿤스트하우스). 로버트 랙스가 파트모스 섬에서 보낸 날들을 담은 영화 〈Why shoud I buy a bed when I want to sleep〉(1999)를 기반으로 한다.

바다, 회색, 온통 회색의 뿌연 영상이다. 처음에 나는 아직 영상을 볼 생각이 없다. 그 작은 전시실에 사람 몇이 눈에 들어오고, 나는 바닥에 가서 앉는다. 어떤 경건한 분위기가 감도는데, 마음에 들지 않는다. 내 안은, 아직 너무도 혼란스럽다. 그 풍경 때문이 아니고, 그 남자 때문이 아니다. 섬 이름은 파트모스Patmos, 거기서 요한은 계시록의 거칠고 잔혹한 문장을 썼다. 화면 속 남자는 글은 몇 자 적지 않고, 그림을 그린다. 동그라미 하나. 거기에 나는 신경이 거슬린다. 그런 다음 문장 몇 개가 만트라처럼 줄곧 반복된다. 나는 그 원이 왜 언짢은지 의아하다. 백지, 깃펜, 가장 단순하고 본질적인 그 형태, 불완전한 그 원을 그리는 노인의 손, 마치 그것을 처음으로 고안하는 사람 같다. 그런데 내가 일어서려고 하자, 나는 그대로 앉아있고 싶음을 깨닫는다. 내 주위의 딴 사람들도 그렇게 사라지고 있는지는 모르겠지만, 하나같이 무척 고요히 앉아있다. 목소리는 상념에 젖어 들고, 우리가 들으라고 하는 소리는 아니라는 듯 나직하고, 그러면서도 강력하다. "소리는 오고 가지만, 고요함은 남는다." 그때 그 말을

---

216) 페트라르카는 1336년 4월 27일, 프랑스 프로방스 지방에 있는 몽방투Mont Ventoux의 정상에 오른 후, "단지 그 산봉우리를 보고 싶다는 욕망에 사로잡혀 오늘 나는 이 지방에서 가장 높은 몽방투에 올랐다"며 이 체험을 편지로 남겼다. 순수한 호기심으로 하는 등산이란 당시에 매우 희귀한 일이었기에, 페트라르카를 '근대 등산의 시조'라고도 한다.

들었던가, 아니면 나중에 어디서 읽었던가? "고요, 방해받지
않는다, 어쩌다 들리는 소리 말고는. 실제로 있는 것은 고요,
어두운 고요. 약간의 소요, 약간의 빛, 약간의 소리는 언제나
있다. 그러다 멈추면 거기에는 어두운 고요뿐이다. 나는 어
둠 속에서, 빗속에서 기다린다. 빗소리 말고는 어떤 소리도
없다. 기다려라, 기다리지 말아라, 아무것도 하지 말아라, 기
다리기 말고는. 어둠이 움직이는가? 고요가 움직이는가? 그
것들은 움직이지 않는다. 나 역시. 그것들은 기다리는가? 나
는 알 길이 없다."[217]

조금 뒤에, 마법이 풀리고, 이 남자의 이름이 로버트 랙스
이며, 85세이고, 예전에 떠돌이 곡예단 생활을 했으며, 이 영
화는 젊은 독일인 두 사람이 만들었음을 알게 되었을 때, 내
안에 서서히 들어차던 고요한 감정이 아직도 기억난다. 해
롤드 블룸Harold Bloom은 이렇게 쓴 적이 있다. 탈무드는, 그
글자가 자신의 얼굴 모양을 반영할 정도로 빛이 비칠 때만
경전을 읽어야 한다, 고 경고한다.[218] 화면에는 'Wenn das
Licht so geneigt ist(빛이 기울어져 있으면)'라고 독일어로 적
혀있고, 그 말은 글자 그대로이기도, 비유적이기도 하다. 알

---

217) 로버트 랙스의 시집 《태초에 사랑이 있었네In the Beginning Was Love》에서.
218) 해롤드 블룸, 《카발라와 비평》.

아본다는 것, 그리고 동시에, 원을 그릴 때 거리낌 없는 그 단순함이 주는 언짢은 감정. 왜냐하면 그 단순함에는 얻는 것이 있어야 하기에, 왜냐하면 그 노인은 의심의 여지없는 긴 생애 동안 자신의 골방에서 그렇게 해왔기에, 다른 섬의 그 남자가 책을 쓰며 자기 생애를 보내고, 그 생애의 '장소'를 공간과 시간에 결부시켜 영원토록 책 속에 남겼듯이. 그런데 여기서는 무슨 일이 실제로 일어났던가? 잠시, 취리히의 어둑한 작은 전시실에서 나는 영화 한 편의 자막을 읽으며 나 자신의 얼굴을 알아보았다. 내 앞의 화면에 있는 그 해맑은 노인 얼굴의 미완성이고 불완전한 버전을.

그의 폭풍의 눈 내부는 내 것보다 한층 더 한없이 평온했다. 나는 아직도 한참 멀었다. 언젠가, 아마도 40년 전쯤에, 나는 모리타니 국경 근처 사하라의 가장자리에서 이름 모를 남루한 호텔에 묵으며, 그 남자가 이야기하는 고요함에 잠을 깬 적이 있다. 그런데 그것은 고요함 때문이 아니었다. 고요함이라는 형태의 공포였다. 나는 한 마리 동물처럼 제풀에 겁에 질렸던 터라, 그 감정을 말로 표현하지 못하겠다. 나는 어떤 것에도 무서워하는 법이 없었는데, 그거야 내가 어찌해 볼 여지가 없기 때문이었다. 진흙 바닥과, 이런저런 동물들이 부스럭대는 소리와, 내가 어떻게 바깥으로 나가서 하늘의 칠흑 같은 어둠과 미동도 하지 않는 뭇 별들의 아름다움을 향해 갔는지 기억한다. 그 밤은 내가 이제는 읽어낼 수 없는 한 단어로 내 안에 새겨져 있다. 그러고 나서 나는, 지금 나의 것이라고 부르는 삶, 현상적 세계에서 글을 쓰면서 그리고 묘사하면서 살아가는 삶의 방식을 선택했다. 그런데 하나의 단어를 읽어내려면 과연 얼마나 많은 말을 적어야만 하는가?

2002년

유목민 호텔

첫판 1쇄 펴낸날 2019년 11월 11일

지은이 | 세스 노터봄
옮긴이 | 금경숙
펴낸이 | 박남희

종이 | 화인페이퍼
인쇄·제본 | 한영문화사

펴낸곳 | (주)뮤진트리
출판등록 | 2007년 11월 28일 제2015-000059호
주소 | 서울시 마포구 토정로 135 (상수동) M빌딩
전화 | (02)2676-7117 팩스 | (02)2676-5261
전자우편 | geist6@hanmail.net
홈페이지 | www.mujintree.com

ISBN 979-11-6111-042-4 03890

* 책값은 뒤표지에 있습니다.